Diogenes Taschenbuch 24058

de
te
be

Anthony McCarten

# *Hand aufs Herz*

*Roman*

*Aus dem Englischen von*
*Manfred Allié*

Diogenes

Titel der 2009
bei Washington Square Press/
A Division of Simon & Schuster, Inc., New York,
erschienenen Originalausgabe:
›Show of Hands‹

Die deutsche Erstausgabe
erschien 2009 im Diogenes Verlag
Umschlagfoto von Lena Okuneva (Ausschnitt)


Veröffentlicht als Diogenes Taschenbuch, 2011

www.diogenes.ch
250/11/44/1
ISBN 978 3 257 24058 0

*Für*
*Margaret Mary McCarten*
*1921–2007*

## *Die Kandidaten*

Am Morgen vor dem Wettbewerb sah Tom Shrift von seinem Fenster im ersten Stock aus zu, wie sein Nachbar seinen kleinen Rasen mähte. Hin und her zog er seine Bahnen, bis er sechs exakt parallele Streifen hatte, hellgrün, dunkelgrün, hellgrün, dunkelgrün; und ebenso wechselten in Toms Bauch die Gefühle – Neid, Wut, Neid, Wut.

*Und schritten sie in alter Zeit*
*Auf Englands grünen Hügeln …*

Wo waren Toms grüne Hügel? Wo konnten seine Füße frei dahinschreiten? Er lebte praktisch eingesperrt in dieser Wohnung im ersten Stock, auch das winzigste Stück Raum im Freien blieb ihm versagt (er hatte einen kleinen Balkon anbauen wollen, wie der, auf dem Julia ihrem Romeo lauscht, doch der Nachbar hatte erfolgreich beim Bauamt protestiert). Wehmütig betrachtete Tom diesen Rasen, der nicht seiner war, dann öffnete er einen kleinen Spaltbreit sein Fenster, und der Duft von frisch gemähtem Gras wehte herein.

Tom spürte diesen Mangel sehr. Es fehlte einfach etwas. Der eine mäht sein Gras, der andere sieht sehnsüchtig zu – wobei die Sehnsucht sehr viel leidenschaftlicher ausfällt als die stillvergnügte Freude am Besitz. Es wurmt einen, wenn man etwas nicht hat, gerade wenn man jemand ist, dem dieses Etwas zusteht – jawohl, *zusteht*.

Tom wandte sich ab. Drei Uhren mahnten ihn, dass er sich beeilen musste, dass er jetzt schon spät dran war.

Er durfte sich von dem Kleinkrieg, der zwischen ihm und seinem Nachbarn tobte, heute nicht aufhalten lassen. Er hatte ein Vorstellungsgespräch in der Stadt. Eilig, aber sorgfältig zog er sich an. Er wählte eine auffällige Seidenkrawatte zum weißen Hemd. Er war ein Mann, der in den Kampf zog, und das schlug sich in seinem Fahrstil nieder; er fuhr mit genau jenem Grad von Aggressivität, den man brauchte, um im mörderischen Londoner Verkehr durchzukommen.

Eilig parkte er den Wagen. Fand das Hochhaus, das er suchte, und fuhr hinauf, hinauf, hinauf in einem gläsernen Aufzug, der außen an dem Gebäude entlangglitt. Gleich darauf saß er, prefekt gestylt, vor einem Angestellten der Personalabteilung einer großen Firma – Toms Todfeind, eine Art ferngesteuertes Hindernis zwischen ihm und dem Leben, das er verdiente.

Eine Transkription des Vorstellungsgespräches sähe so aus:

ANGESTELLTER DER PERSONALABTEILUNG: Sie waren bisher hauptsächlich selbständig tätig.

TOM: Mhm.

ANGESTELLTER: Das ist Ihnen lieber so? Gut. Wieso sind Sie dann hier?

TOM: Eine Pechsträhne.

ANGESTELLTER: Sie haben ... Geburtstagskarten verkauft, sehe ich hier ... Das ist ja süß.

TOM: Ich war Eigentümer und Geschäftsführer einer äußerst erfolgreichen Glückwunschkartenfirma mit Geschäftsbeziehungen in vier Ländern. Unsere Spezialität waren hochwertige Reproduktionen von Kunstwerken. Dazu muss man eine Menge über Kunst wissen, und das tue ich.

ANGESTELLTER: Die Firma ist eingegangen?

TOM: Ich habe viel Geld in Lizenzen der Eremitage von Sankt Petersburg investiert. Man hat mich reingelegt.

ANGESTELLTER: Andere Gründe für den Bankrott? Persönliches Verschulden Ihrerseits?

TOM: Man hat mich belogen. Mir etwas vorgemacht.

ANGESTELLTER: Und sonst wäre die Firma noch im Geschäft? Gut. Okay.

TOM: Hören Sie, was soll das. Ich habe eine Menge Geld verloren. Vielleicht war ich ...

ANGESTELLTER: Sie ...?

TOM: Vielleicht war ich ein bisschen zu ehrgeizig. Das ist alles.

ANGESTELLTER: Sie wollen die Welt im Sturm erobern.

TOM: Ich will, dass die Welt weiß, dass ich gelebt habe, ja.

ANGESTELLTER: Ist das ein Zitat?

TOM: Schon gut.

ANGESTELLTER: Wir können also festhalten, Sie sind nicht allzu gut beim Kleingedruckten. Haben Sie noch Schulden von der Sache?

TOM: Sagen wir doch einfach, es ist der Grund dafür, dass ich mich für Ihre Art von Arbeit bewerbe.

ANGESTELLTER: Man könnte also sagen, Sie sind es eher gewohnt, auf meiner Seite des Tisches zu sitzen?

TOM: Na ... das haben Sie gesagt, nicht ich. Ich sollte es ... ich sollte es eigentlich nicht nötig haben, so hier zu sitzen

Angestellter: Nicht nötig … gut … dann lassen Sie uns mal sehen. Unverheiratet. Arbeitslos. Okay. Kinder?

Tom: Nein.

Angestellter: Keine Kinder … okay.

Tom merkte, wie sich ihm die Nackenhaare aufstellten. Später würde er sich darüber aufregen, dass der Kerl nur immer das Negative herausgestrichen hatte. *Sag mal was Gutes, du Wichser,* flehte er innerlich. *Warum liest du nicht »Mitglied von Mensa« in meinem Lebenslauf? Sag mal was Gutes! Wie viele Bewerber hast du denn in letzter Zeit gesehen, die auf den Gedanken gekommen sind, aus russischem Museumskrempel etwas Hübsches und Praktisches zu machen? Wie viele, du Scheißer?*

Angestellter: Zweiundvierzig Jahre alt – Sie sehen nicht aus wie zweiundvierzig. Was ist Ihr Geheimnis? Liegt's daran, dass Sie Single sind?

Tom: Das ist ein Geheimnis.

Angestellter: Viele in dem Team, für das Sie sich bewerben, sind erheblich jünger als Sie. Es ist ein sehr anstrengender Job, mit hohen Anforderungen.

Tom: Für mich ist Jugend nicht automatisch ein Vorzug. Ich bin zweiundvierzig. Ich bringe eine Menge Erfahrung mit. Mein Lebenslauf spricht für sich. Kommen wir zur Sache.

Angestellter: Würden Sie … würden Sie sagen, Sie sind ein Teamplayer, Tom?

Tom: Ein Teamplayer? Nein, ich würde nicht sagen, dass ich ein Teamplayer bin. Darf ich Sie mal was fragen – haben Sie überhaupt schon mal ein Bewerbungsgespräch geführt? Ehrlich. Nur eine Frage. Denn wenn ich mir ansehe, was

Ihr »Team« in den letzten zwei Jahren so geleistet hat, dann würde ich sagen, das *Letzte*, was Sie hier brauchen, ist einen »Teamplayer«.

Er hatte es versaut. Das war der Punkt, an dem der Mann ihm erklärte, Tom habe »einen aggressiven Charakter«, und dann war das Vorstellungsgespräch beendet. Und schon stand Tom wieder unten auf der Straße, atmete Kohlenmonoxid und schlug sich von neuem durch die Menschenmassen. Als sein Auto in Sicht kam – er hatte es kurzerhand in einer privaten Parkbucht hinter dem Odeon-Kino gelassen –, sah er zu seinem Entsetzen eine Politesse daneben stehen.

Er rannte los. *O nein, bitte nicht.* Nicht auch das noch. Er rannte, rang die Hände, flehte die kleine, weiße, uniformierte Engländerin mit dem kleinen bleichen Kindergesicht um Mitleid an.

»He, hallo … warten Sie. Hier bin ich!«, rief er, hielt die Hände in die Höhe, eine Geste der Unterwerfung. »Alles in Ordnung. Das ist ein kostenloser Parkplatz. Hier steht nirgends, dass man bezahlen muss. Ich parke immer hier. Ha-ha-halt! Lassen Sie's gut sein! Ich bin doch schon so gut wie weg.«

Ohne ihn anzusehen, antwortete die Politesse: »Das ist kein öffentlicher Parkplatz, Sir.«

»Wer sagt das? Wo steht das? Hier steht nirgends ›Parken verboten‹. Oder sehen Sie etwas? Sagen Sie es mir. Zeigen Sie es mir.«

»Das ist kein öffentlicher Parkplatz, Sir. Es ist –«

»Och, nun seien Sie doch nicht so!«

»Das ist ein privater –«

»Wo steht hier *privat*? Wo steht, dass er privat ist?«

»Er befindet sich auf dem Gelände des Odeon-Kinos, Sir, und ist reserviert für die Angestellten.«

»Seit wann denn das?«

»Es ist ein Privatgrundstück, und ich nehme an, Sir, Sie sind hierhergekommen, indem Sie in der High Street über den Bordstein gefahren sind. Das wäre eine zweite Ordnungswidrigkeit.«

»So sieht also Ihre Rechtsprechung aus! Und Sie, dürfen Sie ein Privatgelände betreten und übereifrig Strafmandate verteilen, nur weil Sie einen Bonus dafür kriegen? Mann, Leute wie Sie. Das hält einer im Kopf nicht aus. Ich kann mir das nicht leisten, verstehen Sie? Wollen Sie die Wahrheit wissen? Dann hören Sie zu. Ich habe nicht das Geld, um das zu bezahlen. Bitte.« Er breitete die Arme weit, wie ein Gekreuzigter: der Christus von Kensington. »Ich meine das ernst. Haben Sie doch ein bisschen Mitleid. Ich … Mir geht es gerade …« Er wusste nicht mehr weiter. »Ist das denn zu glauben … So eine blöde Kuh.«

Schweigen vonseiten der Politesse. Das gehörte zu den Anforderungen ihres Berufes.

»Sie machen Witze, oder?«

Die Frau tippte weiter ihre Daten ein.

»Sie stellen mir wirklich einen Strafzettel aus? Sie stellen *mir* … Ich fass es nicht – Das kann doch nicht … Leute wie Sie, das ist wirklich zu viel … beschissene Blutsauger wie Sie. Scheißvampire. Wisst ihr eigentlich, was ihr seid? Konkubinen des Satans!« Daraufhin blickte sie auf – immerhin, er hatte endlich einen Kontakt hergestellt. Diesen Moment der Schwäche machte er sich sofort zunutze. »Schämen solltet ihr euch. Wie Leute wie Sie es mit sich *selbst* aushalten, ist mir ein Rätsel. Also, was … was kostet das? Das Strafmandat? Wie hoch ist es?«

Mit ungerührter Stimme. »Hundert Pfund. Weniger wenn Sie binnen vierzehn Tagen zahlen.«

»Und was ist Ihr Anteil? Wie viel stauben Sie ab? Fünfzig Prozent? Hab ich mir doch gedacht. Kein Wunder, dass ihr keinen davonkommen lasst. Scheißnutte. Ihr seid wirklich der Abschaum der Menschheit.«

Kaum hörbar entgegnete die Frau: »Wenn Sie meinen, Sir.«

Dann gab die Maschine an ihrem Gürtel eine Reihe von Surr- und Klicklauten von sich, und Toms Strafzettel kam heraus. Als er sich weigerte, ihn zu nehmen, steckte die Frau ihn in einen Plastikumschlag und klemmte ihn unter den Scheibenwischer. Und dann war sie auch schon weg.

Sofort änderte Tom seine Strategie – in der Großstadt muss man schnell reagieren – und fuhr zu einem Gartencenter bei sich in der Nähe. Das Blut kochte ihm noch in den Adern, als er durch die Gänge hastete, bis er fand, was er suchte: Unkrautvernichter. Auf dem Etikett, mit Totenkopfsymbol, der Aufdruck »Extra stark«. Ja, er war gern bereit, die unverschämten vierzig Pfund, die sie für dieses Gift verlangten, zu bezahlen. Es war ein geringer Preis, wenn man dafür einen Streit beilegen konnte, ein für alle Mal.

Obwohl er längst im Bett sein sollte, um sich vor dem Wettbewerb auszuruhen, blieb er bis nach Mitternacht noch wach und wartete, dass alle Geräusche in der Wohnung seines Nachbarn verstummten. Er war zur Tat entschlossen (und es war eine ungeheure Tat).

Um Viertel nach zwölf klingelte sein Handy. Das Display verriet ihm, dass seine Mutter anrief. Dankbar für die Segnungen der modernen Technik schaltete er den Apparat aus, und die alte Dame konnte sehen, wo sie blieb. Das war kein Abend, an dem er sich noch einmal ihre sämtlichen Leidensgeschichten anhören wollte – ihr Versagen als Mutter, Toms Versagen als Sohn und so weiter und so fort. Erst um halb zwei wagte er sich die Treppe hinunter und öffnete, so leise er konnte, das Dreifachschloss der Haustür – *klack, klack, klack* – und schlich hinaus in die Nacht.

London bei Nacht. Ein Schimmer von elektrischem Licht, reflektiert von einer undurchdringlichen Dunstglocke aus Kohlenmonoxid. Hinunter auf den Rasen. Grünes Gras. Das Feld seines Feindes. Und Tom würde es vernichten.

*Und schritten sie in alter Zeit*
*Auf Englands grünen Hügeln …*

Seine Fußsohlen kribbelten auf den taufeuchten Halmen, und er kam sich mehr denn je wie ein Verbrecher vor. Sollte er seinen Plan noch einmal überdenken? Zu welchem weiteren Wahnsinn würde er das Tor aufstoßen? Er blickte hinüber zum finsteren Fenster der Nachbarswohnung und hoffte, dass der Geist alter Feindschaft, der ihn hierhergeführt hatte, wiederbelebt würde – das ewige Wie-du-mir-so-ich-dir, das sie sich nun schon seit zwei Jahren lieferten. Er hoffte, dass er noch einmal das perverse Gesicht seines Plagegeistes sähe, wie es zwischen den vergilbten Vorhängen hervorlugte, dieses dummdreiste Bauerngesicht, das böse Funkeln in den Augen. Doch im Fenster sah er nur sein eigenes Spiegelbild – nichts als Tom Shrift, Dieb in der Nacht, Gießkanne in der Hand, zweiundvierzig, unrasiert, ein Gespenst im Mondschein.

Nur das Gewicht der Gießkanne erinnerte ihn wieder an seine Mission, und halbherzig goss er das Gift aus wie geplant. Grasmord. Ein ruchloses Verbrechen. Die Tat eines Irrsinnigen. Hierhin und dorthin schwenkte er die Kanne, gleichmäßig floss das Gebräu, bis kein einziger Tropfen mehr kam. Jetzt, dachte er, als er mit pochendem Herzen wieder ins Haus schlüpfte und die Tür vor seinen Taten und der Großstadt verschloss, in der er gefangen war, jetzt konnte er endlich mit seinem Leben weitermachen, seinem richtigen Leben.

Der Tag vor dem Wettbewerb war ein grässlicher Tag für Verkehrsaufsichtskraft 2061 gewesen, Jess Podorowski. Von den Leuten, denen sie Strafzettel verpasst hatte, waren mehr als üblich gemein geworden, manche hatten abscheuliche Sachen gesagt, und ein Mann hatte dermaßen gebrüllt, dass ihr seine Spucke ins Gesicht geflogen war. An Hass war sie mehr oder weniger gewöhnt. Doch Spucke, das war schon schwerer zu ertragen.

Und nie durfte sie etwas entgegnen. In diesem Punkt gab es in ihrem Beruf eindeutige Regeln: Sie hatte zu schweigen, hatte Beschimpfungen und Tiraden auszuhalten, ruhig ihrer Arbeit nachzugehen. Sie tippte die korrekten Daten in ihren Apparat ein, drückte auf START, händigte das Strafmandat aus und ging dann weiter – in gewissem Sinne war es die perfekte Arbeit für jemanden wie sie.

Sie hielt inne, um ihren Rücken zu strecken, ihre schwache Stelle. Für ihre Lendenwirbel war diese Arbeit eine Qual. Neuneinhalb Stunden auf den Beinen, das spürt man. In ihrem Dienstbuch vermerkte sie ihre Position, die Zahl der bisher ausgestellten Mandate. Das war der Augenblick, in dem sie aufblickte. Und ihn kommen sah.

Was für ein Glück, endlich wieder sein Gesicht zu sehen, wie er da die Straße entlangkam, auf sie zu. Ein kleiner Stromstoß setzte ihre Zunge in Gang, und sie hatte den Namen ihres Geliebten wieder auf den Lippen. Maciek. Was für ein schöner Zufall, dass sie ihn gerade auf der Straße, auf der sie im Einsatz war, traf; das eine Gesicht sah, nach dem sie sich am allermeisten sehnte. Aber so war es ihnen ja immer gegangen, immer waren sie sich in Menschenmengen zufällig begegnet. Zufälle, unmögliche Begegnungen, hatten ihnen vom ersten Tag an zu verstehen gegeben, dass sie füreinander bestimmt waren.

Nur eines stimmte nicht. Maciek war tot. Seit zwei Jahren schon. Und so dauerte es nicht lange, bis das Gesicht, das sich ihr da näherte, den nichtssagenden Ausdruck eines Fremden annahm, bis es ihrem toten Mann weniger und immer weniger ähnlich sah und am Ende überhaupt nicht mehr.

Ihr Herz verkrampfte sich. Wieder war sie hereingefallen. Sie schüttelte den Kopf, drängte ihre Gefühle zurück, machte sich von neuem an die Arbeit. Sie musste weiter. Überall warteten ordnungswidrig geparkte Autos. Sie ging weiter ihre Runde. Sie hatte ja nichts anderes.

Jess Podorowski. Was gab es über sie zu sagen? Witwe. Neununddreißig. Eins fünfundsechzig. Bleiche Haut, slawische Züge. Ihre Mutter eine polnische Einwanderin aus Lodz, Vater aus Milton Keynes. Stumm geboren. Tat ihren ersten richtigen Schrei erst drei Stunden später, schon auf der Station für Neugeborene. Stilles Kind, oft übersehen. Zur Unauffälligkeit bestimmt. Grüblerisch. Ließ zu viel durchgehen. Schluckte lieber dreimal. Und der Lohn für so viel Demut? Prügel von allen Seiten. Die Wege des Herrn sind unerforschlich, murmelte sie und wanderte durch die Straßen von Westlondon.

Zum Glück war es wenigstens Freitag. Am Ende der 9-Stunden-Schicht zog sie wieder ihre Zivilkleidung an und eilte nach Hause, und der Bus hielt exakt in dem Augenblick vor ihrer Haustür, in dem auch der Schulbus kam und ihre kleine Tochter Natalie absetzte – Nat, ihren Liebling, querschnittsgelähmt, zu achtzig Prozent behindert und doch glücklich im Rollstuhl: Gott segne mein kleines Mädchen, betete Jess jeden Tag neu. Gott, segne sie.

Jess schob ihre Tochter zum Supermarkt an der Ecke und kaufte ein, dann griff sie zum Telefon und sagte ihrer polnischen Mutter Valeria Bescheid – einer osteuropäischen Matrone wie aus dem Bilderbuch –, damit sie auf die Straße kam und ihr half, Nat über die Rollstuhlrampe hinunter zu ihrer Souterrainwohnung zu bringen. Dienstboteneingang.

Das Abendessen war schnell verspeist, es folgte die allabendliche Tortur, als Natalie ins Bett gewuchtet werden musste, und dann setzte Jess sich zu ihrer Mutter an den Esstisch. Zündete sich eine Zigarette an. Griff zu Bluse, Knopf, Nadel und Faden.

»Oh, bitte mach das aus, Schatz.« Theatralisch wehrte Valeria den Rauch mit den Händen ab.

Ach, Mama, dachte Jess, immer die große Tragödin. Die

Bühne wäre ihr Leben gewesen. Sie war jetzt Ende Sechzig, aber immer noch ein Energiebündel aus schierer Mütterlichkeit. Valeria, die Polin. Unermüdlich arbeitete sie für Jess und für Natalie, kam mit zwei Stunden Schlaf pro Nacht aus, zündete in ihrem Einzimmerapartment über einem Wettbüro Kerzen für die Schwarze Madonna von Tschenstochau an, stand von Mitternacht bis sieben Uhr morgens auf Abruf bereit, fest davon überzeugt, dass ihre Nachfahren nicht halb so stark waren wie sie und dass sie jeden Augenblick gebraucht werden konnte. Und sie hatte ja recht. Immer und immer wieder klingelte das Telefon.

»Meine Lunge. Jetzt geht es wieder los. O nein.« Sie hustete. Dann noch einmal, eine Hand auf der Brust. »Bitte – bitte – *kochanie* …«

»Mama – Mama –, glaub mir … deiner Lunge fehlt nichts.«

Hust, hust, hust. Jess seufzte. Sie kannte diese Auftritte. »Ja, schon gut«, gab sie nach und drückte die Zigarette in einer Untertasse aus. Eine Zeitlang schwiegen beide, einträchtig genug, dass Jess sich schließlich ein Herz fasste und fragte: »Könntest du – könntest du für einen Tag oder zwei auf Nat aufpassen?«

»Wann?«

»Morgen und Sonntag, vielleicht noch Montag.«

»Aber morgen und am Sonntag arbeitest du doch nicht …«

»Es geht um … es geht um einen Wettbewerb. Einen Wettkampf. Man kann ein Auto gewinnen. Man muss es anfassen, und derjenige, der am längsten seine Hand dran halten kann, bekommt es. Ein nagelneues Auto.«

»Sie verschenken einfach so ein Auto?«

»Es ist ein Wettbewerb. Ich überlege … ob ich mitmache.«

Bedächtig schüttelte Valeria den Kopf. »Verrückt, so was. Einfach nur dastehen? Zwei Tage? Mit der Hand an einem Auto, wie ein *głupiec*?« Val konnte die stümperhaften Versuche ihrer Tochter im Knopfannähen nicht mehr länger mit ansehen. »Lass mich das machen. Gib her.«

Aber Jess ging nicht darauf ein und holte stattdessen aus ihrer Handtasche einen schicken Landrover-Prospekt, den sie während der Arbeit bei einem Autohändler in Olympia mitgenommen hatte. »Hier. Der hätte hinten genug Platz für Nats Rollstuhl. Ich könnte sie zu ihrer neuen Schule fahren. Sie müsste nicht ins Heim.«

»Natalie braucht ein Zuhause. Keine teure Schule.« Valerias Züge nahmen ihren alten trotzigen Ausdruck an.

»Es kostet nichts.«

»Sie will nicht im Heim leben, sie will hier bei uns sein.«

»Aber sie wird zu schwer. Ich kann sie nicht mehr ins Bett heben, und in die Badewanne schon gar nicht.«

»Wir machen es zusammen. Wir schaffen das schon.«

»Du wirst älter, Mama. Wie lange kommst du noch allein zurecht, wenn ich auf der Arbeit bin?«

Valeria zuckte mit den Schultern. Alte Maximen kamen ihr in den Sinn. »Man hält durch, bis man nicht mehr kann.«

Nichts daran war neu. Die beiden Frauen hatten das alles schon unzählige Male besprochen. Beide wussten, dass die Schule für behinderte Mädchen, in die Nat kommen sollte, zu weit draußen lag, in Hampshire, wohin kein Bus des Sozialamts fuhr. Wenn sie ein Taxi nähmen, würde das die gesamte Behindertenrente aufzehren, die sie jetzt über Wasser hielt. Immerhin waren die Behörden bereit, das Schulgeld komplett zu übernehmen, wenn Jess ihre Tochter täglich zur Schule und wieder nach Hause brächte. Dazu würden sie einen großen Wagen brauchen. Beide Frauen wussten das alles, doch die Diskussion darüber war ein Drama, das jeden Tag neu auf dem Spielplan stand.

»Wenn wir ein Auto hätten, könnte sie dort auf die Schule gehen und trotzdem hier wohnen. Ich *muss* dieses Auto gewinnen.«

»Jessie – du hast noch nie etwas gewonnen.« Valeria griff nach dem Nähzeug. »Und du machst das falsch. Hier, du musst den Faden drumwickeln.«

Jess sah ihre Mutter wütend an. Warum musste Valeria nur so sein? Warum musste sie mit der einen Hand nehmen, was sie mit der anderen gerade gegeben hatte? Warum musste sie für alles, was sie tat, die Rechnung präsentieren, bezahlt mit Jessies Nerven?

»Mach mir nicht dauernd Vorschriften. Kannst du nicht einfach –« Aber sie sprach es nicht aus. Sie biss sich auf die Zunge, wie üblich. Gestattete sich nicht, zu sagen, was sie gern gesagt hätte. »Ich muss etwas machen, verstehst du … Ich kann doch nicht ewig so weiter …« Sie gab es auf. Es hatte ja doch keinen Zweck. »Es ist schon spät. Du solltest nach Hause gehen.«

»So, wenn du meine Hilfe brauchst, dann bin ich willkommen. Aber wenn ich auch mal etwas sage …«

»Hilfst du mir oder nicht? Ja oder nein?« Sie brüllte es, ganz gegen ihre Natur.

»Wer hilft dir denn sonst schon?« Wieder herrschte

Schweigen, ein tiefes, triumphierendes Schweigen. »Niemand außer mir.«

Jess, frustriert, zog zu heftig, als sie prüfen wollte, ob der Knopf festsaß, und riss ihn wieder ab. Die beiden Frauen sahen sich an, beide hilflos zwischen Liebe und Enttäuschung, zwischen Loyalität und unausgesprochener Wut. Am Ende nahm Valeria dann doch das Nähzeug von ihrer Tochter und nähte den Knopf an, wie es sich gehörte.

Eine halbe Stunde später, als die Müdigkeit für einen fragilen Burgfrieden gesorgt hatte, erhob sich Valeria, stand da auf ihren Sauerkrautstampferbeinen und nahm ihre Strickjacke vom Stuhl.

»Ruf mich an, wenn du zu Hause bist«, sagte Jess. »Nur damit ich weiß, dass du wieder gut angekommen bist. Dreimal klingeln lassen. Ich hebe nicht ab.«

»Mir passiert schon nichts.«

»Dreimal klingeln. Vergiss nicht deinen Schal.«

»Den habe ich.«

»Mach's gut. Dreimal klingeln, Mama.« Jess gab ihrer Mutter einen Kuss auf die Wange. Allmählich roch sie, wie alte Leute riechen: nach abgestandener Luft, nach saurer Milch in einem ungelüfteten Zimmer. Die Haustür schloss sich, und Valeria, mit Schal und Hut gegen den Wind gewappnet (und gegen dunklere Mächte durch eine in den Saum ihres Mantels eingenähte Christophorus-Medaille), erschien kurz vor dem Küchenfenster, wie sie höher und höher die Rollstuhlrampe hinaufstieg, bis sie auf der Straße angelangt war.

Jess drehte sich um und starrte den unabgeräumten Tisch an, die soßenverschmierten Teller, die Spuren von Nats übergeschwapptem Milchglas, die fast wie die olympischen Ringe aussahen – und ein Wort kam ihr wieder in den Sinn, ein Wort, das sie an diesem Tag gesehen hatte. Jetzt fiel dieses Wort wie der sprichwörtliche Groschen:

START!

# *Der Wettbewerb*

## I

Schon zwei Stunden vor dem offiziellen Start fanden sich die ersten Teilnehmer auf dem Hof des Autohändlers ein. Zu den Allerersten gehörte ein Landstreicher, gerade erst unter seiner Brücke aufgestanden, dessen pure Gegenwart inmitten dieser Zigtausende von Pfund teuren Fahrzeugflotte schon als Akt der Provokation wirkte, als schierer Vandalismus.

Aus der entgegengesetzten Richtung kam ein dicker Mann und schob einen ganzen Einkaufswagen mit Ausrüstung vor sich her: Kleidung, Kissen, Proviant und viele, viele Dosen Bier – alles, was er brauchte (nach seiner Vorstellung), um aus diesem Wettbewerb als Sieger hervorzugehen.

Ein Dritter kam, ein Vierter. Bald waren es zehn, dann zwanzig, es wurden dreißig, vierzig. Um halb neun waren es über achtzig. Selbst Wohlhabende kamen und stellten wieder einmal unter Beweis, dass man nie genug haben kann. Als es neun Uhr wurde, drängten sich gut 120 Menschen zwischen all den unverkauften Wagen, über denen ein Ballon mit der Aufschrift IHR GEWINN: EIN NEUES AUTO schwebte und sanft an seinem Drahtseil zog. Zehn Minuten später waren es schon 150, dann noch mehr, die den metallic blau schimmernden, ultra-begehrenswerten Landrover umkreisten wie Spülwasser, bevor es im Abflussloch verschwindet.

Eigentümer des Landrovers war Terry »Hatch« Back von Back-to-Back (Olympia) Ltd., Neuwagenhandel. Er hatte sich unter die Teilnehmer gemischt, klopfte Wildfremden auf die Schulter, begrüßte sie begeistert mit »Hallo! Danke, dass Sie gekommen sind!« oder »Gleich geben wir die Regeln bekannt« oder »Hallo! Herzlich willkommen! Tolles Wetter haben Sie mitgebracht!«. Dann kehrte er zu seinem Assistenten Vince zurück, der sich abmühte, die Anwesenden zu zählen.

»Na, wie viele sind es? Ungefähr.«

Vince: »Zu viele.« Er schüttelte den Kopf. »Und es kommen immer noch neue dazu. Was sollen wir denn … Ich meine, was wollen Sie jetzt machen? So geht das doch nicht.«

Hatchs Antwort half nicht viel weiter. »Da gibt es was umsonst. Unglaublich. Sag ihnen, es gibt was umsonst, und die Leute drehen durch.« Bedächtig fuhr er sich mit dem Finger über seinen Haaransatz mit den Geheimratsecken, mit denen er wie ein Vampir wirkte. »Drehen vollkommen durch.«

Vince blieb bei seinen Bedenken. Als er Hatch zurück ins Büro folgte, sagte er noch drei weitere Male: »So geht das nicht«. Doch alles, was Hatch sah, wenn er durch das große Fenster auf die Menschenmenge blickte, war die wunderbare Lösung für all seine finanziellen Sorgen.

»Ich hab's dir doch gesagt! Ich wusste, dass sie kommen. Ich *wusste* es!« Immer wieder ballte er seine kleinen Fäuste, zwei zusätzliche Pumpen, die die Arbeit des Herzens unterstützten. »Und wenn es jetzt schon so voll ist, wie soll es da erst in …« Er blickte auf seine Uhr. »… in einer Stunde aussehen? Noch eine ganze Stunde, bis es losgeht.« Er lachte, ein einziger, kurzer, erleichterter Lacher. »Ich habe es gewusst! Ich hab's euch gesagt!« Was für ein Aufatmen! Mit jeder Minute ließ er die Durststrecke der letzten zwei Jahre weiter hinter sich zurück. »Das wird … Seht es euch an. Das wird RIESIG. Seht es euch an! So viel Publicity könnte man nicht für Geld bekommen. So was kann man nicht kaufen. Nie im Leben.« Er drehte sich wieder zu seinem Juniorverkäufer um. »Ich jedenfalls nicht. Coca-Cola, Shell, Tesco, die können so was vielleicht, aber …«

»Aber Sie *kaufen* sie doch«, wandte Vince ein. »Genau das machen Sie. Sie bezahlen sie mit dem Auto. All die Leute da draußen, die kaufen Sie.«

Hatch ging nicht darauf ein; er hatte keine Lust, sich die gute Laune verderben zu lassen. »Wenn das so weitergeht, kommen wir noch in die Nachrichten. Was meinst du?«

Doch bevor Vince etwas antworten konnte, kam der dritte Verkäufer, Dan, herein und sah noch verdatterter aus als sonst. Dan, ein schwerfälliger Mann, Mitte dreißig, war das muskulöse, bedächtige Gegenstück zu dem nervösen, drahtigen Vince. (Hatch wusste, dass seine Angestellten beide keine großen Lichter waren, und wenn er ihnen eine Frage stellte, rechnete er nicht mit einer brauchbaren Antwort.)

»Dan, gut. Mach die … Mach die. Gut. Jetzt hört zu. Es geht um die Presse. Hört zu. Wenn die Leute von der Presse kommen, wenn sie da sind und euch was fragen, nach eurer Meinung oder sonst was, dann schickt ihr sie zu mir, klar? Schickt sie immer zu mir. Ich kümmere mich um –«

Vince nahm noch einmal Anlauf. »Aber was machen wir mit –«

»Alles was mit … mit Publicity zu tun hat. Direkt zu mir.« Hatch tippte sich auf die Brust. »Habt ihr das verstanden?«

»Aber wir müssen irgendwie die Zahl beschränken, Hatch. So funktioniert das nicht.«

»Gut. Darum kümmerst du dich.« Hatch warf einen weiteren Blick auf sein Handy. Keine Nachrichten. »Aber die Journalisten immer direkt zu mir. Was hier zählt, das sind drei Dinge: Publicity, Publicity, Publicity.«

»Ich habe eine Idee«, fuhr Vince fort. »Wir losen die Teilnehmer aus. Damit wir auf eine vernünftige Zahl kommen.«

»Ja doch.« Dann kehrte das Lächeln zurück. »Wir müssen ein paar fortschicken, aber nicht zu viele. Es soll schließlich nach was aussehen.«

Vince hielt ein Post-it-Blöckchen in die Höhe. »Wir machen Lose. Vierzig, sagen wir mal. So stelle ich mir das vor. Jeder bekommt eine Nummer –«

Doch Hatch hatte sich bereits wieder umgedreht und blickte hinaus zu der Menge, seiner großen, landroververrückten Menge. »Da gibt es was umsonst. Ha! So sieht das dann aus.«

Vince: »Und wir müssen die Straße freihalten, sonst haben wir gleich die Polizei am Hals.«

»Schön. Gut. Kümmer dich drum. Und jetzt los. Das wird ein Knüller.«

Die beiden Verkäufer gingen wieder nach draußen. Hatch blieb am Fenster stehen. »Großartig«, murmelte er vor sich hin, »kommt her, meine Hübschen«, und schließlich »seht sie euch an! Da gibt's was umsonst, und seht euch an, was passiert!«

Als er sah, wie seine Frau Jennifer und die vier kleinen Kinder sich einen Weg durch die Menge bahnten, drehte er sich um, setzte sich an seinen Schreibtisch und wartete auf sie. Er stieß sich das Knie an dem Weltkriegs-Armeerevolver, den er mit Klebeband unter der Tischplatte befestigt hatte. Er hatte noch nie Gebrauch davon gemacht, aber wenn es so weiterging mit dem Vandalismus, würde er nicht zögern, jemandem einen Schrecken damit einzujagen. Er würde damit herumfuchteln und den Kleinkriminellen des Viertels zu verstehen geben, dass er bereit war, sein Eigentum notfalls auch mit der Waffe zu verteidigen.

Während er wartete, zog er das nagelneue Megaphon zu sich heran, das mit dem Schalltrichter nach unten auf seinem Schreibtisch stand: breit an der Basis, rot geringelt wie ein Leuchtturm; am anderen Ende ein Mikrophon, das auf seine ersten Anweisungen für die Teilnehmer draußen wartete. Er packte die Flüstertüte und schaltete sie ein. Ein elektrischer Aufschrei, und er hielt sie auf Armeslänge, bis das Pfeifen der Rückkoppelung nachließ, erst dann sprach er versuchsweise, mit leiser, belegter Stimme: *Auf die Plätze – fertig – los.*

Tom Shrift nahm den Fuß vom Gas und betrachtete das Tohuwabohu auf dem Hof des Autohändlers aus der Ferne. Was für ein Witz! *Wie unglaublich jämmerlich die aussehen, wie traurig, wie verzweifelt, ja wie tragisch*, dachte er einen Moment lang, doch dann fiel ihm wieder ein, dass er selbst einer von ihnen werden wollte.

Er hatte sich früh auf den Weg gemacht, damit er Vorsprung vor den Mitbewerbern hatte. Er war fest entschlossen, dieses Auto zu gewinnen, aber *das* hatte er nun doch nicht erwartet. Wer hätte das gedacht? So viele verlorene Seelen. *Meine Güte, das sieht aus, als wären sämtliche Mühseligen und Beladenen von ganz London hier zusammengekommen.* Prolls im Trainingsanzug. Unrasierte Männer. Unansehnliche Frauen. Zukurzgekommene. Muskelmänner in den Vierzigern, Bierbauch, Badelatschen an den Füßen. Kampferprobte Mütter im schrillen Sportdress, Wasserflaschen an die Brust gedrückt, zu allem bereit. Alte. Junge. Jede Art von Opfer der harten Realität des Lebens. Und jetzt auch noch er, Thomas H. (für Horatio) Shrift, im Begriff, sich einzureihen, einer von ihnen zu werden, zu kämpfen, wie sie kämpften, Mann gegen Mann. Ihm wurde schlecht bei dem Gedanken. Er packte das Lenkrad seines tuckernden Fiat Punto (den geliebten Volvo mit seinem seidenweichen Schnurren hatte er vor kurzem verkaufen müssen) und starrte diesen Pöbel an: Desperados, einer wie der andere! Was für eine Demütigung, dachte er, wenn man über Nacht zum Nichts wurde, zu einem, der *nichts hatte*, wo das Haben doch für ihn immer eine Selbstverständlichkeit gewesen war.

Doch Tom war überzeugt, dass er ein Mensch war, der es *verdiente,* zu haben. Und wenn er erst einmal dieses Auto ergattert hatte – im Grunde war er sich ja sicher, dass er die Kraft hatte, in diesem Wettstreit zu triumphieren –, dann würde er sich auf der Stelle daranmachen, verlorenes Terrain zurückzuerobern. Er würde schon wieder auf die Beine kommen. Das war bisher noch jedes Mal so gewesen.

Er stellte das Autoradio ab und drehte den Innenspiegel

so, dass er sich betrachten konnte. Er wollte wissen, ob er immer noch aussah wie jemand, der in der Lage war, 150 andere zu schlagen. Doch, fand er, im Großen und Ganzen sah er nach wie vor so aus. Die buschigen Augenbrauen konnten ein wenig Aufmerksamkeit vertragen, wo das eine oder andere Haar sich kräuselte, aber sonst sah er einen gepflegten Mann, einen Mann, der etwas vorstellte – oder es zumindest bald tun würde. Einen besonderen Menschen. Jemanden, der Ehrgeiz im Leib hatte. Anders als die anderen also. Einen Mann von Begabung. Auch jetzt, schon in den Vierzigern, hatte Tom Shrift noch etwas Gewinnendes – das sah er im Spiegel. Wache Augen, ein freundliches Lächeln, energisches Kinn, darunter ein frisch gebügeltes Hemd, reine Baumwolle; breite Schultern, die Schultern eines kräftigen Mannes … Ja, er war nach wie vor der Typ, bei dem ein Fremder denken würde: »Auf den setze ich mein Geld.«

Mit dem angefeuchteten Zeigefinger strich er die Augenbrauen glatt. Wenn man allein lebte, hatte man oft keinen Blick für solche Details. Keiner machte einen Junggesellen darauf aufmerksam, dass sein Atem unangenehm war, dass seine Achselhöhlen stanken. Tom wusste, wie man solche Fallen umging, wie man zum Beispiel in die hohle Hand atmete und den Atem prüfte. In letzter Zeit schwitzte er heftig, zeigte schon jetzt Anzeichen der Wechseljahre, vielleicht wusch er sich zu oft, nahm zu viel Rasierwasser, mühte sich zu sehr, immer wie jemand auszusehen, der geliebt wird. Ein frisches Hemd jeden Tag. Er war nicht kleinlich. Kragen wurden mit Stäbchen verstärkt. Man durfte sich nicht gehenlassen. Unter den nun gezähmten Brauen und getrennt durch die charakteristische lange Nase der Shrifts saßen zwei braune Augen, haselnussbraun genauer gesagt – die Augen seiner Mutter.

Ob er zurückrufen sollte, weil er am Vorabend nicht abgenommen hatte? Jeden Tag das Gleiche. Nein, zum Teufel mit seinen Eltern. Sein Vater hatte seine Mutter sitzenlassen, als Tom noch nicht einmal einen Monat alt gewesen war. Und Tom hatte nie eine Chance gehabt, mit ihm zu reden. Später hatte er diese Leerstelle in seinem Leben immer »das Nichts« genannt. Seine Mutter, die ihn jetzt vom Altersheim aus anrief und ihm Vernachlässigung vorwarf, war eine widerwillige Mutter gewesen, eine selbstsüchtige Frau, seine ganze Jugend hindurch. Erst jetzt, wo sie alt und einsam war, ließ sie von sich hören. Tag für Tag rief sie ihn an, und mittlerweile nahm er die Gespräche die meiste Zeit überhaupt nicht mehr entgegen. Sein ganzes Leben lang hatte sie nur das Allernötigste als Mutter getan. Jetzt tat er nur das Allernötigste als Sohn.

Genauso wie er aus seinem Telefon die Meldungen und Erinnerungen löschte, so befreite er nun auch seinen Kopf von überflüssigen Gedanken. Der Innenspiegel des Autos hatte ihm manch Positives zu erzählen. Was das Äußere anging, da hatte er alles, was er brauchte, um im Leben voranzukommen.

Wenn etwas an ihm nicht in Ordnung war – und er gab zu, dass es schon ein oder zwei Probleme gab –, dann zeigte sich das, wenn er den Mund aufmachte. Jedes Mal flog etwas heraus, was andere ärgerte. Er war schnell und schlagfertig, er sprach zu unverblümt, er konnte sich nicht zurückhalten. Vielleicht wusste er einfach zu viel. War das überhaupt möglich? Er las gern: Seine kleine, doch makellose Junggesellenbude war vollgestopft mit Büchern; die Fernsehantenne stand auf einem Stapel Taschenbücher, schwere Nachschlagewerke streckten ihre Rücken aus den Regalen hervor, die Ecke des Sofas, der das Bein fehlte, ruhte auf Churchills *Gesammelten Werken*. Er las gern und hielt mit seinem Wissen nicht hinterm Berg zurück – warum sollte er auch? Warum den Mund halten, wenn ein Faktum falsch ist, ein Gedanke nicht logisch, ein Zitat falsch zugeschrieben? Wer hat denn etwas davon, wenn man den Dummköpfen freie Bahn lässt?

Also machte er den Mund auf. Das, was Tom in seinem Datenbankhirn hatte, wollte heraus. Sein Kopf war mit Superbenzin gefüllt, er brauchte nur einmal aufs Gas zu drücken, und ab ging die Post: Namen, Fakten, Zitate. Er konnte einfach nicht anders, er musste die Leute korrigieren, musste ihnen helfen, einen Irrtum loszuwerden, den sie ihr Leben lang mit sich herumgeschleppt hatten. Ein solches Verhalten war schon im normalen Alltagsbetrieb nicht förderlich, doch besonders unglücklich war es, wenn das andere Geschlecht ins Spiel kam. Welche Frau lässt sich schon gern Vorträge halten? Welche Frau will hören, dass sie im Unrecht ist, eine Sache falsch sieht, und das von einem Mann, der sich seiner selbst so sicher ist? Ja, sein Mundwerk hatte ihn schon mehr Stunden im Bett gekostet als dieses Mundwerk warme Mahlzeiten zu sich genommen hatte, aber was sollte er tun? Sollte er sich dumm stellen, nur damit er eine Frau ins Bett bekam? Wenn das der Weg zum Ziel war, dann war ihm sein Hirn zu schade dafür. Solche faulen Kompromisse würde er nicht machen.

Als Zwanzigjähriger hatte Tom einmal an einem Intelligenztest teilgenommen und seine Kräfte mit Genies gemessen. Der Test bestätigte, dass er kein Dummkopf war. Das Ergebnis wies ihm einen Platz in den obersten 1% der Menschheit zu – der Elite! Wie war es da möglich, dass – und hier stellte sich die alte Frage wieder neu, als er nun den Blick hob und von seinem Punto auf- und hinüber zu der Menschenmenge im Hof des Autohändlers blickte, zu der immer weitere hinzuströmten –, dass ein intelligenter Mann wie er, ein wahrer Gehirnathlet, sich dermaßen abstrampeln musste, um einfach nur zu überleben? Und gezwungen war, zu Maßnahmen wie dieser zu greifen?

Kurz: Wie hatte er so tief sinken können, dass er jetzt einen Fiat Punto fuhr?

Die Russen. Klarer Fall. Er war gerade erst aus Sankt Petersburg zurück, ein Riesengeschäft war ihm durch die Lappen gegangen, und daran waren die Russen schuld. Mit großen Hoffnungen war Tom gen Osten geflogen und wollte Lizenzen für Bilder aus der Eremitage erwerben, für seine Glückwunschkartenfirma – *Masterpiece Cards*, ein junges, doch gesundes Unternehmen (er verstand auch eine Menge von Kunst) –, aber er hatte die Apparatschiks nicht zur Vergabe der Abdruckrechte bewegen können, nicht »an einen Unbekannten«. Die Russkis hatten ihn angeschmiert. Erst hatten sie so getan, als sei es alles kein Problem, hatten sich immer einladen lassen, und dann hatten sie ihn fallenlassen wie eine heiße Kartoffel. Jetzt schuldete er Banken und Kreditkartenfirmen 67000 Pfund und täglich kamen weitere Schulden hinzu. Die Hartherzigkeit der Geschäftswelt – es war unglaublich! – selbst für einen von Natur aus pessimistischen Menschen wie ihn. Er hatte sich für einen guten Geschäftsmann gehalten, doch sein Intelligenzquotient hatte ihn nicht vor Lügen, Gaunereien, gemeiner Gerissenheit gerettet, und wer wusste schon, was sie in den Samowar getan hatten?

Er ließ den Wagen wieder an. Er ignorierte die Verkehrsposten, die Neuankömmlinge weiterwinkten, arbeitete sich im Schritttempo weiter vor und fand schließlich einen großartigen Anwohnerparkplatz, für den er die richtige Plakette hatte. Doch als er die Hand ausstreckte, um die Tür zu öffnen, zögerte er. War das nicht schrecklich, wenn man so tief sank, dass man an einem Durchhaltewettbewerb teilnahm? Vielleicht konnte er stattdessen diesen alten Fiat Punto verkaufen? Nein. Dessen Wert lag im negativen Bereich. Er würde noch für die Verschrottung zahlen müssen. Was hatte er sonst noch zu verkaufen? Seine Ideen? Ein Witz! – wer würde ihm die schon abnehmen? Wie stand es dann mit seiner großen Bibliothek? Verkaufen? Aussichtslos. So gut wie nichts wert – wer wollte heutzutage schon die gesammelten Schriften von Winston Churchill, gerade wenn sie auch noch mit Randbemerkungen des Lesers wie »Bravo!« oder »schwerer Fehler!« versehen waren? Und wenn er sich Arbeit suchte? Sich einfach nach einer festen Anstellung umsah? Ebenfalls Fehlanzeige. Das Vorstellungsgespräch am Vortag hatte ihm wieder einmal deutlich vor Augen geführt, dass er nur als Selbständiger eine Chance hatte. Was blieb denn noch? Was nur? Sein Blut verkaufen? In Großbritannien verboten. Und da Sir Bob Geldof wohl kaum ein Benefizkonzert für ihn veranstalten würde, blieb ihm also nur noch diese eine Wahl – diese billige, entwürdigende Wahl, bei der jedoch ein wertvoller Preis winkte.

Widerstrebend hob er den Blick zum Himmel, wo hoch

über dem Hof des Händlers der Reklameballon schwebte, und die Worte tanzten vor seinen Augen: IHR GEWINN: EIN NEUES AUTO. Ja, genau das. Ein Auto gewinnen und es gleich wieder verkaufen; zwanzig-, dreißigtausend würde ihm das einbringen. Er senkte den Blick wieder, schätzte ab, wie viele es sein mochten, die sich da in dem Hof drängten (ungefähr hundert), und beschloss, dass jemand sich dieser Herausforderung stellen musste. Und wer? *Er selbst.* Allein gegen alle, das Übliche.

Und so holte er aus dem Kofferraum, was er für den Feldzug brauchte, Proviant, Hilfsmittel – Kleidung, Lektüre, ein paar Medikamente und persönliche Gegenstände, alles mit viel Bedacht ausgesucht und genau geprüft: armeetauglich und für den Straßenkampf geeignet. Na, Tom war bereit. Er schulterte sein Marschgepäck und ging hinüber zu dem Autoladen. Amüsiert schüttelte er den Kopf über die schiere Größe der anstehenden Aufgabe.

Als er ankam, vermied er jeden Blickkontakt. Hier war jeder Mann auf sich gestellt und jede Frau auch. Keiner lächelte. Keiner nickte einem anderen zu. So war das. Die Schlacht hatte begonnen, und schon jetzt war ihm klar, dass sie durch psychologische Kriegsführung entschieden würde. Jawohl, der wachsamste, beharrlichste Verstand würde dieses Auto bekommen. Er hatte sich schlau gemacht, hatte recherchiert zu Fragen der Psyche bei solchen Wettbewerben. Der Verstand hielt die Belastungen des Schlafentzugs nicht lange aus, es kam zu Wahnvorstellungen, Zerstreutheit, negativem Denken. Kontrolle über die eigenen Gedanken, das war der Schlüssel zum Erfolg – wie gut man die Denkmuster beherrschte, Fehlfunktionen verhinderte, wie groß die Reserven an beruhigenden, ausgleichenden, stabilisierenden Gedanken waren. Und er konnte sich nicht vorstellen, dass es in dieser Menge einen zäheren, zielstrebigeren Verstand gab als seinen. Was immer man an Eigenschaften brauchte, um eine Sache länger durchzuhalten als ein Rivale, hatte er, und er hatte reichlich davon. Seine Gegenoffensive hatte begonnen.

Jess Podorowski erstarrte, als sie die Menschenmenge sah. »Lieber Himmel.«

Sie zögerte. Auf einmal hatte sie jede Menge Zweifel. Mit ihrem angeschlagenen Rücken – die Bandscheibe am drittuntersten Wirbel schmerzte schon jetzt, und sie hatte ein wenig Fieber (sie musste sich wohl mit irgendwas angesteckt haben) –, wie sollte sie da so etwas durchhalten?

Sie sprach ein kurzes, stummes, flehendes Gebet: *Lieber Gott, wenn es wahr ist, dass es nur die gibt, die gesegnet sind, und die, die leer ausgehen, dann lass mich doch ein Mal, nur dies eine Mal, auf der richtigen Seite stehen …*

Jess war eine fromme Frau. Sie nahm ihre Gebete ernst, und sie hatte keine Hemmungen vor Gott. Alles wurde ihm angetragen. Und als neununddreißigjährige Witwe, die für eine behinderte Tochter zu sorgen hatte und bei Tage unter dem Namen Verkehrsaufsichtskraft 2061 geführt wurde – durchnummeriert wie Androiden –, die sich neun Stunden pro Schicht durch die Straßen schleppte, schlecht bezahlt noch dazu, und sich die übelsten Unflätigkeiten von den Fahrern anhören musste, denen sie ihre Strafzettel verpasste … da hatte sie Gott schon allerhand anzutragen.

Aber sie beschwerte sich nicht.

Das hatte sie sich schon lange abgewöhnt. Als sie zur Welt kam, hatte die Hebamme sie für stumm erklärt – sechs Stunden später überraschte die kleine Jess eine Krankenschwester mit einem leisen Wimmern. Als sie älter wurde, hatte sie diese merkwürdig schweigsame Art zur Vollkommenheit entwickelt. Sie hielt sich lieber an Dinge. Machte aus dem Aushalten eine Kampfsportart. Im stillen Widerstand gegen die Wut der Leute, denen sie ihre Strafmandate aushändigte, war sie ein Profi – immer ein leises Lächeln auf den Lippen und im Geiste ein Gebet. Sie dachte bei sich nur: Paulus haben sie verachtet, weil er Steuereinnehmer war, die Leute haben Steine nach ihm geworfen, und doch hat Gott sich seiner angenommen. *Dann soll Gott sich jetzt auch meiner annehmen*. Ihr katholischer Glaube war wie eine Rüstung für sie. Am Sonntag ging sie in die Kirche, betrachtete den viel zu selten angebeteten Christus hoch oben an seinem Kreuz, die Arme ausgebreitet zum Zeichen seines Opfers – na, bei ihrer Arbeit gab es ja auch kleine Golgathas. Sie wurde angeschrien und sehnte sich danach zurückzubrüllen, doch ihre Lippen waren versiegelt. *Was denkst du eigentlich, wer du bist? Du Miststück! Du Drecksau! Du Hure!* Jedes Wort ein Nagel. Nach zwei Jahren im Dienst kannte sie jedes Wort, das der Pöbel ihr um die Ohren schlug, zwei Jahren in einem Beruf, für den kaum eine andere weißhäutige Frau in England sich schlecht genug fand. In ihrer lächerlichen Uniform – Schirmmütze, schwarzes Kostüm, neongrüne Weste, in der sie noch vom Mars aus sichtbar war – kontrollierte sie die abgelaufenen Parkuhren, straßauf, straßab. Menschen und ihre Autos, lieber Gott! Wenn sie ihre Runde machte, sprach sie darüber oft mit Gott: wie sehr sich Menschen und ihre Autos glichen. Ein Mercedes C-Klasse und der typische C-Klassen-Besitzer; der Börsenmakler hinter dem Steuer seines 3er-BMWs; die tolle Frau, die gerade ihren Jaguar-Sportwagen abschließt, Wagen und Fahrerin makellos, sanft schnurrend, selbstbewusst, wohlgepflegt, weitaus mehr Kraft, als sie je brauchten, Vollautomatik, nur einen Knopfdruck entfernt. Sie beneidete sie um ihren Luxus und ihren Lexus. Wenn man sich das vorstellte: Leute, denen es vollkommen egal war, wenn sie ein Strafmandat bekamen!

Aber die abgelaufenen Parkuhren der Armen – das war eine ganz andere Geschichte. Jammergestalten in rostigen Renaults – schwachbrüstigen Autos bar jeder Elektronik, die schon im nächsten Augenblick die Pannenhilfe brauchen konnten, kaum noch einen Tropfen Benzin im Tank – das waren die Leute, die ihr eine einzelne Münze hinhielten, als ob sie ein Teufel sei und die Münze ein Talisman. Geldnot stand ihnen ins Gesicht geschrieben, verzweifelt hofften sie, dass sie die Münze noch in den Schlitz stecken durften, damit sie nicht eine Woche lang am Hungertuch nagen mussten.

Immer, immer fühlte Jess sich schuldig, dass sie die vom Leben Benachteiligten noch um eine weitere Stufe tiefer stieß, und ließ sich oft genug erweichen. Sie zählte sich ja selbst unter diese beinahe schon Mittellosen. Kein Lexus, kein Luxus für Jess Podorowski. Sie wusste, was für ein Loch achtzig Pfund Bußgeld in die Haushaltskasse rissen.

Als sie die Menschenmasse auf dem Hof des Autohändlers sah, zog ihr Magen sich zusammen. Es waren sogar ein paar bekannte Gesichter darunter. »Meine Güte, das ist doch … Kennst du den? Weißt du noch?«, sagte Jess zu ihrer Mutter und Natalie neben ihr. »Der ist ja von unserer Bank! Ich hätte gedacht, der hat genug auf dem Konto! Was macht *der* denn hier? Und da, das ist doch …« Sie wies auf einen Mann, der einen Nylon-Windschutz errichtete, als wolle er sein Lager am Strand aufschlagen. »… der ist aus unserer Kirche, er reicht immer den Klingelbeutel rum. Da sind Leute hier, die *kenne* ich tatsächlich.« Sie zählte, wie viele es waren. Als sie bei fünfzig angekommen war, gab sie auf und verdoppelte die Zahl. Hundert mindestens. Entschieden zu viel.

»Gott, ich hätte nie gedacht, dass das so viele werden. Ich dachte, zu so was kommen nur ein paar Leute.«

»Gut!«, rief Valeria, erleichtert über den resignierten Tonfall ihrer Tochter. »Dann können wir ja jetzt nach Hause gehen.«

Doch Jess fasste ihre Mutter fest am Arm. »Nein – nein – ich muss es wenigstens versuchen.«

»Was?«

»Das hier. Ich muss es versuchen.«

»Warum?«

»Du weißt doch, warum! Ich habe es dir erklärt.«

Jess warf einen kurzen Blick hinüber zu ihrer Tochter im Rollstuhl, die begeistert das Geschehen ein Dutzend Schritt vor ihr verfolgte, und ihr Kopf ging dabei hin und her wie der eines Schiedsrichters beim Tischtennis. Auf dem langen Weg hierher hatten Jess und Valeria sich beim Schieben des Rollstuhls abgewechselt, und sie konnten Nat jetzt nicht enttäuschen und ihr das Schauspiel vorenthalten.

»Warum?«, fragte Valeria noch einmal.

»Bitte, Mama. Wir können das nicht alles schon wieder besprechen.«

Jess wandte sich wieder Nat zu. Querschnittsgelähmt. Von den Achselhöhlen abwärts. Zu 80% behindert. Das Mädchen trug Windeln unter seinen schwarzen Jogginghosen. Chronisch unterkühlt seit dem Verkehrsunfall, der ihren Vater das Leben gekostet hatte (eine doppelte Katastrophe). Doch irgendwie wirkte Nat stets fröhlich. Wie kam das? Was war das für ein Mechanismus? Wenn Jess zweifelte, ob sie die Kraft hatte, weiterzumachen – und das kam jeden zweiten Tag vor –, hatte sie immer das leuchtende Beispiel ihrer Tochter vor Augen, und das brachte sie wieder auf den Damm.

Valeria schüttelte nachdenklich den Kopf. »Das ist doch Irrsinn. Glaub mir, du machst einen Fehler. Wir Wisnewskis, wir betteln nicht um Almosen. Das tun wir nicht. Und sieh dir doch die Leute da an. Bettler!«

»Mama, du solltest jetzt nach Hause gehen. Nimm Nat, bring sie nach Hause. Ich komme gut allein zurecht.« Jess ging zu ihrer Tochter und küsste sie auf die bleiche Wange. Sie umarmten sich. Nat zeigte Jess das Daumen-hoch-Zeichen, mit beiden Händen, Jess winkte Valeria zum Abschied zu, und dann stellte sie sich in der Warteschlange an, um sich für den Wettbewerb anzumelden. Draußen im Hof ließ Tom die lange, stockende Schlange der Wartenden, die sich am Empfangstisch gebildet hatte, links liegen, ging zum Büro des Ladens, klopfte einmal an das Glas und trat dann ein. »Verzeihen Sie.«

Ein gehetzt wirkender Mann – mittelgroß, Mitte vierzig, pechschwarzes Haar – schaute von seiner Arbeit auf. Er schrieb Zahlen auf die Zettel eines kleinen Blocks, riss diese einen nach dem anderen ab und sagte zu einem jüngeren

Mann, vermutlich einem Angestellten: »Hier, die verteilst du jetzt, an jeden einen.«

Tom stand in der Tür, und beide Verkäufer sahen ihn an. Zwei Kinder, die mit Büchern auf dem Boden saßen, blickten ebenfalls auf. »Daddy?«, fragte der Ältere. »Was ist ein Goldregenpfeifer? Hier steht, er ist der schnellste Vogel der Welt.«

Tom sah zu ihm hinunter: das *Guinness-Buch der Rekorde*.

»Wer sind Sie?«, wandte der Ältere sich an Tom.

»Tom Shrift.« Und nach einer Pause: »Ihr Sieger.«

Jetzt hörten sie ihm zu.

»Was wollen Sie?«

Schon platzte es aus Tom heraus: »Bevor wir hier anfangen und die ganze Tortur über uns ergehen lassen, wollte ich mich nur vergewissern, dass Sie auch dafür sorgen, dass die Regeln eingehalten werden – dass Sie kein Auge bei Gaunern zudrücken und nicht Ihre eigenen Kandidaten durchmogeln. Faires Spiel, mehr fordere ich nicht. Entweder es geht anständig zu, oder die ganze Sache ist ein Dreck. Sehen Sie zu, dass es nicht noch erbärmlicher wird, als es ohnehin schon ist. Bitte um Verzeihung, ich wollte nicht stören. Wir sehen uns dann, wenn wir's hinter uns haben.«

Und damit verließ Tom das Büro.

Jess stand in der Schlange zwischen zwei Männern – einem forschen, wohlhabend wirkenden Mittzwanziger und, hinter ihr, einem großen, schlanken Schwarzen. Sie versuchte gar nicht erst, mit ihnen oder mit sonst jemandem zu reden, und starrte einfach nur auf ihre Hände. Dann trat ihr jemand auf den Fuß. Es war der junge Mann vor ihr, der plötzlich einen Schritt rückwärts gemacht hatte. Es tat weh, wirklich weh. Doch Jess – was sollte man sagen – entschuldigte sich schon, bevor er überhaupt ein Wort herausbrachte.

»Meine Schuld«, beteuerte sie. »Machen Sie sich keine Gedanken.«

»Tut mir ehrlich leid. Alles in Ordnung? Mist. Hab irgendwie das Gleichgewicht verloren.«

»Nein, nein. Es war meine Schuld. Ich … Es … Ich komme immer zu nahe an Leute heran. Passiert mir dauernd. Meine Schuld.«

Ihr Fuß schmerzte. Vor allem der große Zeh. Der junge Mann war groß, schwer, sein Absatz war aus festem Leder, und er hatte sie mit seinem ganzen Gewicht erwischt. Aber Jess lächelte tapfer und ließ sich den Schmerz nicht anmerken; sie schenkte dem Burschen sogar noch ein abschließendes »tut mir leid«. Er tat ihr tatsächlich leid. Das musste ihm doch furchtbar peinlich sein.

Weiter vorn wurden die Wetteraussichten diskutiert. *Blauer Himmel, die ganze Woche … Ich habe gehört, es soll regnen … Nein, bewölkt.* Einer erzählte, es gebe für solche Wettbewerbe einen Weltrekord; stehe im *Guinness-Buch*. Ein anderer glaubte ihm nicht. Doch, beteuerte der Mann (obwohl er sich an die exakte Zeit nicht erinnerte), in Prag sei es gewesen, 1970 oder so etwas. Eine Handvoll Tschechen habe über fünf Tage ausgehalten.

Fünf Tage! Das sei ja nicht zu glauben.

»Fünf Tage? Die spinnen, die Tschechen.«

Ein Transvestit: »Gar nicht *aus*zudenken. Was für ein deprimierender Gedanke!«

»Gott, die armen Menschen.« Schockiert von dieser Aussicht, wandte Jess sich an den Schwarzen hinter ihr. »Die müssen ja vollkommen verzweifelt gewesen sein.« Der Schreck fuhr ihr in die Knochen. »Das hier, das wird doch nicht so lange dauern, oder?«

Der Schwarze schüttelte den Kopf. »Nein. Unmöglich. Den Leuten in dem Land hier, denen geht's zu gut. Die sind zu verweichlicht dafür. Nur in einem harten Land halten sie fünf Tage durch. Menschen ohne Hoffnung.«

Zu gut? Tatsächlich?, fragte sich Jess. War Jess eine von denen, denen es zu gut ging, mit den Augen eines Schwarzen betrachtet? Ein neues Gebet nahm in ihren Gedanken Gestalt an, eine Abwandlung des ersten. *Also … wenn das stimmt, lieber Gott, dass es nur die gibt, die was kriegen, und die, die leer ausgehen, wenn das wahr ist, dass die einen niemals kämpfen müssen und die anderen ihr ganzes Leben, dann verpasst doch eine von den beiden Gruppen irgendwie den Sinn des Lebens, findest du nicht auch, Gott? Ich meine, den richtigen Sinn. Kann doch gar nicht anders sein. Die können ja nicht beide gleichzeitig das wahre Leben haben …*

Wieder ging es einen Schritt voran. Ganz allmählich kam sie nach vorn, aber die Schlange bewegte sich so langsam, dass es sich überhaupt nicht nach Vorankommen anfühlte. Die angekündigte Startzeit war bereits vorbei.

Der Transvestit weiter vorn verkündete: »Nie im Leben habe ich so viele unglückliche Menschen gesehen. Ein erhebendes Schauspiel.«

Hinter sich hörte sie jemanden sagen: »Die meisten hier halten höchstens ein paar Stunden durch.«

»Oh, das sagst du, Schätzchen. Menschen machen jeden Irrsinn mit.«

Und dann plötzlich ein Pistolenschuss. Oder etwas, was so klang. Leute fuhren zusammen. Blickten in alle Richtungen. War das ein Schuss gewesen? Was hatte das zu bedeuten? Eine Frau schrie. Hatte jemand die Menschenmenge unter Beschuss genommen? So etwas war ja möglich.

»Jesus!«, quietschte der Transvestit, laut genug, um noch mehr Panik zu verbreiten.

»Eindeutig ein Schuss«, bestätigte der Schwarze.

Und dann rief eine einzelne Stimme lauthals: »Es geht los!«

Das war's. Binnen einer Sekunde waren alle überzeugt, dass sie einen Startschuss gehört hatten, und die Ersten stürmten los, um Hand an ein Auto zu legen – an das erstbeste Auto. Die vereinzelten Ausbrüche lösten eine Massenreaktion aus, und bald drängten alle nach vorn, rangelten um Plätze, sahen in jedem Nachbarn den Feind und riefen: »Es geht los! Es geht los!« Aus einem Gerücht wurde eine Tatsache. Der Wettbewerb hatte begonnen! Wer sich auf den Startschuss hin nicht ans Auto begab, würde disqualifiziert. Nicht alle fanden noch eine Stelle, an der sie den Landrover berühren konnten, und ein paar gingen zu Boden, verletzten sich sogar. Die anderen stiegen über die Gefallenen. Von unten kamen Schmerzens- und Protestschreie. Hatte der Schuss jemanden getroffen, hockte vielleicht irgendwo ein Heckenschütze?

Hatch hingegen, der die Anmeldung beaufsichtigt hatte und von dem Schuss ebenso überrascht war wie alle anderen, hatte sich umgedreht und blickte hinüber zu seinem Büro. Ihm ging etwas ganz anderes durch den Kopf als der Menschenmenge. Es war ein Gedanke, der ihn losstürzen ließ, so schnell er überhaupt nur konnte, durch den Ausstellungsraum und hin zu seinem Büro, und er war sich so gut wie sicher, was er dort finden würde. Vor dem Schreibtisch ging er auf die Knie und kroch zu seinem jüngsten Sohn, der sich ganz weit hinten versteckt hatte. Sein Mund stand offen – ein Fünfjähriger, der zu erschrocken zum Weinen ist.

Hatch kickte die rauchende Pistole beiseite, schleuderte sie weit in die andere Ecke des Raums, nahm sein Kind in die Arme und drückte es an sich. Er brachte den Jungen dazu, wieder zu atmen, während der andere Sohn starr an der gegenüberliegenden Wand stand. Eine Kugel hatte soeben den Türrahmen direkt neben seinem Kopf zerschmettert.

»Alles in Ordnung, Ronny, alles in Ordnung«, sagte Hatch zu dem Jüngeren von beiden. »Alles in Ordnung. Daddy ist da. Keine Angst. Oscar, komm her. Oscar? Komm auch her. So ist's lieb.«

Und Oscar, der nicht wusste, wie knapp er gerade mit dem Leben davongekommen war, kam und krabbelte, wie sein Vater es getan hatte, unter den Schreibtisch und ließ sich wie sein Bruder von ihm umarmen.

Vince' Armbanduhr zeigte 10 nach 10. Auf Geheiß seines Chefs sprach er in das Megaphon, doch anscheinend war alles, was der Apparat verstärkte, seine Nervosität.

»Als Erstes will ich … will ich … Sie alle willkommen heißen … Können Sie mich hören, dahinten? … willkommen heißen zu Back-to-Back (Olympia) Ltd., Neuwagenhandel … Also, ich sage das nicht gern, aber wir haben da ein Problem.«

Ein Problem? Seine Zuhörer stöhnten.

Es seien zu viele gekommen, erklärte Vince, und die Zahl der Teilnehmer müsse durch eine Lotterie, eine Verlosung beschränkt werden, die in etwa einer Dreiviertelstunde stattfinden werde. Inzwischen rate die Geschäftsführung den Anwesenden, sich ein wenig die Füße zu vertreten. Dreihundert Meter die Straße hinunter gebe es einen Starbucks und einen Burger King, falls jemand eine Stärkung wolle, und um Punkt 10 Uhr 55 sollten sich alle wieder zur Ziehung einfinden.

Nach dieser Ansprache hatten die Ersten die Nase voll. Viele gingen einfach, weil für sie damit feststand, dass aus der Sache nie etwas werden würde; die Übrigen – immer noch mindestens hundert – schlurften die Straße hinunter zu einer Stärkung, die sie noch nicht brauchten.

Kaffee machte Jess immer nervös, geradezu reizbar, aber sie malte sich aus, dass der Energieschub ihr später noch nützen würde. Sie packte ihren doppelten Espresso und zwängte sich durch das Gewimmel und Geschnatter der Menge und fand einen Platz auf einer Fensterbank in der Sonne und sah den anderen zu, all den Fremden, wie sie schoben und drängelten und einfach nur versuchten zu tun, was sie auch getan hatte, nämlich bei der einzigen Kellnerin eine Bestellung aufzugeben.

Eine weitaus jüngere Frau mit blonder Löwenmähne setzte sich neben sie und stellte sich als Betsy vor. »Machst du bei dem Autowettbewerb mit?« Jess nickte. »Ich auch. Wir sind ganz schön verrückt, was? Ich *brauche* überhaupt kein Auto.« Betsy lachte, dann sah sie sich in dem Café um und stieß einen Seufzer aus. »Wahnsinn. Ich weiß überhaupt nicht, was ich hier mache ... wie ich auf die Idee gekommen bin ... Ehrlich, keine Ahnung. Oh, ist der süß!« Sie hatte einen attraktiven jungen Mann entdeckt, groß, gut angezogen. Jess folgte Betsys Blick und sah, dass es der war, der ihr in der Schlange auf den Fuß getreten hatte. Nur aus Höflichkeit murmelte sie »Mmmm«.

»Na, egal.« Betsy kehrte halbwegs zu ihren Gedanken zurück. »Wovon habe ich ... Oder hatte ich gar nichts – oh, ich weiß es wieder. Das Auto. Wahrscheinlich werde ich es verkaufen, wenn ich es gewinne. Was ich bestimmt nicht tue. Aber – na ja. Ist doch irgendwie ein Spaß, oder? Der Wettbewerb hier?«

Jess zuckte mit den Schultern. Spaß? »Da bin ich mir nicht so sicher.« Sie blickte in die Runde. »Ich finde, die Leute sehen aus, als ob sie das ziemlich ernst nähmen.« Und tatsächlich war kein einziges Lächeln zu sehen, nur angespannte Gesichter, verkniffene Lippen, als machten sich alle schon bereit für die ersten Kinnhaken.

Tom Shrift öffnete die Tür zu dem überfüllten Café. »Na, toll«, brummte er verächtlich, dann schob er seine Schulter vor und zwängte sie in die erste Schwachstelle, die er in dem Gedränge sah, murmelte »'tschuldigung« und drückte, wand und quetschte sich nach vorn, und an der Theke angekommen hob er die Hand energischer als alle, die dort warteten, und erregte damit die Aufmerksamkeit des zweiten Mädchens, das die Kaffeemaschine bediente. Ihre Wangen waren gerötet von der unerwarteten Nachfrage, und sie warf ihm einen gehetzten Blick zu. »Da warten noch andere.«

Andere? Natürlich gab es andere. Was für eine blödsinnige Antwort. Fast sieben Milliarden Menschen drängten sich auf diesem Planeten – *und ungefär fünfhundert sind dazugekommen, seit ich den Laden hier betreten habe, du blödes Huhn* –, natürlich gab es »andere«. Er ließ die Hand sinken. Dieses Spatzenhirn kam wahrscheinlich aus einem Kuhdorf im Norden, wo Höflichkeiten auf der Straße so selbstverständlich erwidert wurden, dass es eine Währung war, in der sich der Handel noch lohnte. Doch in einer Stadt wie dieser, wo man kaum einmal jemanden ein zweites Mal sah – und wo man nicht damit rechnen konnte, dass eine Freundlichkeit sich auszahlte –, war ein solcher Höflichkeitskodex wertlos. *Jeder* drängelte sich hier vor. Nahm Abkürzungen. Hatte den Blick auf den Horizont geheftet und hielt immer Ausschau nach seinem Vorteil. Da blieb einem nichts anderes übrig, als sofort zu handeln, schneller zu sein als sein Gegner, lauter zu schreien als sein Nachbar: Wie sollte man sonst überleben? Tom warf einen Blick zurück auf die, die er hinter sich gelassen hatte, und sah die üblichen wütenden Gesichter, die meisten davon verzerrt – da war er sich sicher – vom Neid um den Kaffee, den er sich gerade gesichert hatte, und nicht vom Ärger über einen Verstoß gegen die Etikette. Die bissen sich alle in den Hintern, weil sie sich nicht so gut durchsetzen konnten wie er.

Sein Blick blieb schließlich an einem Gesicht keine zehn Zentimeter vor ihm haften. Es strotzte nur so vor Gesundheit und einer geradezu beunruhigenden Jugendlichkeit. »Hi.«

»Hi«, erwiderte Tom missmutig.

»Machen Sie auch mit?«, fragte der muntere Knabe im Upperclass-Tonfall. »Ich auch. Bin froh, wenn es endlich losgeht.

Hab das Gefühl, ich hab schon eine Unmenge Nervenkraft verbraucht. Na, jetzt kann es ja nicht mehr lange dauern.«

Aus dem Tonfall, der Diktion des Jungen, hörte Tom sofort die vornehme Schule, den Platz im Ruder-Achter, die Kinderfrau, die ihn am Bahnhof abholte, eigener Tennisplatz, Skiurlaub, Sonnenbräune im Winter, der Landsitz, um dessen Pächter man sich wohlwollend kümmerte, all das und noch viel mehr. Sein eigener Akzent hingegen – das wusste er und hatte es immer gewusst – verriet die Abendschule, das Fernstudium, die billige Kaufhausunterwäsche, die Pauschalurlaube auf Mallorca, die Jahreskarte für den Bus, die neu besohlten Schuhe.

»Ich war vor Ihnen dran«, sagte er.

»Na, da wäre ich mir nicht so sicher … aber machen Sie ruhig … gehen Sie vor.«

*Typisch,* dachte Tom, *hat es nicht nötig, seine Chance zu nutzen*. Selbstgefälliger Schnösel! So konnte sich nur jemand benehmen, der nie um etwas kämpfen musste, ein Leben voller eitel Sonnenschein. Was tat so ein Jüngelchen überhaupt hier? Eine Beleidigung, dass die Wohlhabenden jetzt sogar schon ihren wonnigen Nachwuchs hinab in die Hühnerställe schickten, damit sie sich auch noch mit den letzten paar Eiern davonmachten, die die Alten noch nicht selbst geholt hatten. Ganz egal, wohin diese Geldsäcke blickten, ihre Augen sagten immer nur: *Meins*.

Tom drehte sich wieder zum Tresen um und steckte einen Kopfhörer seines Taschenradios ins Ohr. Er musste die Umgebung ausblenden, damit seine Energien nicht verpufften. Sein liebster Talkmaster, Alex Lee Lerner, eine 50 000-PS-Peinlichkeitsschleuder, reichte das Mikrophon eben an den ständigen Sexberater der Sendung weiter. Diese Show war zum Schreien. Die Fragen, die die Zuhörer stellten! *Was soll eine Frau mit einem Mann machen, der sie nicht befriedigt? Ist Geschlechtsverkehr zwischen Bruder und Schwester in der Sowjetunion verboten? Stimmt es, dass Männer von Natur aus polygam sind und Frauen monogam? Was soll eine einsame Frau tun, um Liebe zu finden? Sie kann sich doch nicht einem Mann* an*bieten …* Tom war schon lange zu dem Schluss gekommen, dass Menschen einfach blöd waren. Nicht nur einzelne Menschen, sondern die Menschheit insgesamt. Wie konnte jemand fragen, ob es schlimm sei, wenn man jemanden bumste, während andere im selben Zimmer schliefen?

Der junge Mann streckte ihm seine Hand hin. »Matt Brocklebank.«

Tom schüttelte sie widerwillig, nahm den Ohrhörer heraus und nannte seinen eigenen Namen.

»Und was führt Sie hierher?«, fragte der Junge.

Tom zog den zweiten Ohrhörer heraus. »Wie bitte?«

»Ich war nur neugierig, weswegen Sie hier sind.«

»Um ein Auto zu gewinnen. Weswegen soll man denn sonst hier sein? Es sei denn, es gibt auch noch Brathühner gratis.«

»Ja, klar. Ich meine … wir haben doch sicher alle unsere verschiedenen Gründe.«

»Also ich tue es, um ein Auto zu gewinnen. Wenn's recht ist.«

»Ja, klar, ich meine nur … es hat doch jeder seinen ganz bestimmten Grund, warum er das will. Das finde ich interessant.«

»Sie sind dran. Ihr Kaffee.«

»Sicher?«

»Machen Sie nur.«

Tom wartete, während der junge Mann mit dem Starbucks-Mädchen flirtete. Er trommelte ungeduldig mit den Fingern auf den Tresen, bis er selbst seine Chance zum Bestellen bekam – Kaffee, schwarz, zwei Stück Zucker –, dann wartete er noch einmal eine Ewigkeit, bis der Kaffee da war. Er drehte sich um, zwängte sich wieder durch die wartende Menge, die Tasse mit dem siedend heißen Kaffee hoch über dem Kopf.

Es war kein Tisch mehr frei, und er musste sich zu zwei anderen Leuten setzen: einem unglaublich fetten, doch gutgelaunten schwarzen Jungen, der bereitwillig erzählte, dass er nachts auf der Straße schlafe, und da sei der Wettbewerb nicht viel anders als sein ganz normales Leben, und einem verhutzelten Rentner, der ebenfalls überzeugt war, dass er von vornherein im Vorteil war, denn er hatte dreißig Jahre lang als Nachtwächter gearbeitet. Tom setzte sich und ließ ihn seine Geschichte erzählen. Er hatte geglaubt, er habe ein gutes Geschäft gemacht, als er seine Wohnung einer Kapitalgesellschaft namens *Herbst des Lebens* überschrieb. Für eine kleine Summe Bargeld, die ihm seine letzten Jahre versüßen sollte, und lebenslanges Wohnrecht hatte der alte Knabe diesen Haien alle Rechte übertragen, und dann war er krank geworden, und die Behandlungskosten hatten sein ganzes Geld aufgebraucht. Hätte er nichts auf der hohen Kante gehabt, wäre das Gesundheitsamt für die Kosten aufgekommen. Jetzt warteten die Leute von *Herbst des Lebens* auf seinen Tod. Er fühlte sich wie ein Fremder in dem Haus, in das er die Ersparnisse seines ganzen Lebens gesteckt hatte. »Ich bin Walter. Freut mich sehr. Und das hier ist Tayshawn.«

Tom sah den dreckigen Straßenjungen an und nickte.

Walter lächelte. »Sie lassen nichts anbrennen, was, Tom?«

»Könnte man sagen.«

*»Und in das Tal des Todes ritten die tapferen neunhundert …«*

»Sechshundert. Ritten die sechshundert«, verbesserte Tom.

»Tatsächlich? Ich hätte geschworen, es waren die tapferen neunhundert. Sind Sie sicher?«

»Und das *tapfere* gehört da auch nicht hin. In den Angriff der leichten Brigade.«

»Sind Sie sicher? Also das glaube ich nicht. Ich habe immer –«

*»Ihrer ist die Antwort nicht, ihrer ist das Fragen nicht, nur das Sterben ist ihr' Pflicht. Und in das Tal des Todes ritten die sechshundert.* Alfred Lord Tennyson.«

»Schitt.« Walter stieß einen Pfiff aus. »Donnerwetter. Da sag einer was gegen. Ich geb mich geschlagen.«

Sogar Tayshawn grinste. »Cool.«

»Ganz schön was auf'm Kasten, hm?«, fügte Walter noch hinzu. »Ein Glück, dass es kein Intelligenzwettbewerb ist. Sonst könnten wir alle … Ha! Ha!«

Doch Tom war schon aufgestanden und entschuldigte sich; er sehnte sich nach einem Platz am sonnigen Fenster. Dort stand er, reglos, und versuchte jeden weiteren Kontakt zu vermeiden, bis er sich doch wieder hineinziehen ließ, als er sah, dass ihn jemand aus der Ferne beobachtete. Eine Frau diesmal. Er betrachtete seine Schuhspitzen, dann sah er wieder zu ihr hinüber. Ende dreißig. Sie saß auf der Bank am Nachbarfenster, dramatisch von der Seite her beleuchtet. Erinnerte ihn an einen Vermeer, zu dem er vor gar nicht langer Zeit die Rechte besessen hatte – die Art von Frau, die aussah, als hätten schon viele Männer sie geliebt, doch im Augenblick liebte niemand sie. Handgelenke so schmal, dass sie einen Bagel als Armreif hätte tragen können. Sie hatte etwas Melancholisches. Augen von übernatürlichem Aquamarin. Bei einem Gemälde hätte man den Künstler vielleicht dafür kritisiert, hätte die Augen zu grell gefunden, doch nicht im wirklichen Leben.

Er lächelte sie an. Er lebte immer noch in dem Glauben, dass Frauen ihn allein seines Äußeren wegen attraktiv fanden. Sie lächelte zurück, und Tom war überrascht und erfreut. Das wurde immer seltener. So oft brachten seine Versuche ihm keinerlei Reaktion ein, oder er erntete blanke Ablehnung, doch das Gesicht dieser Frau, das eben noch traurig und einsam gewirkt hatte, sah nun plötzlich viel heiterer aus. Ob sie eine Teilnehmerin war? Vielleicht eine Büroangestellte, die Pause hatte, oder sie machte Einkäufe, vielleicht war sie sogar eine Touristin. Für eine Teilnehmerin an dem Wettbewerb wirkte sie zu entspannt. Nichts Mörderisches in ihrem Ausdruck.

*Was soll eine einsame Frau tun, um Liebe zu finden?* Die Frage aus dem Radio kam ihm wieder in den Sinn. *Geh zu Starbucks,* war seine Antwort.

Er steckte sich wieder den Stöpsel ins Ohr – gerade noch rechtzeitig, um zu hören, dass da (beinahe!) von ihm die Rede war! Bildete er sich das ein? Nein. Lee Lerner war voll in Fahrt. Er hatte von dem Wettbewerb gehört – *ihrem* Wettbewerb, Toms Wettbewerb!

*... Also, Ohren gespitzt. Back-to-Back Cars, Olympia. Um*

*zehn Uhr heute Morgen geht's los, und sie verschenken ein nagelneues Auto an den, der am längsten seine Hand dran halten kann. Machen Sie mit. Und rufen Sie an, erzählen Sie mir, was Sie von solchen Wettbewerben halten – 377 89 89. Ich persönlich würde mir eher eine Enthauptung ansehen, aber wenn Sie unbedingt einen allradgetriebenen Spritschlucker wollen, der durch unsere Umwelt stolpert wie... na ja, ehrlich gesagt, wie Bigfoot!... oder wenn Sie einfach finden, dass Schlaf völlig überschätzt ist, dann nichts wie ab nach Longview, hinter der Kensington High Street, damit wir alle etwas Hübsches haben, worüber wir reden können.*

Nie zuvor hatte Lee Lerner Tom auf seinem gnadenlosen Radar gehabt! Jedenfalls nicht als Thema. Sicher, ein paarmal hatten die beiden Männer ein paar Worte gewechselt, wenn Tom anrief und zu ihm durchkam (um irgendeinen Blödsinn richtigzustellen, den ein Idiot gerade verbreitet hatte), doch dies war das erste Mal, dass er tatsächlich Gegenstand einer Lernerschen Tirade war. Wie unheimlich! Plötzlich hatte Tom eine Rolle in der Geschichte dieser Stadt. Was sagte man dazu?... Lee Lerner mochte also den großen Autowettbewerb nicht. Das wunderte Tom überhaupt nicht – der Wettbewerb *war* eine jämmerliche Sache, da hatte Lee Lerner ganz recht. Es *war* unterste Schublade, ein Tiefpunkt auf dem Kulturbarometer. Tom nahm einen Schluck von seinem Kaffee und spürte, wie sein alter Widerwille wieder in ihm aufstieg, vom Magen heraufkam, Peristaltik in die falsche Richtung – er musste schlucken, damit er unten blieb.

Er blickte wieder hinüber zu der Fensterbank, wo die Frau gesessen hatte, die ihn interessierte, und mit einem winzigen Anflug von Bedauern sah er, dass sie fort war.

»Fünfundsiebzig!«

Auf dem aprikosenfarbenen Zettel, den Tom in der Hand hatte, stand: *14*.

Katastrophe. Er war aus dem Rennen. Wie hatten die Spielregeln gelautet? Die vierzig Nummern *über* der gezogenen sollten die glücklichen sein, oder? War das wirklich schon das Ende? Vorbei, bevor es begonnen hatte?

»Fünfundsiebzig«, wiederholte der Besitzer des Autoladens, Mr Back, durch sein quäkendes Megaphon, während die Zuhörer auf ihre Lose starrten. Viele von diesen Losen, die sie kurz vorher blind aus einem Karton gezogen hatten, wehten im nächsten Moment schon im Wind, zu Konfetti zerrissen; die meisten hatten sie angewidert in die Luft geworfen, und ein Windstoß trug ihre vergebliche Hoffnung davon, während die wenigen mit den Nummern 75 bis 115 erleichtert seufzten oder triumphierend eine Faust gen Himmel reckten wie Tennisstars oder Freiheitskämpfer.

Jess faltete ihr Los auf. Sie musste sich überwinden, die Zahl zu lesen. 107. Ja. Sie zählte also wirklich zu den Glücklichen? Plötzlich wallte etwas wie Freude in ihr auf. Sie spürte es in ihren Adern. Sie war immer noch im Rennen! Ein Mensch, der nie Glück hatte, hatte gerade Glück gehabt. Ein Wunder. Danke, Gott. Danke, Jesus, Maria und Joseph. Sie war es nicht gewöhnt, dass sie bei etwas die zweite Runde erreichte, und jetzt grinste sie, zurrte den Pullover, den sie sich an den Ärmeln um die Taille gebunden hatte, fester, zog in Gedanken den Gurt straff für die lange Fahrt, die jetzt vor ihr lag.

Tom hingegen konnte den Blick gar nicht von seinem Los abwenden. *Vierzehn!* Immer wieder faltete er den verfluchten Zettel zusammen und faltete ihn wieder neu auf, als hoffe er, dass durch einen Zauber noch eine weitere Eins vor der Zahl erschien. Alles in seinem Kopf drehte sich, vordatierte Schecks, mörderisch überzogene Konten, aber vor allem die verlorene Chance auf den Gewinn. »Das ist doch … das kann doch nicht …«, murmelte er leise, dann immer lauter. »Hört mal, das könnt ihr doch nicht …«

Doch gerade in dem Augenblick und so plötzlich, dass er sich keine Strategie mehr überlegen konnte, tippte ihm jemand auf die Schulter.

Der Assistent des Autohändlers, den er im Büro gesehen hatte, drückte ihm diskret einen zweiten Zettel in die Hand und zwinkerte ihm zu. »Pssst«, sagte er und verschwand dann wieder in der Menge.

Ungläubig faltete Tom den Zettel auf. Las darauf eine Nummer … *96*. Er blickte sich um, verdattert. Anscheinend hatte keiner diesen heimlichen Tausch bemerkt. Was zum Teufel ging da vor? Warum hatte er diesen zweiten Zettel bekommen? Er war auserwählt, soeben vor dem Nichts errettet worden. Aber warum? Doch dann begriff er. Er war ein Erwählter. Man hatte ihn mit Absicht gerettet. Der Veranstalter hatte instinktiv begriffen, dass er etwas Besonderes war, eine dramatische, eindrucksvolle Erscheinung, ohne die sein Wettbewerb um vieles ärmer wäre. Und als ihm das klar wurde, machte sich in ihm ein Gefühl großer Erleichterung, eines großen Friedens breit, das Gefühl, dass er etwas wert war.

Auf der anderen Seite des Autohofes kehrte Dan, der Juniorverkäufer, zurück zu seinem Boss.

»Hast du alle, die wir brauchen?«, fragte Hatch.

Dan nickte. »Ich hatte fünf Zettel beiseitegelegt und fünf vielversprechende Kandidaten selbst ausgesucht. Jetzt sind es genau vierzig.«

»Gut. Wir wollen hier einen Weltrekord brechen. An die Arbeit.«

Hatch nahm das Megaphon, trat in die Mitte des Hofes und wandte sich dann an die verbliebenen Teilnehmer. »Hier läuft alles genau nach den Regeln, verstanden? Diese Veranstaltung ist für das *Guinness-Buch der Rekorde* angemeldet.« Dieses Adelsprädikat ließ er erst einmal seine Wirkung tun, bevor er weiterredete. »Am Anfang werden Sie auf zwei Fahrzeuge aufgeteilt, bis die Zahl sich so weit reduziert hat, dass alle an eines passen. Die beiden Fahrzeuge sind der blaue Landrover Discovery hier rechts, den der Sieger als Preis erhält, und der rote Subaru-Jeep links, der nicht vergeben wird. Die Regeln sind folgende ...«

Vierzig Gesichter sahen ihn an. Hinter ihnen stand in einem Halbkreis eine Reihe der ausgeschiedenen Kandidaten, die wenigstens noch einen Eindruck von dem bekommen wollten, was sie verpassten.

»Fünf Minuten Toilettenpause alle zwei Stunden; Schlaf ist nicht gestattet. Wer eindöst, der ist draußen. Und noch etwas: Von dem Augenblick an, in dem der Wettbewerb beginnt, darf kein Teilnehmer einem anderen in irgendeiner Weise helfen. Sie betreten jeder eine andere Welt. Jeder Teilnehmer ist *ganz auf sich gestellt*. Tränen zwecklos. Von jetzt an ist jeder von Ihnen nur so stark, wie er, und er allein, ist. Keine gegenseitige Hilfe. Willkommen im Dschungel. Jeder, der sich auf einen anderen stützt, *wird disqualifiziert*. Finden

Sie die Kraft, die Sie brauchen, in sich selbst, oder geben Sie auf der Stelle auf.«

Theatralisch senkte Hatch das Megaphon, um den Schwachen noch eine Chance zu geben, sich davonzuschleichen. Doch als keiner aufgab, sagte er zum Schluss noch: »Und dem Besten und Stärksten unter Ihnen gute Fahrt mit den schönsten Empfehlungen von Back-to-Back Cars. Ich gebe jetzt an meinen Assistenten Vince weiter, der auch als Schiedsrichter fungieren wird, und er wird Ihnen die Regeln im Einzelnen erläutern.«

Was Vince auch sogleich tat, weit weniger mitreißend als sein Boss.

1. Ein Schiedsrichter gibt mit einer Trillerpfeife Anfang und Ende jeder Ruhepause bekannt, so wie hier. *(Dan blies seine Trillerpfeife.)* Drei Dixi-Klos stehen Ihnen kostenlos zur Verfügung, dank der Großzügigkeit einer irischen Firma.

2. Essen dürfen Sie jederzeit.

3. Mindestens eine Hand muss stets Kontakt mit dem Fahrzeug haben, außer in den Toilettenpausen natürlich.

4. Keiner darf sich an das Fahrzeug lehnen oder sich daran abstützen. Es ist nicht gestattet, sich zu setzen.

5. Der Sieger muss sich einem Bluttest unterziehen und damit den Beweis erbringen, dass er keine Drogen oder Dopingmittel genommen hat.

6. Außer den Schiedsrichtern verfolgen mehrere Überwachungskameras den Wettbewerb, um Betrug oder Mauscheleien auszuschließen. Doch Kameras können nicht um die Ecke oder durch andere hindurchsehen, und deshalb sollen auch die Teilnehmer selbst und ihre Angehörigen ein Auge

offen halten. Wer immer einen Teilnehmer die Hand vom Wagen nehmen sieht, soll ihn melden. Jeder kann jeden melden, aber denken Sie daran, dass bei einer falschen Anschuldigung der Beschuldiger sofort disqualifiziert wird. Wer etwas melden will, sollte zuerst seinen Nachbarn anstoßen und sich bestätigen lassen, dass seine Beobachtung stimmt. Allein das Wort eines Teilnehmers gegen das eines anderen genügt nicht. Ich wiederhole: Das Wort eines Teilnehmers gegen das eines anderen genügt nicht. Sobald Sie Bestätigung haben, verständigen Sie uns, indem Sie einfach die Hand heben. Aber passen Sie auf, welche Sie heben. *(Gelächter.)* Sonst sind Sie gleich mit draußen. Ein Schiedsrichter kommt und disqualifiziert jeden, der gegen die Regeln verstößt, ohne Ansehen der Person. So, ich glaube, das wäre alles.

Damit ging das Megaphon wieder an Hatch. »Warten wir also ab, wer am meisten Power unter der Haube hat. Legen Sie Ihre Hand an eines der beiden Autos. *Neun, acht, sieben …*«

Ein letztes Drängeln, vierzig Hände wurden flach ausgestreckt und legten sich auf sonnenheißes Metall. *Sechs… fünf… vier…* Das Blech war so heiß, dass die Berührung weh tat, und instinktiv hätte man die Hand zurückgezogen, doch nach dem ersten Schreck verging der Schmerz.

*Null.* Dan ließ eine Trillerpfeife ertönen.

Der Wettbewerb hatte begonnen. Und binnen Sekunden winkten mehrere freie Hände den Schiedsrichter herbei. Schon hatte man Fehler gesehen. Jemand hatte sich vorgedrängt. Ein anderer war unfair beiseite geschubst worden. Dan und Vince eilten zu den Tatorten und disqualifizierten die Übeltäter.

*»Blödsinn«*, protestierte der Erste, der ausschied, doch fünf Leute bezeugten, dass er erst Sekunden nach dem Startpfiff die Hand angelegt hatte, und er war aus dem Rennen. Dieser Mann – die Nase ganz mit Zinksalbe eingeschmiert, in Erwartung von Stunden, vielleicht Tagen in der brennenden Sonne – musste die Entscheidung akzeptieren und schlurfte mit leeren Händen davon.

Hatch selbst hatte sich in den Discovery gesetzt, schloss die Tür und machte von innen eine Reihe von Fotos von den Händen, die sich an die Autoscheiben drückten, durchscheinendes Fleisch wie korallenrote Seesterne an der Wand eines Aquariums.

Die erste halbe Stunde verging. Auch wenn die Umstände noch so seltsam waren – vierzig vernunftbegabte Erwachsene, die sich um zwei Autos drängten und alle eine Hand daran hielten –, kam doch ein Gespräch zustande, so kultiviert, wie man es auch an einer Bushaltestelle gehört hätte. In der sengenden Sonne machten die Teilnehmer sich nach und nach miteinander bekannt. In kleinen Häppchen gaben sie ihre Namen und ihre Lebensgeschichte preis: der Soldat, der in Afghanistan gedient hatte und sagte, es sei »die Hölle« gewesen; der Mann aus Billingsgate, der ein wenig stotterte und der überzeugt war, dass die Schlaflosigkeit, an der er litt, jetzt im Wettbewerb sein Vorteil sein würde; der Ukrainer mit einem Arbeitsvisum der EU, der sich mit neun anderen ein Zimmer teilte, weil er sich selbst das billigste Quartier nicht leisten konnte, und für den der Landrover ein Campingwagen sein sollte, in dem er wohnen, essen, schlafen und leben konnte; die Frau, deren Kind in Wales ertrunken und die gekommen war, um zu vergessen; der Fahrer bei FedEx, der, was seltsam aussah, nur an einer Hand einen Handschuh trug, eine Woche frei und nichts anderes zu tun hatte; der vierzehnjährige Junge, der ohne Erlaubnis seiner Eltern da war; der Schlagzeuger der Heavy-Metal-Band, der den Siebensitzer gewinnen wollte, damit sie auf Tournee gehen konnten; der mehrfach vorbestrafte Autodieb, der freimütig über die Verlockungen sprach, die Automobile auf ihn ausübten, und der wenigstens ein einziges Mal eines legal besitzen wollte; der Asylbewerber aus Zaire, der es als Grundstein für ein neues Leben sah; der ehemalige Fußballer, der jetzt in Swindon Möbel für Ikea ausfuhr und der prahlte, dass die Sache bei seiner Kondition doch überhaupt kein Problem sei, und das Geld könne er gut brauchen; der Vater zweier Kinder aus Hounslow, der mit einem Kumpel um 300 Pfund gewettet hatte, dass er nur mit Bier und Pizza bis zum Sieg durchhalten würde, und einen Vorrat von 120 Dosen Bier mitgebracht hatte; die Hebamme des staatlichen Gesundheitsdiensts, angestellt am St. Mary's Hospital, die bei jeder auch nur annähernd amüsanten Bemerkung loswieherte und überzeugt war, dass der Wettbewerb durch das richtige Schuhwerk entschieden würde, weshalb sie in Turnschuhen angetreten war, die jedem Olympioniken Ehre gemacht hätten. Alle diese und noch viele weitere tauschten ihre Geschichten über die zwei Autos hinweg aus, und jeder von ihnen hatte seinen ganz persönlichen Vorteil, aber auch seine verborgenen Schwächen, die ihnen entweder zum Sieg verhelfen oder diesen Sieg gerade verhindern würden.

Tayshawn, der Straßenjunge, brachte alle zum Lachen. »Ich gewinne, das steht fest. Das einzige Problem ist … das ist alles so aufregend, dass ich ein neues Auto gewinne, und …

und da hab ich jetzt schon die letzten zwei Nächte nicht mehr geschlafen, versteht ihr? Das wird meine dritte schlaflose Nacht.«

Walter Haines, der Rentner, wollte es nicht glauben. »Du machst Witze! Du – ha! ha! – du hast seit zwei Tagen nicht mehr geschlafen?«

»Hm-hm.«

»Und wie – ha! ha! Meine Güte! Und wie – ha! ha! – und wie fühlt sich das an? Himmel!«

»Fühlt sich scheiße an.« Tayshawn grinste mit den anderen. »Echt scheiße. Aber ich gewinn trotzdem. Weil ich das nämlich will, okay? Ich will das Auto.« Der junge Mann wurde wieder ernst. »Daran glaube ich – dass man alles erreichen kann, wenn man nur den Willen dazu hat. Und mein Wille, der ist stark. Der ist echt stark. Da könnt ihr jeden fragen, der mich kennt. Ich hab einen starken Willen. Und deswegen gewinne ich das Auto. Mich schlägt keiner. Ist mir egal, wie viele Nächte ich nicht schlafe. Scheißegal. Oder wie schlecht es mir geht. Macht mir nichts. Ich mach weiter und weiter und weiter. Wartet's nur ab. Alles eine Frage der Willenskraft.«

Jess stand schweigend dabei und beteiligte sich nicht an der Unterhaltung. Sie hatte die linke Hand ans Beifahrerfenster des Discovery gelegt und fühlte sich weder sonderlich optimistisch noch sonderlich verzweifelt – sie sah für beides keinen Grund. Die Wahrscheinlichkeit war nicht groß, aber was hatte sie schon zu verlieren außer ein paar Stunden Schlaf? Andere hatten Glück, warum nicht auch sie? Die ungefähr zwanzig an ihrem Wagen und dazu die ungefähr zwanzig an dem anderen, da mochten viele dabei sein, die jünger und fitter und ausgeruhter waren als sie, aber wie viele waren so bedürftig wie Jess, wie viele waren wie sie bereit, bis zur Aufopferung zu kämpfen? Wer konnte schon sagen, wozu ein Mensch wirklich fähig war?

Tom Shrift presste derweil die Hand auf die Motorhaube, auf der sich verzerrt sein Gesicht spiegelte. Die Gespräche der anderen deprimierten ihn, und nicht weil er etwas gehört hatte, das ihn in seiner Siegesgewissheit zweifeln ließ, sondern weil er sich immer mehr selbst dafür hasste, dass er zu dieser Art von Leuten gehörte. *Gott, in meinem Alter sollte ich Geschäftsführer sein, die Auffahrt zu meinem Haus sollte ein hundert Meter langer Kiesweg sein.* Es schnürte ihm die Kehle zu, wenn er daran dachte, wie weit er in seinem Lebensplan zurückgefallen war. Er war ein Mensch, der zum Wesen der Dinge vordrang; wenn er in die Runde blickte, dann sah er 360° Realität. Und was hatte ihm das eingebracht? Er hatte ein Schauspiel aus seinem Leben gemacht. Er klammerte sich an die Schnauze eines Autos, zusammen mit Debilen und Degenerierten, mit Draufgängern und Desperados, dem Bodensatz des britischen Traums. Was für ein Witz!

Er betrachtete die Frau mit den traurigen Augen, die er auf der Fensterbank des Cafés gesehen hatte und die nun neben ihm stand. Da hatte er sich also getäuscht. Auch sie war eine Wettbewerbsteilnehmerin. Keine Touristin, keine Shopperin. Ihm fiel auf, dass sie sich ebenfalls nicht an den Gesprächen beteiligte und wie er kaum den Blick hob. Das gefiel ihm; ein zurückhaltender Mensch, der sich vielleicht ebenfalls hatte überwinden müssen, um hierherzukommen, und genau wie er unablässig gegen den Impuls ankämpfen musste, einfach loszulassen und davonzugehen.

Die erste Stunde verging in gähnender Ereignislosigkeit, die diffuse Spannung des Vormittags hielt sich eine zweite, in der alle **39**, dann **38** (der unkoordinierte Handwechsel eines Chinesen), dann **37** (ein junges Mädchen, dem jemand auf den Fuß trat und das zurückschreckte), dann **36** (eine Frau, die mit dem Ellbogen von der Motorhaube abrutschte) allmählich die Zeit herbeisehnten, wo sie – als Sieger – endlich die Hand von dem Wagen nehmen und zu ihrem normalen Leben zurückkehren konnten.

Doch unablässig wurde weiter geprahlt, denn Prahlen war eine Art Waffe.

»Ich gewinne hier, das ist so sicher wie das Amen in der Kirche.«

»Ich halte fünf Tage ohne Schlaf aus. Hab ich schon öfter gemacht.«

»Packt ihn schon mal ein – der ist meiner.«

»Ich werde ihn neu lackieren lassen. Blau ist so *lang*weilig.«

»Mein Mann hat es geträumt. Es ist Schicksal. Es steht fest, dass ich gewinne.«

»Gott hat mich auserwählt. Er hat zu mir gesprochen.«

»Mir geht's großartig. Hab mich nie besser gefühlt.«

»In meinem Horoskop heute Morgen stand ...«

»Solche Wettbewerbe, die werden im Kopf entschieden, und mein Kopf ist klar.«

Als ein Mann zu Toms Linker sagte: »Schuhe. Ohne das richtige Schuhwerk, da kannst du gleich aufgeben ...«, hielt Tom es nicht mehr aus und steckte sich wieder die Kopfhörer ins Ohr.

Inzwischen lief eine andere Talkshow im Radio. Viel besser als die letzte war sie auch nicht. Wenn man dieser Tage das Radio anstellte, kam nie etwas anderes als Müll. Aufgeregte Stimmen brachten einfältige Ansichten vor, Dummheiten, Verschrobenheiten, Halbwahrheiten, Albernheiten, Klischees. Er schaltete das Radio ab. Wie konnte er sich sonst noch ablenken? Er warf einen Blick auf die Armbanduhr. Noch zwanzig Minuten bis zur ersten Pause.

Hatch blickte zum großen Ladenfenster hinaus, das ihm die Geschehnisse im Hof wie auf dem Labortisch präsentierte, und beendete eben ein Telefonat mit dem Lokalradio.

»Jetzt hören Sie mir zu ... Nein, Sie hören *mir* zu. Ich habe, ich habe für Reklame bei Ihnen bezahlt, nicht für Kritik. Er – Ja natürlich, ich habe es doch gehört. Live. Ich habe es doch gehört! Er kritisiert – ... O doch, das tut er. Und jetzt richten Sie – ... Jetzt richten Sie Ihrem Großmaul da draußen aus ... wenn er uns weiter sabotiert, dann blase ich den Wettbewerb ab und ziehe meine Radiowerbung zurück. Vierzig Leute werden um ihr Auto betrogen. Und wenn die Presse nachfragt, dann werde ich denen sagen, wer dafür verantwortlich ist. Okay? Gut. Also gehen Sie hin und reden Sie mit ihm. Danke.« Er knallte den Hörer auf die Gabel und drehte sich zu Vince um. »Gottverdammte Nervensäge. Unglaublich. Macht uns schlecht, und ich zahle denen auch noch ... Unglaublich. Das ist, das ist schlimmer als keine Publicity, das ist *negative* Publicity.« Er ließ seinen Ärger an Vince aus. »Wo sind die Fotografen? Wo bleibt die Presse? Ich habe dir gesagt, du sollst für Publicity sorgen, Vince. Wo sind die?«

»Ich hab's versucht. Keiner war interessiert. Sie werden doch nicht wirklich den Wettbewerb –«

»Publicity, darum geht es doch. Keine Reklame, keine Verkäufe, und dann verschenke ich einfach so ein Auto.« Er seufzte, sank in sich zusammen wie ein Luftballon, aus dem die Luft entwich. »Rühr die Werbetrommel. Wir brechen einen Weltrekord – fünf Tage neun Stunden. Hör mal! Wir sind fürs *Guinness-Buch* angemeldet ... das ist eine große Sache. Da muss man doch jemanden für interessieren können.«

Beim Wort *Guinness* wies Hatch auf sein Bücherregal, wo die ganze Serie der Rekordjahrbücher stand, bis zurück zum allerersten Band aus dem Jahre 1953, aber er hätte auch auf ein Foto an der Wand zeigen können, ein Mini-Minor, flankiert von 18 jungen Leuten – darunter auch er und Jennifer, die sich an jenem sonnigen Tag vor dreizehn Jahren noch nicht gekannt hatten – und nur ganz knapp, um zwei Personen, hatten sie den *Guinness*-Rekord zum Thema »Wie viele Leute passen in einen Mini-Minor?« verpasst. (Und in diesem ächzenden Menschenknäuel hatte Hatch den Körper von Jennifer De Havres das erste von vielen Malen gewärmt, doch erst der Druck des sozialen Umfeldes hatte sie zu dem Konglomerat gemacht, das sie heute waren.)

»Viele finden es einfach geschmacklos, das ist alles.«

»Geschmacklos? Was ist denn daran geschmacklos?«, zeterte Hatch. »Wir verhelfen jemandem zu einem neuen Leben!«

»Also, was soll ich machen?«

»Machen? Machen? Was du machen sollst? Geh raus, und blas es ab. Oder sorg dafür, dass die Presse kommt.« Er sank noch tiefer in seinen Schreibtischsessel.

»Alles in Ordnung, Hatch?«

»Mir geht's bestens.« Dann noch einmal: »Mir geht's bestens.«

»Dan und ich wollten nämlich auch mal über den Lohn mit Ihnen sprechen, den Sie uns noch schulden.«

»Jetzt nicht, Vince«, sagte Hatch, »bitte«, bat er, »nicht jetzt« und »nicht jetzt, habe ich gesagt!«, als Vince ihn an die drei Wochen erinnerte, die er im Rückstand war.

»Drei Wochen sind eine lange Zeit. Wir können nicht weiterarbeiten, wenn wir nicht bezahlt werden, und es ist einfach nicht fair, jemanden nicht zu bezahlen, gerade jetzt, wo Sie erwarten, dass wir wegen der Sache da draußen Tag und Nacht da sind.«

Hatch: »Wir reden später darüber. Nicht jetzt. In Ordnung? Wir machen es später.«

Vince zuckte mit seinen hageren Schultern, nahm die Abfuhr gelassen hin und trottete nach draußen.

Allein hinter geschlossenen Türen – die eine führte zu einer ölverschmierten Werkstatt, die andere auf einen Hof voller Pöbel mit blutunterlaufenen Augen –, blickte Hatch zur gegenüberliegenden Wand, wo ihn aus dem Bilderrahmen sein Vater in immerwährender Sorge anstarrte.

Matt Brocklebank, der flotte junge Mann, wandte sich an den Rentner. »Noch zehn Minuten bis zur ersten Pause. Kommt einem nicht vor, als ob das schon zwei Stunden waren, oder?«

»Mir schon, Junge.« Walter Haines reckte seine steifen Glieder.

Die hübsche junge Betsy Richards war ganz seiner Meinung. »Mir tun jetzt schon die Beine weh. Lange halte ich das nicht durch.«

Jess, die Politesse, hatte Beine, die Kummer gewohnt waren, aber ihre Füße machten ihr Sorgen. Es war ein sehr schlechtes Zeichen, dass sie jetzt schon schmerzten. Sie war wütend, dass ihr Körper so früh solche Signale aussandte. Wenn sie ihre Runde ging, taten die Füße niemals so weh, warum also jetzt?

»Seien Sie die Erste auf der Toilette«, sprach Tom Shrift sie an. »Es wird eine Schlange geben. Da darf man nicht spät dran sein. Drei Toiletten reichen nicht für so viele Leute, und wenn die Blase drückt, gibt man schneller auf.«

»Danke. Aber ich kann selbst auf mich aufpassen.«

*Warum sagt er mir das, dieser Mann, den ich überhaupt nicht kenne? Und was bildet er sich ein, dass er einfach davon ausgeht, dass ich aufs Klo muss?* Sie fand es schrecklich, wenn Männer sie ansprachen. Sie wollte nicht, dass sich einer auf die Art für sie interessierte. Beim Gedanken an Männer – an alle außer Maciek eigentlich – presste sie automatisch die Beine zusammen. Aber andererseits … es war jetzt zwei Jahre her. Wenn sie sich nicht bald zwang, so zu tun, als ob sie eine Frau mit normalen Bedürfnissen sei, die sich für andere interessierte, dann würde sie bald sein wie ihre eigene Mutter – und aus dem Rennen um Sex ein für alle Mal ausgeschieden sein.

War Jess hässlich? Wie sah sie sich selbst? Sie war nicht umwerfend, aber sie sah auch nicht schlecht aus. Das slawische Gesicht war in Ordnung, ihre Figur auch, sie war unauffällig – und die meisten mussten ja mit »unauffällig« zufrieden sein, wenn nicht mit weniger. Wenn sie sich überlegte, wie andere sie wohl sahen, dann stellte sie sich vor, dass sie sie als unglückliche Frau mit bemerkenswerten Augen sahen. Ja, das konnte sie sich schon vorstellen, dass sie etwas Nettes über ihre Augen sagen würden. Aber welcher Mann suchte schon nach so etwas? *Frau, 40, guter Allgemeinzustand, unauffällig, mittellos, verwitwet, Tochter im Rollstuhl, unglücklich wirkend, mit hübschen Augen.* Sonst keine körperlichen Vorzüge? Ihr Haar? Hellbraun, zu dünn; selbst mit Haarspray bekam es keine Fülle. Die Haut? Zu blass, neigte zu Flecken, das Blau der Adern schimmerte an manchen Stellen durch. Brüste? Zu flach. Ihr Lächeln? Ja, das war vielleicht ihre andere Trumpfkarte. Wenn sie einen anlächelte, hatte Maciek einmal gesagt, das sei, als drücke Gott einem Geld in die Hand. Ihre Chancen stiegen schlagartig, wenn man sah, dass sie mit sich zufrieden war.

Jess beschloss, sich nach der Pause eine andere Stelle am Auto zu suchen, damit der Mann sie nicht noch einmal ansprach.

Per Ohrstöpsel hielt Tom sich über das Leben der Großstadt auf dem Laufenden.

Lee Lerner war wieder in Fahrt.

*… das Neueste von unserem unglaublichen Haltet-das-Auto-Wettbewerb in Olympia. Wie wir hören, soll der Wettbewerb abgebrochen werden, wegen abfälliger Bemerkungen in unserer Sendung. Halleluja! Ein Triumph für den guten Geschmack … es gibt noch Gerechtigkeit im Leben …*

Woher hatte Lee Lerner das? Abgebrochen? Tom war mittendrin in diesem Wettbewerb, und mit keinem Wort war von Abbrechen die Rede gewesen.

Die Schiedsrichterpfeife ertönte.

Jess watschelte (von Gehen konnte schon keine Rede mehr sein) zu den Toilettenhäuschen.

Tom schritt zum Büro und hielt seinen Zorn nur mit Mühe im Zaum. »Was soll das heißen, Sie wollen den Wettbewerb abbrechen?«, fragte er, als er zu Hatch hineinstürmte. Er hielt sein Radio in die Höhe. »Habe ich gerade gehört. Sie machen nicht weiter?«

Bevor er etwas sagen konnte, war der Händler schon rot angelaufen. »Die Presse. Sie machen die Sache hier schlecht. Und mich persönlich. Im Radio ziehen sie über uns her. Ich kann mir nicht leisten, dass ich meinen guten Namen verliere. Wenn das so weitergeht –«

»Sagen Sie ab oder nicht?«

»Ohne positive Rückmeldung kann ich nicht weitermachen. So einfach ist das.«

Tom überlegte kurz, dann griff er zu Hatchs Telefon.

»Was machen Sie?«

»Ich rufe an.«

»Beim Radio? Sie kennen die Nummer?«

»O ja, die kenne ich.«

Tom kam durch, und schon nach kurzer Wartezeit wurde er zum Produzenten der Sendung durchgestellt. »Ich möchte zu Lee Lerner Live zugeschaltet werden, jetzt sofort«, sagte er in den Hörer. »Ich bin ein Teilnehmer des Autowettbewerbs, von dem er gerade spricht. Glauben Sie mir, er wird mit mir sprechen wollen. Können Sie mich durchstellen? Ich muss gleich zurück zum Auto und kann nicht warten. Gut ... ich warte.« Er senkte den Hörer und sagte zu Hatch: »Sie setzen meinen Anruf ganz oben auf die Liste.«

Hatch nickte, voll der Bewunderung für einen derart souveränen Umgang mit den Medien, und schaltete sein eigenes Radio ein (auf Toms Hinweis stellte er es leise).

Schon eine Minute später war Tom bei Lee Lerner auf Sendung.

LEE LERNER: Sie sind verbunden mit Lee Lerner Live. Und am Telefon ist … Tom. *(Ein amüsiert-resignierter Tonfall, der Bände sprach.)* Wie geht es Ihnen heute?

TOM: Jetzt hören Sie mal zu. Ich bin Teilnehmer bei diesem Autowettbewerb und ich –

LEE LERNER: Tatsächlich? *Sie* sind Teilnehmer? Und *jetzt in diesem Augenblick* haben Sie die Hand am Auto?

TOM: Ich möchte ein kurzes Statement abgeben. Vor einiger Zeit hat eine Bar hier in der Stadt einen Wettbewerb im Zwergenwerfen veranstaltet. Hören Sie mich?

LEE LERNER: Zwergenwerfen, ooo-kay… Ganz schön was los in der Kulturszene da draußen, Tom.

TOM: Es gab eine Menge Proteste, aber kein Mensch hat zur Kenntnis genommen, dass die Zwerge das selbst organisiert hatten.

LEE LERNER: M-hm. Worauf wollen Sie –?

TOM: Ich hab an die Zeitungen geschrieben – und Ihnen sage ich das jetzt –, dass ich persönlich Zwergenwerfen genauso abstoßend finde wie alle anderen, dass ich aber bis aufs Messer für das Recht eines Zwergs kämpfen würde, sich werfen zu lassen. Verstehen Sie? Bis aufs Messer. Und das hier, das ist genau das Gleiche. Hier wird keiner mit der Waffe gezwungen. Wir machen das aus freien Stücken. Also tun Sie nicht so scheinheilig. Und unterstützen Sie uns.

Daraufhin ein für Radioverhältnisse langes Schweigen, bevor Lerner antwortete: »Okay. Zur Kenntnis genommen. Ich denke drüber nach.«

»Gut«, sagte Tom, als er den Hörer auflegte. So machte man das.

»Wer sind Sie?«, fragte Hatch, doch er bekam keine Antwort. Tom war schon weg.

Draußen ertönte wieder die Trillerpfeife, und die sechsunddreißig verbliebenen Teilnehmer rannten zu den Wagen.

Wobei eine ganze Reihe von ihnen das Fahrzeug wechselte. Jess ging zum Subaru, doch schon stand Tom wieder neben ihr. Sie verlor den Mut. Gleich würde er wieder anfangen zu reden, das wusste sie, und ihr unter die Nase reiben, dass er recht gehabt hatte – sie und zwanzig weitere waren bei den Toiletten nicht mehr zum Zuge gekommen und mussten nun zwei Stunden lang von einem Bein aufs andere treten. Doch aus den Augenwinkeln sah sie, dass er ganz in Gedanken versunken war und sie fürs Erste in Ruhe lassen würde. Hatte er womöglich gar das Auto gewechselt, damit *er* nicht mehr neben *ihr* stehen musste, und dann zu seinem Ärger entdeckt, dass sie direkt neben ihm stand? Sah ganz so aus. Aber was hatte sie denn getan? War sie unfreundlich gewesen? Jetzt wünschte sie sich seine Aufmerksamkeit beinahe zurück. Das war das übliche Muster ihrer Gedanken. Meist endete es mit der Überzeugung, dass etwas mit ihr nicht stimmte.

Während der nächsten halben Stunde warf sie mehrfach verstohlene Blicke zu dem seltsamen fremden Mann neben ihr. Er hatte einen Kopfhörer im Ohr, und ein dünnes Kabel führte zu einem kleinen Radio in seiner Jackentasche – manchmal holte er es hervor, um Sender oder Lautstärke nachzustellen –, und er murmelte vor sich hin, kritisierte etwas, was er hörte, schüttelte ärgerlich den Kopf. Hörte er etwa eine Talkshow? Sie mochte solche Sendungen nicht.

Ideen und deren Austausch, das war etwas für Leute, die keine behinderten Kinder hatten, keine Arbeit wie sie. Schließlich sah sie, wie er den Ohrhörer ganz abnahm, und hörte, wie er recht vernehmlich »Idiot« brummte. Dann holte er eine ordentlich zusammengefaltete Zeitung aus der Jackentasche, einen Bleistift aus einer anderen, und machte sich mit affenartiger Geschwindigkeit und mit nur einer Hand daran, das Kreuzworträtsel des *Daily Telegraph* zu lösen.

Was für ein merkwürdiger Mann. Irgendwie hatte er etwas von einem Stalker, fand sie, aber er sah nicht schlecht aus. Ein attraktiver Stalker. Außerdem jemand, der einen ungeheuer intelligenten Eindruck machte, gerade jetzt, wo er so schnell das Kreuzworträtsel löste. Sie wartete, bis er fertig war – und sie sah, dass kein einziger Buchstabe fehlte, und das nach kaum mehr als zehn Minuten –, dann sprach sie ihn an.

»Sie hatten recht.«

»Womit?«

»Mit den Toiletten.«

»Oh.«

Er zuckte mit den Schultern. Lächelte sogar. Hackte nicht darauf herum. Kein Ich-hab's-Ihnen-ja-gleich-gesagt. Und wenn er einen ansah, dann sah er einen wirklich an.

»Und, meinen Sie, Sie gewinnen?«, traute sie sich zu fragen.

»Ziemlich sicher, ja.«

»Wie können Sie da sicher sein?«

»Wenn Sie nicht glauben, dass Sie gewinnen, dann sind Sie hier falsch.«

Sie nickte – das fand sie vernünftig.

»Außerdem habe ich ein Geheimnis.« Er tippte sich einmal an die Schläfe. »Eine Geheimwaffe.«

»Wieso geheim?«

»Weil es geheim ist.«

Sie lächelte. Wartete auf mehr. Doch er verriet ihr nichts. »Sie wollen es mir nicht sagen?«

»Nein.«

Ein Spinner, beschloss sie. Jetzt steckte er sich wieder seinen Stöpsel ins Ohr. Er hielt inne, als sie ihn fragte: »Wer wird Zweiter? Das dürfte ich sein, oder?« Ein Anflug von Lächeln auf ihrem Gesicht.

»Nein«, erwiderte er schroff. »Sie werden nicht Zweite.«

Langsam verschwand ihr Lächeln. »Ich weiß. Ich werde nicht Zweite, weil ich die Erste sein werde.«

»Nein, Sie werden nicht Erste. Das kann ich mir nicht vorstellen. Tut mir leid.«

Beinahe hätte sie etwas gesagt, so gekränkt und verblüfft war sie über seinen schroffen Ton. Er wandte den Kopf, und ihr Blick folgte seinem.

»Nein, mein Hauptgegner wird ein Mann sein, ein älterer Mann. Studien beweisen, dass Frauen zwar zäher sind als Männer, aber es fehlt ihnen die Hartnäckigkeit, mit der Männer sich ganz auf ein Ziel konzentrieren, und ein älterer Mann ist bei dieser Art von Härtetest ausdauernder als ein jüngerer. Deshalb ...«

Jess folgte Toms Blick – vorbei an dem jungen Matt Brocklebank, dem Stärksten, Gesündesten, nach wie vor die Trumpfkarte in einem ansonsten reichlich schwachen Blatt – zu dem grauen alten Wrack namens Walter Haines. Im Flüsterton fragte sie: »Walter? Nie und nimmer.«

»Die Sieger bei solchen Wettbewerben sind immer ältere Menschen. Ich habe das recherchiert. Ihr ganzer Körper läuft langsamer, deswegen ermüden sie nicht so schnell, sie sind schon näher am Tod, und das ist der Zustand, in dem auch der Sieger am Ende sein wird, kurz vor dem Koma. Wie ein Yogi. Warten Sie's ab! Ältere Menschen haben auch ihren Verstand besser im Griff, wenn der Rest des Körpers allmählich abbaut. Da ihr Körper ja sowieso abbaut, ist das für sie etwas ganz Alltägliches. Verstehen Sie? Das ist der Kandidat, auf den die Kenner setzen. Vergessen Sie den Wunderknaben da drüben, der ist schon so gut wie ausgeschieden. *Der* da, der alte Bursche, der ist, rein rechnerisch gesehen, die größte Bedrohung.«

Jess betrachtete Walter – die schmalen Schultern, die mottenzerfressene Gestalt, gebeugt von Alter und Misserfolg –, und tatsächlich sah er aus wie jemand, dem dieser Wettbewerb nicht mehr viel anhaben konnte. Sie wandte sich wieder Tom zu, den sie in diesem Moment absolut widerwärtig fand; gleichzeitig musste sie sich eingestehen, dass er vielleicht recht hatte. Wenn nicht mit dem, was er über sie sagte oder über Frauen überhaupt, dann zumindest doch mit dem, was er über ältere Menschen und ihre Vorteile in einem Wettkampf wie diesem dachte. Widerstrebend lenkte sie ein: »Könnte schon sein.«

»Aber es kommen noch andere Faktoren ins Spiel, nicht nur das Körperliche.«

Was für ein Kerl! Hörte der denn nie auf zu reden?

»Wodurch werde ich stärker als die anderen? Darum geht es bei diesem Wettbewerb. Welcher Impuls treibt uns am meisten an? Das ist die Frage. Ist es der Wunsch, zu siegen, zu bezwingen, der Beste zu sein? Hält so jemand eher durch als ein anderer, der einfach nur verzweifelt das Geld braucht? Wenn alles andere gleich wäre, welcher von beiden würde gewinnen? Oder jemand, der es für eine gute Sache tut – könnte das der stärkste Antrieb sein? Und wenn der Schmerz zunimmt, kommen andere Fragen. In welcher Reihenfolge versagen diese Impulse den Dienst, welcher gibt zuerst auf? Wann sagen wir zu was ›Das ist es doch nicht wert. *So* wichtig ist mir das dann doch nicht‹ oder ›*So* hungrig bin ich doch nicht‹ oder ›Eigentlich will ich doch gar nicht gewinnen‹? In dieser Beziehung, da wird der Wettbewerb auch eine interessante Sache. Er sollte eine Menge Daten liefern, neues empirisches Material. Es ist ein Experiment, und wir sind die Laborratten.«

Allmählich wurde Jess klar, dass dieser Bursche vermutlich zu allem eine Meinung hatte und dass er, wenn jedes Ding seine sechs Seiten hatte, immer noch eine siebte sah. »Und weshalb wollen *Sie* gewinnen? Wegen dem Geld?«

»Wegen dem Geld, natürlich.«

Das Letzte, was sie wollte, war, diesem unsympathischen Kerl ein Kompliment zu machen, aber ein kleines konnte sie sich doch nicht verkneifen. »Sie sehen aus wie jemand, der ziemlich leicht Geld verdienen kann.«

Darauf antwortete er nicht, und als er sich abwandte, war sie froh, dass sie zu dem Thema nichts mehr sagen musste.

Die Teilnehmer hatten ein Recht, auf die Toilette zu gehen. Immer wieder wurde das betont, oft lautstark.

»Diese Klogeschichte bringe ich in Ordnung«, sagte Matt Brocklebank zu den Umstehenden. »Das ist doch ein Witz.«

»Bitte. Jemand muss es den Veranstaltern sagen«, stimmte Betsy Richards vom linken Außenspiegel zu.

Jess, der mittlerweile der Druck auf die Blase anzusehen war, warf Matt über die Motorhaube hinweg einen flehenden Blick zu. »Das wäre wirklich wunderbar.«

»Kein Problem«, sagte er. »Der Beste soll gewinnen.« Er lächelte sein Eliteschullächeln, und wie jedes Mal wünschten alle Umstehenden, sie wüssten mehr über diesen jungen Mann.

*Der Beste soll gewinnen?* Tom fand das zum Kotzen. War das jetzt plötzlich ein Nettigkeitswettbewerb?

Doch Jess und Betsy konnten ihre Heldenverehrung nicht verbergen. »Wieso sind *Sie* eigentlich dabei, wenn ich das fragen darf«, fragte Jess.

»Ich?« Matt wurde nachdenklich und brauchte eine ganze Weile für seine Antwort.

*Ja, warum war er dabei?* Tom hätte sich am liebsten die Ohren zugehalten.

»Also ehrlich gesagt weiß ich das gar nicht so genau. Ehrlich nicht. Außer dass ich – ich weiß, das klingt verrückt –, dass ich einfach etwas zu tun haben wollte.« Er überlegte, dann fuhr er fort. »Wenn ich Geld brauche, dann bitte ich einfach meinen Vater darum. Und er gibt es mir. Einfach so. Aber ich muss nichts dafür *tun*. Und man muss doch etwas zu tun haben, oder? Ich meine, woher weiß man denn, was man wirklich wert ist, wenn einem alles einfach in den Schoß fällt? Ich habe überhaupt keine Vorstellung davon, was ich kann. Das ist mein Problem. Nicht die geringste. Ich schlafe bis zum Mittag. Der Tageslauf einer Nutte, das ist doch ein Witz. Ich vertue mein Leben. Und deshalb muss ich auf eigenen Füßen stehen. Selbständig sein. Es reicht doch nicht, wenn etwas einfach nur möglich ist – man muss es wirklich getan haben.« Die Leute ringsum nickten, ahnten, was er sagen wollte. »Ich habe im Grunde gar keine Verpflichtungen. Und deshalb will ich mal etwas versuchen. Auf eigene Faust. Meine Grenzen austesten. Deshalb der Wettbewerb hier. Als ich den Reklameballon sah, da habe ich mir gesagt: das wäre doch was. Ich *kann* das! Hört sich lächerlich an, tut mir leid. Wie ein verwöhnter Bengel. Ich *weiß*. Aber im Augenblick bin ich ein bisschen durcheinander.«

Tom drehte die Augen zum Himmel. Er wandte sich ab, er konnte sich das nicht länger anhören. Ein Einfaltspinsel, der keinen klaren Gedanken fassen konnte, und jetzt wollte er plötzlich Selbsterkenntnis haben. Typisch amerikanisch so was. Und heutzutage waren die jungen Leute ja alle so. Trivialer Tiefsinn. Selbstkritik, bevor ein anderer etwas sagen kann – ha! Eine armselige Art, sich selbst zu schützen. ~~Idiot~~, hätte Tom am liebsten gesagt, aber er zensurierte sich noch rechtzeitig. ~~Halt den Mund, du machst dich lächerlich.~~

Jess hingegen nickte verständnisvoll. Nicht dass sie sich das jemals klargemacht hatte – dass man auch unter Reichtum leiden konnte. Geld im Überfluss war gar kein Spaß – das war ja lustig! Und sie verachtete Matt Brocklebank nicht für dies Luxusdilemma, dies Lexus-Problem, sondern mochte ihn umso mehr. Geld interessiere ihn nicht, sagte er; er wollte das wahre Leben. Na, schön für ihn, fand sie. So jung er noch war, hatte er doch schon herausgefunden, dass man nicht gleichzeitig am Leben sein und keine Sorgen haben konnte. Wo die großen Probleme fehlen, stellen sich kleine ein, und die Sorgen sind in beiden Fällen gleich groß.

»Ich hätte nichts gegen ein paar weniger Zwänge und ein paar mehr Möglichkeiten«, das war alles, was sie diesem Sturzbach an privaten Bekenntnissen entgegenzusetzen hatte.

Und dann ertönte wieder die Trillerpfeife. Zwei weitere Stunden waren vorbei. Einfach so.

Diesmal würde Jess es schaffen, als Erste auf der Toilette zu sein. Sie stürzte los. Und erreichte das Dixi-Klo vor allen anderen. Das Schloss schnappte ein: BESETZT.

Tom hatte sie beobachtet. Das Mädchen, schloss er, war offenbar lernfähig.

»Ich wollte kurz mit Ihnen reden. Nur einen Augenblick. Es geht um meinen Blutdruck.«

Hatch hatte nichts dagegen, dass Teilnehmer zu ihm ins Büro kamen, aber er erinnerte den alten Mann daran, dass die Uhr lief.

Walter Haines saß auf dem Stuhl, von dem aus Kunden normalerweise um Preise feilschten oder Extras heraushandeln wollten. Walters rechtes Bein war verkümmert. Kinderlähmung, erklärte er, und Hatch hatte den Eindruck, das Hosenbein sah beinahe leer aus. Das linke litt dafür an nervösen Zuckungen und war unablässig in Bewegung. Der Mann musste gut seine achtzig sein, schätzte Hatch. Der gehörte gar nicht hierher. Die vom Alter geschwollenen Hände, die breiten Daumennägel mit den Nikotinflecken, gelb und eingerollt. Das bleiche, runzlige Gesicht.

»Weil Sie das am Anfang wegen dem Bluttest gesagt haben. Ich nehme Tabletten für meinen Blutdruck, müssen Sie wissen, und ich glaube, ich habe mal gehört, dass da Steroide drin sind. Deshalb frage ich mich jetzt, ob ich die nehmen darf.«

»Walter? Sie heißen Walter, oder? Wenn Sie das Gefühl haben, dass das hier nicht gut für Ihre Gesundheit ist, dann hören Sie auf. Wann haben Sie Ihre letzte Blutdrucktablette genommen?«

»Heute noch gar keine.«

»Der Sieger wird einem Bluttest unterzogen. Stellen Sie sich vor, Sie gewinnen. Wenn Aufputschmittel festgestellt werden, war alles für die Katz. Das sind die *Guinness*-Regeln.«

»Äh ja, die *Guinness*-Regeln.«

»Das kann hier noch ewig weitergehen. Und Sie sind kein junger Hüpfer mehr, Walter.« Und dann sagte Hatch etwas, was er in seinem ganzen Leben noch nicht gesagt hatte. »Es ist doch nur ein Auto.«

In der engen Plastikkabine erleichterte Jess ihre Blase. Eine Wonne. Sie starrte auf den Stahlboden, bei dem ein eingeprägtes Zackenmuster für Halt sorgen sollte. Sie lauschte dem Plätschern. Verstärkt durch die Wände. Sie musste an ihren Mann denken, und sie wusste auch, wie das kam.

Genauer gesagt kam ihr in den Sinn, wie unterschiedlich ihre Geräusche auf der Toilette immer geklungen hatten, er im Stehen, ein lauter, animalischer Strahl, der tief im Becken gurgelte, so dass Schaumblasen zurückblieben, während ihrer, wie bei allen Frauen, sich einen Weg ins Freie suchen musste und klang, als ob man den Daumen auf einen Gartenschlauch hält, ein dünner Strahl, ein leises Zischen. Hier in dieser transportablen Toilette, wo nicht ganz zu übersehen war, dass andere sie vor ihr benutzt hatten, riss sie zwei Blatt Klopapier ab und betupfte sich so behutsam wie ein bärtiger Mann in einem Restaurant die Serviette zum Munde führt. Sie dachte dabei an Maciek. In ihren Gedanken war er immer bei ihr. Dann erhob sie sich, zog ihre Hose hoch, denn sie wusste ja, dass andere draußen warteten und die meisten vergebens warten würden, strich die Kleidung glatt und zog, ohne hinzusehen, den Hebel hinter sich. Eine chemische Brühe ergoss sich in die Schüssel, und sie öffnete die schmale Kunststofftür.

Zwölf oder fünfzehn Gesichter starrten sie an, alle sichtlich leidend. Und da sah sie umso klarer, warum sie zu diesem Zeitpunkt an ihren Mann gedacht hatte.

Es war auf ihrer Hochzeitsreise gewesen. Sie war aus dem Bad gekommen und er hatte gewartet, nackt unter der Bettdecke, ausgestreckt wie das noch von einem Tuch verhüllte Modell in einem Malkurs, und als sie wieder zu ihm schlüpfte, hatte er gesagt: »Wir sind Tiere, Schatz. Zwei Tiere, die sich lieben.«

Als sie die Reihe der Rivalen abschritt, senkte sie den Kopf. Am Discovery drehte sich Tom Shrift mit einem selbstzufriedenen Lächeln zu ihr um. Jess blickte in die Runde. Sie waren unwillkürlich beide wieder zu ihrer alten Startposition zurückgekehrt, wie die meisten anderen auch – das war lustig.

»Na, jetzt besser?«, fragte er.

*Tick, tack, tick.*

*Los, Mädchen!* und *Du schaffst das!* und *Super, Ray!* und *du hältst dich großartig, Liz!*… Unablässig kamen von den versammelten Zuschauern Anfeuerungsrufe. Als Cheerleader, Therapeuten, Krankenschwestern und Partyservice warteten diese Boxenmannschaften auf die Rückkehr ihrer

Schützlinge im Zweistundenrhythmus, so dass sie ihnen die Wangen tätscheln konnten, Schultern massieren, die Campingstühle aufstellen, Essen einflößen, Blutzuckerspiegel erhöhen, und dann schickten sie Ehemann, Ehefrau, Schwester, Bruder, Freund oder Freundin zurück ins Rennen und brüllten dazu noch einmal, noch grimmiger: *Hau sie in die Pfanne, Freddy!* oder *Das Auto gehört dir, Rachel!* oder, wenn man Lewis McClusky war, der seine Frau Stella als Kandidatin des »Team McClusky« (wie der Aufdruck auf identischen T-Shirts verkündete) ins Rennen schickte, *Damit können wir uns zur Ruhe setzen, Bärchen! Von jetzt an legen wir die Füße hoch!*

Jeder, der solch unermüdliche Fans hatte, war ein potentieller Gewinner.

Aber diese Mannschaften hatten noch eine andere Aufgabe. Jetzt, wo die erste Nacht kam, wurden sie Wachposten, Spitzel, Informanten, die sofort mit aufgeregten Rufen dafür sorgten, dass jemand, der auch nur für einen Sekundenbruchteil das Fahrzeug losließ, den Schiedsrichtern gemeldet und aus dem Rennen ausgeschlossen wurde. Als die Halbzeit in der dritten Runde des ersten Tages kam, waren auf diese Weise drei weitere Teilnehmer ausgeschieden: ein Nasenbohrer aus Tooting Beck, eine alte Dame mit Wasser in den Beinen und der Transvestit (als das Ereignis erst einmal seinen Glamour verloren hatte), die alle drei den einen entscheidenden Augenblick lang Tagträumen oder Unaufmerksamkeit oder Müdigkeit oder Überdruss nachgaben – so dass nun nur noch **33** im Rennen waren.

*Tick, tack, tick, tack, tick.*

Tom fühlte sich noch gut bei Kräften. Er hatte zwar keine

Servicemannschaft da draußen, aber dafür war er gut vorbereitet. Er vertrieb sich die Zeit mit Lesen – er hatte ein Buch mitgebracht. Sein Verstand war beschäftigt. Und ein Verstand, der etwas zu tun hatte, hielt länger durch. Der neuseeländische Schriftsteller, der zwei Plätze weiter stand, wurde bald neugierig.

»Was lesen Sie da?«

»Henry Kissinger. Seine Autobiographie.«

»Was macht er gerade?«

»Bombardiert Kambodscha.«

»Wieso lesen Sie so was?«

»Damit ich meine Ruhe habe.«

Jess, die auch diesmal neben Tom stand, hörte es. Wie konnte man nur so schroff sein? So abweisend? Wieso ließ sich jemand so gehen? Das musste doch unangenehm sein, wenn man sich bei allen unbeliebt machte.

Jess drehte sich um. Sie hörte lieber dem Gespräch zu, das zu ihrer Rechten im Gange war. Der Autodieb erzählte einem Mann, der – wenn sie recht verstand – an Schlaflosigkeit litt: »Oh, ich würde sagen, insgesamt sechzig, siebzig Wagen. Ja, ungefähr. Um die sechzig Wagen gestohlen. Aber das hier, das ist meine Chance, legal zu werden, wie Don Corleone sagt.«

Die Hebamme unterhielt sich über die Motorhaube hinweg mit dem Afrikaner. »Ich war gestern Abend auch lange auf. Nicht gerade die beste Vorbereitung für das hier. Drei Babys auf die Welt gebracht. Beides Jungen.«

»Haben Sie nicht *drei* Babys gesagt …?«

»Oh, habe ich das?«

Der Bier-und-Pizza-Mann rülpste. Schon jetzt zeichnete sich ab, dass seine Strategie nicht zum Erfolg führen würde.

»Wie läuft es in Kambodscha?«, erkundigte sich Jess bei Tom, nachdem sie eine ganze Stunde lang kein Wort gewechselt hatten.

»Oh, das wird immer noch bombardiert.« Wieder blickte er sie forschend an, als wäge er ab, ob sie eine weitere Frage wert war. »Haben Sie schon einmal von der *Madman Theory* gehört?«

»Nein. Was ist das?«

»Kissinger hat sich das ausgedacht. Machiavelli für die heutige Zeit. Damit man sich gegenüber einem Feind durchsetzen kann, muss man ihm weismachen, man sei verrückter als er und habe keine Hemmungen, bis zum Äußersten zu gehen. Irgendwann kommt Ihr Gegner zu dem Schluss, dass Sie nie nachgeben werden, dass Sie verrückt sind, und dann verliert er seine Willenskraft und gibt auf. Kissinger war schon ein schlauer Fuchs.«

Eine abscheulichere Idee hatte Jess noch nie gehört. »Und auf diese Weise verbessert man die Welt?«

Tom zuckte mit den Schultern. »*Wir leben in einer unerbittlichen Welt voller unabsichtlicher Grausamkeit.* Charles Darwin.«

»Das glauben Sie wirklich?«

»Ich würde vielleicht noch hinzufügen, dass es auch eine Menge absichtlicher Grausamkeit gibt.«

Sie schüttelte traurig den Kopf. »Ich glaube, Sie sind einer von denen, die das spannend finden, wenn irgendwo ein Krieg ausbricht. Da würde ich drauf wetten.«

»Was gibt es Besseres, um der Welt Geographie beizubringen?«

Der ehemalige Soldat lachte laut auf und klopfte Tom auf

den Rücken. »Das war ein guter Witz«, sagte er. »Ha!« Waffenbrüder.

Doch Jess war entsetzt. »Gott. Das ist ja schaurig! Was ist Ihnen denn passiert, dass Sie die Welt so hassen?«

»Hassen? Wieso das?« Seine Augen huschten nach rechts und nach links, als habe die Anschuldigung ihn unvorbereitet getroffen. Sie sah winzige Äderchen im Weiß seiner Augen. »Ich sehe, was ich sehe. Ich sitze nicht da und diskutiere diese Dinge bei einem koffeinfreien Latte macchiato, ich fahre nicht zu Wellness-Wochenenden und lese keine Klatschzeitschriften. Ich bin da draußen, an vorderster Front. Ich nenne die Dinge beim Namen.«

»An vorderster Front? Was sind Sie denn? Polizist?«

»Nein. Ich stelle Glückwunschkarten her.«

Sie bog sich vor Lachen. Sie konnte nicht anders. Es kam so unerwartet. Glückwunschkarten? Dieser Vogel schrieb Glückwunschkarten? Was stand da wohl, wenn man sie aufschlug? *Ich scheiß auf dich?* Aber das ging ihr nur durch den Kopf. Gesagt hätte sie so etwas nie. Sie fand es nur einfach ungeheuer komisch – *Glückwunschkarten!* –, und es dauerte eine ganze Weile, bis sie wenigstens antworten konnte: »Und Sie meinen wirklich, da arbeiten Sie an vorderster Front?«

»Unbedingt. Versuchen Sie das erst mal, einen Kleinbetrieb zu leiten. Das… Was machen *Sie* eigentlich?«

Jetzt war Jess mit dem Zögern an der Reihe. »Ich, äh … ich … arbeite bei der Stadt.«

Er nickte, dachte sich sein Teil. Dann fragte er: »Und das war also Ihre Tochter vorhin? Im Rollstuhl?«

»Autounfall.«

»Wird es wieder besser?«

»Nein.«

War er zu hart zu ihr gewesen? Er nahm die Schärfe aus seiner Stimme und auch aus seinen Fragen. »Aus so einem Siebensitzer kann man die beiden hinteren Sitze herausnehmen. Da kriegen Sie einen Rollstuhl rein. Wenn Sie gewinnen.« Er wusste, wie man nett zu jemandem war. Schließlich wollte er doch immer nur zu allen nett sein.

Überrascht sah sie ihn an. Wie hatte dieser Mann ihre Pläne erraten? »Ich weiß«, sagte sie.

»Was *ich* damit mache? Wenn ich ihn gewinne, verkaufe ich ihn.« Mit der freien Hand streichelte er den Lack seines zukünftigen Wagens.

»Wieso das? Kriegen Sie nicht genug Glückwunschkarten rein, wenn Sie damit an die Front fahren?«

*Aha*, dachte er, *sie weiß also, wie man zurückschlägt.* Gut für sie. Vielleicht war sie ja doch eine ernstzunehmende Konkurrentin.

Die Andeutung eines Lächelns umspielte ihre Lippen, und er sah einen Fleck Rouge auf ihren Wangen. Er konnte sich gar nicht erinnern, dass der vorher da gewesen war.

»Nein«, antwortete er. »Solche Wagen sind unanständig, deswegen. Außerdem macht die Stadtverwaltung einem das Leben damit zur Hölle. Mit diesen kryptofaschistischen Politessen an jeder Ecke.«

Sie riss die Augen auf.

»Glauben Sie mir«, fuhr er fort, »nach dem Weltuntergang werden nur drei Lebensformen auf diesem Planeten überleben: Kakerlaken, der Schimmel, der zwischen den Kacheln im Bad wächst, und Politessen. Das heißt, wenn ich es mir genau überlege – wahrscheinlich haben die Kakerlaken und der Schimmel keine Chance.«

Sie starrte ihn an. Die Erleuchtung kam wie ein Lift, wenn man den Knopf gedrückt hat, und die Pforten der Erkenntnis öffneten sich. Sie wurde im ganzen Gesicht rot.

»Gott! Sie sind das! Sie hatten eine Sonnenbrille auf, aber ich hatte doch gleich das Gefühl, dass ich Sie schon mal gesehen habe.«

»Was?«

»Ich weiß, wer Sie sind. Gütiger Himmel! Wo ich Sie schon mal gesehen habe, meine ich. Sie sind der Falschparker vom Odeon in der City. Mit dem gelben Fiat Punto.«

»Wie –?«

»Das sind Sie. Gebührenpflichtige Verwarnung.« Sie beugte sich vor und schnüffelte. »Grey Flannel. Ihr Rasierwasser. Gott! Sie sind *grässlich!*«

»Das ... das waren ...? *Sie?*«

Sie nickte. »Die Konkubine des Satans.«

»Wieso wundere ich mich nicht?«, fragte er und schüttelte im Zeitlupentempo den Kopf. »Ich bin froh, dass ich Sie wiedersehe. Ich habe da nämlich noch eine Frage, die ich Ihnen damals nicht gestellt habe. Wie können Sie eine Arbeit tun, bei der Sie von morgens bis abends beschimpft werden? Das begreife ich nicht. Was Sie da alles einstecken.« Er kniff die Augen zusammen, ganz Forscher. »Wie ertragen Sie diesen Hass?«

»Mir kommt da eine richtig gute Idee. Wir reden einfach nicht mehr miteinander. In Ordnung?«

»Nein, nein, nein. Sie haben mir hundert Pfund abgeknöpft. Wie halten Sie das aus? Den Hass?«

Eine gute Frage. Sie schluckte schwer. Tatsächlich luden die Leute tagtäglich unglaubliche Mengen Hass bei ihr ab. Es war schon ein bescheuerter Job.

»Wie können Sie sich für so etwas hergeben? Strafmandate für falsches Parken sind eine besonders gemeine verkappte Steuer. Zuerst sorgen Sie dafür, dass der Parkraum nicht reicht, dann knöpfen Sie einem ein Viertel des Wochenlohns ab. Fühlen Sie sich etwa gut dabei?«

Getreu ihrem Vorsatz schwieg sie.

»Reden wir nicht mehr? Sieht Ihnen ähnlich. Na, mir soll's recht sein. Eine Politesse. Ha! *Ich arbeite bei der Stadt.* Und ob, Schätzchen ...!« Und leise: »Sie kriechen der Stadt in den Hintern.«

Jess zuckte zusammen. »Wie bitte?«

Doch Tom, der spürte, dass er erneut zu weit gegangen war, wandte sich ab und steckte sich wieder die Kopfhörer ins Ohr. »Schon gut. Schweigen wir. Abgemacht.«

Es wurde dunkel, und fahl stieg durch die Abgaswolken der Vollmond auf.

Mit dem Tageslicht schwand auch die gute Laune, die noch ein paar Stunden zuvor unter den Teilnehmern geherrscht hatte. Auch die Temperatur fiel, und bei der ersten Gelegenheit wurden Mützen aufgesetzt und Jacken angezogen. Als die Dämmerung einsetzte, kam ein Wind auf. Als die Flutlichter des Autohofs angingen, als die Kälte kam und die Teilnehmer sich die lange Nacht ausmalten, die vor ihnen lag, verschwand auch das letzte bisschen Spaß.

In der ersten nächtlichen Pause wurden ganze Sandwiches mit drei Bissen verschlungen, man trank Tee und Kaffee aus

Thermosflaschen, Leute stellten sich für die Toiletten an und kehrten meist unverrichteter Dinge zurück. Bald war allen klar, dass die sehnsüchtig erwarteten Pausen zu kurz waren, als dass man sich ausruhen, sich Erleichterung oder Erfrischung verschaffen konnte, ja dass sie nur hektische Unterbrechungen waren, kurze Intervalle erhöhter Aktivität, für die, egal was man versuchte, irgendwie die Zeit nie ganz reichte, und jeder fühlte sich dadurch noch angespannter und erschöpfter als vor dem erlösenden Pfiff.

Vince, der als Schiedsrichter übernahm, während Dan ein Nickerchen machte, zählte die Teilnehmer zu Beginn der sechsten Runde. Dreiunddreißig. Über zehn Stunden waren vergangen, und noch war – wie der Mann, der sein Schicksal Bier und Pizza anvertraut hatte, es ausdrückte – »alle Welt im Rennen«.

Der Mann aus Zaire wirkte noch frisch; Walter Haines wirkte nicht älter, als er von Anfang an gewesen war; Tayshawn, der dicke Straßenjunge, hatte Ringe unter den Augen – kein Wunder, wenn man bedachte, dass er sozusagen schon zwei Tage länger dabei war als die anderen –, klagte jedoch nur über seinen großen Hunger; der stotternde Schlaflose aus Billingsgate wirkte so wach, dass es kaum auszuhalten war. Der Rumäne war sicher solche irrwitzigen Nächte gewohnt und beäugte alle anderen misstrauisch, als rechne er damit, dass ein Konkurrent die Einwanderungsbehörde verständige. Der Schriftsteller aus Neuseeland schien tief in Betrachtungen über die Frage versunken, wofür sich diese Veranstaltung wohl als Metapher nehmen ließe; und der Schlagzeuger und der Autodieb, der ehemalige Fußballer, die Hebamme, der entlassene Elektriker, der arbeitslose Vater von vier Kindern, der argentinische Hirte, der Laufbursche aus Earl's Court, die junge Betsy Richards und neben ihr Jess Podorowski und neben ihr Matt Brocklebank, der arme reiche Junge, sie alle wirkten – und Tom Shrift mehr als jeder andere – fest entschlossen, weiterzumachen und weiter und weiter und weiter.

Hatch schaute kurz zu Hause vorbei. Er musste sich umziehen. Er fand seine Frau in der Küche, im Bademantel, die Arme unter der Brust verschränkt: der Zorn einer ungeliebten Gattin.

»Eine geladene Pistole?«, fragte sie ohne Vorrede. »Eine *geladene* Pistole?«

Er ging an den Kühlschrank, damit er ihrem Blick nicht standhalten musste, und angelte nach einem Stück Schinken, vielleicht nach einer der Käsescheiben, die für Schulbrote bestimmt waren. »Sie gehörte meinem alten Herrn. Noch aus seiner Militärzeit. Ich muss etwas gegen die Vandalen tun. Letzte Freitagnacht sind drei Autos –«

»Du hast sie geladen herumliegen lassen. Schaff sie weg. Du hättest beinahe unseren Sohn umgebracht.«

»Ich weiß. Es ist einfach nur … Ich habe nicht mehr viele von Dads Sachen.« Eine lächerlich hilflose Antwort, aber es war die Wahrheit.

»Du hast seinen Laden, weißt du noch? Das ist mehr als genug. Schaff die Pistole weg. Und der Käse ist für die Kinder!«, fauchte seine Frau, die wieder das Gefühl hatte, ihm etwas sagen zu müssen, was er unbedingt wissen sollte.

Er starrte sie an, Wut stieg in ihm hoch. Diese Erniedrigung, jeden Tag wieder, die jeder im Eheleben zu ertragen hatte. Wenn sie ihn schon wie ein kleines Kind behandelte, hatte er da nicht auch Anspruch auf Käse?

Trotzdem legte er den Käse zurück und knallte die Kühlschranktür zu.

»Und was hast du jetzt vor?«, fragte sie ihn, als er rasch das Zimmer durchquerte.

»Ich muss wieder zurück. Ich kann das nicht einfach Dan und Vince überlassen. Ich schlafe im Büro, wenn überhaupt.«

Wütend griff er nach seinem Mantel. Wieder einmal war er sicher, dass er einen Drachen geheiratet hatte, eine von den Frauen, die von Junggesellen immer als Grund dafür angeführt werden, dass sie Junggesellen bleiben. Er verließ sein Haus ohne ein weiteres Wort. Trat das Gaspedal durch. Fuhr direkt zu seiner Freundin. Und fühlte sich kein bisschen schuldig dabei. Klopfte an ihre Tür. Rosa Fingernägel erschienen im Türspalt.

»Hallo«, sagte er. »Ich bin spät dran. Tut mir leid.«

Pearl. Sie küsste so gut. Vielleicht weil ihr Mund immer aussah, als sei er gerade geküsst worden, ein Schmollmund, so feucht, so rot. Sie hatte karibisches Blut in den Adern und einen Anflug von einer Adlernase, auf der eine elegante Brille mit rechteckigen Gläsern saß, ein Gesicht wie aus einer Werbung für Autoversicherungen, klug, energisch. Wenn Hatch bei ihr war, setzte sie die Brille ab. Ihr Liebesleben vollzog sich in halber Blindheit.

Ihre Mutter stammte aus Jamaika, ein Mädchen aus Pumpkin Hill, Mooretown. Der Vater war ein hakennasiger Seemann aus Padstow in Cornwall. Kevin Sheers hatte Filomena Steady im Jahr 1978 geschwängert, und an Ostern heirateten sie. Zu Weihnachten wurde das Baby schon im Kinderwagen durch die Straßen von Stoke Newington geschoben: Hatchs zukünftige Geliebte in Strampelhöschen. Die Sheers spielten mit dem Gedanken, ihre Tochter Majority zu nennen. Aber dann entschieden sie sich doch für Pearl.

Als Pearl sieben war, ließen ihre Eltern sich scheiden.

Eine Schönheit. Hatch konnte ihr nicht widerstehen. Konnte die Hände nicht von ihr lassen. Konnte überhaupt nicht von ihr lassen. Sie hatte akzeptiert, dass er verheiratet war, aber nicht glücklich; dass er diesen Zustand ändern wollte, dass er im Begriff war, die schicksalhaften Worte zu sagen und sich ein für alle Mal zu verabschieden; das hatte er ihr immer und immer wieder versichert – dass seine Ehe vorüber war, dass er bereit war, einen Schlussstrich zu ziehen –, und sie glaubte ihm, hatte ihn bei sich naschen lassen und sich selbst ebenfalls Gefühle erlaubt. Auch sie hatte sich verliebt. Sie glaubte ihm, wenn er sagte, er werde seine Familie verlassen und zu ihr kommen. Sie war bereit zu warten. Aber wie lange? Bis er frei sei für sie, erklärte er. Frei für sie beide. Wie er immer zu sagen pflegte: Sie waren füreinander die letzte große Chance zum wahren Glück.

Sie lösten sich aus der Umarmung. Setzten sich. Die bescheidene Wohnung war vollgestopft mit Möbeln aus zweiter Hand, doch selbst das gefiel ihm. Nichts passte zusammen. Eichene Kolonialmöbel stießen an Ikea-Kiefer, chinesische Wandschirme und Gartenstühle. Auf dem Sims über dem elektrischen Kamin standen gerahmte Fotos, sie selbst, lachend. Eine glückliche Frau. Hatch nahm einen Schluck von seinem Lieblingsrotwein, Châteauneuf-du-Pape, den sie speziell für ihn im Haus hatte, und sah sich die Bilder an. Alle waren erst wenige Monate alt. Bei sich zu Hause hatte auch Jennifer solche Fotos auf dem Kaminsims, Bilder von sich in ihren besten Zeiten, als sie noch glücklich gewesen war. Sie waren alle mindestens zehn Jahre alt.

Pearl: »Also – gibt es etwas zu feiern?«

»Ich liebe dich. Das ist doch ein Grund.«

»Und sonst?«

»Hör zu, Pearl. Ich konnte es nicht. Tut mir leid. Aber ich mache es. Bald. Versprochen.«

Er sehnte sich nach ihrem Körper, nicht nach ihren Fragen. Aber sie löste sich von ihm.

»Scheiße, Terry. Ich ... ich glaube, du solltest jetzt besser gehen.«

»Es ging einfach nicht. Nicht nach dem, was mit Ronny und der Pistole passiert ist. Das ging einfach nicht.«

»Du hast versprochen, dass du es tust, sobald der Wettbewerb läuft.«

»Wie hätte das denn gehen sollen? Zwei Zentimeter, und Oscar hätte eine Kugel im Kopf gehabt!«

»Dann lass es eben bleiben. Und zwar ganz.«

»Es ist schwer für mich. Ich muss immer an die Jungen denken. Und wie meine Eltern waren. Die hätten sich eher umbringen lassen, als dass sie mir so etwas gesagt hätten. Es sind die Verhältnisse, aus denen ich komme. Ich weiß, das ist mein Problem.«

Pearl: »Ich kann's nicht mehr hören. Ich *kann* es einfach nicht mehr ...«

»Ich gehe dir mit meinen Kindern auf die Nerven, ich weiß.«

»Wie schwer es ist, ihnen das zu sagen. Wie deine Eltern

sich nicht ausstehen konnten und trotzdem zusammenblieben, um der Kinder willen. Also meine Eltern, die haben es mir gesagt – und dann hat mein Dad sich verabschiedet. Eltern lassen sich scheiden. So was kommt vor.«

»Ich tue es. Ich versprech's. Noch diese Woche.«

Sie starrte ihn an, kniff die Augen zusammen, als wolle sie von einem verschwommenen Mann wieder ein schärferes Bild bekommen.

ALEX LEE LERNER: *... laut einer landesweiten Statistik, die heute veröffentlicht wurde, kommen in 54 Prozent aller erotischen Träume Berühmtheiten vor. Sie besuchen uns in der Nacht, Stars wie Sean Connery, George Clooney, Kylie Minogue, Rachel Stevens, Catherine Zeta-Jones, Jennifer Aniston, Orlando Bloom oder Robbie Williams. Schlechte Nachrichten für Ihre Lieben daheim, denn die belegen nur einen schlappen zweiten Platz. Nur 23 Prozent der Befragten haben erotische Träume von jemandem, den sie kennen. Und davon handeln wiederum 47 Prozent von Verflossenen, nur 8 Prozent träumen von dem oder der aktuellen Liebsten. Am ehesten spricht noch für uns, dass nur 2 Prozent aller erotischen Träume von nahen Verwandten handeln. Bei Alpträumen hingegen, da sieht das Bild ganz anders aus. Alpträume handeln immer von jemandem, den wir kennen. Freunde und Geliebte beherrschen unsere nächtlichen Schrecken ...*

Was für eine Idee! Die Vorstellung, dass eine Handvoll Tschechen im Jahr 1970 so etwas über fünf Tage lang ausgehalten hatte, kam Tom schon jetzt vollkommen unmöglich vor. Wie hatten sie das geschafft? Der Kommunismus hatte sie abgestumpft, hatte Maschinen aus ihnen gemacht. Verweichlichte Westler konnten da nicht mithalten. Sie konnten es sich nicht einmal vorstellen. *Sieh dich doch nur um*, dachte er. Die Bande hier war noch keine achtzehn Stunden dabei, und trotzdem sahen die meisten schon vollkommen erledigt aus, wirkten zerknittert, gähnten, schienen schon jetzt zu bereuen, dass sie überhaupt mitgemacht hatten, und würden, wenn sie nicht schon so viel Zeit investiert hätten, mit Freuden nach Hause schlurfen und sich ins warme Bettchen legen. Und wie hielt er sich? Nicht viel besser, musste er zugeben. Aber lieber würde er die Zähne zusammenbeißen, als seine Gegner merken zu lassen, dass die Sache ihn anstrengte. Ihm ging es prächtig, das war das Signal, das er an die anderen senden musste. Achtzehn Stunden? *Ha!*, musste seine Körpersprache sagen. *Das ist doch ein Spaziergang!*

Tayshawn redete mit Walter Haines. Er erzählte ihm, wie er jede Nacht im Freien schlief, wenn er nicht gerade im Asyl der Heilsarmee war, »da kann mich so was nicht schocken«. Im Gegenzug enthüllte Walter, dass er als Nachtwächter gearbeitet hatte und folglich durchwachte Nächte auch für ihn nichts Neues waren.

»He, was ist denn mit deinem linken Bein?«, fragte Tayshawn, weil ihm auffiel, dass es nie stillstand.

»Nervöse Zuckungen.«

»Wodurch kommt das?«

»Schlafmangel. Unter anderem.«

»Ist ja ’n Witz.«

Der Rumäne erzählte Matt, dass auch ihm solche Sachen nicht fremd seien. Er hatte in den achtziger Jahren lange in

Frankreich in Flüchtlingslagern gelebt und darauf gewartet, dass ein Land ihn aufnahm. Drei Jahre Warten auf ein einziges Blatt Papier, das war eine lange Zeit.

Der ehemalige Soldat erzählte Betsy Richards, dass es nicht viel anders sei, als wenn man Wache stehe. Als Tom sich erkundigte, was für Waffen er denn dort draußen gehabt habe, kam er in Fahrt.

»Allen möglichen Scheiß. Kennen Sie sich mit dem Zeug aus? Wissen Sie, was sich am Ende am besten bewährt hat? Wenn's wirklich drauf ankam? Die gute alte Schrotflinte.«

»Ehrlich?«

»Zwanziger Bohrung, wo das Zeug ordentlich in die Breite fliegt, das ist die beste Waffe, die man haben kann.«

Tom nickte nachdenklich. »Tatsächlich« und »Wer hätte das gedacht« und »Ich habe noch nie vorher gehört, dass Soldaten Schrotflinten haben, aber es leuchtet mir ein. Interessant«.

Der Schlaflose war so putzmunter wie andere am Mittag.

Und der Rest? Die, denen der Gesprächsstoff ausgegangen war und denen die Füße entsetzlich schmerzten, schlossen meist die Augen, damit wenigstens die sich erholten, was ihre Boxenmannschaften dann dazu brachte, dass sie sich – nur zur Sicherheit und vielleicht zum ersten Mal ein klein wenig besorgt – mit *He, nicht nachlassen* oder *Braves Mädchen* oder der eiskalten Lüge *Ist doch nicht mehr lange* zu Wort meldeten, bis einer in der Menge einen Singsang in Gang brachte, der zum Leitmotiv dieser Nacht werden sollte: *Wer schläft, verliert … Wer schläft, verliert …*

Als es drei Uhr morgens wurde, war diese Beschwörungsformel einem schläfrigen *Stand By Me* gewichen.

Eine weitere Stunde später hatte das Singen ganz aufgehört. Alle freundliche Kommunikation war verstummt, eine gereizte Einzelkämpferstimmung machte sich breit. Um halb fünf waren die Zuschauer genauso ausgebrannt wie die Teilnehmer, und es wurde eine grimmige Wache bis zum Morgen.

*Tick, tack, tick…*

Diese Stunden forderten fünf weitere Opfer. Jetzt, wo die Boxenmannschaften sich ein wenig ausruhten, war es ganz an Vince – um fünf Uhr morgens dann abgelöst von dem erfrischten Dan –, zu erkennen, wer die Regeln verletzte, sie wach zu rütteln und in aller Stille nach Hause zu schicken. Auf diese Weise verschwand der Rumäne, der mit heruntergezogener Hose auf der Toilette einschlief und erst wieder erwachte, als sie an dem Häuschen rüttelten; der Vierzehnjährige, von seinem Vater wütend nach Hause gezerrt; auch der ehemalige Fußballer war nicht mehr dabei, nachdem er im falschen Augenblick von der guten alten Zeit geträumt hatte; eliminiert war auch der Heavy-Metal-Drummer, dem vielleicht die Amphetamine gefehlt hatten, mit denen er sich sonst um diese Tageszeit erquickte. Als die Sonne wieder über dem Horizont der Hausdächer erschien und die **28** erwärmte, die sich in der Nacht das Recht, zu bleiben, zu überleben, erkämpft hatten, blickten Tom und Jess und Betsy und Matt und Tayshawn und Walter Haines sich über die Motorhaube des Discovery hinweg an wie Schiffbrüchige, die sich verzweifelt an ein Rettungsfloß klammerten, jetzt, wo der Dampfer untergegangen war und sie nur noch warteten, wer wohl der Nächste sein würde, der sich nicht mehr halten konnte und in den Tiefen des eiskalten Wassers verschwand.

## 2

Hatch hatte eine schlechte Nacht hinter sich. Er hatte sehr schlecht geschlafen. Nach einer athletischen Einlage mit einer weit jüngeren Frau zwischen ein Uhr morgens und halb drei hatten fünf dürftige Stunden Schlaf auf seiner Bürocouch einfach nicht gereicht. Er brauchte acht. Neun waren noch besser. Neun, dazu eine Siesta, und er fühlte sich pudelwohl.

Und jetzt, auf seiner Bürocouch, zusammengeknüllt wie ein Bündel Wäsche, fühlte er sich schwer angeschlagen. Er erhob sich mit steifen Knochen, reckte sich, ging ans Fenster, stöhnend, halb lahm, stellte die Jalousiestreifen gerade und blickte hinaus, und er sah … Menschen, Überlebende, Wettbewerbsteilnehmer – *Gott*, dachte er mit einem Anflug von Staunen und Mitleid: *Gott, die armen Schweine! Die armen, elenden Schweine!*

Als Erstes ging er zum Frühstück in ein Lokal in der Straße, las sämtliche Zeitungen, wo er vergebens nach Berichten über den Wettbewerb suchte, dann, um zehn vor zehn, löste er Vince auf dem Hof ab. »Wie ist es gelaufen?«

Sein Angestellter sah ebenfalls erschöpft aus. »Ich verstehe nicht, wie die das schaffen. Ich bin jetzt schon erledigt. Unmöglich, dass die das fünf Tage lang durchhalten.«

»Geh nach Hause, und leg dich aufs Ohr. Ich übernehme, bis Dan kommt.«

Vince wirkte schuldbewusst. »*Wenn* er kommt. Wir haben geredet. Wir müssen beide – nun, wir müssen beide an unsere Zukunft denken.«

»*Eure* Zukunft?« Eine Kränkung. Nicht unabsichtlich vielleicht.

»Wenn wir unseren Lohn nicht bekommen, gehen wir.«

»*Gehen?* Ihr könnt doch nicht einfach gehen! Wir haben einen Wettbewerb hier.«

»Ein, zwei Tage vielleicht noch. Aber wenn es länger dauert, machen wir nicht mehr mit. Tut mir leid. Wir haben Familie, genau wie Sie.«

Vince drehte sich um und ging davon. Hatch hatte es die Sprache verschlagen.

Mit dem Megaphon in der Hand wanderte er zwischen den Kandidaten umher, niedergeschlagen, versuchte nach Kräften, seine Verzweiflung vor diesen Menschen zu verbergen, ein Napoleon in Waterloo, ein Alexander vor seiner größten Niederlage, welche auch immer das gewesen sein mochte. Es wurde kaum noch geredet, kaum noch gescherzt. Keine Witze, kein Lachen, keine Gesten der Solidarität, nichts von dem Korpsgeist, der zu Anfang geherrscht hatte. Alle waren in eine Starre verfallen.

Doch Hatch war nicht der Einzige, der zwischen den Teilnehmern umherschlenderte.

Ein Fotograf. Von Zeit zu Zeit hob der Mann seine Kamera, nur um sich dann jedes Mal gegen eine Aufnahme zu entscheiden – hob die Kamera, ließ sie sinken, hob sie, ließ sie sinken –, doch dann entdeckte er Jess Podorowski und verschoss einen ganzen Film. Hatch sah zu, wie der Apparat des Mannes mit der Schnelligkeit einer Filmkamera die

Haltung der Frau festhielt – Augen geschlossen, Kopf gesenkt – *klick, klick, klick, klick* –, dann öffnete Jess die Augen, merkte, dass sie fotografiert wurde, und hob verlegen den Kopf. Inzwischen war Hatch neben dem Fotografen angelangt und sah das Bild, das dem Mann gefallen hatte: eine Frau, Ende dreißig, hellblondes Haar mit einem rötlichen Schimmer, erschöpft, die Augen geschlossen, zusammengesunken, den Kopf auf den ausgestreckten Arm gelegt, als sei es der Arm eines schlafenden Geliebten.

Hatch machte einen Schritt auf den Fremden zu. »Wen haben wir denn da? Kann ich behilflich sein?«

»*Daily Telegraph.* Bitte um Verzeihung.«

»Verzeihung? Na, ich würde auch um Verzeihung bitten, wenn ich für den *Daily Telegraph* arbeiten würde. Ha! Schön, dass Sie da sind. Wunderbar. Ich habe schon darauf gewartet, dass sich einer von Ihnen hier blicken lässt. Wo haben Sie denn so lange gesteckt? Also, wo soll ich mich hinstellen?« Hatch streckte ihm die Hand entgegen. »Terry Back; mir gehört der Laden. Meine Freunde nennen mich Hatch. Soll ich auch die Hand ans Auto legen – oder wie hätten Sie's gern? Das Bild von mir – ich hab da schon ein paar Ideen. Wie machen wir es?«

Gutmütig machte der Fotograf eine Aufnahme von Hatch vor seinem Ladenschild, *Back-to-Back (Olympia) Ltd., Neuwagenhandel.* Grinsendes Gesicht. Hände in die Hüften gestemmt. Die Verkaufskanone. Der Wind blies die Stirnlocke in die falsche Richtung.

»So, ich denke, das sollte reichen«, sagte der Fotograf, und Hatch schüttelte ihm noch einmal die Hand.

»Gut. Und kommen Sie wieder vorbei, und behalten Sie

die Sache im Auge. Wir sind noch ein paar Tage hier. Weltrekordversuch. Wenn wir es schaffen, werden Sie die ganze Geschichte wollen. Ein Symbol für die Kraft, die in uns allen steckt.«

»Was?«

»Der Wettbewerb. Menschen aus allen Schichten. Geben ihr Äußerstes und noch mehr. Noch mehr. Dringen in Bereiche vor, die kein Mensch zuvor gesehen hat. So ungefähr.«

»Okay dann.«

»Okay dann, und bis bald, oder?«

»Okay dann. Bis bald.«

»Bis bald.«

Beflügelt hob Hatch das Megaphon, um seine schläfrigen Kandidaten aufs Neue zu Weltrekordanstrengungen anzustacheln. Die Zeit für die Zehnuhrpause war gekommen, und er zählte den Countdown. Mit der Null entließ er sie, und dann, während die Teilnehmer auf der Suche nach rascher Erfrischung in alle Richtungen ausschwärmten, verkündete er mit der schrillen metallischen Stimme der Flüstertüte, dass **28** Leute – »tapfere Seelen« nannte er sie – *offiziell* die ersten vierundzwanzig Stunden überstanden hatten.

Der junge Matt Brocklebank, mit einer Hand auf der Motorhaube des Discovery, entwickelte einen Plan, um gegen die Langeweile anzugehen, die auf ihre Weise genauso gefährlich war wie die Müdigkeit. Der Hamburgerladen des Viertels lag nur dreihundert Meter die Straße hinunter. Er würde vorher anrufen und etwas bestellen – er hatte sich die Nummer des Geschäftsführers geben lassen –, und dann würde er hinsprinten, die Tüte schnappen und rechtzeitig wieder zurück sein. »Überhaupt kein Problem. Ich habe Hunger. In der Pause mache ich das. Soll ich jemandem was mitbringen?«

Betsy war begeistert. »O ja, bitte. Einen Cheeseburger und einen Kaffee. Du bist ein Schatz.«

Matt rief in dem Burgerladen an, gab die ersten Bestellungen durch und wandte sich dann an Jess. »Wie steht's mit Ihnen?«

»Mir? Ich … also … ich könnte schon einen Kaffee brauchen, aber ich will nicht, dass Sie wegen mir disqualifiziert werden. Fünf Minuten kommen mir ziemlich wenig vor, um so weit zu laufen.«

»Das klappt schon. Ein Kaffee. Ich bin Sportler, trainierter Läufer.«

Tom schüttelte den Kopf. Er ist Sportler, trainierter Läufer. Zum Kotzen. »Wieso wollen Sie nicht, dass er disqualifiziert wird?«, rief er. »Ich will, dass IHR ALLE disqualifiziert werdet. JEDER EINZELNE – damit ich nach Hause gehen kann.«

Viele wütende Gesichter starrten ihn an. Logisch gesehen mochte das die Wahrheit sein, aber die Leute fanden solche Äußerungen trotzdem ärgerlich.

Tayshawn, der keine Mahlzeit ausließ, meldete sich begeistert. Da er keine Boxenmannschaft hatte, war der Junge auf die Mildtätigkeit anderer angewiesen, die Brosamen von den Tischen der Reichen. »Ich hätte nichts gegen 'nen Whopper.«

Walter: »Tässchen Tee. Aber geht das? Wie wollen Sie mit all den Sachen rennen?«

»Großartig«, sagte Tom. »Das will ich sehen. Für mich ein Sandwich mit Schinken und Ei.« Er zog einen Batterierasierer aus der Tasche und rasierte sich mit einer Hand, eine Wiederbelebungsmaßnahme. Wo am Kinn die Stoppeln dicht standen, jaulte der Motor. Härchen fingen sich in der Scherfolie, und das Zupfen an den Haarwurzeln erfrischte ihn.

Matt gab inzwischen telefonisch seine Bestellung durch, nannte die Abholzeit und fügte hinzu: »Es muss unbedingt alles bereitstehen.« Als er fertig war, sagte er den anderen: »Ich bin schon rechtzeitig zurück, das ist nicht schwer«, und dann wiederholte er die Bestellungen: »... Schinken und Ei. Whopper. Ein Cheeseburger dort. Hier ein Kaffee. Tee. Ich kann nicht lange warten. Wenn sie trödeln, nehme ich, was ich kriegen kann. Ich muss mich ohnehin bewegen. Das Rumstehen, das ist das Schlimmste.«

»Stimmt«, sagte Tom. »Er muss sich bewegen.«

Mit einer Hand zog Matt Kleidungsstücke aus, bis er beim weißen T-Shirt ankam. Er schien bei bester Kondition. Er zog sein Mobiltelefon aus der Tasche. Betsy sagte, sie werde drauf aufpassen, und steckte es in ihre engen Jeans, während er die Schnürsenkel festzurrte. Er war bereit.

Drei, zwo, eins. Die Trillerpfeife erklang.

Der junge Mann, der schon in Startposition gestanden hatte, sprintete davon. Betsy rief noch *Los!* Jess ebenfalls. Fünf Minuten kamen ihnen plötzlich entsetzlich kurz vor. Ein Himmelfahrtskommando. Die meisten anderen Teilnehmer wussten gar nicht, was vorging. Als es sich herumsprach, waren sich alle einig, dass der Bursche verrückt war. Bescheuert. Der Weg zum Burgerladen würde ihm noch lang werden. Als Dan, der Schiedsrichter, davon hörte, meinte er nur: *Da muss er aber ganz schön rennen.*

Walter hingegen war begeistert. »Der hat Tempo. Seht euch das an.«

Tom seufzte, schüttelte den Kopf, dann verkündete er: »Eine Minute. Eine Minute und fünfzehn.«

Jess streckte sich, nahm einen Bissen von einem kalten Käsebrot, trank den letzten Schluck von ihrem ebenfalls kaltgewordenen Kaffee und holte dann aus ihrem Schminktäschchen ein Fläschchen eines homöopathischen Stärkungsmittels hervor; mit einer Pipette gab sie sich ein paar Tropfen Bachblütentinktur hinten auf die Zunge. Als er *eine Minute dreißig* verkündete, erläuterte Tom den Umstehenden, inzwischen müsse Matt schon dabei sein, die Hamburger zu bezahlen, sonst werde er es nicht rechtzeitig zurück schaffen. Tom nutzte seine eigene freie Zeit dazu, einen seiner Versorgungspacks zu öffnen, und entnahm ihm ein Fläschchen Vitaminpillen, eine neue Flasche Wasser und ein frisches Hemd, das er sogleich auseinanderfaltete.

»Wie lang ist er weg?«, fragte Jess.

Walter blickte auf seine Uhr. »Zwei Minuten.«

Tom zog bedächtig sein altes, verschwitztes Hemd aus und stand im Unterhemd da. Jess beobachtete ihn aus den Augenwinkeln, verblüfft, dass dieser Mann so immun gegen die Spannung sein konnte, die alle anderen so deutlich spürten. Was bezweckte man damit, wenn man in so einer Situation das Hemd wechselte? Er merkte, dass sie ihn ansah. Rasch wandte sie den Blick ab.

»Zwei Minuten dreißig«, verkündete Walter.

»Wenn er jetzt noch nicht auf dem Rückweg ist«, orakelte

Tom, »dann ist es aus mit ihm.« Er wandte sich an Jess und steckte dabei die Arme in frische weiße Baumwolle. »Es wird heiß.«

»Bitte?«, fragte sie, obwohl sie ihn genau gehört hatte. »Meinen Sie mich?«

Was für ein Unsinn!, dachte Tom. Wie langweilig, diese Spiele zwischen Männern und Frauen! Was für eine Energieverschwendung! Er nahm sich vor, Jess nicht mehr anzusprechen. Sie zu behandeln wie Luft. Von jetzt an würde er weniger freigiebig mit seinen Weisheiten sein, insgesamt vorsichtiger, mit seinen Kräften haushalten und die Perlen, die Geschenke, die bei diesen Trotteln ohnehin nicht ankamen, für sich behalten. »Es wird heiß«, sagte er noch einmal.

Jess (wieder!): »Meinen Sie mich?«

Sparen, Bewahren, alles Überflüssige ausstreichen, Kommentare, Sätze, Worte. Haushalten, darauf kam es an. Energie sparen, das war das Wichtigste. ~~»Was ist los, sind Sie taub?«~~ »Wird ein heißer Tag.« ~~»Vergessen Sie das, gute Frau, Sie werden sowieso nicht gewinnen!«~~

Jess: »Mmmm.«

Sie richtete den Blick wieder auf die Straße, spähte erwartungsvoll in die Ferne.

~~»Gehen Sie nach Hause, das rate ich Ihnen! Es gibt bestimmt ein paar Dinge, die Sie gut können, aber das hier gehört nicht dazu!«~~

Auch Dan zählte die Sekunden, den Blick auf die Armbanduhr geheftet, hatte die Pfeife schon an den Lippen, bereit, den jungen Mann mit einem Triller zu disqualifizieren, wenn er nicht bald wieder auftauchte. Die Spannung stieg,

Tick auf Tack auf Tick, die anderen Teilnehmer kehrten zu ihren Plätzen an den beiden Wagen zurück, und Dan rief: »Drei Minuten.«

Jess wollte zwar nach wie vor gewinnen, sie *musste* gewinnen, um ihrer ganzen Familie willen, aber es gab doch viele, denen sie eher das Ausscheiden gewünscht hätte als Matt.

Betsy war, aus anderen Gründen, noch besorgter. »Scheiße, wo bleibt der denn?«

Doch Roy, der Exsoldat, hatte Matt noch nicht aufgegeben. »Das Spiel ist erst nach der zweiten Halbzeit vorbei.«

Selbst Tayshawn war gebannt. »Wie lange jetzt?«

»Drei Minuten dreißig«, antwortete Dan.

In aller Ruhe schloss Tom die Knöpfe seines frischen weißen Hemds und steckte es in die Hose. Er fühlte sich weit besser als zuvor, erquickt durch die gestärkten weißen Fasern, die seine Haut kräftigten wie ein Tonikum. Jess blickte ihn wieder an, den großen, schweren Mann im weißen Hemd. »Wie lange?«

»Wen interessiert das schon?«

Dan half: »Gleich vier Minuten.«

»Irgendwas muss passiert sein«, brummte der Soldat.

»DA IST ER!« Unter Volldampf kam Matt die Straße herauf. In der rechten Hand schwenkte er eine große braune Papiertüte. Die Beine flogen, die Arme ruderten, er kam rasch näher. Tom war der Letzte, der aufblickte, aber er sah doch noch, wie der Bursche es schaffte, und zwar mit links. Matt Brocklebank hatte Tempo. Da hatte Walter recht.

»Fit wie ein Turnschuh«, gab Tom zu.

Matt lehnte sich keuchend an einen der Wagen, grinste sein breites, gutaussehendes, finanziell unabhängiges Grinsen.

»Vier Minuten drei Sekunden«, verkündete Dan.

Matt: »Was sagt man dazu? … Da hätte ich noch eine ganze Minute gehabt. Die Burger waren …« (außer Atem, doch nicht allzu sehr) »… waren fertig. Es war *toll*. Also dann …« Schon schien er wieder erholt und machte sich an die Verteilung der Beute. Ordentliche, warme, in Papier eingeschlagene Päckchen für die Burger. Heiße Pappbecher. »Okay. Also. Ähm … ein Whopper für … die hübsche Dame? Ja?«

Betsy schüttelte den Kopf. »Cheeseburger für mich. Und Kaffee. Danke.«

»Stimmt, Cheeseburger, Pardon. Bitte sehr!«

Betsy nahm den Becher mit Kaffee, zog den Deckel mit den Zähnen ab und trank gierig. »Ich denke, wir sollten heiraten«, sagte sie zu Matt. »Oder findest du, ich bin zu schnell?«

Matt grinste umso breiter. »Nicht schnell genug«, antwortete er und musterte das nächste heiße Päckchen. »Das sieht doch aus wie ein Whopper, für …« Er bot ihn Jess an, doch die schüttelte den Kopf, dann Walter, wieder vergebens. »Okay, dann war der für …«

»Yo«, sagte Tayshawn.

»Sorry«, sagte Matt und überreichte ihn. »Das Blut ist noch alles in den Füßen.«

Tom konnte nicht anders: »Wo es wahrscheinlich zu Hause ist.«

»Und hier haben wir einen Tee für … Mmm … ich weiß es nicht mehr.«

Walter: »Tee war für mich.«

Jess: »Und für mich Kaffee.«

»'türlich. Für jeden etwas. Tee für den Herrn. Kaffee für die Dame.«

»Schinken-und-Ei-Sandwich?«, erkundigte sich Tom.

»Oh. Ich – tut mir leid – Schinken und Ei? Ich – ähm ...«

»Schon gut«, antwortete Tom eisig.

»Tut mir leid ... anscheinend haben sie das aus Versehen nicht ... Tut mir leid.«

Tayshawn, im Burgerhimmel, kaute mit vollen Backen. »Das nächste Mal gehe ich.«

Toms gute Laune war verpufft. Er musste diesem Jungen die Augen öffnen. »Nimm erst mal fünfzig Pfund ab. Vorher kannst du dir's sparen.«

Tayshawn hielt mit dem Essen inne und ließ seinen Burger sinken. Die feuchten Augen blickten gekränkt.

Mehrere ärgerliche Gesichter drehten sich zu Tom und zwangen ihn, den Blick zu senken.

Trotzig schluckte Tayshawn seinen Bissen und wiederholte entschlossener denn je: »Das nächste Mal gehe ich. Wartet's nur ab.«

Etwa in der Mitte der nächsten Runde blickte Jess auf und sah ihre Mutter, eine Vision. Die Frau hielt eine Thermosflasche. Außerdem war sie mit einer Decke gekommen, einem Regenmantel und der Aufforderung: »Komm nach Hause.«

Valeria Wisnewski war mehr für Entscheidungen, die hinter verschlossenen Türen gefällt wurden. Sie fand es schrecklich, wenn man sein privates Leid an die Öffentlichkeit zerrte. Man bettelte nicht. Man hielt den Kopf stets oben. So machten die Wisnewskis das. Ihre Vorfahren hatten immer im Elend gelebt. Und was Jess hier machte, das war in Valerias Augen Bettelei.

Doch Jess sah das anders. Sie fand, ihr durfte nichts zu niedrig sein, wenn sie Nat damit helfen konnte. Sie glaubte nicht daran, dass es Mitleid auf der Welt gab. Eine Witwe mit ihrem Einkommen konnte es sich nicht leisten, in aller Stille zu leiden, sie konnte nicht wählerisch sein. Wenn die Wege des Herrn unerforschlich waren, dann konnten ihre Wege das genauso gut sein.

Zwei Grundeinstellungen also, zwei Ehrbegriffe. Das bedeutete Ärger.

Jess musste beharrlich sein, musste die Stimme heben, damit ihre Mutter sie hörte, und das war nicht ihre Art. Manchmal war es nicht genug, wenn man hoffte und betete – nicht annähernd genug. Man musste drängen, mogeln, raffiniert sein in der modernen Welt, und wenn es sein musste, musste man seine Stimme heben, damit man gehört und gesehen wurde in diesem Lärm. *Es gibt die, die gesegnet sind, und die, die leer ausgehen.*

»Nein, das kann ich nicht«, sagte Jess in der nächsten Pause, ruhte sich in einem freien Campingstuhl aus und reckte den Nacken.

»Der Wetterbericht sagt Regen voraus.«

»Ich weiß nicht, warum, aber ich habe das Gefühl, ich kann gewinnen.«

Valeria schüttelte den Kopf. »Sieh dir die Menschen an, wie verzweifelt sie sind.«

»Das bin ich auch.«

»Gehe in dich, Jessie. Frage dich, weshalb du das hier tust.«

Valeria hustete zweimal hinter vorgehaltener Hand. Immer wenn es ihr schlechtging kam die Bronchitis, sie musste gegen niedrigen Blutdruck ankämpfen, Erschöpfungskopfschmerz; im besten Fall waren es Rheuma und Frauenleiden. »Und denke an deine Tochter, deren Mutter keine Arbeit mehr haben wird, wenn ich noch einmal anrufen und für dich lügen muss.«

Valeria schraubte den Becher der Thermosflasche ab und füllte ihn. Jess setzte ihn an die Lippen. »Schön heiß. Danke, Mama. Und wer passt auf Nat auf?«

»Ich habe Julia von oben darum gebeten. Aber ich muss gleich zurück. Oh, und das habe ich dir mitgebracht. Nimm.«

Ein Rosenkranz.

Jess lächelte. Sie verstand die Bedeutung dieses Geschenks. Valeria hatte etwas sagen wollen, als sie hierherkam: nämlich dass sie zwar vielleicht nicht guthieß, was ihre Tochter tat, dass Jess aber doch immer eine Katholikin blieb und deshalb nie ohne Unterstützung sein würde; die anderen mochten ihre Kühltaschen und ihre Windschirme und ihre Mannschaften, die sie anfeuerten, haben, doch Jess hatte Rom, die Jungfrau Maria, Gott und eine polnische Mutter, und all das hatte sie für alle Zeit. Jess spürte, wie ihr eine Träne in den Augenwinkel kam. Rasch drückte sie sie weg.

Valeria tat, als sei bei dem Rosenkranz nichts weiter dabei, und bei den Tränen erst recht nicht, und schaute sich stattdessen um, musterte die Konkurrenz, der sie sich in Gestalt der anderen Teams nun stellen musste. Manche hatten improvisierte Lager aufgeschlagen, saßen auf Kühlboxen, große Wasserflaschen griffbereit, machten augenfällig, wie sehr sie ihre Kandidaten unterstützten. »Sieh dir diese Leute an.

Wie verzweifelt die sind. Meinst du wirklich, die kannst du schlagen?«

»Nein. Aber ich will es trotzdem versuchen.«

Valeria schüttelte den Kopf, und es sprachen Jahrhunderte geduldig ertragenen Leidens daraus. »Erforsche dein Herz. Und frage dich, warum. Erforsche dein Herz.«

Nun kam Tom und holte etwas aus seinem Rucksack, der in der Nähe lag. Jess nahm demonstrativ keine Notiz von ihm, doch Valeria betrachtete ihn sehr interessiert. »Ich bringe ihr den Rosenkranz. Sie will keinen Rosenkranz. Sie glaubt, sie kann das gewinnen.«

Überrascht drehte Tom sich um. Wechselte einen Blick mit Jess, die rot geworden war. »Neue Unterstützung?«, fragte er.

Valeria ließ sich dies Etikett gern aufdrücken und antwortete anstelle ihrer Tochter. »Jawohl, ich unterstütze sie.«

»Ich wünschte, ich hätte auch jemanden, der mich unterstützt«, antwortete er, überrascht, dass dieser Gedanke die Zensur passiert hatte. »Unterstützung, das ist … ähm … etwas Wichtiges. Entscheidet wahrscheinlich darüber, wer gewinnt. Bei so was braucht man ähm … jemanden, der dafür sorgt, dass man nicht den Verstand verliert.« *Himmel noch mal,* ermahnte er sich sofort in Gedanken, *was plapperst du denn da alles aus?*

»Aber sie glaubt ja nicht daran, dass sie gewinnt.«

Er riskierte noch eine weitere Großzügigkeit. »Da kommen Sie ins Spiel, nehme ich an.«

Und Jess schien dankbar für diese Bemerkung. Valeria hingegen war verwirrt. »Wer soll denn so etwas gewinnen?«

Tom schüttelte den Kopf. »Wer weiß. Vielleicht der, von dem man es am wenigsten erwartet.«

»Am wenigsten? Dann ist es meine Tochter. Dann gewinnt sie.«

Nun war Jess mit dem Kopfschütteln an der Reihe. »Immer noch neidisch auf meine Unterstützung?«, fragte sie Tom.

Doch statt zu antworten, wandte Tom sich wieder an ihre Mutter. Er war mit seiner Offenheit schon so weit gegangen, da war es jetzt auch egal. »Ihre Tochter hat genauso gute Chancen wie jeder andere. Ich hatte schon das Vergnügen, sie bei der Arbeit zu sehen.« Ein boshaftes Lächeln mit einem kurzen Seitenblick auf Jess.

*Nein, nicht ganz unattraktiv in solchen Augenblicken*, musste Jess sich widerstrebend eingestehen.

»Na, ich gehe wohl besser zurück. Hat mich gefreut. Meine Damen.«

Jess schaute ihm verwundert nach.

Auch Valeria war sichtlich beeindruckt. »Der wäre doch gar nicht schlecht.«

»Lass das, Mama.«

Valeria hatte gesagt, was sie auf dem Herzen hatte. Mission erfüllt. Ein knappes Abschiedswort, dann stapfte sie auf ihren strammen Beinen davon. Doch Jess wusste, dass man mit so einer Frau rechnen musste, so müde sie auch aussah. Wenn es sein musste, konnte ihre Mutter auf diesen arthritischen, fast siebzigjährigen Beinen ganze Kontinente durchqueren. In Polen war Valeria als junges Mädchen in löchrigen Schuhen und auf der Flucht vor zwei anrückenden Armeen von Lodz bis nach Danzig gelaufen. Ein Fußweg von 350 Kilometern, eine unglaubliche Ausdauer. Ihre Willenskraft war schier unerschöpflich. Wäre Valeria eine

Teilnehmerin in diesem Wettbewerb gewesen, Jess hätte alles auf sie gesetzt.

*Bye, Mama.*

Der Ton der Trillerpfeife.

*Tich, tack, tick, tack, tick, tack, tick.*

Jess betete. *Gegrüßet seist du, Maria …* In der Tasche fanden Daumen und Zeigefinger die Perlen und befühlten sie, eine nach der anderen. *Heilige Maria, Mutter Gottes …* Sie setzte ihre Hoffnung auf diese Zweizeiler, die ihr die Erlösung bringen sollten, immer ein Gegrüßet und ein Heilig pro Perle – sie hoffte auf einen Zugewinn an Frieden und Kraft, wenn sie den ganzen Kranz betete, fünfzig Perlen und zum Schluss das kleine Kruzifix, das Zeichen des gekreuzigten Christus, seiner Todesqualen.

Nach zehn Minuten holte sie den Rosenkranz aus der Tasche, um nachzusehen, wie weit sie gekommen war, aber sie hatte gerade erst die Hälfte. Diese Gebetsrunden waren lang.

»Was machen Sie da?«, fragte Tom, der wieder einmal neben ihr stand. Er hatte sie beobachtet, wie sie die Kette aus der Tasche zog und die Perlen betrachtete, während er mit seiner eigenen freien Hand in seiner Tasche blind die Erdnüsse aus einer Tüte mit Nüssen und Rosinen und Pistazien und anderen getrockneten Merkwürdigkeiten suchte.

»Das würden Sie nicht verstehen«, sagte sie und steckte den Rosenkranz wieder ein.

Während er dazu Nüsse kaute, rezitierte Tom mit lauter Stimme: *»Gegrüßet seist du, Maria, voll der Gnade, der Herr ist mit dir. Du bist gebenedeit unter den Weibern, und gebenedeit ist die Frucht deines Leibes.«*

Ein halbes Dutzend Leute rund um den Wagen sahen zuerst Tom, dann Jess an, verblüfft über diesen Ausbruch von Frömmigkeit.

Sie war überrascht und wollte sich nicht anmerken lassen, dass es sie freute, und nach einem kurzen Blick kehrte sie ihm wieder den Rücken zu. Sie hatte gelernt, dass jede Freude über etwas, was Tom Shrift sagte, von kurzer Dauer war.

»Katholisch erzogen«, sagte er, laut genug, dass alle mithören konnten.

Sie drehte sich wieder um und flüsterte: »Finden Sie das schlimm?«

»Mit sieben habe ich den Glauben verloren. Das Zeitalter der Aufklärung. Jesus und der Weihnachtsmann verließen Hand in Hand das Zimmer.« Er blickte in die Ferne, dorthin, wo sein versammelter Aberglaube entschwunden war. »Was war das für ein Akzent, bei Ihrer Mutter?«

Sie rückte ein Stück näher an ihn heran, damit die anderen nicht mithören konnten. »Könnten Sie bitte leiser sprechen?« Als er nickte, fragte sie mit schneidender Stimme: »Was wollen Sie?«

»Nichts. Ich habe nur gesehen, dass Sie beten.«

»Und jetzt wollen Sie mir etwa erzählen, dass Sie nicht an Gott glauben.«

»Klar.« Er zuckte mit den Schultern. Seinen breiten, kräftigen Schultern. »Das ist doch die große Illusion, oder nicht?«

Sie wandte sich ab, diesmal mit einem Seufzer. *Gegrüßet seist du. Heilige Maria.* Doch neue Gedanken drängten sich sofort zwischen die Formeln. Daumen und Zeigefinger hielten an einer der Perlen inne. *Die große Illusion?* Wie konnte jemand so etwas sagen? Mit solchen Leuten gab sie sich nicht ab. Sie wankte nicht in ihrem Glauben, sie hielt sich an den offiziellen Gottesbeweis der katholischen Kirche, den altehrwürdigen »Beweis durch den Glauben«: Gott *musste* existieren, weil es einfach unlogisch war, dass die Menschheit über all die Jahrhunderte *nichts* angebetet hatte. Die Leute waren doch nicht blöd, das war der Ansatz. Menschen würden nicht Generation um Generation, Zeitalter um Zeitalter an etwas glauben, was nur Einbildung war. Anders ausgedrückt, wer an Gott glaubte, der glaubte auch an die Vernunft des einfachen Volkes, und dieser Beweis aus uralten Zeiten war gut genug für Jess Podorowski im modernen London.

Das hätte sie ihm gern gesagt, und zwar mit klaren Worten, aber andererseits wollte sie keine Szene machen. Zu viele Leute, die rund um den Discovery standen, konnten zuhören. Also behielt sie es für sich. Hortete ihre Gedanken, wie immer. Außerdem war es nicht ihre Aufgabe, so jemanden zu retten. Wahrscheinlich war er sowieso nicht mehr zu retten. Sie sehnte sich nach einer Tasse Tee. Ihr Rücken schmerzte entsetzlich. Eine Tasse Tee, Milch, kein Zucker. *Liebe Maria,* betete sie, *Muttergottes, heilige Mutter der Welt, hättest du nicht ein Tässchen für mich?*

Tom spürte den Tadel in dem ihm zugekehrten Rücken und tippte sie auf die Schulter, bis sie sich wieder umdrehte. »Also, es tut mir leid. Das mit der Kakerlake, das war … Sie haben ja nur Ihre Arbeit gemacht. Wollen wir Frieden schließen? Ich bin nicht besser, als ich bin. Einverstanden? Frieden?«

Er streckte ihr seine Hand hin.

Widerstrebend griff Jess danach

»Und Ihre Mutter ist also … Russin?«

»Polin.«

»Polin. Ah ja. Große Familie, nehme ich an …«

»Niemand außer mir. Der Konkubine Satans.«

»Oh bitte, seien Sie nicht so. Ich habe mich doch schon entschuldigt.«

»Gut. – Ja, ich bin Polin, ja.«

»Polin. Gut. Wissen Sie … wissen Sie, warum Christus nicht in Polen zur Welt gekommen ist?«

»Aber ja.« Sie seufzte. »Weil sie nirgends drei Weise finden konnten und nirgends eine Jungfrau. Sehr lustig.«

»Oh, den kannten Sie schon.« Er lächelte.

»Warum sind Sie … Was soll …? Wieso reden Sie mit mir?«

»Wir stehen noch lange hier«, antwortete er. »Und Sie sind … interessant.«

»Das ist gelogen. Ich habe Ihnen einen Strafzettel verpasst. Was ist daran interessant?«

»Als Sie mir den Strafzettel gaben, habe ich die Nerven verloren. Ich habe Sie angeschrien. Und Sie sagten nichts weiter als: ›Wenn Sie meinen, Sir.‹ Ich habe es noch genau im Ohr. Mit der Miene einer Märtyrerin. Das interessiert mich.«

»Wir dürfen uns nicht verteidigen.«

»Aber wie kann eine Frau mit Ihrem Charakter eine solche Arbeit tun?«

»Meinem Charakter?«

»Ja.«

»Verraten Sie's mir – was habe ich für einen Charakter?«

»Ich würde sagen, Sie sind … ein netter Mensch.«

»Das ist alles? Enttäuschend.«

»Mit der Selbstachtung ist es nicht weit her, aber ein netter Mensch sind Sie.«

»Okay.« Beinahe hätte sie gelächelt. »Sonst noch etwas? Wo Sie schon dabei sind.«

»Ich würde vermuten ... Wollen Sie es wirklich hören?«

Sie nickte. »Ja.« Aber wollte sie?

»Also ... es gibt Tage, da fühlen Sie sich wie die Zehn auf der Skala, und andere, da fühlen Sie sich wie die Eins. Aber die meiste Zeit ist es die Eins. Und wer so weit unten auf der Skala steht, der kann sich's nicht leisten, *nicht* nett zu sein. Nicht wahr?«

Jess' Gesichtsausdruck verriet, dass er ins Schwarze getroffen hatte. »Weiter.«

»Sie wollen den Leuten gefallen, deshalb müssen Sie lächeln, aber Sie bringen es nicht fertig, auch mal was für sich zu verlangen.« Das Lächeln auf ihrem Gesicht verschwand. »Sie glauben, dadurch wird die Welt ein freundlicherer Ort, aber in Wirklichkeit lassen Sie nur Mörder ungeschoren davonkommen. Die Welt ist sogar *schlechter* dran, weil Sie nett sind, und Sie selber auch. Das haben Sie noch nicht begriffen. Sie erwarten, dass andere genauso rücksichtsvoll sind wie Sie, und finden, das Leben ist nicht fair, wenn es nicht so ist – und die meiste Zeit ist es eben nicht so. Deshalb leben Sie mit einer Wut im Bauch. Nach außen hin setzen Sie ein hübsches Lächeln auf«, fuhr er fort. »Und es ist ein sehr hübsches Lächeln. Ihr größter Pluspunkt. Aber was Sie nicht begriffen haben, das ist, dass Nettigkeit einem nur schadet in einer Welt, in der Aggression die häufigste Kommunikationsform ist.« Er musste Luft holen.

»Ich glaube, das reicht.«

»Okay.«

*Wut im Bauch? Was für ein Blödsinn!* Wo bekam er nur solche Ideen her? Nichts davon stimmte, nichts war vernünftig. In der nächsten Pause würde sie wieder an den anderen Wagen gehen. Das würde ihm klarmachen, dass sie nichts mit ihm zu tun haben wollte, und er konnte ja nicht so ungehobelt sein und mit herüberkommen. »Gott, wie können Sie nur …? Wie kommen Sie nur auf den Gedanken, dass Sie jemanden kennen … nur weil Sie …?« Sie blickte ihm fest ins Gesicht. »Sie kennen mich nicht.«

»Sie haben mich nach meiner Meinung gefragt. Und ich habe Ihnen geantwortet. Und nebenbei gesagt, die Arbeit, die Sie da haben, die ist Gift für jemanden wie Sie. Jemand wie Sie, der nie seine Wut zeigt, der immer alles in sich hineinfrisst – lieber Himmel, wie Sie da Ihre Zettelchen schreiben, wie Sie die erbärmlichen Strafen der Gesellschaft verteilen, und in Wirklichkeit schreiben Sie doch Strafzettel an sich selbst, bestrafen sich selbst, und der ganze Dreck, den Sie abkriegen, den die Leute bei Ihnen abladen, die Menschenscheiße, die Sie übergekippt kriegen, ganze Eimer voll, und Sie tun, als sei nichts dabei. Sie machen sich krank.«

Durch zusammengebissene Zähne: »Danke für Ihre Anteilnahme.«

»Lesen Sie die neuesten Ergebnisse der Krebsforschung. Ehrlich. Passivität und Krebs, das gehört zusammen. Nettsein ist genauso selbstzerstörerisch wie Rauchen. Ein gewisses Maß an Aggressivität hingegen, das hat etwas Reinigendes, Heilendes sogar. Ich sage das nicht einfach nur. Das sind wissenschaftliche Tatsachen. Nehmen Sie mich zum Beispiel. Ich liefere mir einen Kleinkrieg mit meinem Nachbarn. Es fing damit an, dass ich einen Bauantrag gestellt habe, für einen kleinen Balkon vor meinem Wohnzimmer. Er wohnt unter mir. Hat Einspruch erhoben. Ich habe verloren. Und ich habe ihm einen Brief geschrieben. Habe meiner Wut auf gesunde Art Luft gemacht.«

»Und was geschah?«

»Er hat mir eine tote Ratte durch den Briefschlitz gesteckt. Seine Wut ebenfalls herausgelassen. Ein gesunder Austausch.«

»Eine tote Ratte?«

»Eine große. Rattus norvegicus. Er muss sie in einem Zoogeschäft gekauft haben – das war es ihm wert. Und seitdem haben wir unseren kleinen Krieg. Vor ein paar Wochen hat er gewartet, bis ich aus dem Haus war, und dann hat er die Polizei gerufen und gemeldet, ich sei in meiner Wohnung zusammengebrochen. Er habe mich um Hilfe rufen hören. Also haben mir die Bullen die Wohnungstür eingetreten. Sie kurz und klein geschlagen. Ich kam nach Hause, die Haustür war weg und überall Bullen. Nun, manche Leute, manche Leute würden sich vielleicht von so einer Schikane einschüchtern lassen. Aber wissen Sie, was ich gemacht habe? Der Kerl liebt seinen Rasen. Sie sollten ihn sehen, diesen Rasen. Er mäht ihn jeden zweiten Tag – sieht aus wie der Centre Court in Wimbledon. Also hab ich mir ein Unkrautvertilgungsmittel besorgt. Und tief in der Nacht habe ich mich nach unten geschlichen und ihm etwas auf seinen Rasen geschrieben. Mit Gift. Mitten in der Nacht bin ich nach unten gegangen und habe ihm etwas auf den Rasen geschrieben.«

»Das ist nicht wahr!«

»Doch, darum geht es doch.«

»Was haben Sie geschrieben?«

»Spielt keine Rolle. Ein hässliches Wort. Es geht darum –«

»Was haben Sie geschrieben? Was war es?«

»Ein hässliches Wort. Mehr sage ich nicht.«

»Was für ein Wort?«

»Eigentlich sollte es jetzt allmählich zu sehen sein. Und es geschieht ihm recht.«

»Meine Güte.« Sie war schockiert von dieser Tat, doch zugleich faszinierte es sie auch, denn plötzlich kam ihr Tom vor wie jemand, der in einem Land lebte, zu dem sie sich den Zugang stets versagt hatte – einer rauheren, gefährlicheren Welt, aber auch ehrlicher und lebendiger, wo die Leute taten, wonach ihnen zumute war, und sagten, was sie dachten. »Was für ein Wort?«, fragte sie. »Was haben Sie geschrieben? Meine Güte!«

»Auf das Wort kommt es nicht an. Aber glauben Sie mir, es passt. Der hat bekommen, was er verdient. Und ich bereue nichts.«

Aber sie konnte sich nicht zurückhalten. »Arschloch?«, rief sie gedankenlos, vielleicht zu laut. »Meine Güte, Sie haben *Arschloch* geschrieben?«

»Nein, das nicht. Worauf es ankommt, ist, dass ich etwas ge*tan* habe. Ich habe –«

Sie schüttelte den Kopf, und nun flüsterte sie: »Doch nicht ein Wort mit W?«

Er zuckte mit den Schultern, aber leugnete es nicht. »Er hatte es verdient.«

»Sie haben das Wort mit *W* geschrieben? Mit Gift? Auf seinem Rasen? Wie konnten … Ich meine, wie konnten Sie …?«

»Er ist zu weit gegangen, deswegen. Ich habe mich der Herausforderung gestellt. Sie hingegen ... Sie – ja was hätten Sie getan?«

Aber sie hörte kaum noch zu. Schüttelte immer noch ungläubig den Kopf; sie konnte sich überhaupt nicht vorstellen, dass jemand so etwas mit seinem Nachbarn machte.

Doch Tom legte noch nach. »Sagen Sie mir eins. Was bekommen Sie dafür? Wie viel zahlen die pro Stunde? Für eine Politesse.«

»Das geht Sie nichts an.«

»Dann lassen Sie mich raten. Mindestlohn. Stimmt's? Fünf Pfund fünf Pence, abzüglich Steuern? Unglaublich ist das. Wissen Sie, wer sich mit so was abspeisen lässt? Ein netter Mensch.«

Er wandte sich ab. Triumphierte. Der rhetorische Höhepunkt war erreicht, jedes weitere Wort würde die Wirkung nur mindern, und so steckte er sein Banner ein und schwieg.

»Man muss nehmen, was man bekommt«, antwortete sie schwach. Doch er hörte sie nicht mehr. Er hatte sich wieder die Stöpsel in die Ohren gesteckt und lauschte seinem Radio.

In der nächsten Pause war Jess als Erste an der Toilette. Schloss sich ein. Weinte. Ihr ganzer Körper bebte. Sie unterdrückte die Schluchzer, so gut sie konnte. Sie hielt sich sogar die Hand vor den Mund. Aber es war nicht leicht. Immer und immer wieder kamen die Gefühle in ihr hoch. Vielleicht drangen ein paar Laute nach draußen, auch wenn sie sich noch so mühte, sie zu ersticken. Und nach etwa drei Minuten kam sie wieder heraus, als sei nichts gewesen.

Matt Brocklebank und Betsy Richards lachten. Flüsterten verschwörerisch in den immer länger werdenden Schatten. Bald würde die Sonne untergehen. Tom beobachtete die beiden, wie sie immer neue Vorwände fanden, einander zu berühren, sich mit den Schultern anzustupsen, über die feinen Härchen auf den Unterarmen zu streichen, den Blick abzuwenden, doch nur um im selben Moment ein Stückchen näher zu rücken, damit sie, wenn ihre Blicke sich wieder trafen, überrascht sein konnten über die Nähe, die sich wie durch Zauberhand ergeben hatte.

*Auch das noch,* dachte Tom.

Unter dem Applaus der flatternden Wimpel, die im Sägezahnmuster den Hof einfassten, wandte Tom den Blick ab von der Sexkapade, die sich da anbahnte, und er fand Trost in dem Gedanken, dass Betsy zwar jetzt eine Schönheit sein mochte, mit üppigen Rundungen (nahtlos gebräunt vermutlich), aber sie war der Typ, der schon in wenigen Jahren fett sein würde – ja, schon bald würde sie die Macht verlieren, mit der sie Männer wie ihn dazu brachte, dass sie sich nach ihr umdrehten, und würde sein, was sie zu sein verdiente, nämlich eine Frau, die das Umdrehen nicht wert war.

Sein Blick wanderte weiter und blieb bei Tayshawn und Walter Haines hängen. Ein noch merkwürdigeres Paar. Auch die beiden redeten, freundeten sich an – schon wieder ein Beispiel von zwei Leuten, die sich gegenseitig halfen. War er denn der Einzige, der das hier als Zermürbungskrieg sah, als Durchhalteschlacht? Walter hatte ein Päckchen in Butterbrotpapier aufgefaltet und reichte dem Jungen ein Brot. Unglaublich! Was bildete dieser Tattergreis sich ein? Tom seufzte. Tayshawns schwacher Punkt war offensichtlich sein Magen, und was tat Walter Haines? Er fütterte seinen Gegner, erhielt die körperliche Überlegenheit des Jungen und sorgte damit für seine eigene Niederlage. Wie konnte jemand, der in einem Ausdauerwettbewerb antrat, seinen Rivalen helfen? Wenn man sich das vorstellte, diese Unvernunft! Manche Leute, dachte Tom, die brauchten keinen Gegenspieler, denn ihr größter Feind waren sie selbst.

Ein Geräusch riss ihn aus seinen Gedanken. Ein metallisches Klicken. Ein Ringfinger tappte gedankenverloren auf die Haube. Tom blickte auf. Roy, der Exsoldat.

»Bitte«, sprach Tom ihn freundlich an. »Bitte lassen Sie das.«

»Was?«

Ein unablässiges Lied – und andere geistige Dissonanzen – spielte offenbar im Kopf des alten Kämpen und machte ihn wunderlich, vielleicht sogar zum klinischen Fall. Die Art, wie er vor sich hin brummte, das geradezu autistische Fingertippen summierten sich in Toms Vorstellungen zum Bild von jemandem, der nicht ganz richtig im Kopf war. Er stellte sich vor, dass der Mann allein lebte, ohne Frau und ohne Kinder. Ab und zu vielleicht der Besuch einer Halbschwester, ansonsten klopften nur die Zeugen Jehovas an die Tür.

»Sie verkratzen den Lack. Lassen Sie das.«

»Leck mich«, brummte der Soldat.

»Für Sie mag das keine Rolle spielen, aber manche von uns haben tatsächlich eine Chance, dieses Auto zu gewinnen, und wir wollen nicht, dass es verkratzt wird. Also lassen Sie das. Bitte. Ich bitte Sie freundlich darum.«

Doch Roy trommelte nur umso heftiger und lauter, so dass es nun auch andere störte.

»D-d-da hat er recht«, sagte der Schlaflose aus Billingsgate. »L-l-lassen Sie das sein.«

»Stimmt«, brummte der Mann aus Zaire. »Das wird verkratzt.«

»Sie können es ja hinterher verkratzen, wenn Sie's gewonnen haben«, fügte die Hebamme hinzu.

Und schließlich Walter, der Sanftmütige. »Komm schon, Kumpel. Lass gut sein. Wir wollen doch alle das Auto. In was für einer Einheit waren Sie eigentlich?«

Ein Musterbeispiel dafür, wie man einen Schwachkopf beschwichtigte. Der Soldat ging auf Walter ein, und die Lackattacke hörte auf. Er erzählte seine Geschichte:

Corporal Roy Sewell. Munitionsexperte bei den Rifle Volunteers, einem Bataillon der Bodentruppen. Hatte in Kabul bei der ISAF gedient, den internationalen Sicherheitstruppen. Kampfeinsatz. Ausgemustert wegen chronischer Migräne. Auch das Zivilleben sah er nun durch die Brille des Krieges, sah sich strammstehen, salutieren, die kleinlichen Befehle des täglichen Lebens befolgen: Parken verboten, Eintritt verboten, Rauchen verboten, Sirene zum Arbeitsbeginn, bitte zurückbleiben, Türen schließen automatisch, und so weiter und so fort. Es fiel ihm nicht leicht, sich auf dem Kriegsschauplatz der Großstadt zu bewähren. Überweisungen ausfüllen. An Ampeln warten. Um Frauen werben. Nein, das war nicht einfach für Corporal Roy Sewell, ganz und gar nicht leicht, jetzt wo er zurück war.

»Nichts für ungut.« Walter, mit bewunderndem Ausdruck, hielt ihm die Hand hin. Der Soldat schlug ein. »Kein Problem. Nichts für ungut.«

Tom beobachtete die beiden. Er hätte gern etwas gesagt. Aber es war nicht der richtige Zeitpunkt.

Inzwischen war es fast dunkel, und die Flutlichter gingen an.

*»Und es kam Licht«*, steuerte Walter aus seinem Fundus an falschen Zitaten bei.

*Achtundzwanzig*, dachte Hatch und betrachtete sie von seinem Bürofenster aus. Achtundzwanzig arme Seelen noch auf den Beinen. Ein Weltrekord? Und seine Chancen auf einen Weltrekord, waren die auch noch dort draußen? Ja – einer von den **28** würde es vielleicht schaffen. Welcher sah aus, als könne er es schaffen? Hatch betrachtete sie. Beobachtete sie.

Menschen hinter Glas. Und im Inneren dieser Menschen, was war da?

Was für eine Nacht! Sternenklar. Und unter den Sternen der erbarmungslose Wettbewerb: Jess gegen Tom gegen Walter gegen Tayshawn gegen Betsy gegen Betsys Freund mit den blauen Augen gegen zweiundzwanzig weitere gegen die alles beherrschende Uhr. Geist gegen Körper. Motivation gegen Motivation. Herz gegen Herz. Damit einer gewinnen konnte, mussten viele verlieren; wer triumphieren wollte, musste beweisen, dass er oder sie den anderen überlegen war: Das waren die echten Regeln, das war die Algebra des Überlebens; die Zeit eliminierte die Schwachen einen nach dem anderen, so wie die Kügelchen klicken am Zählrahmen von Mutter Natur… *Tick, tick, tick, tick, tick…*

Augen brannten. Glieder schmerzten. Füße wurden taub. Von den Knöcheln stieg der Schmerz zu den Knien und Hüften auf. Gelenke schwollen an und versagten den Dienst. Es wurde weniger geredet. Die Stimmung sank. Und, schlimmer, es sank auch die Temperatur. Plötzlich und gnadenlos. So viel Schmerz, so wenig Glück, und beides zur selben Zeit.

Walter Haines rieb sich die Augen und klagte, dass sein rastloses Bein ihm wirklich zu schaffen machte. »Eklig ist das, als ob man dauernd einen kleinen elektrischen Schlag bekommt. Mit dem nassen Zeh an die Steckdose kommt.« Er hätte sich die Füße vertreten müssen, und da er das nicht konnte, musste er es eben so aushalten. Vielleicht aus Mitgefühl zog Tayshawn eine Mundharmonika hervor und spielte traurig, leise, schlecht – eine Serenade für den alten Mann, eine Zaubermelodie, die das zuckende Bein besänftigte, doch der formlos fließende Klang breitete sich über den ganzen Wettbewerb aus und verlieh dem ganzen die wehmütige Melancholie eines Abends an der Somme zwischen zwei Kanonnaden, das Klagelied des verwundeten Infanteristen, der eben erfahren hat, dass keine Verstärkung mehr kommt …

Achtundzwanzig Menschen; das war alles. Hände auf Metall. Zwei Autos, ihre Verbindung zum Leben. Schon eine ganze Weile war niemand mehr ausgeschieden, und inzwischen war allen klar, dass die gesamte Teilnehmerschaft nur noch aus Sturköpfen bestand, von denen jeder bereit war, mit allem zu kämpfen, was er hatte.

»Mein Kopf fühlt sich an, als ob er bei Kentucky Fried Chicken in der Pfanne brutzeln würde«, stöhnte Tayshawn.

Walter fasste nach hinten und rieb sich den Rücken. »Bei mir ist es das Steißbein. Ein Königreich für ein Kissen, auf dem ich meinen müden Hintern parken könnte.«

»Und, hältst du durch?«

»Tue ich nicht. Ich halte schon seit zehn Jahren nicht mehr durch. Aber das ist mein Vorteil. Wisst ihr, was das ist, was ihr jetzt spürt? Ein kleiner Vorgeschmack auf das Alter. Und ich bin der Einzige, der das gewöhnt ist. Deshalb gewinne ich das Auto.«

»Wenn das hier das Alter ist, dann ist es scheiße.«

Betsy sagte: »Am liebsten würde ich tot umfallen.«

»Nichts da«, meldete sich Tom. »Das ist gegen die Regeln.«

Matt massierte Betsy den Nacken. Jess spürte einen mörderischen Schmerz in den Lendenwirbeln, und sie musste zugeben, eine fremde Hand wäre jetzt sehr willkommen.

»Manche haben Glück, was?«, murmelte Walter leise.

In der nächsten Pause kam Tom zu Jess herüber. Sie saß auf einem fremden Campingstuhl. »Alles in Ordnung?«

Sie wollte nicht mit ihm reden. »Der Rücken. Ein bisschen Kopfschmerz. Ansonsten ... geht's noch.«

Er zog weiter, fand eine Ecke des Autohofes, die weniger hell erleuchtet war. Er blickte hinauf zum Himmel. Jenseits des Reklameballons, der dort oben schwebte wie die Sperrballons im Krieg, sah er die Sterne, wie sie schwach durch die radioaktive Lichtwolke der Stadt schimmerten. Er stand ganz allein da, reckte und streckte sich, ließ die Schultern kreisen und ging dreimal in die Hocke, damit wieder Blut in die Beine kam, und dann stand er da, mit nach hinten gebogenem Rücken, den Bauch vorgestreckt, und blickte nach oben, ein Mönch in der Sixtinischen Kapelle. Und diese Sterne – Kernkraftwerke, von denen es im Universum mehr gibt, als es auf Erden seit Anbeginn der Zeit an Herzschlägen gegeben hat – eine unglaubliche Zahl, wenn man bedachte, wie das Herz eines Menschen raste, wenn er den normalen Parcours durch die Tretmühle absolvierte – schon beinahe lächerlich. Doch sehen konnte Tom nur ungefähr hundert. Der Londoner Himmel war ein Witz. Im letzten Sommer auf Korfu, wo es keinen Smog gab, hatte ein Feuerwerk am mitternächtlichen Himmel gefunkelt, und unter diesen Millionen von Lichtpunkten war Tom Shrift sich unendlich klein vorgekommen – und hatte sich wohl gefühlt; und später konnte er sich nicht erklären, warum dieses Gefühl so angenehm gewesen war. Auch jetzt noch, in einer stillen Ecke eines Autohofs, konnte er sich das nicht erklären.

Wieder streckte er sich. Eins stand fest – er hatte es nicht eilig, in seine Wohnung zurückzukehren, das geordnete Leben wiederaufzunehmen, das die Großstadt einem aufzwang. Auf dem Lande, da gab es noch so etwas wie Würde, aber in London? Keine Chance. Die Massen lebten dort wie Hühner in einer Legebatterie, jeder hatte nur seine paar Quadratmeter; und neben, über, unter sich hatte man gereizte, gefährliche Mitbewohner, die nur darauf warteten, mit spitzen Schnäbeln nach den Schlagadern zu hacken. Jeden Tag von neuem versuchte man Frieden zu finden, doch ringsum gab es nichts als das grässliche Gegacker des Hühnerhofs. Nein, seine Londoner Wohnung hatte er mehr als nur satt, aber wohin sollte er gehen, jetzt wo sie ihn ausgeplündert hatten?

Er hielt die Hand auf einen der Neuwagen, die noch die Hitze des Tages speicherten. So viele Wagen, diese warmen, glitzernden Maschinen ... Was bedeuteten sie den Idioten, die sie kauften? Was? Sie waren eine Täuschung. (Sein Verstand kam wieder in Fahrt.) Es kostete so viel, einen zu kaufen, doch binnen zehn kurzen Jahren – wenn man das Ding so lange behielt – würde man selbst nur noch einen Schrotthaufen darin sehen, würde sich eingestehen, dass er keinen Penny mehr wert war. Tom durchschaute das glitzernde Äußere dieser Neuwagen und sah schon den Schrott dahinter. Wenn Tom seinen Discovery gewänne, würde er ihn verkaufen, das stand fest. Das Geld nehmen und nichts wie weg.

Er hörte Geräusche. Lautlos tastete er sich ins Dunkel hinter Hatchs Büro vor. Stöhnen. Keuchen. Küsse. Das Schmatzen von Lippen auf Haut. Liebeslaute kamen aus dem Schatten hinter dem Gebäude, wo sich alte Reifen und Radkappen stapelten.

Und da – niemand hörte Toms leisen Schritt –: ein Mann und eine Frau. Eng umschlungen. Lieber Himmel. Er konnte kaum glauben, was er da sah. Die Frau mit dem Rücken an der Wand, blond. Ein Mann mit hellen Haaren pinnte sie dort fest, bewegte sich mit kurzen Stößen auf und ab. Waren sie …? Sie waren. Der Mann begann, zu keuchen und zu stöhnen, das Mädchen reckte nun das Kinn in die Höhe, bot den Hals den Küssen dar, das Gesicht dem Licht.

Scheiß Betsy Richards. Das war sie doch?

Sie war es. Tom seufzte. Unglaublich. Scheiß Betsy Richards! Und da konnte der Knabe ja nur… Ja. Er war es. Was zum …? Was zum Teufel bildeten diese beiden Schwachköpfe sich ein? Vollkommene Idioten! Wie wollte man denn einen Marathon gewinnen, wenn man zwischendrin zum Bumsen anhielt? Die zwei vervögelten da gerade ihre Chance auf ein Auto. Ihre Affäre war ihnen wichtiger.

Himmel noch mal. *Wie haben die zwei das so schnell geschafft?*, fragte sich Tom. Er wollte wieder zurück auf den Hof gehen, als er Betsys kleine, gierige Freudenlaute hörte; Matt Brocklebank versuchte sie zu ersticken, indem er ihr die Hand auf den Mund hielt, und zugleich machte er sich süchtig, gefräßig über ihren schwanenweißen Hals her, eine Liebestechnik, die ihr offensichtlich gefiel, denn sie hatte die eine Wade um seine Beine geschlungen, sich mit ihm verflochten. Was für ein Rätsel war doch das moderne Leben! Tom stand dort draußen, unbemerkt zwischen ölverschmierten Kurbelwellen, ausrangierten Achsschenkeln, und spürte etwas, was er nicht in Worte fassen konnte, was ihn aber wie angewurzelt stehenbleiben ließ – das merkwürdige Gefühl vielleicht, dass er zu etwas keinen Zugang hatte, nicht zu dem Sex als solchem, sondern zu der Frage, wie Sex binnen dermaßen kurzer Zeit möglich geworden war. Noch ein letzter Blick – ein junges Paar, unsichtbar miteinander verbunden, Matt ganz Leidenschaft und Akrobatik, Betsy auf einem Bein, eine Ballerina, halb schwebend in wogendem, willigem *pas de deux* –, dann zog sich Tom, seltsam erschüttert, zurück. Doch als er einen Schritt zurück machte, stieß er gegen eine Kiste. Ein Turm aus alten Radkappen schwankte und fiel um. Tom warf keinen Blick zurück. Er floh, und eine einzelne Kappe kam ihm nachgerollt, kippte und drehte flachere und flachere Kreise, bäumte sich auf zum Crescendo, dann bebte sie und blieb still liegen.

Wieder am Landrover angekommen, legte Tom erleichtert die Hand auf den kühlen Stahl wie auf eine Bibel und sprach im Geiste eine neue Fassung seines alten Schwurs: *Ich schwöre, dass ich dem Hühnerhof entgehen werde. Ein für alle Mal. Lieber Himmel, lass mich nie wieder mit solchen Leuten im selben Käfig eingesperrt sein!*

Und statt dass er die rückkehrenden Turteltauben betrachtete, die aneinandergeschmiegt wieder auftauchten und ihre Plätze am Auto einnahmen, hob er lieber den Blick zu den kalten, kühlenden Sternen. Und da wusste er endlich die Antwort auf die Frage, die ihn auf Korfu beschäftigt hatte. Das Glück, das wir empfinden, wenn wir uns so unendlich klein im Angesicht der Sterne fühlen, kommt daher, dass, wenn wir im Vergleich zur Größe des Universums nichts sind, auch unsere Sorgen nichtig sind.

Die zweite Nacht – die zweite qualgeplagte Nacht – schien noch endloser als die erste. Doch die, die sie überstanden, würden den Sieg nicht nur als möglich sehen, sie sähen ihn zum Greifen nah.

Immer wieder änderte sich die Stimmung. Jetzt wurde kaum noch geredet. Und wenn an einem der beiden Wagen ein Gespräch aufkam, dann begann es in der Regel mit einer Frage, meist zum Thema Schlaf. Am Discovery hatte Tom seine Antworten parat. Jedem, der sie hören wollte, konnte er sämtliche Fakten und Zahlen nennen, und er fand, es war gut, wenn die anderen sie wussten … Völliger Schlafentzug führte bei Ratten binnen etwa achtundzwanzig Tagen zum Tode.

»Zum Tode?«, hauchte Betsy.

»Bei Ratten.« Toms Blick wanderte zu Matt Brocklebank neben ihr.

Betsy: »Meine Güte!«

Der Schlaflose (der in Hörweite stand): »Und w-wie

lange k-kann der Körper ohne Schlaf auskommen? Ich m-meine, was ist der Rekord, ohne Schlaf?«

»Der Weltrekord im Wachbleiben? Da kämen Sie nie drauf.«

»S-sechs Tage? Oder? Weiß nicht.«

»Elf. Elf Tage.«

»Elf! Das gibt's doch nicht.«

»Doch. Ein Siebzehnjähriger hat ihn aufgestellt, ein Amerikaner. Anscheinend hat er die meiste Zeit Flipper gespielt. Am Ende war er kaum noch bei Bewusstsein, aber er ist wach geblieben. Randy Gardner hieß er.«

»D-d-das ist ja unglaublich!«

»Aber das war unter idealen Bedingungen, nicht draußen im Freien so wie wir. Wenn unsere Erschöpfung chronisch wird«, warnte Tom seine neue Zuhörerschaft, »und das dürfte gegen Ende des dritten Tages sein, dann ist die größte Bedrohung der *Mikroschlaf*, winzige Aussetzer, die vielleicht nicht länger als drei oder vier Sekunden dauern – aber das ist lange genug, dass einem die Hand vom Auto rutschen kann.«

Betsy wollte alles wissen. »Was sonst noch? Was gibt es sonst noch Schönes, was uns erwartet? Verraten Sie's uns. Wie schlimm wird es noch? Ich meine, wie werden wir uns fühlen, nach drei Tagen oder vier?« Ein leichter Unterton von Panik in ihrer Stimme.

»Sehstörungen, die kommen als Nächstes«, klärte Tom sie bereitwillig auf. »Stellen Sie sich schon mal drauf ein. Am Ende werden wir Sachen nur noch mit dem Tastsinn erkennen. Das wird ein Spaß. Taktile Agnosie nennt man das. Dann kommen natürlich Niedergeschlagenheit, Reizbarkeit,

Aggression, unkooperatives Verhalten, auch Gedächtnisstörungen. Die üble Seite der menschlichen Natur. Die Fassade, die Höflichkeit, verschwindet.« Betsy japste nur. »Hmmm … was sonst noch? Konzentrationsstörungen, dann Mühe mit dem Sprechen. Das Sprechen wird uns immer schwerer fallen. Halluzinationen. Gedächtnisstörungen, hatte ich das schon?«

»Meine Güte!« Betsy musste sich rasch an Matts Schulter lehnen, zum Trost bei solchen Aussichten.

»Es fängt mit dem Körper an, doch am Ende ist alles eine Frage des Verstands – Verstand gegen Verstand gegen Verstand, das entscheidet, wer als Sieger übrig bleibt. Alles spielt sich im Kopf ab – und wo bekommt man seine Inspiration her, wenn alles andere versagt? Das ist die große Frage. Worauf kann man sich konzentrieren, damit man weniger schnell den Verstand verliert als der Nachbar, damit man überhaupt weitermachen kann?« Tom tippte sich an die Schläfe, blickte in die Runde und sah, dass alle ihm zuhörten. »Oh, Psychose, hatte ich das schon? Randy Gardner ist am Ende verrückt geworden. Schon am vierten Tag hat er ein Straßenschild für eine Person gehalten. Also. Da haben wir noch einiges, worauf wir uns freuen können.«

Matt hatte genug. »Der will uns doch nur kirre machen. Der reine Unsinn. Entweder schlafen wir ein, oder wir tun's nicht. Und das ist alles.«

Doch das allgemeine Schweigen ließ das Gegenteil vermuten, zumal Tom Symptome aufgeführt hatte, die schlimmer schienen als die längst geschwollenen Knöchel und Knie, die entzündeten Bandscheiben, die steifen Nacken, die brennenden Augen, die Stresskopfschmerzen.

Jess entdeckte jedoch, dass es etwas gab – vielleicht das einzige Mittel –, was gegen das Gefühl dieses stetigen Anwachsens der Leiden half.

Das Leiden der anderen.

Es war unglaublich, wie einen das aufbaute. Sie war verblüfft, wie sehr sie innerlich jubilierte, wenn ein anderer aufgab, davonwankte, nicht mehr an den Wagen zurückkam. Sie hatte ein schlechtes Gewissen deswegen, doch die Wirkung blieb. Nach Mitternacht, als der Fischhändler aus Norfolk einfach zusammensackte und auf den Fersen hockenblieb, fühlte sie sich prächtig. Alle hatten mitfühlende Worte, als der Mann in Tränen ausbrach und dann von dannen schlurfte, doch Jess konnte nicht leugnen, dass ihr das Weitermachen danach ein ganzes Stück leichter fiel, dass es überhaupt viel einfacher schien – und nicht nur für sie. Nach jedem Ausscheiden kam Partystimmung auf. Zuerst dachte sie, es ginge nur ihr so, und schämte sich, doch dann sah sie, dass auch alle anderen nach dem Zusammenbruch des Fischhändlers auflebten. Wo andere untergingen, stieg man selbst auf. So einfach war das. Und je weiter die Nacht fortschritt, desto häufiger kamen diese Muntermacher – stets auf Kosten eines anderen – und waren immer willkommener.

Um zwei der nächste Energiestoß. Gerade als allen wieder so richtig flau wurde, sorgte die Hebamme für Rettung, indem sie im Toilettenhäuschen einschlief und erst durch Schläge an die Tür wiederbelebt werden konnte. Die Frau hatte sich großer Beliebtheit erfreut, weil sie jedem, der fragte, medizinische Ratschläge gab, und allenthalben wurde beteuert, wie sehr man sie vermissen werde usw. usw., doch kaum war sie lautstark verabschiedet, fing jemand zu singen an, und alle stimmten ein, bis eindeutig rund um beide Wagen Lachen zu hören war. Man unterhielt sich wieder angeregt. Scherzte. Mit jedem kleinen Tod rückte der Preis in greifbarere Nähe – selbst an den Stimmen hörte man, wie die Leute geduldiger wurden, wie sie den unerschöpflichen guten Willen in sich wiederentdeckten. Jess war es nicht gewohnt, Genugtuung aus dem Unglück anderer zu beziehen, aber es war ein hässlicher Reflex, gegen den sie nichts tun konnte. Es war ein Zeichen der grundsätzlichen Verderbtheit der menschlichen Natur, wie selbstverständlich solche Stimmungen sich in einem einstellten, und das war eine der Erkenntnisse, die dieser Wettbewerb vermittelte.

In den frühen Morgenstunden – »biorhythmisch eine Krisenzeit«, orakelte Tom – leistete der Bier-und-Pizza-Mann seinen Beitrag zum Gemeinwohl, als er es einfach von seinem Turm aus Bierdosen nicht mehr zum Auto zurück schaffte. Er strauchelte, stolperte über einen Wasserschlauch und landete hart auf dem Betonboden. Sein Unglück baute die anderen für zwei weitere Stunden auf, und das in solchem Maße – er war ein lärmender Prahlhans gewesen –, dass das Durchhalten bis zum Morgengrauen plötzlich gar nicht mehr schwer schien, jetzt, wo die Gesamtzahl auf nur noch **25** gesunken war, und dann, um 4 Uhr 30, auf bloße **24**, als auch der Mann aus Zaire ausschied; seine Hand war vom Wagen geglitten und ihm in den Schoß gefallen, und Tom, der Zeuge, hatte ihn pflichtschuldig gemeldet. Wie konnte Jess jetzt noch aufgeben, wo einer nach dem anderen ausfiel und immer weniger Leute zwischen ihr und dem Sieg standen, der ihr Leben verändern würde?

*Tick tack tick tack tick.*

Als Tom – der zum Subaru gewechselt war, weil er einmal etwas anderes sehen wollte – gegen halb sechs morgens an seinem persönlichen Tiefpunkt angelangt war, überlegte er, dass ein neuer Gesprächspartner vielleicht helfen könnte. Er wandte sich an Walter, der ebenfalls den Wagen gewechselt hatte. Walter hatte Jess, der dritten Migrantin, gerade einen abgegriffenen Zettel gezeigt, und Tom fragte, ob er ihn auch sehen dürfe.

»Gern.«

Der alte Mann zeigte ihm eine Zeichnung.

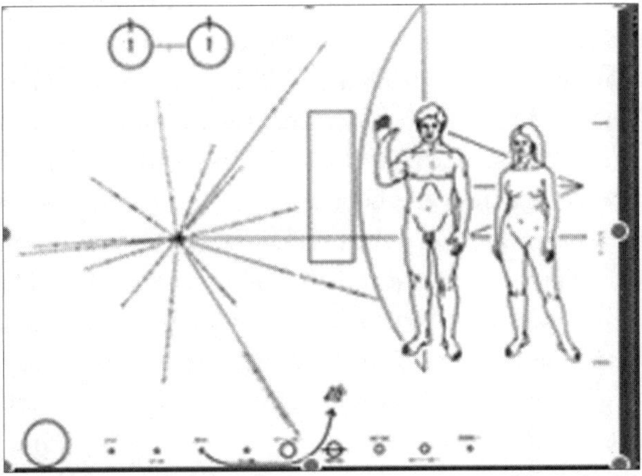

»Was ist das?«

»Kennen Sie das nicht? Dieses Bild hier ist auf einer Plakette an Bord der Raumsonde, die gerade in diesen Tagen unser Sonnensystem verlässt. Sie ist weiter ins Weltall vorgedrungen als jedes andere von Menschen gemachte Ding.

Das ist die Darstellung der menschlichen Rasse, die die Wissenschaftler der Sonde mitgegeben haben. Unsere Botschaft an andere Welten. Das sind wir, auf den kleinsten Nenner gebracht.«

Es dauerte nicht lange, bis Tom den alten Mann übertrumpfte. »Pioneer 10.«

»Genau das. Die NASA hat sie im Jahre –«

»73.«

»Beinahe. Sie kennen sich aus. 72. Erstaunlich. Man dachte, der Sonde sei schon vor Jahren der Strom ausgegangen, aber jetzt sendet sie wieder. Unglaublich. Ein ganz schwaches Signal. Sie ist immer noch da, auch wenn die Batterie, die den Sender speist, nicht stärker ist als die einer kleinen Taschenlampe. Ein schwaches Signal, stellen Sie sich das vor, vom äußersten Rand unseres Sonnensystems! Aber dieses Bild. Verstehen Sie, was da drauf ist? Ich erkläre es Ihnen. Ein Mann. Die rechte Hand hat er erhoben. Warum? Zum Gruß? Von wegen! *Damit man seinen beweglichen Daumen sieht.* Anscheinend die größte Errungenschaft der Menschheit. Eine Hand mit einem Daumen. Neben ihm eine Frau. Sehen Sie. Beinahe gelangweilt, das Gewicht ruht auf dem einen Bein, kein Lächeln, sie steht vor… ja was? Einem *Raumschiff* – das ist Pioneer 10, verstehen Sie? Zuerst sollte ihre Gebärmutter hervorgehoben werden. Haben sie dann doch nicht gemacht. Na, egal. Oben links, das ist das Symbol für Wasserstoff, der Hauptbestandteil unseres Universums. Unten, hier diese Strahlen, die zeigen die relative Position unserer Sonne zu den nächstgelegenen Galaxien. Unsere *Adresse* sozusagen. Unsere galaktische Postleitzahl – so können sie uns finden.«

Tom blickte Walter verwundert an. Wer hätte das gedacht –

dass ein Wachmann, längst im Rentenalter, so etwas parat hatte? Ein Mann, der über die großen Dinge nachdachte, die Frage nach dem Schicksal der Menschheit. Manchmal überraschten einen die Menschen. In der Regel war es eine böse Überraschung, doch ab und zu gab es auch eine gute.

»... und hier, sehen Sie? ... ein Diagramm des Sonnensystems, in dem die Flugbahn der Pioneer eingezeichnet ist. Verstehen Sie? Hier unten ist der Mensch. Hier leben wir. Kommt und besucht uns. Das ist doch eine tolle Sache. Das hab ich immer in der Brieftasche. Unser SOS sozusagen. Verstehen Sie? Das Notsignal von einer Welt, die am Ende ist. Unsere Flaschenpost. *Hilfe*, heißt das. Ich nehme an, die Wissenschaft verheimlicht uns da etwas. Wie schlecht unsere Lage schon ist. Wenn keine Hilfe von draußen kommt, sind wir am Ende.«

Tom war beeindruckt – sicher, die Idee eines heimlichen Hilferufs war absurd, doch dieser alte Mann konnte *denken* – Flaschenpost, Kultur, *eine Welt, die am Ende ist.* »Am Ende? Da könnten Sie recht haben. Ich bin beeindruckt. Auch ich verfolge den Flug der Pioneer 10.«

»Tatsächlich?«

»Aber haben Sie schon gehört? Die NASA hat sie jetzt aufgegeben. Das letzte Signal kam schon vor einer ganzen Weile. Kurz vor dem Eintritt in die Heliosphäre.«

»In die was?«

»Die Heliosphäre. Das ist die Blase, die durch die magnetische Anziehungskraft der Sonne bestimmt wird, die äußerste Schicht dessen, was man das Reich der Sonne nennt; der Bereich, wo sich der Sonnenwind dem interstellaren Medium angleicht.«

Walter nickte. Er bewunderte Toms Faktenwissen, die Datenfülle, den wissenschaftlichen Jargon. »Was Sie nicht sagen. Das … äh … hab ich nicht gewusst, mit dem Reich der Sonne und allem.«

»Und von da fliegt das einsame Stückchen Schrott weiter. Im Weltall verrostet nichts, und in ungefähr dreißigtausend Jahren wird das Diagramm, das Sie da haben, wahrscheinlich das Sternbild des Stiers passieren. Und im Laufe der nächsten Million Jahre kommt es an mindestens zehn weiteren Sternen vorüber. Sonnen.« Walter stand mit offenem Munde da. »Und in fünf Milliarden Jahren wird dieses kleine Gefährt mit dem Original Ihrer Zeichnung immer noch durch die Milchstraße fliegen, wenn unsere Sonne zum Roten Riesen wird und den Planeten verbrennt, der die Zeichnung ins All geschickt hat. Stellen Sie sich das einmal vor.«

Schweigen. Walter starrte sprachlos vor sich hin. Ein Hauch von Unendlichkeit.

# 3

»Los!«, riefen sie alle. »Los!«

Und Matt hatte Tempo. So viel stand fest. Als der junge Mann um die Ecke gesprintet kam und zum Endspurt auf den Autohof ansetzte, rechnete Tom damit, dass er seinen Rekord vom Vortag sogar noch unterbieten würde, und zwar um mehrere Sekunden. Wie machte er das? Da stimmte doch etwas nicht. Drogen, schloss Tom. Wenn der Bluttest kam, würde es sich herausstellen. Drogen, das war die einzige Erklärung. Wie sollte man sonst erklären, dass jemand zu Beginn seines dritten Tags ohne Schlaf noch immer so frisch aussah? Das war doch nicht natürlich.

»Er ist unglaublich«, sagte Jess.

Und Betsy nickte begeistert. Sie war verliebt – man sah es an der Farbe der Wangen, als sie diesem Zuchthengst bei seinem Galopp zusah. Solche Freuden lassen die Haut eines Mädchens schimmern, das Haar bekommt Fülle, selbst nach einer durchwachten Nacht. Glückshormone. Auch Betsy sah aus, als hätte sie Amphetamine genommen. Die zwei, schloss Tom, unterstützten einander, sogar auf der chemischen Ebene, und das war nicht fair. Irgendwas an dieser ganzen Geschichte mit Betsy und Matt war nicht fair.

Jess dagegen freute sich für das Mädchen. Mit der freien Hand drückte sie Betsys Arm – eine stillschweigende Botschaft, die sagte: »Viel Glück.« Die beiden hatten in der Nacht miteinander geredet, und Betsy hatte ihr ihre Geschichte erzählt.

Betsy hatte anscheinend Pech im Leben gehabt. So gut sie auch aussah, hatte sie nie den richtigen Partner gefunden – jedenfalls niemanden, den sie wirklich liebte und der sie ebenfalls liebte. »Glaub mir, ich habe mehr Ratten gesehen als der Rattenfänger von Hameln«, sagte sie Jess. »Kein Witz. In Schwärmen sind die hinter mir hergelaufen.«

Enttäuschung war auf Enttäuschung gefolgt, und Betsy hatte damit experimentiert, ihre Standards zu senken. Hatte nicht funktioniert. Höhere Standards? Ebenso wenig. Jetzt war sie wild entschlossen, jemanden zu finden, der »einigermaßen okay« war. Das war nun schon das fünfte Jahr, in dem sie nach einer festen Beziehung suchte, sie wollte jemandes Gefährtin sein und dann auch bald jemandes Mutter. Sie sehnte sich danach, dass sie mit ihren Freundinnen telefonieren und von Sorgen mit dem Au-pair-Mädchen oder dem Architekten erzählen konnte. Sie sehnte sich nach einem Bad, in dem das Wasser in der Toilettenschüssel blau war, wollte nur ein einziges Mal vom Fußboden ihres neuen Landrovers ein Stück Kaugummi abzupfen, in dem noch die unvergleichlichen Milchzahnabdrücke ihres eigenen Kindes zu sehen waren. Ja, Betsy Richards hatte Träume, große, diamantenschwere Designerloft-Silberhochzeitspläne, und sie zerrannen ihr zwischen den Fingern.

Jedenfalls bis dieser Märchenprinz aufgetaucht war. Und da war er wieder, keine Sekunde zu spät, um erneut seinen

Platz am Discovery einzunehmen, und keine Sekunde zu spät für Betsy – die Stoppuhr des Schiedsrichters und das rasende Ticken des Mädchenherzens verkündeten, dass Matt Brocklebank es wieder einmal geschafft hatte.

*Tick, tack, tick, tack, tick.*

Kaum außer Atem – ~~»Das gibt's doch gar nicht!«~~, protestierte Tom, aber nur in Gedanken – breitete Matt auf dem Dach des Discovery seine Schätze aus, Fastfood für alle.

Das Mädchen hatte Glück, dachte Jess bei sich. Daraus würde etwas. Das Mädchen hatte Glück.

Matt verteilte Essen und Getränke. Betsy Richards strahlte, als sie ihren Kaffee entgegennahm. Aber die Augen fielen ihr zu, ihre Kräfte ließen sichtlich nach, und Matt griff diesem Mädchen in mehr als nur einer Hinsicht unter die Arme. Es war schon eine Leistung, dass sie die Nacht durchgestanden hatte, eine Nacht, in der zwei weitere Kandidaten – junge Männer, die fitter aussahen als sie – ausgeschieden waren; beiden war die Hand vom Wagen geglitten, als sie eingenickt waren. Gegen halb acht hatte Dan die beiden nach Hause geschickt, und die Teilnehmerzahl stand nun bei **22**.

Von vierzig auf nur noch zweiundzwanzig. Und wer von den zweiundzwanzig konnte noch gefährlich werden? Tom sah sich um. Betsy – sosehr Matt auch half – würde nicht mehr lange durchhalten. Matt stand unter Drogen, das war offensichtlich, um den brauchte er sich nicht zu kümmern. Walter war nach wie vor eine Bedrohung, ein Mann mit dem Metabolismus eines Leguans. Der Schlaflose wirkte noch fit, ebenso der Autodieb. Der Soldat mit dem Psychotick blieb unberechenbar. Die McCluskys hätten zwar dringend einen Zahnarzt gebraucht, aber sonst schienen sie immer noch ein gutes Team zu sein. An dem anderen Wagen standen noch ein paar, die vielleicht für eine Überraschung gut waren, aber man ahnte doch allmählich, wer in vierundzwanzig Stunden noch auf den Beinen sein würde.

Tom drehte sich um und musterte Jess Podorowski. Sie schien noch recht lebendig, so wie sie jetzt auf der Motorhaube den unverhofft für sie mitgebrachten Hamburger auswickelte. Aber sie war keine große Bedrohung. Wenn sie vernünftig war, ging sie einfach nach Hause. Alles was, soweit Tom das beurteilen konnte, für sie sprach, war ihr Geschlecht, der genetische Vorteil der Frauen gegenüber den Männern, doch diesen Vorteil zehrte ihre Opfermentalität wieder auf. Tief drinnen rechnete diese Frau damit, dass sie verlieren würde. Sie war der Typ, der sich selbst um seinen Vorteil brachte, das sah er ihr an. Er beobachtete sie, wie sie hungrig in den Burger biss und Matt versicherte, dass er wunderbar sei, und sah nur die Verliererin, die sich wieder einmal etwas vormachte.

Tom verfolgte schweigend die Bündnisse, die ringsumher geschlossen wurden. Was für ein Blödsinn! Hatte denn keiner von diesen Leuten je etwas von Volkswirtschaft gehört, von Spieltheorie? Er schüttelte den Kopf. Hätte am liebsten allen lauthals klargemacht, dass der Schlüssel zum Erfolg der Niedergang des Nachbarn war, nicht dessen Rettung! Wenn man sah, wie sich diese Dummköpfe gegenseitig bemutterten – Irrsin war das. Die Lehre vom »Nullsummenspiel« besagte, dass es für jeden Gewinn des einen einen gleich großen Verlust des anderen gab, damit die Summe wieder null ergab. *(He, Dr. Kissinger – was für Einzelne gilt, gilt auch für Völker, Staaten, Nationen, stimmt's? – das wusstest du genau.)*

»In der nächsten Pause gehe ich«, sagte Tayshawn.

Walter schüttelte den Kopf, hob die müden Augen. »Nein, das machst du nicht. Kommt nicht in Frage.«

Matt: »Aber wenn er es will ... Du darfst nur nicht stehenbleiben. Und sorg dafür, dass du sofort bedient wirst. Dann klappt das schon.«

Tayshawn: »Kein Problem. Ist geritzt. Das nächste Mal laufe ich.«

Walter: »Dann nimm das hier. Hier.« Er nahm seine Armbanduhr ab und gab sie dem Jungen.

~~»Selbstmord«,~~ hätte Tom beinahe gesagt, und dann sagte er es wirklich.

Drei, zwo, eins. Die Trillerpfeife.

Tayshawn sprintete los – oder lieferte zumindest das, was für seine Verhältnisse ein Sprint war. Tatsächlich war es eher ein hyperaktives Watscheln. Das Einzige, was wirklich schnell lief, war die Uhr.

Betsy brüllte *Los!*. Jess ebenfalls. Bald wusste die ganze Belegschaft, dass Tayshawn diesmal die Burger holte.

Matt musste lachen, als er Tayshawn laufen sah. »Seht ihn euch an! Ha, ha, ha! Er ist großartig. Wunderbar.«

Tom schüttelte den Kopf. »Das finden Sie lustig?«

»Er schafft das schon«, antwortete Matt. »Glauben Sie mir.«

»Nie im Leben schafft er das.«

Jess hatte die Hände trichterförmig um den Mund gelegt und feuerte ihn nun am lautesten von allen an, doch zugleich machte sie sich auch Sorgen. Matt versicherte allen Umstehenden, Tom wisse ja gar nicht, wovon er rede, und

Tayshawn könne es ohne weiteres schaffen – so weit sei es ja nicht –, solange er nicht zu lange im Laden blieb und zu viel kaufte. Das sei die einzige Gefahr. Dass seine Gier ihm zum Verhängnis würde. Er musste nehmen, was gerade zu haben war, und sich sofort auf den Rückweg machen.

Tom warf einen Blick auf seine Uhr. »Bald werden wir wissen, ob er es schafft oder nicht. In sechs oder sieben Minuten ungefähr.«

»Der schafft das locker«, beharrte Matt.

»Warten wir's ab«, konterte Tom.

Jess kaute am Nagel ihres Zeigefingers. Sie sagte nichts. Als Dan kam und erfuhr, was los war, meinte er munter: »Der Kleine braucht ein Taxi.« Es würde ihm nicht leichtfallen. Aber er wollte es wenigstens versuchen.

Anschließend würde Hatch zum Zeitungsladen fahren und nachsehen, ob die Morgenzeitungen etwas über den Wettbewerb brachten, aber vorher hielt er bei der Autoverwertung.

Er hatte da etwas zu erledigen, nur eine Kleinigkeit. Er musste die Pistole loswerden.

Rufus – im Ring hatte er »Dr. Death« geheißen, die Art von Profiwrestler, die hauptsächlich dafür bezahlt werden, dass sie sich auf den Boden drücken lassen und dabei qualvoll stöhnen – war gerade am Telefon, als Hatch ins Büro trat. Er winkte Hatch durch; sie hatten schon alles besprochen. Er wies mit dem Daumen in Richtung Schrottpresse.

Hatch ging hinüber. Ein eindrucksvoller Ort. Die zerbeulten Autowracks standen in langen Reihen, zwei Etagen übereinander, und Hatch schritt durch die rostigen Straßen, die einzige lebendige Seele auf diesem Friedhof.

Die Schrottpresse war gewaltig. Es dauerte nur ein paar Sekunden, bis aus einem Fahrzeug ein längliches Paket geworden war, nicht dicker als eine Matratze. Wenn er nur zusah, lief es ihm kalt den Rücken hinunter. Denn dieser Hof war das genaue Gegenstück zu Hatchs Autohandel – alles, womit er handelte, wovon er lebte, woran er in gewissem Sinne seinen persönlichen Wert maß, wurde hier gnadenlos vernichtet. Und es war auch nicht ohne Ironie, dass *Smash Palace* sich mit dem Verkauf von Altmetall eine goldene Nase verdiente, während *Back-to-Back* mit seinen nagelneuen Fahrzeugen am Rande des Ruins stand, zerdrückt in der Presse von Kommerz, Steuerpolitik, schwindender Käufernachfrage, dem scheiß Umweltbewusstsein und Hatchs eigener Unfähigkeit. Er winkte dem jungen Mann, der den großen Kran bediente. Ein Kümmer-dich-nicht-um-mich-Winken.

Er ging zu dem Wagen, der als Nächster in die Presse kommen würde, und holte die Pistole aus seiner Manteltasche. Er musste sie einfach nur auf den Fahrersitz dieses Ford Capri werfen. *Am besten setze ich mich gleich mit dazu, wo ich schon hier bin.*

Er hatte die Waffe zwei Jahre nach dem Tod seines alten Herrn gefunden, als er auf den Dachboden gestiegen war, um einen Schwimmer im Wassertank des elterlichen Hauses zu reparieren. Da hatte sie gelegen, in Öltuch gewickelt, mit einer Kordel verschnürt: eine Enfield Number 2 Commando, Offizierswaffe im Zweiten Weltkrieg. Hatch hatte sie mitgenommen. Sie hatte ihm viel bedeutet. Es war, als habe er seinen Dad wieder neu bei sich.

Die Presse schloss sich. Das Geräusch ging ihm durch

und durch. Es klang nach Unglück, nach Todesopfern. Man erwartete fast, dass die Polizei kam und nach Augenzeugen suchte.

Doch nun, zwei Jahre später, war die Waffe losgegangen. *Hätte beinahe meinen Sohn umgebracht.* Deshalb musste sie vernichtet werden. Weil sie das beinahe angerichtet hätte. Warum also zögern?

Als er sie hineinwarf, hüpfte sie einmal auf dem Sitz hoch. Dann blieb sie liegen. Vielleicht kehrte sie als Rasenmäherklinge zurück, als japanisches Ginzu-Steakmesser.

»Fertig?«, rief einer der Jungs, bereit, den Capri an den Kran zu hängen.

Hatch nickte, winkte noch einmal, doch dann konnte er sich nicht entscheiden. Wie so oft. Sein Markenzeichen. Und als er nicht die Tür schloss und nicht von dem Capri zurücktrat, rief der junge Mann noch einmal: »Alles klar?«

Das war eine Frage, auf die Hatch keine Antwort mehr wusste.

Tom hatte die Uhr im Blick. Er verkündete die erste Minute, dann eins fünfzehn. Tayshawn wurde zum Punkt am Horizont, und nachdem er um die Ecke gebogen war, konnte man sich seine kühnen Taten nur noch ausmalen.

Schon weit die Straße hinunter, doch nicht so weit, wie er bis dahin hätte sein müssen, erblickte Tayshawn zum ersten Mal das gelobte Land des Burgerladens, der in seinem Blickfeld kreiste und hüpfte.

Er war nicht zum Laufen geboren, das stand fest. Seine Bestimmung waren Spielkonsolen, ein Leben im Sitzen, die Suche nach dem perfekten Winkel, in dem man die Beine hochlegte. Alles Ballast und Fett. Und darunter steckte eigentlich ein schmächtiger Junge, zart gebaut mit schwachen Muskeln. Das Fett schlabberte an ihm wie ein schlecht sitzender Anzug. Ein Schularzt hatte einmal gesagt, er leide an Fettleibigkeit dritten Grades. Für Tayshawn hatte das geklungen, als sei er schon so gut wie tot. Später erfuhr er, dass es nur eine Bezeichnung für ein Gewicht war, das um 40% über dem Idealgewicht lag. Und das stimmte nicht. Dreißig Prozent, das konnte sein, und er trug sein Schicksal als hässliche, ja hassenswerte Person; doch nun näherte er sich dem Ziel, und die Erregung stieg …

Auf dem Autohof nahm Jess einen Bissen von einem Käsebrot und trank den letzten Schluck kalten Kaffee. Aus dem Schminktäschchen holte sie Medizin und Pipette und gab sich fünf weitere Notfalltropfen hinten auf die Zunge. Kopfschüttelnd verkündete Tom, dass die Zweiminutenmarke passiert war. Tayshawn musste inzwischen eingetroffen sein, sonst schaffte er es nicht mehr zurück. »Zwei Minuten fünfzehn.«

Im Burgerladen angekommen, keuchte der arme Tayshawn so sehr, dass er kaum seine Bestellung herausbekam.

»Wurstmitfrittenzwei … Wurstmit … mitfrittenzweimalund …«

Verkäufer: »Was sagst du, Junge? Immer mit der Ruhe.«

»Wurst … Und Fritten … Zweimal! Schnell! Ich muss zurück!«

»Zweimal Wurst mit Fritten, richtig?«

»Ich … ich … Hier! Ich muss …«

»Dir bleibt ja ganz schön die Puste weg, Freund.«

»Schnell. Hier. Hier. Wie viel?«

Tayshawn wühlte in den Taschen und strich einen schmierigen Fünfer auf dem Tresen glatt, während der Verkäufer die Würste einpackte und schlaffe Fritten auf zwei offene Papierbögen schaufelte, die auf dem Tresen dampften wie die Eingeweide eines geschlachteten Tiers.

»Salz und Essig dazu?«

»Geben Sie's einfach nur HER! ... Hier, kommen Sie!«

Tayshawn griff sich die fettigen Päckchen, packte alles zu einem Bündel und klemmte es sich unter den Arm wie ein Rugbyspieler den Ball. Als er draußen war, beschleunigte er wieder zu seinem vollen Tempo, und da das Adrenalin ihm nun nur so durch die verfetteten Adern schoss, kam es ihm vor, als sei er in seinem ganzen Leben noch nie so schnell gelaufen ...

Als Valeria Podorowski zurückkehrte, um nach ihrer Tochter zu sehen, fand sie diese – und fast alle anderen Teilnehmer – dicht gedrängt am Straßenrand, wo sie aufgeregt in die Ferne starrten und jemanden anfeuerten, der nirgends zu sehen war. »Was ist denn hier los?«

Jess begrüßte ihre Mutter nur knapp und erkundigte sich stattdessen aufgeregt bei Tom: »Wie lange ist er jetzt weg?«

»Vier Minuten ... Nur noch eine Minute.«

Valeria sah niemanden auf der Straße. Wen erwarteten sie?

»Nichts zu sehen«, konstatierte der Soldat. »Er hat's verbockt. Verbockt.«

»N-n-nicht schnell genug«, stotterte der Schlaflose.

Tom: »Die Schuld sollte man bei denen suchen, die ihn ermuntert haben.«

Matt war sich seiner Sache jetzt nicht mehr so sicher. »Er kann es immer noch schaffen.«

Selbst Betsy hatte die Aufregung wiederbelebt, und sie war die Erste, die Tayshawn kommen sah, immer noch hundert Meter entfernt. »Da ist er! Das ist er doch, oder?« Er war es. »Da ist er! Los, mach schon!« Sie legte die Hände um den Mund: »Los, lauf, Tayshawn!«

Jetzt war er nicht mehr zu übersehen. Mit Ausnahme von Tom sowie von Walter Haines, der zu konzentriert war, und Valeria, die nichts begriff, feuerte nun die ganze Belegschaft den Jungen an, rief *Los!* und *Mach schon!* und *Tempo, Tayshawn!* für diesen Straßenjungen, der eigentlich die Jugend auf seiner Seite hätte haben sollen, den jedoch ein obszönes Maß an gesättigten und ungesättigten Fettsäuren lähmte. Den Athleten, der sich irgendwo in seinem Inneren verbarg, bremsten achtzig Pfund Ballast, und der Endspurt, der ihn geradewegs zum Ziel führen sollte, wurde zu einem Zickzackkurs, dessen Amplitude immer breiter wurde, je näher er kam. Nicht einmal Walter konnte nunmehr seine Anspannung verbergen.

»Los, Großer! Du kannst das! Du schaffst das!« Er hatte Tränen in den Augen. Tom, der ihn beobachtete, musste einsehen, dass es dem alten Knaben tatsächlich etwas bedeutete, ob dieser Fettwanst es rechtzeitig schaffte oder nicht. Und auch Jess, sie grinste, sie lachte, auch ihre Augen schimmerten feucht; sie quietschte, sie klatschte in die Hände, als der Erfolg doch noch möglich schien.

Doch dann, zu jedermanns Verzweiflung und obwohl

Tayshawns Arme und Beine offensichtlich mit aller Kraft ruderten, schien sich das Tempo, in dem er ihnen entgegenkam, immer weiter zu verlangsamen, bis er sich nur noch wie in Zeitlupe bewegte, bis er zappelte und strampelte und doch nicht mehr vom Fleck kam. Wie konnte jemand dermaßen rennen und trotzdem so wenig vorankommen? Aber es war eine Tatsache. Als Tayshawn die Puste ausging, schien er im wahrsten Sinne des Wortes die Form zu verlieren, er sackte zusammen, so dass er, je mehr er sich anstrengte, umso weniger erreichte, und als Dan die Zuschauer informierte, dass nur noch fünfzehn Sekunden bis zur Fortsetzung des Wettbewerbs blieben, erstarben die Anfeuerungsrufe für den jungen Tayshawn, die *Los!*- und *Tempo!*-Rufe, und es folgte ein betretenes Schweigen. Und als der Countdown die Zehn erreichte, dann die Fünf, dann Null und als die Trillerpfeife erklang und Tayshawn noch immer ein ganzes Stück entfernt war, da gab es viele, die sich abwandten und es einfach nicht mehr mit ansehen konnten.

Und so kam es, dass Tayshawn, als er hinkend, keuchend, waidwund, doch immer noch hoffnungsvoll auf dem Autohof anlangte, ohne jeden Jubel, mit fast einmütigem Schweigen begrüßt wurde. Niemand wollte dem Jungen sagen, was er gewiss auch mit eigenen Augen sah. Und trotzdem ließ er auch auf den letzten Metern nicht nach, bei jedem Schritt schwappten die Hamsterbacken vor Anstrengung, bis er eine Hand an den blauen Lack legte und erschöpft auf die Motorhaube sank.

Geschafft.

Walter, der alte Walter, dem nun tatsächlich die Tränen kamen, war der Einzige, der etwas zu sagen hatte. »Großartig.

Du bist ein Champion. Habe ich's nicht gesagt? Das war großartig.«

Tayshawn krümmte sich vor Schmerzen, hielt sich das Knie. »Habe ich's – habe ich's geschafft?«

Es war grässlich. Und keiner hatte den Mut, es ihm zu sagen, nicht einmal Dan, der betreten wegsah.

»Du hast es versucht«, fühlte Tom sich verpflichtet zu sagen, auch wenn er eigentlich sagen wollte: »Was für eine bescheuerte Idee.«

Wiederum Walter: »Du warst großartig!«

Und nun endlich blickte Tayshawn auf und las die Wahrheit in all den Gesichtern, die ihn anstarrten. »Scheiße. Hat nicht gereicht, was?« Und als keine Antwort kam und Dan es noch immer nicht fertigbrachte, ihm ins Gesicht zu blicken, nahm er die Hand vom Wagen. »Na, dann eben nicht. Scheiß drauf. Ich bin draußen.« Eine einzige Handbewegung, und er hatte die Kapuze wieder über dem Kopf, so dass keiner sehen konnte, wie ihm wirklich zumute war, und nun war er wieder nur eine finstere Gestalt, und wenn man ihm auf der Straße begegnete, würde man nachfühlen, wohin man die Brieftasche gesteckt hatte.

»Du warst großartig«, sagte Walter noch einmal.

Doch Tayshawn hatte sich schon abgewandt, er wollte ihren Trost nicht, würde zurückkehren in sein Nichts, und er hielt erst wieder inne, als ihm die Uhr einfiel, die er noch am Handgelenk trug. Er machte noch einmal kehrt, reichte sie Walter. Und der nahm sie, doch dann überlegte er es sich anders, drückte sie dem Jungen wieder in die Patschhand und sagte: »Behalt sie. Die gehört dir. Du hast sie dir verdient.«

Tayshawn starrte das Ding in seiner Hand an, als ob es etwas Lebendiges sei und er nun dafür sorgen müsse, dass es am Leben blieb. Er stammelte ein »Danke«, als er die schwere Uhr wieder umlegte, die Schnalle am schwammigen Armgelenk schloss, und dann zurrte er die Kordel an seiner Kapuze fester, zuckte noch einmal mit den Schultern und trottete davon, zwischen den Autos hindurch, untröstlich.

Minutenlanges Schweigen. Und statt des inneren Jubilierens, das bisher stets auf das Ausscheiden eines Teilnehmers gefolgt war, verband alle, die sich diesmal um die Wagen versammelten, ein Schuldgefühl. Tom, den dieser groteske Abgang verlegen gemacht hatte, ließ die Anspannung an Matt aus, überrascht von seiner eigenen Wut.

»Sehen Sie, was Sie angerichtet haben? Hat es wenigstens Spaß gemacht? Zuzusehen, wie der Fettwanst rennt?«

»Kommen Sie. Er wollte es. Er wollte –«

»Er hatte keine Chance.«

»Unsinn. Er –«

Doch dies eine Mal schlug Jess sich auf Toms Seite. »Nein. Wir hätten ihn aufhalten sollen. Tom hat recht.«

Tom, der nicht daran gewohnt war, dass jemand ein gutes Wort für ihn übrig hatte, reagierte verblüfft, als sich nun alle umdrehten und ihn ansahen. Er fühlte sich verpflichtet, noch etwas zu sagen: »He, ich will hier keinen aufhalten, der das Handtuch wirft. Ich bin froh, dass der Junge weg ist. Ich finde, in der nächsten Pause solltet ihr alle zusammen einen Sprint zum Burgerladen machen. Alle.«

Aber Jess ließ sich von ihrem Lob nicht abhalten. »Sie hatten recht.« Auch das waren drei Wörter, die Tom auf dieser

Welt von niemandem erwartet hätte. »Sie werden sehen«, brachte er noch hervor. »Ich habe meistens recht.«

Auf der Rückfahrt zum Autohof und nach wie vor im Besitz seiner historischen Waffe, kaufte Hatch sämtliche größeren Zeitungen, auch wenn er, was den Artikel anging, der die Kunden in seinen Laden locken würde, hauptsächlich auf den *Daily Telegraph* hoffte.

Am Schreibtisch in seinem Büro blätterte er sie durch. Endlich fand er etwas. Ein Bild. Doch nicht von ihm, kein lächelndes Gesicht, die Hände stolz in die Seiten gestemmt, unter dem großen Spruchband, das den Weltrekordversuch ankündigte, mit dem tanzenden Ballon darüber. Das nicht. Nur eine Aufnahme von einer der Teilnehmerinnen: Jess Wie-hieß-sie-doch-gleich – das Bild, bei dessen Aufnahme er am Vortag dabei gewesen war. Anfangs war er enttäuscht, doch dann sah er ein, dass auch das Reklame war, zumal zu dem Bild noch ein Artikel gehörte.

Als Vince ins Büro kam, überließ er ihm seinen Platz, damit auch er es ansehen konnte.

»Ist doch toll«, sagte Vince.

»Wart's nur ab – wart's nur ab, wie das den Verkauf ankurbelt. Es kommt alles wieder in Ordnung. Glaub mir. Du und Dan, ihr geht nirgendwo anders hin. Wir sind doch eine große Familie, stimmt's?«

Nach Tayshawns Ausscheiden hatte sich die Sympathie für Matt ein wenig abgekühlt, sein Glanz verblasste, denn die meisten fanden, dass sein Verhalten schon ein wenig unaufrichtig gewesen war. Die Folge war, dass auch der Sohn aus reichem Hause ein wenig reizbar wurde, und das passte nicht zu dem gutgelaunten Burschen, der in den 74 Stunden zuvor so viele von den Teilnehmern bezaubert hatte. Als Betsy sich an ihn schmiegen und neue Kraft von ihm beziehen wollte, zog er sich sogar von ihr zurück und sah sie an, als habe sie ihn mit jemand anderem verwechselt. *Ihr erster Streit*, dachte Tom schadenfroh. *Hat nicht lange gedauert.* Von null zum Fick und wieder zurück auf null. Liebe im neuen Millennium.

Der Mittag verging ohne weitere Ausfälle.

Und dann, kurz nach zwei Uhr nachmittags, kamen die Ameisen.

Dutzende wimmelten zu Füßen der Teilnehmer, als wollten sie sie schon jetzt zu Aas erklären, zu nichts anderem mehr gut, als von Insekten davongetragen und mit Stumpf und Stiel aufgefressen zu werden. Einige kletterten schon Schuhe und Strümpfe hinauf und bissen zu.

»Lieber Himmel!«, schrie Betsy.

»Wo kommen die alle her?«, fragte Jess.

»Verfluchtes Ungeziefer!«, brüllte der Autodieb und versuchte sie mit den Füßen zu zerstampfen, wobei er sichtlich in Panik geriet. Fünf, zehn, fünfzehn Hände hoben sich und forderten Abhilfe.

Vince kam herüber. »Ja. Ich kümmere mich drum. Die kommen aus der Seitenstraße. Die Mülleimer werden nicht ordentlich geleert.« Er kehrte mit Insektenspray zurück und besprühte den Boden. Zwei Dosen. Das Gift roch stechend. Viele husteten. Eine Stunde später sprühte er noch einmal, und Hunderte, wenn nicht gar Tausende fielen. Die kleinen Körper schrumpelten auf halbe Größe zusammen. Schließlich begriffen die Ameisen, was Sache war, und der Wind blies die Leichen fort.

Nur der Autodieb beschwerte sich weiter, dass nicht alle ausgemerzt seien. Zwei Stunden später behauptete er, die Ameisen seien zurück, doch niemand sonst sah sie. Die Bisse in die Waden, von denen er berichtete, wurden von da an nur noch als Zeichen für seinen Geisteszustand genommen.

Unter dem schiefergrauen Himmel wartete Valeria zwei Stunden lang, bis sie mit ihrer Tochter sprechen konnte. Sie näherte sich nicht, solange Jess im Wettbewerb war, und kümmerte sich nicht um Jess' Handzeichen, sie solle nach Hause gehen. Sie blieb einfach sitzen, wo sie war, auf einem Mäuerchen im Schatten eines Wagens mit der Aufschrift *Angebot der Woche*, den zerdrückten Filzhut tief ins Gesicht gezogen, mit entschlossener Miene, die dünnen Augenbrauen nachgezogen, damit sie ernst und kräftig wirkten. Endlich kam Jess zu ihr herüber.

»Was ist?«

»Ich warte zwei Stunden hier, und dann begrüßt du mich so? Und ich will keinen Dank, dass ich bei deinem Boss angerufen habe. Ihm gesagt habe, dass du krank bist. Für dich gelogen habe. Und er hat mir nicht einmal geglaubt. Er weiß, dass etwas nicht stimmt.«

»Mama, alle anderen haben Rückhalt bei –«

»Ich will keinen Dank.«

»Sieh dir doch an, wie die angefeuert werden. Wieso kannst du so was nicht auch für mich tun?«

»Ich kann es nicht mit *an*sehen. Weißt du, was? Du denkst, du bringst dich um. Aber in Wirklichkeit bringst du *mich* um. Du bist nicht wie die anderen hier. Du bist nicht so kaputt.«

»Nicht?«

»Warum? Warum willst du noch mehr? Was ist das nur, dass die Leute immer noch mehr wollen? Du hast *fünfmal mehr,* als ich hatte.« Sie hob die Hand, zeigte fünf Finger. »Fünfmal mehr. Und zehnmal mehr als deine Großmutter.«

»Vergiss nicht, ich tue das für uns alle. Damit wir zusammenbleiben können.«

»Natalie. Morgen hat deine Tochter Geburtstag. Und wo bist du?«

»Natalie wird das verstehen, wenn ich nicht da bin.«

»Dann hör mir jetzt zu. Wenn du nicht zu dem Geburtstag kommst, dann brauchst du mit Unterstützung von mir nicht mehr zu rechnen.«

»Mama!«

»Keine Unterstützung mehr.«

»Es ist doch nur eine Party. Und im Augenblick ist das hier wichtiger. Natalie weiß das.«

Valeria hatte sich bereits abgewandt und stapfte nach Hause. Der Himmel verdüsterte sich.

Und dann regnete es. Es schüttete. Regen spritzte von Dächern und Hauben, ließ die Teilnehmer das Kinn auf die Brust drücken, und alle sahen sich nach etwas um, was sie sich über den Kopf halten konnten – Kühlboxdeckel, Mäntel, Decken, jeder improvisierte sich ein Dach gegen das plötzliche schlechte Wetter. Und der Regen wurde stärker. Wurde zum Landregen. Die Schleusen blieben offen, und mit dem Regen war es nun bei Tage kälter, als es bisher in der Nacht gewesen war. Donner grollte, Blitze zuckten am Himmel. Binnen weniger Minuten wurde es Winter in London. Die Uhr wurde um ein halbes Jahr zurückgedreht, und es fühlte sich wie Mitte Januar an. Die Teilnehmer drängten sich mit grimmigen Mienen und zusammengekniffenen Augen schutzsuchend um die beiden Wagen. Der Sturzbach prasselte unvermindert weiter.

Wie Tiere auf dem Feld drückten sie sich zum Schutz aneinander und warteten. Und warteten. Und als das Unwetter sich eine halbe Stunde lang hinzog, dann eine Stunde, dann zwei und immer noch nicht nachließ, als es nach der nächsten Pause unerbittlich weiterschüttete, als Hände kalt wurden und jedem das Wasser durch die durchnässten Kleider lief, am Rückgrat hinunterrann, an den Rückseiten der Beine, als es sich in den Schuhen sammelte, bis die Füße taub wurden, und der kollektive Wille zum Durchhalten schwand, als bei allen Elend sich auf Elend häufte, sie benommen machte, unerträglich wurde, nach all den Strapazen der vergangenen Tage, da gaben die Ersten auf.

Ein schottischer Metzgerlehrling zog wütend die Hand zurück, als sei der Wetterumschwung ein übler Trick. »So eine Schweinerei. So was sollte nicht erlaubt sein.« Er hob die Hand, hörte einfach auf, und die Knie waren ihm vom Stehen so angeschwollen, dass man ihn auf dem Weg in den trockenen Ausstellungsraum stützen musste. Dabei brüllte er: »Das kann keiner von uns verlangen, dass wir bei so einem Wetter einfach draußen stehen!«

Beifälliges Murmeln. Die Veranstalter waren schuld. Back-to-Back verweigerte ihnen Schutz vor dem Regen, damit der Wettbewerb schneller zu Ende ging, doch wenn sie sich zusammentaten, wenn sie gemeinsam handelten, konnten sie vielleicht etwas erreichen (eine Plane wenigstens). Und als die Idee, dass Solidarität die Sorgen jedes Einzelnen lösen könne, erst einmal um sich griff, schlug ein Maurer aus Padstow, berauscht von dieser Idee, vor, sie sollten alle gleichzeitig die Hände zurückziehen. Als er mit gutem Beispiel voranging, musste er feststellen, dass er zu einer Minderheit von genau einer Person gehörte, und schied prompt aus dem Wettbewerb aus.

Jetzt waren sie noch **19**.

Es regnete. Es regnete zum Gotterbarmen. Der Regen untergrub, er unterspülte die Moral. Die, die durchhielten, vergruben sich unter Mänteln und Plastikplanen, improvisierten ein Feldlager, eine Hand stets dem Wetter ausgesetzt, während die andere Kontakt mit dem Fahrzeug hielt, bis schließlich einer nach dem anderen, erst drei und dann vier und dann fünf und dann sechs weitere Teilnehmer zuließen, dass der Wind und die Kälte und die triefende Nase und das plötzliche Elend sie übermannten, und schließlich entschieden, dass die Sache es doch nicht wert war. Sie gaben einfach auf, hoben die Hand und nahmen die andere vom Wagen. Plötzlich bestand der Wettbewerb nur noch aus **13** Teilnehmern. So viele waren gefallen.

Wenn das so weiterging, dachte Jess, würde die ganze Sache wahrscheinlich binnen der nächsten vierundzwanzig Stunden entschieden sein.

Selbst mit brennenden Augen, geschundenem Körper, dem stechenden Schmerz im dritten Lendenwirbel, dem tauben rechten Fuß und Fußknöchel und mit ersten Wahnvorstellungen versuchte sie sich einzureden, dass ihr gar nichts Besseres als dieser Regen hätte passieren können – wenigstens sorgte er dafür, dass sich die Zahl der Widersacher zusehends verringerte.

Sollte es allerdings noch kälter werden, würde sie selbst auch nicht mehr lange durchhalten. Viel Kraft oder Entschlossenheit hatte sie nicht mehr, und der taube Fuß machte ihr Sorgen. Sie überlegte, ob sie Tom Shrift fragen sollte – ein tauber Fuß, war das gefährlich? –, entschied sich jedoch dagegen. Noch eine Nacht, und wenn dann das Zielband nicht in Sicht war, würde auch sie ihre Sachen packen und einfach nach Hause gehen. Und schlafen. Gott, was für ein Gedanke! Schlaf, die größte Freiheit überhaupt. Schlaf, das war das Wichtigste jetzt, und als Nächstes würde sie den Geburtstagskuchen für ihre Tochter backen, sich für die Party schön anziehen und endlich wieder ein normales Leben führen.

Selbst die Boxenmannschaften zogen sich zurück, die meisten in ihre am Straßenrand geparkten Autos, oder sie gingen nach Hause, weil sie nicht einsahen, dass auch sie noch das Wetter aushalten sollten, wenn ihre Freunde es schon mussten. Die glücklichen oder glücklosen Dreizehn ließen sie buchstäblich im Regen stehen.

Jess fand einen Platz neben Matt Brocklebank. Jetzt bei dem Unwetter brauchte man jemanden, der einen aufbauen konnte. Bald erzählte er ihr im prasselnden Regen mehr über die private Klemme, in der er steckte, und am Ende war sie es, die *ihm* Trost spendete. »Ich finde einfach, dass das, was wir hier machen, die Art, wie wir bis ans Äußerste gehen, dass ich so etwas mal erlebt haben muss, bevor etwas aus mir werden kann. Mir muss es mal richtig dreckig gehen. Ehrlich.

Nur durch so was kann ich lernen, wie das ist. Nur so kann ich es begreifen.«

»Was begreifen?«

»Wie das Leben funktioniert. Die Geschichte. Alles. Der lange Marsch. Ich bin Geschichtsstudent, müssen Sie wissen. Hannibal. Oder Shackleton, einfach so über das Eismeer, 800 Meilen in einem winzigen Rettungsboot … Ich lese solche Sachen, und jedes Mal kann ich es nicht glauben. Dünkirchen. Wozu Leute fähig sind, meine ich. Das Leben eines walisischen Bergmanns. Meine Güte! Alexander, wie er durch die persische Wüste zieht. Verstehen Sie? Ich weiß *nichts* darüber, ich habe nicht die *geringste* Ahnung, wie ein Mensch so etwas schaffen kann. Ein leichtes Leben, das ist das Einzige, was ich kenne. Eine lebenslange Droge. Ich habe keine Ahnung, wo meine Grenzen sind.«

Tom hörte sich ebenfalls eine Lebensgeschichte an, und zwar die des Autodiebs, neben dem er jetzt stand und der sich immer wieder auf die Fußknöchel schlug, wo unsichtbare Ameisen krabbelten.

»Und da habe ich mich dann zur Ruhe gesetzt. Den Autodiebstahl aufgegeben. Das ist doch kein Leben. Ich hatte die Nase voll.«

»Zur Ruhe gesetzt?«

»Na ja, sie haben mich geschnappt. Verordnete Ruhe.«

»Geschnappt?«

»O ja. Früher oder später wird jeder geschnappt. Aber die Polizei hat drei Jahre gebraucht, bis sie uns auf die Schliche gekommen ist. Drei Jahre. Wir hatten eine tolle Masche. Einfach Spitze. Für die Bullen war das zu hoch.«

»Was war das für eine Masche?«

»Leihwagen.« Seine Augen leuchteten. Die Erinnerung an alte Heldentaten. »Wir haben einen Wagen für einen Monat gemietet, irgendwas Teures, richtig Schickes, und dann sind wir damit direkt zu unserem Versteck gefahren, haben andere Nummernschilder drangeschraubt und 'n paar Papiere zurechtgemacht, und dann haben wir das Auto über ein Anzeigenblatt verkauft.«

»Moment.« Das kam Tom nicht allzu raffiniert vor. »Die Leihwagenfirma hatte Ihren Namen. Die Polizei hätte Sie doch gefunden. Ich verstehe das nicht.«

»Stimmt. Aber das war ja auch nur die Hälfte, was ich Ihnen da erzählt hab. Auf den Teil hätte jeder Blödmann kommen können. Wenn's nur das gewesen wäre, hätten wir uns keine drei Monate halten können. Aber der Knackpunkt, der kommt erst noch. Das war meine Idee.« Er tippte sich an den Schädel, zum Zeichen, dass eine Teufelsmaschine darin steckte. »Als Nächstes haben wir dann Folgendes gemacht. Also, wir haben zwei Wochen oder so gewartet, und dann sind wir hingegangen und haben dasselbe Auto, das wir gerade verkauft hatten, wieder geklaut. Wir haben natürlich immer aufgepasst, dass wir die Adresse von dem Käufer kriegten. Dann haben wir das Auto wieder ins Versteck gebracht, haben die *alten* Nummernschilder wieder drangeschraubt und haben es genau an dem Tag, an dem es fällig wurde, zur Leihwagenfirma zurückgebracht. *Grazie, grazie* haben wir gesagt, tausend Dank, Mr Hertz oder Mr Avis, und grüßen Sie Ihre Familie. Die Leute von der Leihwagenfirma sind glücklich. Wir halten uns die Bäuche. Das gestohlene Auto steht an einer Stelle, wo die Polizei niemals danach suchen würde – auf dem Hof von Hertz oder Avis! Die Polizisten suchten überall und kratzten sich am Kopf. *Perfekt* war das!«

Tom musste es zugeben. Ein geniales Ganovenstück. Gerissen, zynisch, unter Berücksichtigung aller Aspekte der menschlichen Natur. Kein Wunder, dass einige der klügsten Köpfe jeder Generation entweder beim Verbrechen oder beim Großkapital landeten. Beides Typen, die gern die Grenzen des Systems austesteten. Ihren Instinkten folgten. Dieser Mann hatte die Schwächen im System gesehen, aus denen sich Profit schlagen ließ, ein Bill Gates oder Warren Buffett des Autohandels. Tom fragte sich, welche Möglichkeiten ein solcher Mann wohl in einem Wettbewerb wie diesem sah, welche Möglichkeiten, sie übers Ohr zu hauen.

»Aber am Ende hat man Sie dann doch erwischt?«

»Erst nach drei Jahren. Und dann auch nur, weil sie einen von uns wegen was anderem geschnappt haben, und der hat's dann ausgeplaudert. Und die Bullen mussten zugeben, dass es der tollste Trick war, den sie je gesehen hatten. Respekt hatten die. Die wussten, dass wir gut waren. Mit der einen Hand wegnehmen, was die andere gibt.«

»Sie waren im Gefängnis?«

»Drei Jahre. Genauso lange, wie wir's vorher gemacht haben. Da sag noch einer, Gott hätte keinen Humor.«

»Und wie war das?« Tom war neugierig. »Drei Jahre im Gefängnis? Wie hat sich das angefühlt?«

»Wie drei Jahre.« Der Dieb wandte den Blick ab, schlug sich auf den Hals. War eine Fliege gelandet? Tom sah keine.

Dann vibrierte Toms Handy. Er warf einen Blick auf die Anzeige. Seine Mutter; seine alte, zu keiner Liebesempfindung fähige Mutter wollte wieder einmal mit ihm sprechen, jetzt wo *sie* etwas brauchte. Aber ihm war nicht danach zumute, und er schaltete das Telefon ab. Sofort sah er das Bild von sich am Schultor vor sich, wie er dort stand und wartete, und es kam ihm wie Stunden vor, ein Schüler mit lauter Einsernoten, den man hätte feiern sollen, den eine hochelegante Mutter mit einer Limousine hätte abholen sollen und der stattdessen dastand und wartete, bis es dunkel wurde. Am Ende fuhr der Direktor ihn nach Hause. Sie hatte ihn wieder einmal vergessen. Die blöde Kuh war einkaufen gewesen. Oder hatte sich mit einem Mann getroffen. Jetzt, Jahrzehnte später, saß sie im Korbstuhl in einem Altentreff, die Haare grau, die Züge eingefallen, und kein Mensch besuchte sie. Wie bei den meisten Leuten kreisten auch ihre Gedanken darum, sich vor sich selbst zu rechtfertigen. Erst letzten Monat hatten die Pfleger ihm einen Notruf geschickt, dass sie im Sterben liege. Innerlich zerrissen war er an ihr Bett geeilt, doch als sie so gemein war, wieder gesund zu werden, kehrte er nach Westlondon zurück. Jetzt rief sie wieder genauso oft an wie früher.

Er steckte das Telefon in die Hosentasche und blickte sich um. Wieder einmal musterte er, was an Konkurrenten noch blieb.

Zur nächsten Pause blies Vince die Trillerpfeife und wies sie an, sich von nun an alle an den Landrover zu stellen. Der Subaru hatte seine Schuldigkeit getan und wurde nicht mehr gebraucht. Dreizehn Leute passten gut an einen einzelnen Wagen. Und so legten sich nach dem üblichen Schlangestehen an den Toiletten (einer Parade von Leuten, die längst jeden Sinn für Diskretion verloren hatten und hemmungslos an Reißverschlüssen und Gürteln nestelten) dreizehn Hände auf den Discovery.

»Wer schläft, verliert«, rief Walter ihnen allen durch den prasselnden Regen hindurch ins Gedächtnis.

Doch schon bald vergaß Roy Sewell, der ausgemusterte Soldat, diese Warnung. Tom sah als Erster, wie ihm die Augen zufielen. Er stieß Jess an, und sie sah hin und sah, wie das Kinn des Soldaten auf die Brust sackte, wie seine Hand sich senkte, ein paar Sekunden lang den Wagen losließ, bevor er sie schläfrig wieder daranlegte. Mikroschlaf.

»Klar?«, fragte er.

»Was soll klar sein?«

»Haben Sie es gesehen?« Tom hob schon die freie Hand, um den Verstoß zu melden.

»Ohne mich«, antwortete sie.

»Ich weiß, dass Sie es gesehen haben.«

»Ohne mich.«

Hatch beobachtete die Ereignisse vom Bürofenster aus, der Regen wie ein Vorhang vor seiner Nasenspitze. »Sag ihnen, wir brauchen es sofort«, instruierte er Vince.

Vince war am Telefon. Er sprach mit einem Zeltverleih. »Wir brauchen es sofort«, gab er weiter. »Genau. Wie lange? Wie lange brauchen Sie, bis Sie es aufstellen können?«

Hatch drehte sich wieder zum Fenster. Er sah, dass Tom die Hand hob. Mit einem Seufzer stellte er die Kaffeetasse ab, zog seine Regenjacke über und ging hinaus, um zu sehen, was los war.

Es war ein Schock, als er nach draußen kam. Der Regen

prasselte dermaßen, dass es weh tat, fast schon eine Gefahr für die Dächer und Verdecke seiner gewachsten Flotte. Halb vornübergebeugt, als müsse er sich vor dem Rotor eines Hubschraubers in Acht nehmen, ging er zum Discovery.

»Was ist?« Er hielt sich schützend die Hand über die Augen.

»Der Bursche hier. Er hat losgelassen«, meldete Tom. Er stand kerzengerade, inzwischen so nass, dass es ihm gleichgültig war, wohin der Regen lief.

»Wer? Welcher Bursche?«

Tom wies auf den Soldaten, der, eben noch zusammengesunken, in Habachtstellung ging, als er merkte, dass alle ihn ansahen.

»Hat es sonst noch jemand gesehen?«, rief Hatch, um den Lärm des Regens zu übertönen.

»Ja. Sie.«

Hatch wandte sich Jess zu, seinem neuen Medien-Starlet. »Sie haben es gesehen?«

Sie zögerte, wollte es nicht sagen, aber dann nickte sie doch. »Ja.« Mit unglücklicher Stimme. »Ich habe es gesehen.«

»Gut, zwei Zeugen.« Hatch sah den Soldaten an. »Damit wäre das klar. Sie sind aus dem Rennen.« Er wollte so schnell wie möglich wieder ins Trockene.

Doch selbst mit zwei belastenden Aussagen wollte Roy nicht aufgeben. Er wollte kämpfen. Schüttelte heftig, wie ein Wahnsinninger, den Kopf und wollte den Wagen einfach nicht loslassen, so dass Hatch ihn letztlich regelrecht von dem Fahrzeug wegzerren musste. Als der Soldat sich wehrte und zu fluchen begann, als er sichtlich außer Kontrolle geriet, ließ

Hatch, der mit einer so heftigen Reaktion nicht gerechnet hatte, los, und so standen sie da, und der Regen platschte weiter auf sie alle nieder. Ein paar Sekunden lang schien es ein Patt zu sein, bis Dan, Dan der kräftige Juniorverkäufer, aus der grauen Wasserwand zu Hilfe kam.

Mit sanften doch klaren Worten erklärte Dan dem Soldaten noch einmal, dass das Spiel vorbei war, doch auch er erntete nur eine Salve hysterischer Beschimpfungen, mit beinahe schon autistischen Schaukelbewegungen dazu, doch der junge Mann war hartnäckiger als Hatch, und als der Soldat vollends die Fassung verlor und trotzig auf die Motorhaube des Discovery einschlug, begannen auch die anderen zu murren, riefen *Hör auf, gib auf*, und schließlich holte Roy im Angesicht von solch himmelschreiender Ungerechtigkeit überraschend zu einem Schlag auf Dans Kinn aus. Ein Fehler. Dan fing den Schwinger mit seinem muskulösen Unterarm ab und versetzte dem Soldaten instinktiv einen Kinnhaken, ein Bilderbuchschlag, der den Mann auf die Knie brachte, als habe er sich zum Beten niedergekniet. Blut erschien seitlich an seiner Nase, auf Dans Faust, fiel in leuchtend roten Tröpfchen auf den Hof, wo der Regen sie sogleich wieder fortwusch.

Als der Soldat aufgab, starrte er Tom an, mit dessen Adlerblick das alles angefangen hatte. Sagte: »Dich kriege ich noch, du Arschloch.«

»Tatsächlich? Mit der Schrotflinte?«

Mit schweren, schleppenden Schritten zog sich der Soldat zurück, der Abgang eines schwer verstörten Manns.

*Ein Wettbewerb in der Stadt. Sie haben vielleicht noch nichts davon gehört. Bisher habe ich auch mehr oder weniger ver-*

*sucht, ihn zu ignorieren. Ich will das Ereignis noch einmal beschreiben, für diejenigen, die meine früheren Tiraden verpasst haben. Bei dem Wettbewerb kann man ein Auto gewinnen, und das Auto bekommt derjenige, der am längsten die Hand daran halten kann ... Wie man hört, sind die Teilnehmer jetzt bald den dritten Tag ohne Schlaf dabei. Ich wollte von der ganzen Sache nichts wissen, doch heute Morgen schlug ich die Zeitung auf, und da war sie, wenn auch ziemlich weit hinten. Eine Geschichte. Mit einem hübschen großen Foto. Und da habe ich den Artikel gelesen. Offenbar sind Leute aus allen Schichten dabei, stehen in diesem Augenblick dort draußen im strömenden Regen. Einige sind befragt worden, und man bekommt die Art von Geschichten zu hören, die man erwarten würde – jemand, dem das Geld ausgegangen ist, jemand, der einen Zweitwagen braucht, Harvey Bingham aus Dorset, der seine Freundin beeindrucken möchte, viel Glück, Harvey, und so weiter und so weiter. Doch dann kam ich zur Geschichte der Frau, die auf dem Foto zu sehen ist. Jess Podorowski heißt sie, und sie ist Politesse. Buuuh, höre ich Sie rufen. Tststs. Aber bevor Sie jetzt alle auf sie losgehen oder hier anrufen und Ihren liebsten Politessenwitz erzählen wollen, da muss ich sagen ... ihre Geschichte, die hat mich wirklich gerührt. Wirklich gerührt. Sie erzählt, dass sie diesen Geländewagen gewinnen will, damit sie hintenrein einen Rollstuhl stellen kann, für ihre kleine gelähmte Tochter. Also wenn Sie der Frau nicht die Daumen drücken, dann werden Sie niemandem die Daumen drücken. Das geht mir schon den ganzen Morgen nicht mehr aus dem Sinn. Und ich will Ihnen eine Frage stellen, zu der wir dann die Telefonleitungen öffnen. Wenn Sie zwanzig Pfund darauf wetten wollten, wer diesen Wettbewerb gewinnt – wie würden Sie entscheiden, auf wen würden Sie setzen? Das würde mich interessieren. Wonach würde ein Buchmacher die Quoten festsetzen? Worauf käme es an? Wenn Sie dazu Ideen haben, dann rufen Sie an, 08700, dreimal die neun, dreimal die neun. Was gibt bei so etwas den Ausschlag? Sagen Sie, was Sie denken. Wird die Jugend am längsten durchhalten? Wird der Gesündeste gewinnen? Wird ein Mann zäher sein als eine Frau oder vielleicht umgekehrt? Was meinen Sie? Rufen Sie an. Und was ist mit grundlegenden Eigenschaften? Selbstvertrauen? Spielt das eine Rolle? Bleibt der beste Mensch am längsten auf den Beinen? Oder gibt er als Erster auf? Hat Aufrichtigkeit bei so etwas eine Chance? Was ist das eigentlich, das einen Menschen durchhalten lässt? Spielt es dabei eine Rolle, für was jemand so etwas macht? 08700, dreimal die neun, dreimal die neun. Lassen Sie es mich wissen, ob Sie, so wie ich, Ihr Geld auf die Mutterliebe setzen würden …*

*… Sie hören die Alex-Lee Lerner Show. Bleiben Sie dran!*
Hatch starrte durch die beschlagene Scheibe, an der die Tropfen herunterkullerten wie Tränen, während er sich Manschetten und Hosenaufschläge am Heizkörper trocknete. Als »All You Need Is Love« kam, stellte er das Radio ab. Machte der Moderator sich über sie lustig? Aber immerhin kam es jetzt auch im Radio, und wenn sich der Sender, genau wie die Zeitungen, an die Jess-Podorowski-Geschichte hängen wollte und aus dem Bericht über einen Weltrekordversuch eine Seifenoper über eine Witwe mit Herz machte, dann sollte ihm das auch recht sein. Selber schuld. *Einen Esel kann man mit der Nase auf etwas stoßen*, hätte er ihnen ge-

sagt, wenn er der Typ gewesen wäre, der bei Talkshows anruft, *aber man kann ihn nicht zwingen, dass er es frisst.*

Er stellte die Lamellen schräg. Er wollte nicht, dass die draußen sahen, dass er sie beobachtete. Er hatte keine Vorurteile – der Himmel bewahre! –, aber irgendwie hoffte er doch, dass ein Brite den Landrover gewann, jemand wie er, jemand, der hier geboren und groß geworden war, nicht jemand, dessen Wurzeln schon in der Generation zuvor in die Ukraine oder nach Addis Abeba reichten – auch wenn er nicht hätte sagen können, wieso ihm das wichtig war. Es wäre einfach nur schön, dachte er, so als ob das eigene Kind beim Sackhüpfen gewinnen würde, wenn der Wagen an jemanden ginge, dem man sich irgendwie verwandt fühlte. Er dachte an Pearl. Er hätte sie gern angerufen, gefragt, was sie gerade trug, welche Farbe ihr Höschen hatte. Er verkniff es sich. Aber was für ein schöner Gedanke, dass er eine Frau anrufen wollte und mit ihr reden wie ein Lüstling! Ja, er war wieder am Leben, und das verdankte er Pearl. Sie war zehn Jahre jünger als er, und schon seit zwei Jahren gab sie zweimal die Woche seinem ältlichen Herzen die Chance, Blut durch die Kapillaren ihrer Affäre zu pumpen, und erfrischt kehrte es jedes Mal zurück. Jugend, Lachen, Fröhlichkeit nahm er mit dieser Transfusion in sich auf. Wo hatte er eine solche Frau gefunden? Im Internet. Sein *nom de plume* war *ferrariV12* gewesen, ihrer *perledeinerträume*. Er hatte geklickt. Sie hatte geklickt. Es hatte geklickt. So war er nach seiner Perle getaucht und hatte sie gefunden. – Seine eigene Familie mochte ihn nicht besonders, Pearl hingegen liebte ihn, vergötterte ihn. Sie laugten ihn aus, Pearl baute ihn auf. Seine Familie forderte, Pearl gab. Bei Pearl fühlte er sich jung, glücklich, voller Hoffnung, bei seiner Familie fühlte er sich, wie sein eigener Vater gewesen war: alt, brummig, streng, ein freudloser Ernährer.

Sie hatte ihm so viel gegeben, und was hatte sie von ihm dafür bekommen? Zwei Jahre Warten, all die nicht gehaltenen Versprechen und wahrscheinlich nur einen Bruchteil des Vergnügens, das er mit ihr erlebte. Ein verdammt schlechtes Geschäft. Aber das würde sich ändern. Von nun an wollte er nur noch für ihr Glück da sein. Das hatte sie verdient, nach allem, was sie durchgemacht und wovon sie ihm nur die Hälfte erzählt hatte. Was für ein treuer Diener er ihr sein würde! Wenn dieser Wettbewerb erst einmal hinter ihm lag, würde er seiner Familie reinen Wein einschenken: Er würde sie verlassen. Und so war er einerseits darauf angewiesen, dass dieser Wettbewerb so lange wie nur möglich weiterging und den Verkauf so weit ankurbelte, dass der Familienbetrieb am Leben blieb, aber andererseits musste dieser Wettbewerb auch enden, und zwar bald, damit er sich mit Pearl davonmachen konnte.

Seine Zukunft lag also nun nicht mehr in seinen eigenen Händen, sondern eher in den Händen der **12** Fremden da draußen, die im Regen litten wie die Tiere.

Dan kam herein. Hatte eine Frage. Aber Hatch kam ihm zuvor; erklärte, er wolle in der nächsten Pause allein mit Jess Podorowski sprechen.

Hatch hielt ihr einen Becher Kaffee hin, als sie eintrat. »Wollen Sie?«

Jess nahm ihn misstrauisch. »Danke.« Ihr Gesicht war angespannt von den Strapazen.

»Ich kann Ihnen auch einen Regenschirm geben, bis wir das Zelt aufgestellt haben. Es ist für heute Abend versprochen. Ich hoffe, es kommt.« Er lächelte. »Hier, nehmen Sie. Danke, dass Sie gekommen sind. Und wenn Sie wollen, können Sie beim Hinausgehen noch die Angestelltentoilette benutzen. Wir sind ganz für Sie da.«

Sie war zwar schon schwer benommen, aber doch noch nicht so sehr, dass sich die Verwirrung nicht auf ihrem Gesicht abgezeichnet hätte, als sie versuchsweise mit der Spitze des Regenschirms auf den Fußboden stieß. »Danke.«

»Wissen Sie, Ihre Geschichte, die hat mich gerührt.« Er legte die flache Hand auf die Zeitung, die aufgeschlagen auf seinem Schreibtisch lag. »Die hat mich wirklich … gerührt. Die Sache mit Ihrer Tochter, meine ich.« Er drehte ein kleines Foto, das auf dem Tisch stand, in ihre Richtung. »Ich habe selber vier, sehen Sie. Also. Wenn es irgendetwas gibt, was wir für Sie tun können.«

»Gut …«

Sie beugte sich vor. Er drehte die Zeitung für sie um. Sie las. Stellte die Kaffeetasse ab. War noch blasser geworden. »Ich … ich glaube, ich gehe jetzt wieder nach draußen«, sagte sie schließlich.

Er hielt ihr die Tür auf. »Da gibt's eine ganze Menge Leute, die nicht wollen, dass Sie sie im Stich lassen. Viel Glück.« Er grinste, dann zwinkerte er ihr zu.

Jess starrte ihn an, sein Zwinkern war so dubios, dass es … nun … zu einem Autohändler passte. Irgendwie machte ihr das Angst.

Der Regenschirm war groß genug für zwei. Und Tom stand wieder einmal neben ihr, was konnte sie da tun – sollte sie ihn im Regen stehen lassen?

Sie fand es nicht fair, wenn sie einen Vorteil hatte, und so ließ sie Tom mit unter den Schirm kommen.

Er sah sie an. Sein Gesicht glänzte nass vom Wasser, das Haar klebte ihm am Kopf. »Danke.«

So nahe waren sie sich bisher nicht gekommen, und er fand als Erster seine Stimme wieder. »Soll ich ihn mal eine Weile halten?«

Sie schüttelte den Kopf. »Geht schon.«

Eine unangenehme Nähe. Nahe genug, um sich näherzukommen, nahe genug, um einander weh zu tun. Nerven im Alarmzustand.

Tom riskierte als Erster etwas. Er betrachtete die Hand, die den Schirm hielt, und fragte zögernd: »Kein Ehering?«

»Oh, bitte.«

Wieder Schweigen, dann der nächste Versuch: »Geschieden?« Er bekam keine Antwort. »Okay, geschieden.« Er nickte, wollte es als Scherz abtun. Dann stockte er. »Und nur weil… und nur weil ein Kerl den Brunnen vergiftet hat, wollen Sie jetzt nichts mehr mit Männern zu tun haben. Stimmt's?«

Sofort sah er das Entsetzen auf ihrem Gesicht. Der Witz war danebengegangen, weit, weit am Ziel vorbei – Patagonien ungefähr. Aber wenn man ganz unten landete, konnte es einen nur wieder nach oben schleudern: Solange man am Leben war, war das Leben ein Trampolin, kein Marmorstein – und selbst als sie nun auf Abstand ging und den Regenschirm wegdrehte, so dass seine Schulter wieder in den strömenden Regen ragte, versuchte er es noch einmal: »Kennen Sie den über den polnischen Chirurgen?«

»Wenn Sie es unbedingt wissen wollen, mein Mann ist tot.« Ihre Augen funkelten eiskalt und grün. »Sie merken überhaupt nicht, was Sie tun, oder?«

»Wieso? Wir reden doch nur.«

»Nein. Ich rede. Sie *beleidigen*.«

»Ich meine es gut.«

Und das stimmte tatsächlich. Wieso begriff das niemand?

Aber sie schüttelte den Kopf, inspizierte ihn aus nächster Nähe, und dann, als habe sie ihn ein für alle Mal verworfen, beugte sie sich wieder vor, gewährte ihm von neuem Asyl unter dem regenbogenfarbenen Schirm, doch nur weil Tom bedeutungslos geworden war.

»Gut, es tut mir leid«, bot er an, mit so viel Zerknirschung, wie er überhaupt nur zustande brachte – vielleicht mehr, als er je zustande gebracht hatte. »Und ... äh ... wie ist er umgekommen?«

»Kann Ihnen doch egal sein.«

Aber dann fand dieses nette Mädchen, dass es doch zu unfreundlich zu ihm war. Tom sah ihr an, dass sie von irgendwoher doch den Willen aufbrachte, ihm eine zweite Chance zu geben. »Verunglückt«, sagte sie. »Mit dem Auto.«

»Auto. Verstehe. Und Sie – Sie sagen, Ihre Tochter, die –«

»Im selben Auto. Am selben Abend.«

Tom nickte, gerührt, hörte sogar eine Weile lang auf zu sprechen. »Das ... das tut mir leid.«

»Es war schlechtes Wetter, und ich habe meinen Mann losgeschickt, mir etwas aus der Apotheke zu holen. Unsere

Tochter wollte mitfahren. Er kam nie zurück. Und meine Tochter konnte nie wieder laufen.«

»Schrecklich.«

Sie wischte sich Regen von den Wangen, und Tom dachte: *Wir reden. Das ist gut. Und ich habe mal nicht das Falsche gesagt.*

Doch Jess ging es bereits zu weit. Ihr Gesicht wirkte schon wieder angespannt. Dieser Mann war ihr nicht geheuer. »Es war meine Schuld. Und ich versuche darüber hinwegzukommen, aber ich …« Die Gefühle wurden übermächtig. »Selbst nach zwei Jahren … ist es nicht einfacher geworden. Kein bisschen.« Plötzlich Tränen. Und als ihre Augen feucht wurden, war es, als ergreife diese Traurigkeit auch von Tom Besitz. Und plötzlich kam ihm die Erkenntnis: »Und deswegen sind Sie Politesse geworden.«

»Was?« Mit einem Ruck drehte sie den Kopf. Was hatte er da gerade gesagt? Die ersten Tränen rollten eben erst. »Was hat das denn damit zu tun?«

»Ich meine … Ich wollte nur …« Schon hatte er wieder den Boden unter den Füßen verloren. »Schon gut.«

»Nein. Was soll das heißen? Was hat meine Arbeit mit meinem Unglück zu tun?«

Er atmete tief durch. Er wusste, dass er im Begriff war, sie schwer zu kränken, aber er fand, dass das, was er ihr zu sagen hatte, wichtig für sie war – dass sie es wissen musste. Dazu mochte er sie zu sehr, er konnte ihr das nicht vorenthalten. Manchmal kamen ihm Erkenntnisse wie Edelsteine vor, so wie eben jetzt, und warum sollte er dann nicht versuchen, sie weiterzugeben?

»Sie haben es gerade selbst gesagt. Sie geben sich die Schuld an dem, was geschehen ist. Und deshalb bringen Sie sich in grässliche Situationen, in denen Sie leiden müssen, weil das Leiden Ihre Buße ist. Ein klassischer Fall. Sie geißeln sich für etwas längst Vergangenes, an dem Sie in Wirklichkeit überhaupt nicht schuld waren.« Für Tom war die Situation so kristallklar, das musste einfach gesagt werden. »Aber natürlich wundert es einen überhaupt nicht, dass Sie als Katholikin sich so etwas aufbürden. Da steckt die Schuld ja sozusagen schon im Taufwasser, nicht wahr? Ich meine, selbst dass Sie jetzt hier stehen, das passt doch zu dem Wunsch, sich zu kasteien, oder? Sich auszupeitschen. Wenn Ihnen wirklich ein Auto fehlt, warum beantragen Sie dann keine amtliche Hilfe bei der Beförderung Ihrer Tochter? Nein. Sie sind einfach eine bestimmte Art Mensch. Und dieser Typ ist weit verbreitet. Man trifft ihn immer wieder. Und das erklärt eine Menge.«

Sie stand mit offenem Munde da. Aber Tom war daran gewöhnt, dass die Leute mit Schock reagierten, gerade auf seine klarsten Gedanken. Er lebte mit solchen Reaktionen. Er hatte gelernt, sie zu ertragen. Er war einfach nur wieder, wenn auch mit guter Absicht, viel zu weit gegangen, und jetzt musste er die Strategie ändern. Er sah das, er war ja kein Barbar. Gerade die großen Wahrheiten konnte man nur tröpfchenweise verabreichen, nicht mit der Schöpfkelle.

»Der – äh – der Regen müsste jetzt bald vorbei sein. Im Wetterbericht hieß es, dass das Regengebiet durchzieht.«

»Mann, Sie ... Ich kann das nicht glauben. Wirklich nicht.« Fassungslos schüttelte sie den Kopf. »Wie können Sie einfach hier stehen und ... als sei nichts dabei ... Wie können Sie solche Sachen sagen?«

»Wir müssen nicht reden. Es ist Ihr Regenschirm. Ich bin Ihr Gast.«

Jess überlegte. Bevor sie ihm sagte, dass sie nie – nie wieder! – ein Wort mit ihm wechseln wollte, sollte sie sich da nicht vergewissern, dass an dem, was er sagte, nicht doch ein Körnchen Wahrheit war? Nein. Unmöglich, dass so jemand ihr etwas Nützliches über sie sagen konnte. Wie sollte er? Er kam von einem anderen Planeten. Und wie sollte ein Fremder – noch dazu so ein Widerling? – mehr über sie wissen als sie selbst? Unmöglich. Doch sosehr sie sich auch mühte, seine Worte abzutun, sie fühlte sich ertappt, sie war wütend, aufgebracht. Wenn nichts daran war, warum hätten sie ihr dann so zusetzen sollen? Und wie sollte sie antworten? Sollte sie es leugnen, zu ihrem eigenen Schutz? Und selbst wenn Tom recht hatte, wenn sie sich auch nur einen Moment lang eingestand, dass schon ein Körnchen Wahrheit an dem war, was Tom gesagt hatte, dann blieb ihr Leben immer noch der Versuch, etwas in Ordnung zu bringen, was sich nicht mehr in Ordnung bringen ließ – und hatte sie diesen Kerl etwa gebeten, ihr solche Sachen zu sagen? Selbst wenn er Recht hatte, wenn er *auf ganzer Linie* recht hatte (und war es nicht denkbar, dass sie sich bestrafen, sich quälen wollte?), wer hatte ihn denn aufgefordert, eine Handgranate ins Innerste eines Menschenlebens zu werfen und es zu verwüsten? Und dann redete er über das Wetter, während die Trümmer brannten! Ein einziges Wort kam in ihr hoch. Ein zweisilbiges Wort. Scheißkerl! Und sosehr sie es sonst auch mied, zu fluchen, stiegen diese zwei Silben hoch zu ihrer Zunge, und sie war dankbar dafür:

»Scheißkerl!«

Was für eine Wohltat! Auch sie konnte wütend sein. Und sie wusste auch, was sie als Nächstes sagen wollte. »Sie haben doch nur Angst, dass ich gewinne.«

»Interessanter Ansatz.«

»Darum geht es. Jetzt sehe ich das. Deshalb all die Versuche, mich nervös zu machen, mir mein Selbstvertrauen zu nehmen. Sie haben Angst vor mir. Deshalb lassen Sie mich nicht in Ruhe.«

»Ich … in Ruhe? Also eigentlich habe ich es nicht nötig, jemandem das Selbstvertrauen zu nehmen, um diesen Wettbewerb zu gewinnen.«

»Wissen Sie, was *Ihr* Problem ist? Sie halten sich für was Besonderes.«

»Das ist nur ein Problem, wenn es nicht stimmt.«

Clever. Clever war er ja immer. »Sie glauben, Sie sind besser als andere. Das bilden Sie sich ein. Und deshalb glauben Sie, Sie können alles sagen. Sie meinen also, Sie sind ein ganz toller Bursche, was? Dann verraten Sie mir mal eins. Wieso stehen Sie dann hier? Das möchte ich gern wissen. Wie kommt es, dass ein toller Hecht wie Sie sich herablassen muss und sich mit uns anderen hier die Finger schmutzig macht? Wissen Sie, was ich denke? Sie sind ein Angeber. Und das ist Ihr Problem. Wir sind ganz gewöhnliche Leute, alle, die hier stehen, und Sie sind kein bisschen besser. Sie sind genauso gewöhnlich wie alle anderen hier, und Sie sind noch schlechter dran. Sie sind nämlich nicht mal nett.«

Er brauchte einen Augenblick, bis ihm darauf eine Antwort einfiel. »Sie wissen nicht alles.«

Ohne nachzudenken, versetzte sie ihm den Todesstoß: »Und Sie wissen *gar nichts über mich*!«

Der Regen prasselte weiter auf die Motorhaube, doch ihm hatte sie endlich das Mundwerk gestopft.

Ein Triumph. So kam es ihr vor. Vielleicht zum ersten Mal überhaupt erlebte Jess das wunderbare Gefühl, das sich einstellt, wenn man jemandem sagt, was man wirklich von ihm hält. Sie begriff sofort, wie toll das wäre, wenn man sein ganzes Leben so führen könnte, stets sagen, was man fühlte, und das, wann immer einem danach zumute war. Wie großartig das wäre, wenn man nicht all die Sachen, die man nicht sagen, ja nicht einmal *denken* sollte, in sich hineinfraß, sie nicht mit sich herumschleppen musste, sondern einfach alles ausspuckte, alles, was man in sich hatte, die ersten Gedanken, die ja immer die besten waren, Klarheit in allem, was man tat, die Klarheit, die sich einstellte, wenn man nicht vollgestopft war mit abgewürgten Gedanken. Andererseits musste man natürlich... schon sehr, sehr zäh sein, wenn man immer sagen wollte, was man gerade dachte, und man musste die Folgen aushalten. Die Leute hassten einen dafür. Echter Hass. Mit diesem Hass musste man erst einmal fertig werden. Für so etwas musste man noch zäher sein als eine Politesse.

Und selbst jetzt verflog das kurze Glücksgefühl bereits wieder, als er sich von ihr zurückzog und sich wieder in den Regen stellte, ihren schützenden Schirm verschmähte. Er war schwer gekränkt, das sah sie, und würde sich lieber den Unbilden des Wetters aussetzen als weiter in ihrer Nähe bleiben.

Und schon kehrte ihr Schuldgefühl zurück – das Schuldgefühl, das sie zum netten Menschen machte. Wie jedes Mal konnte sie das Gefühl, dass sie jemandem weh getan hatte, einfach nicht aushalten. Instinktiv wollte sie es wiedergutmachen. Für jemanden wie Jess Podorowski war es einfach unmöglich, jemanden vor den Kopf zu stoßen und sich dann zu sagen, dass sie ihm damit einen Gefallen getan hatte.

Sie sah zwei Polizisten, die eben das Büro des Autohändlers betraten. Wen würden sie abführen? Irgendwo hatte irgendjemand irgendetwas angestellt.

Hatch hörte den beiden Polizisten zu, die ihm erklärten, sie hätten zahlreiche Anrufe von »besorgten Vertretern der Öffentlichkeit« erhalten. Und jetzt, wo sie mit eigenen Augen sähen, was vorgehe, hätten sie großen Zweifel, ob das alles wirklich legal sei.

Zur Antwort zeigte der Autohändler ihnen die umfangreiche Korrespondenz, die er mit der Stadtverwaltung und den *Guinness*-Leuten geführt hatte, »das segnet schon so ziemlich alles ab, was wir hier machen«. Und nun drehte Hatch den Spieß um: »Es wäre schön, wenn Sie statt Misstrauen und Anschuldigungen mal ein wenig Unterstützung und Kooperation zeigen könnten, denn dann können wir *alle*, Unternehmer und Verwaltung gemeinsam, etwas tun, was uns Achtung in aller Welt verschafft.«

Der Strengere von beiden fragte: »Ist ein Sanitäter zugegen?«

»Sanitäter?« Hatch zeigte ihnen Dans Urkunde. Mehr hatte er nicht vorzuweisen. »Einer meiner Mitarbeiter hat ein Rettungsschwimmerdiplom.«

Auf Druck der Polizei wurde ein Schutzdach über dem Discovery errichtet. Eine nach allen Seiten offene gestreifte Markise schützte nun die verbliebenen zwölf Teilnehmer vor dem Regen, wenn auch nicht vor dem eiskalten Wind. Und als dieser Wind auffrischte und alles um sie herum im Dunkel der Abenddämmerung versank, kehrte Tayshawn zurück, erschien aus den Wassern der Nacht mit einem roten Kissen für Walter.

»Hier, ich dachte, das ist irgendwie gut für dein schlimmes Bein.«

Ein Kissen aus rotem Samt, die Art von Kissen, auf die man Kronjuwelen bettete: Walter befühlte es vorsichtig, er war gerührt und wusste nicht, was er sagen sollte. »Sieh sich das einer an. Unglaublich. Tolle Sache, was?« Er wandte sich an die, die am nächsten standen, und jetzt strahlte er wieder. Er hielt sein Geschenk in die Höhe. »Ein tolles Kissen ist das. Phantastisch.« Dann tat er zum Spaß, als sei ihm mit der Übergabe des Kissens der Sieg im Wettbewerb sicher. »Jetzt habt ihr keine Chance mehr. Nicht die geringste Chance. Nur ein wunder Hintern hätte mich noch stoppen können.«

Und wer konnte sagen, ob es nicht wirklich so war?

Tom betrachtete das Samtkissen mit seinen Brokateinfassungen und dachte: *Das hat er aus einem Hotelfoyer gestohlen.* Er hatte schon den Mund geöffnet, um genau das zu sagen ~~(»Das stammt aus einem Fünfsternehotel, du Kleinkrimineller!«)~~, doch im letzten Moment verkniff er es sich. Er sehnte sich ja selbst nach etwas, worauf er sich legen konnte, und wenn es kein Bett war, dann ein kühles Fleckchen Gras – wie schön das wäre! Sich hinlegen! Plötzlich fiel ihm sein Nachbar wieder ein. Wie sein Nachbar wohl mit dem allmählichen Absterben seines Rasens fertigwurde?

Tayshawn blickte sehr zufrieden drein, als die anderen

nickten und lächelten und *Kann schon sein* sagten oder *Da gebe ich am besten jetzt gleich auf.*

»Siehst du, was für eine Heidenangst die jetzt vor mir haben? Sieh dir ihre Gesichter an. Schiss haben die.«

Tayshawn nickte und zog sich wieder die nasse Kapuze über. Grinste. Zeigte im Lampenlicht, so erstaunlich das war, makellose Zähne.

Ein halbe Stunde später, als Tayshawn wieder im Dunkel verschwunden war, beugte Walter sich zu Tom Shrift hinüber.

»*Ihrer ist die Antwort nicht …* Wie ging das doch gleich? Der Angriff der … na, der leichten Brigade. *Ihrer ist …* Teufel noch mal, ich weiß es nicht mehr. *Das Tal des Todes.* Wie ging das noch?«

Tom erwachte aus seinem mürrischen Brüten und versuchte sich dem alten Knaben zuliebe an die erste Strophe zu erinnern. Aber er konnte es nicht. Etwas stimmte nicht mit ihm. Sein Hirn war vollkommen leer. Ein Gedicht, das er seit seiner Kindheit kannte, fiel ihm plötzlich nicht mehr ein. Und je verzweifelter er danach suchte, desto weiter entschwand es. »Es heißt … Moment, ich hab's gleich. Ähmmm … *Nur das Sterben ist es nicht. Nur das …* Es reimt auf *nicht.*« Er versuchte es noch einmal neu. Er stellte sich das Kavallerieregiment vor … Sechshundert, oder? Oder waren es neunhundert gewesen? Und wohin waren sie geritten? *So fühlt sich also Alzheimer an.* Schwer verstört wandte er sich von dem alten Mann ab und blickte auf zum ersten Morgenschimmer. »Ich bin nicht in der richtigen Stimmung. Tut mir leid. Fragen Sie jemand anderen.«

Nur zwölf blieben noch, als der Morgen kam – ihrer ist

das Fragen nicht, nur das Sterben ist ihr' Pflicht – zwölf. Nur zwölf hatten überlebt.

Dreiundsechzig Stunden. Hinein in das Tal des Todes ritten … ritten die. Hinein in das Tal. Die Tapferen. Ritten.

Jennifer Back blickte von ihrer Zeitschrift auf, als ihr Mann ins Wohnzimmer kam.

»Noch auf?«, fragte er. »Fast zwei Uhr.« Er schloss die Tür hinter sich. Keine Antwort von ihr. Sie hatte sich wieder ihrer Zeitschrift zugewandt, blätterte. Als ob. Jede. Seite. Nur. Ein. Einziges. Interessantes. Wort. Enthielte.

»Inzwischen sind es nur noch zwölf«, sagte er. »Da gibt es was umsonst. Unglaublich. Du solltest sie sehen.«

Flap-flap-flap. Wütend schlug sie die Seiten um, das Opfer ihres eigenen Durchhaltewettbewerbs.

»Die Bullen wollen es verbieten. Das Wetter macht alles kaputt. Ich muss wieder hin. Ich komme nur, um mich umzuziehen. Die alten Sachen lasse ich da.«

Nur Schweigen an diesem Ort, der bald nicht mehr sein Zuhause sein würde. Er war im Begriff zu kündigen, seine Rolle als Ehemann und Vater aufzugeben. Und dann erschien Ronny, im Schlafanzug, und mit dem runden, bleichen Gesicht, der Stimme, die plötzlich wieder zur Kleinkinderstimme geworden war, wirkte er entsetzlich zerbrechlich, Jahre jünger, als er in Wirklichkeit war. »Ich habe ins Bett gemacht.«

»Ich gehe schon«, sagte Hatch zu seiner Frau und gab seinem Sohn einen Kuss auf den Scheitel, bevor er ihn an der klebrigen Patschhand packte und hinaus auf den dunklen Flur führte. Er rang Gefühle nieder, die er mit niemandem in diesem Haus teilen konnte. Während das Geräusch umgeblätterter Zeitungsseiten wie das Auf und Ab der Wellen weiter aus dem Wohnzimmer kam.

Erst als er fort war, stand Jennifer auf, nahm die schmutzigen Hemden ihres Mannes und trug sie in die Waschküche, wo sie, wie sie es seit gut zwei Jahrzehnten tat, nachsah, ob auch nichts in den Taschen steckte. Sie erstarrte. Zwei Ohrringe. Silber. Nicht ihre.

Ihr Herz explodierte.

Oben zog Hatch seinem Sohn, leise, damit er die anderen drei Kinder nicht weckte, einen frischen Flanellschlafanzug an und steckte ihn wieder ins Bett, tröstete ihn, streichelte ihm den Rücken. Die Schultern, die vorstanden wie kleine Flügel. Sein Engel. »Schlecht geträumt?«

Der Junge antwortete nicht. Hatch strengte sich an. Was er als Nächstes sagte, musste gut sein. Aber was sagte man einem Kind, das knapp einem Pistolenschuss entgangen war, und durch dessen Träume dieser Schuss nun geisterte? *Wenigstens ist niemand verletzt worden.* War das der richtige Ansatz? Nein. Mit solchen Worten konnte man vielleicht einen Erwachsenen trösten – Hatch selber hatten sie getröstet –, aber ein Kind musste den entsetzlichen Knall vergessen, den Geruch von Schießpulver, den Rückschlag, die Splitter, die neben dem Kopf des Bruders vom Türrahmen aufstoben, die schiere zerstörerische Kraft des Mordinstruments in seiner Hand, und all das ließ sich nicht so leicht mit einem Wort auslöschen – jedenfalls nicht bei einem Sechsjährigen.

»Alles meine Schuld, Champion.« Hatch versuchte es mit einem Geständnis. »Das hat überhaupt nichts mit dir zu tun. Ehrlich nicht. Ich hätte das Ding einschließen müssen. Ich wollte zu schlau sein. Aber weißt du, was? Weißt du, was ich jetzt mache?«

»Was?«

»Die Waffe ist weg. Die gibt's nicht mehr. Die wirst du nie wieder sehen. Ich will sie nicht mehr haben. Das war mir eine Lehre, Champion. Das war alles meine Schuld. Dein Daddy hat einen großen Fehler gemacht, als er die Pistole von deinem Opa behielt, aber manchmal macht ein Daddy eben Fehler. Jetzt schlaf.«

Ronny legte Hatch die Arme um den Hals und drückte ihn mit seiner ganzen Kleinjungenkraft. »Nacht, Daddy.«

»Ich bleib noch ein Weilchen hier, ja?«

Der Junge antwortete nicht mehr und tat, als ob er schliefe. Hatch zog die Bettdecke hoch, bedeckte die zarten Schulterblätter, die aussahen wie Flügel (noch nicht groß genug, um ihn davonzutragen) und küsste das Haar des Jungen, das nach Apfelshampoo roch. Plötzlich wäre er gern hier bei seinem Sohn geblieben, hätte am liebsten die ganze Nacht bei ihm geschlafen. Sein Körper konnte diesem Impuls einfach nicht widerstehen, und so legte er sich zu ihm ins Bett, instinktiv, teilte das schweißfeuchte Kissen mit ihm, nahm dieselbe Beinhaltung ein – zwei doppelte Fragezeichen. Seite an Seite lagen Vater und Sohn in dem Dämmerlicht, das vom Flur hereindrang, und die Haltung des Sohns schien den Vater zu fragen: *Liebst du mich? Wirst du es immer tun?* – und Hatchs Körper wiederholte diese Fragen, nur in doppelter Größe: *Tust du's? Wirst du?*

Hatch schlief ein. Dann erwachte er wieder. Wie lange hatte er geschlafen? Eine Minute? Fünf? Er richtete sich auf. Und dabei fiel sein Blick auf das Foto von Opa, das auf dem

Nachttisch stand, von Hatchs eigenem Vater. Er griff danach, betrachtete Burt Back, aufgenommen beim Golfspiel mit drei anderen, in den siebziger Jahren. Selbstbewusst blickte er in die Kamera, bevor er den letzten Putt ausführte. Aus dem Rough oder von einem Bunker an einem der hinteren Löcher, da konnte man sich auf Burt verlassen. Mister Verlässlich hatten sie ihn ja auch genannt. Alle seine Golfpartner spielten gern im Flight mit ihm. Seine Golfpartner hatten von seiner Verlässlichkeit profitiert, ebenso seine Kunden, seine Kinder und Enkelkinder – und mehr als man jemals auf einer Scorecard hätte notieren können. Aber wie sah es mit Hatchs Karte aus, seit der alte Herr das Zeitliche gesegnet und dieser den Autohandel ganz in Hatchs Hände gelegt hatte? Was für ein Golfer war Hatch im Vergleich? Er malte es sich aus: Jetzt, in der Mitte seines Lebens, würde er auf seiner eigenen Scorecard 18 Schläge über Par nach 9 Bahnen ansetzen – der Rang eines Sonntagsspielers. Ein Doppel-Bogey nach dem anderen. Das war die traurige Wahrheit.

Er stand auf und ging nach unten. Niedergeschlagen. Das Elend schlug über ihm zusammen wie Wellen, als er sich entschied zu bleiben. In diesem Haus. Unter diesem Dach. Aber dann jagte ihm die Vorstellung einen derartigen Schrecken ein, dass er sogleich erneut beschloss zu gehen. Jetzt sofort. Gehen, bevor es zu spät war. Und dann wurde ihm wieder klar, wie unmöglich das war. Auf dem Treppenabsatz ein weiteres Foto. Direkt vor seine Nase gehängt. Ein Familienbild. Vier Kinder. Und alle vier *seine*. Es musste sein. Er musste bleiben. Zwei Kinder hätte er verlassen können. Vielleicht sogar drei. Aber nicht vier. Vier gegen einen. Was sollte er tun? Gehen oder bleiben?

Seine Frau war im Bad, er hörte Wasser laufen. Er nahm seinen Mantel, klopfte an die Badezimmertür und rief ihr einen Gruß zu, dann ging er hinaus, zurück zu seinem Geschäft, zurück zum Wettbewerb.

# 4

Der Burgerladen hatte gerade erst aufgemacht, man hatte die Schilder soeben auf die Straße gestellt, da wurde die Tür auf eine Weise aufgerissen, an die sich das Personal dort allmählich gewöhnte.

Wie schon an den drei Tagen zuvor kam der junge Mann im Laufschritt, schwer atmend, grüßte die dreiköpfige Belegschaft, erklärte, er komme die Sachen holen, die er eben telefonisch bestellt habe, und stürmte zur Toilette.

Weniger gewohnt war man allerdings, dass ein zweiter Besucher auf dieselbe Weise hereingepoltert kam, nur wenige Augenblicke darauf. »Ich, äh … geben Sie mir, was Sie haben … einen Whopper, egal, mit, ähm … mit … irgendwas. Whopper-Menü. Zweimal. Mit Kaffee. Jetzt machen Sie schon. Machen Sie! Machen Sie!«

Nach nicht einmal einer Minute war Matt von der Toilette zurück, wischte sich noch die Hände an den Hosenbeinen ab, ärgerte sich, dass seine Bestellung immer noch nicht fertig war, da tippte ihm jemand auf die Schulter, und er war schockiert, als er sich umdrehte und Tom Shrift erblickte.

Tom stand da mit tomatenrotem Gesicht, keuchte triumphierend, sein Gesicht so glänzend vom Schweiß, dass Matt ihn beinahe nicht wiedererkannt hätte. »Himmel! *Sie* sind das. Wie haben Sie …?«

»Das?«, keuchte Tom. »Ist doch nicht schwer.«

»Sie? Sie haben das geschafft?«

»Ging ganz gut. Nicht so schwer wie man –« (*Japsen.*) »Noch zwei Minuten … Reserve. Also. Scheiß drauf. Wettrennen zurück?«

»Sie machen Witze.«

Tom wedelte mit einer 10-Pfund-Note und schnauzte den Verkäufer an. »Wo bleiben Sie denn? Tempo, Mann, Tempo!«

Und schon ging es die Straße hinunter, Seite an Seite. Und wenn dieser Galopp Matts Höchstgeschwindigkeit war, dann konnte Tom mithalten, fürs Erste jedenfalls.

Eigentlich hatte Tom gar keinen Hamburger gewollt, auch nicht die Fritten und den Kaffee, die er jetzt tragen musste, aber es wurde allmählich Zeit, dass die Heldenverehrung, mit der die anderen jeden Sprint von Matt quittierten, ins rechte Licht gerückt wurde. Alle, und ganz besonders Jess, taten, als sei dieser Knabe ein lebendes Wunder, und Tom war die ganze Zeit klar gewesen, dass jeder halbwegs trainierte Mensch (und das war er, und Tayshawn war es eben nicht gewesen) so etwas schaffen konnte. Und so war er das beträchtliche Risiko eingegangen und hatte es versucht.

Und es gab noch einen weiteren Grund. Einen, den er weniger leicht eingestehen konnte. Jess hatte an seinem Charakter gezweifelt. War er ein gewöhnlicher Mensch? Wie konnte sie so etwas sagen! Er hatte Rückschläge einstecken müssen, das war nicht zu leugnen, aber er würde wieder auf die Beine kommen. Und das sah sie nicht. Kaum einer – vielleicht niemand außer ihm selbst – wusste, wie gut er darin war, wieder auf die Beine zu kommen. Und so war er an diesem Morgen, als die Trillerpfeife im ersten Tageslicht erklang und Matt unter großem Trara davongeprescht war und während alle noch ehrfurchtsvoll ihre Loblieder auf die Heldentaten dieses jungen Mannes sangen, still und ohne alles Aufheben auf die Straße getreten und hatte sich auf den Weg gemacht.

Dan hatte es gesehen. Hatte gerufen: »He, was machen Sie da? Machen Sie keinen Unsinn!«

Aber Tom wusste, was er tat. Er würde es diesem Zuchthengst zeigen – und seiner Verehrerschar dazu (ganz besonders der Politesse) –, würde ihnen zeigen, wer hier die Nummer eins war. Er würde ihnen klarmachen, dass Ausdauer eine Frage der Reife war. Der Erfahrung und vor allem des hart erarbeiteten Wissens (nichts, was man von Daddy geschenkt bekam!). Dass, wenn der Körper sagte *Halt! Keinen Schritt weiter,* es in Wirklichkeit nur ein falscher Alarm war, ein Streich, den das Hirn einem spielte. Seine besten Reserven hatte man noch gar nicht angezapft, die warteten noch darauf, dass man sie aktivierte. Aber solche Erfahrungen hatte man mit zwanzig noch nicht gemacht, solche Selbsterkenntnis besaß man nicht. Mit dreißig hatte man allenfalls eine vage Ahnung, was in einem steckte, und gab oft noch am ersten Hindernis auf. Mit vierzig stellte sich eine erste Vorstellung davon ein, was für eine Kraft zum Durchhalten man tatsächlich in sich hatte, und erst wenn man das wusste, war einem klar, wie wenig man davon wusste.

Tom war immer ein Frühentwickler gewesen, den anderen voraus, seit er mit dreizehn seine breiten Schultern bekommen hatte, und jetzt, mit 42, waren solche Einsichten für ihn nichts Neues mehr. Er war ein Mensch mit Tiefgang, doch keiner sah das unter der abschreckenden Oberfläche. Er hätte nicht im Einzelnen sagen können, wie diese Notreserven aussahen und welchen Umfang sie hatten, aber er wusste, dass es sie gab. *Ich weiß es*, sagte er sich, als er rannte, dass die Arme und Beine nur so flogen. *Ich weiß es. Ich weiß es…* Seite an Seite mit einem Zwanzigjährigen, die Füße mehr oder weniger im Gleichschritt, peitschte Tom sich voran und dachte dabei: *Wenn es hart auf hart kommt, wenn kein anderer mehr auf den Beinen ist, dann wird der echte Tom Shrift sich zeigen. Das weiß ich, das weiß ich, das weiß ich…*

Auf dem Hof hingegen sah Jess – über Nacht zum Superstar des Wettbewerbs geworden – mit Erstaunen, wie zwei Männer gemeinsam um die Ecke bogen und in rasendem Galopp auf sie zukamen. Sie hätte nie gedacht, dass Tom Shrift zu einem solchen Lauf fähig wäre; als er mit zackigen Bewegungen losgeprescht war, hatte sie geglaubt, dass sie ihn nie wieder sehen würde, ja dass dieser Sprint vielleicht seine Art war, sich zu verabschieden.

Das hätte zu ihm gepasst, wenn er einen solchen Abgang gewählt hätte, um das Gesicht zu wahren. In der Nacht hatte sie gesehen, wie seine Kräfte nachließen, auch wenn er sich noch so sehr mühte, das zu verbergen, mit seiner Elektrorasur und den frischen Hemden. Dieser Bursche, den sie als sicheren Sieger gesehen hatte, weil er so unglaublich entschlossen war, baute nun sichtlich ab. Sie hatte ihn beobachtet, wie er in den frühen Morgenstunden gekämpft hatte, nicht weniger als sie selbst. Nachdem sie ihm gesagt hatte, er sei nichts Besonderes, hatte sie ihn schuldbewusst im Auge behalten. Und sosehr sie sich um ihre eigenen Kräfte sorgen musste, mit brennender Blase und schmerzendem Rücken, und während zwei, dann drei, dann vier Teilnehmer, körperlich weitaus robuster als sie, einer nach dem anderen ausschieden, einschliefen, umfielen, aufgaben – der Taxifahrer, der durch die Hölle gegangen war, weil er einen neuen Wagen brauchte, der arbeitslose Vater mit vier Kindern, der den Kleinen jetzt klarmachen musste, dass er doch nicht Supermann war, der Triathlet, der sagte, nie im Leben habe er sich so geschunden wie hier, ein Hippietyp aus Earl's Court, dem seine Meditationen und Konzentrationsübungen und seine Kenntnis des Achtfachen Pfads am Ende nicht das Geringste genützt hatten –, in dieser Nacht der bescheidenen wie der spektakulären Ausfälle hatte sie dreimal gesehen, wie Tom tatsächlich eingenickt war, und jedes Mal hatte er sich zusammengerissen und die Augen wieder geöffnet, ohne dass seine Hand je ganz von dem Auto abgerutscht war. Es war faszinierend gewesen, das zu beobachten, und hatte ihr selbst geholfen, wach zu bleiben, ihren Herzschlag beschleunigt... Sie hatte gesehen, wie der Kopf ihm auf die Brust sank, wie sein Körper schwankte und oft nur mit einer einzigen Fingerspitze Kontakt mit dem Wagen hielt, bis dann ein kleiner Anfall von Panik, wahrscheinlich die Furcht vor der Niederlage, vor dem Versagen, ihn wieder in einen wacheren Zustand riss, und das hatte ihn jedes Mal gerettet.

Wovor hatte er solche Angst? Sie hätte ihm nicht sagen sollen, dass er ein gewöhnlicher Mensch war. Er war ein stolzer Mann. Sie hätte das nicht sagen sollen. Sicher, er hatte es herausgefordert, doch was sie über seinen Charakter gesagt hatte, war nichts weiter als geraten. Denn er blieb ein Rätsel. Was war denn nun das Patentrezept, mit dem er gewinnen wollte? Und warum lag ihm so viel an diesem Gewinn? Ein alleinstehender Mann, keine Kinder, keine Frau, Wohnung mitten in London, der brauchte nicht unbedingt ein Auto. Und es musste doch für jemanden wie ihn massenhaft Möglichkeiten geben, auf einfachere Weise zu Geld zu kommen. Doch wenn er das Kinn abrupt wieder in die Höhe riss, nachdem der Schlaf es niedergezogen hatte, wenn er blinzelnd die Augen aufschlug, ärgerlich über sich selbst, erschrocken gar, wenn er sich verstohlen umsah, um zu sehen, ob andere bemerkt hatten, wie knapp er der Niederlage entgangen war, dann konnte man glauben, dass sein Leben – sein Leben! – vom Gewinn dieses Autos abhing. Und jetzt, jetzt rannte er wie von den Toten auferstanden, hielt mit einem weit Jüngeren mit, unter sichtlichen Qualen, aber er gab trotzdem nicht auf. Wie er es immer und immer wieder versuchte. Das war doch immerhin etwas Beeindruckendes an ihm, etwas, was doch auf eine gewisse Charakterstärke schließen ließ.

Sie musste lächeln. Ja, dachte sie und antwortete nun, mit Verzögerung, in Gedanken doch noch auf seine Anschuldigungen – vielleicht war sie tatsächlich eine Meisterin des Leidens, stets unter dem Druck ihrer unter Verschluss gehaltenen Wut, ja jemand, der sich selbst immer und immer wieder bestrafte; mit all dem mochte er recht haben, aber – und das war ihr in diesem Augenblick aufgegangen – das konnte nur jemand sehen, der selbst wusste, wie das war.

Die beiden Männer erreichten praktisch zeitgleich den Wagen, Matt kaum anders, als er beim Aufbruch ausgesehen hatte, Tom keuchend und japsend, als habe er gerade den größten Fehler seines Lebens begangen.

»Bravo«, sagte Jess, als Tom sich neben ihr auf den Wagen fallen ließ. Er war rot im Gesicht, und ein Pfeifen drang aus dem Blasebalg in seiner Brust.

»Nichts dabei. Überhaupt kein Problem.«

»Sie geben nie auf, was?«

»Wer aufgibt, der ist …« Aber die Puste reichte nicht. »… aufgibt, der ist … tot.« Er umfasste seine Knie, und den schweren Kopf ließ er hängen – er stand da wie im Gebet. Als er sich wieder aufrichtete, sagte er zu ihr: »Wenn der Faden halten soll, muss man ihn spannen.«

Dann holte er aus der braunen Papiertüte zu seinen Füßen zwei Burger. Zu ihrer Überraschung bot er ihr einen an.

Sie schüttelte den Kopf. »Nein, danke.« Sie war zu verlegen, um ihn anzunehmen.

»Nehmen Sie schon!«

Wieder lehnte sie ab, doch dann überlegte sie es sich anders. Sie brauchte den Brennstoff, und er hatte für diesen Hamburger den Sieg aufs Spiel gesetzt. Außerdem versuchte er nett zu sein. Das verdiente Belohnung.

Beim Essen kehrte sie ihm den Rücken zu. Er sollte nicht sehen, wie sie ihren Hamburger genoss. Die Sonne erschien gerade über den Häuserzeilen, und sie kniff die Augen zusammen, aber sie ließ es zu, dass die Sonne sie blendete, und der Bratensaft rann ihr dabei übers Kinn.

Rein körperlich machten ihr, jetzt nach drei Tagen, die Augen am meisten zu schaffen. Nach der langen schlaflosen Zeit hatte sie ständig das Gefühl, ihr sei etwas ins Auge gekommen – Seife, eine Wimper, Staub –, manchmal fühlte es sich an wie Eisenspäne. Dieser Schmerz ließ sich durch nichts vertreiben, auch nicht, wenn man die Lider schloss, damit die

Augen sich erholen konnten. Im Gegenteil, dann stachen sie umso mehr, so dass man die Lider unwillkürlich wieder öffnete. Außerdem taten einem sämtliche Gelenke weh. Selbst die Fingerknöchel! Man musste etwas tun – und deshalb hatte sie beschlossen, keine Tropfen mehr zu nehmen. Die Bachblüten wirkten beruhigend, und das konnte sie sich jetzt nicht mehr leisten. Statt Linderung wollte sie nun Schmerz, denn der Schmerz würde sie wach halten. Wenn ihre Lider sich nun bleiern anfühlten – sie kam sich vor wie eine Schlafpuppe –, verlagerte sie ihr Gewicht von einem Bein auf das andere, und der Schmerz im Rücken wirkte Wunder. Damit hielt sie wieder zehn Minuten durch. Die ganze Nacht über war der Mikroschlaf ihr größter Feind gewesen, doch mit der Schmerztechnik hielt sie durch. Trotzdem hatte sie das Gefühl, dass sich alles binnen der nächsten zwölf Stunden entscheiden würde. Nicht nur bei ihr. Alle stießen nun gegen Mauern, und nur die wenigsten würden sie durchbrechen.

»Geben Sie auf.«

Sie öffnete die Augen und sah, dass Tom sie anblickte. »Geben Sie auf«, sagte er noch einmal, als er den kleinen Elektrorasierer aus der Tasche zog und ihn einschaltete.

»Nein. Geben *Sie* auf.«

»Geben Sie auf. Gehen Sie nach Hause.«

»Nein.«

Er setzte den Rasierer an, doch die Batterie war fast leer, der Motor jaulte bei den ersten Stoppeln und blieb dann ganz stehen. »Sie können nicht gewinnen. Tun Sie sich das nicht an.« Er klopfte mit dem Rasierer dreimal an sein Bein, doch auch das entlockte der Maschine nur noch ein paar müde Umdrehungen. »Gehen Sie, und machen Sie, was Sie gut können. Das hier ist nicht gut für Sie.«

Er schaltete den Rasierer aus und fand sich mit einer gewissen Ungepflegtheit der Erscheinung von nun an ab, und sie drehte sich wieder um und sah zu ihrem Entsetzen, dass Dan, der Schiedsrichter, das alles auf Video festhielt.

Mittags schlug das Wetter um, aber ob es eine Veränderung zum Guten war, darüber konnte man streiten. Es wurde heiß. England, stellte Tom fest, verwandelte sich in Spanien. Zunächst war die Wärme willkommen, denn die oberste Kleiderschicht konnte abgelegt werden, doch bald erreichte die Temperatur die oberen Zwanzigergrade: ein Sprung über sechs Monate und ein neuer Septemberrekord, so wie der vergangene September den Rekord des Vorjahres gebrochen hatte. Die Auspüffe Amerikas, zweitausend Tonnen giftiges Gas pro Tag (Tom hatte immer noch seine Zahlen parat), die in großer Höhe mit dem Jetstream nach Großbritannien kamen, sorgten dafür. Die schwüle Treibhausluft, die so entstand, war für das Grüppchen auf dem Autohof ein Fluch, ein Knebel, und der Erste, bei dem sich die Folgen zeigten, war der Schlaflose.

Er verlangte, der Wagen solle mit einem Wasserschlauch abgespritzt werden, »zur Kühlung«; man könne ihn »nicht mehr anfassen«. Dan kam herüber, befühlte das Dach und erklärte, das sei vollkommen in Ordnung, der Mann bilde sich das ein. Und es war ja auch gut denkbar, dass der Schlaflose entweder übertrieb oder tatsächlich Halluzinationen hatte.

Zur Einuhrpause ging Tom ein paar Schritte. Er spürte

ein Kratzen im Hals, das er mit Husten nicht mehr vertreiben konnte. Steif stapfte er durch eine Luft, in der sich der Schmerz der anderen mit Händen greifen ließ, und konzentrierte sich auf seinen eigenen. Ihm war seltsam leicht, er fühlte sich benommen, und er ging wie ein Mann auf einem schwankenden Schiff. Er streckte die Hand aus, um sich an einem weinroten Wagen festzuhalten. Er versuchte sich auf die Typbezeichnung zu konzentrieren, die da in Chromlettern stand… Volvo S 40. Er schloss die Augen. Durch die geschlossenen Lider drang ein merkwürdiges grünes Glimmen. Er versuchte gar nicht, zu überlegen, was das wohl sein konnte, sondern setzte es einfach nur auf die Liste der Fehlfunktionen seines Körpers.

Als er das Gleichgewicht wiedergefunden hatte, arbeitete er sich zur Toilette vor. Erklomm die Stufen, schloss die Plastiktür hinter sich, schob den halb abgerissenen Riegel vor. In der engen Kabine löste er seinen Gürtel. Er fühlte sich verletzlich. Jetzt, wo es heiß war, war der Gestank schlimmer geworden. Am Boden der Schüssel gab es eine Klappe, die den Benutzer vor den Exkrementen der anderen schützen sollte, doch die Haltefeder war gebrochen, so dass sie nun offen stand. Latrinengestank stieg auf. Zu spät hielt er den Atem an.

Nun hingen die Ausdünstungen in seinen Lungen, und er dachte an Kierkegaard. Zum Teufel mit Kierkegaard, mit seiner Vorstellung, dass die Freiheit des Menschen zu einer unablässigen Furcht davor führt, er könne seine Pflicht gegenüber Gott nicht erfüllen. *Ich nicht. Was mir Sorgen macht, ist die Frage nach der Pflicht gegenüber* mir *selbst. Sieh mich doch an!* Er hockte sich hin, und nun stieg der Gestank zwischen seinen Beinen auf. Er atmete aus, nahm eine dritte Lunge voll und drückte. Nichts. Sein ganzes Inneres war verspannt. Aber er wollte unbedingt seinen Darm entleeren. Er presste heftig, in genau der Art, vor der in Informationsschriften über Hämorrhoiden immer gewarnt wird. Am Ende brachte er nur einen kleinen Kötel hervor, eine Walnuss statt einer Wurst. Weitere Gedanken zu Jess' Vorwurf, er sei ein gewöhnlicher Mensch. Eine zentrale Frage. Das Verschwinden des Individuums in der modernen Welt. Die Furcht vor der eigenen Bedeutungslosigkeit. Wenn sie ihm das vorwerfen wollte, musste sie es auch bei Milliarden anderer tun. *Man musste sich doch nur all die Untaten ansehen, die Menschen begingen, aus Angst davor, dass sie bedeutungslos waren ... stattdessen riefen sie laut: »Ich bin, ich existiere ...«* Bomben explodierten. Tom wischte sich rasch den Hintern mit dem glänzenden Papier, zog die Hosen hoch, war sich sicher, dass er es schaffen würde, ohne noch einmal zu atmen, doch das Türschloss klemmte, er bekam es nicht auf. Er öffnete seine Lungen, atmete tief ein, fast hätte er sich übergeben, ihm wurde schwindlig bei seinem Kampf mit dem Schloss, der sein Verlassen der Zelle um qualvolle Sekunden verzögerte.

Draußen sog er die frische Luft ein, so frisch, wie die Amerikaner sie ihnen ließen. Selbst hier atmete er den Dreck der anderen. Eins stand fest: Nie wieder würde er eine solche Toilette aufsuchen. Lieber machte er es wie die Straßenkinder in Mumbai – einfach den Dhoti herunterziehen und kacken, wo man gerade war.

Er orientierte sich. Alles verschwamm ihm vor den Augen. Wo war das verfluchte Auto überhaupt? Nur mit Mühe konnte er noch scharf stellen, und die bleischweren Augen brannten fürchterlich. Er lehnte sich an einen Volvo, dessen hintere Tür offen stand – und ihm kam eine großartige Idee. Er würde sich auf den Rücksitz legen! Was für ein Luxus! Weiches Leder würde sich an seinen Rücken schmiegen ... Er wollte einsteigen und sah, dass jemand anderes diese Idee schon vor ihm gehabt hatte.

Jess Podorowski.

Sie lag auf dem Sitz, die Augen geschlossen. Schlief sie? Hatte sie das Bewusstsein verloren? Er wusste es nicht. Und dann rief Dan: *Noch dreißig Sekunden.* Jess rührte sich nicht, zeigte keinerlei Anzeichen, dass sie wach war.

Was sollte er tun? Sie wecken? Wenn nicht, verpasste sie vielleicht den Countdown. Damit wäre der Wettbewerb für sie zu Ende.

Er sah Dan an, dann Jess; Dan, der auf und ab ging, zählte, auf die Uhr blickte; Jess reglos, mit geschlossenen Augen. Nicht leicht zu entscheiden. *Vor Urzeiten lebten wir in Dörfern,* sagte er zu sich, *in Großfamilien. Damals entstand der Altruismus, und damals hatte er seine kurze Blütezeit, in prähistorischen Zeiten, in denen man jemandem half, damit er einem ebenfalls half. Dann kamen die Städte. Heute leben wir nicht mehr in der Familie, unter Verwandten, unter Menschen, die uns eine gute Tat vergelten. Altruismus hat keine Funktion mehr. Jemandem zu helfen ist ein prähistorischer Impuls. Ende der Geschichte.*

Also fällte er seine Entscheidung. Er ließ sie auf dem Rücksitz liegen und weckte sie nicht.

Irgendwo zwischen den Gebrauchtwagen – er fühlte sich grässlich; so unrasiert war er seit Jahren nicht mehr gewesen, ihm war schwindlig, sein Herz pochte heftig – verlor er das Gleichgewicht und fiel hin. Er sah, wie der Erdboden ihm entgegenkam. Schulter und Hüfte fingen den Schlag auf, sein Kopf kam noch einmal ohne Knockout davon. Er verlor Sekunden, dann spürte er, wie Dan ihm aufhalf, er hörte ihn fragen, ob alles in Ordnung sei. Er nickte. Ja, ihm gehe es gut. »Muss wohl über … über irgendwas … gestolpert sein.«

Er kehrte zum Wagen zurück und stützte sich daran ab, legte die Hand von neuem auf das blaue Metall. Zusammen mit den anderen und mit dem Rücken zum Autohof und insbesondere zu dem Volvo.

Dan zählte seinen Countdown. *Fünfzehn, vierzehn, dreizehn, zwölf.* Ausgerechnet da zu stolpern. Jetzt hatten alle seine Schwäche gesehen. *Elf, zehn, neun.* Und was Jess anging, da war es richtig, dass er sie nicht geweckt hatte. Sie konnte nicht gewinnen. Sie sollte zu Hause sein, bei ihrem Kind. Er tat ihr einen Gefallen. *Acht, sieben, sechs, fünf.* Einen großen Gefallen. Sie sollte ihm dankbar sein. Nein, er würde es nie bedauern, dass er sie nicht geweckt hatte, dachte er, und sein Herz pochte dazu.

Doch exakt in der letzten Sekunde legte sie ihre Hand wieder an den Wagen. Er betrachtete diese Hand wie eine Fata Morgana: schmal, ungebräunt, den Ehering noch am Ringfinger. Er sah sie an. Sie war schläfrig. Aber sie war aufgewacht, sie war zur Stelle …

»Los!«, rief Dan.

Was empfand Tom in diesem Augenblick? Enttäuschung oder Erleichterung?

Jess lehnte sich mit dem Kopf an die Seite des Wagens, doch Dan war sofort da und tippte sie auf die Schulter. Nicht gestattet. Letzte Ermahnung. Sie nickte. Das würde sie nicht noch einmal tun, versprach sie. Es war ein Fehler gewesen, sich auf diese Rückbank zu legen; nun spürte sie alle Müdigkeit des Universums in ihren Knochen. Sie war erledigt, sie hatte keine Reserven mehr, sie lief schon seit zwei Tagen mit leerem Tank. Immer und immer wieder gingen ihr die Worte aus dem Buch Hiob durch den Sinn: *Nun aber gießt sich aus meine Seele über mich, und mich hat ergriffen die elende Zeit. Des Nachts wird mein Gebein durchbohrt allenthalben; und die mich nagen, legen sich nicht schlafen …*

Schmerzgeplagt, halb eingeschlafen, spürte sie, wie eine Hand über die blaue Motorhaube reichte und sich auf die ihre legte.

Sie spürte die menschliche Wärme. Matt? War es Matts Hand? Noch zögerte sie hinzusehen. Oder Tom vielleicht? Nein, keiner von beiden. Es war die Hand von Maciek. Er war zu ihr zurückgekehrt. Sie blickte auf. Sah ihn. Sein Haar ausgebleicht von der Sonne eines langen Sommers, so wie sie ihn von ihrem letzten gemeinsamen Urlaub auf Kreta in Erinnerung hatte: das Gesicht sonnengebräunt, die Augen geradezu unnatürlich blau vor dem Blau des Wagens, so wie der blaue Anstrich eines Schwimmbeckens das Wasser umso begehrenswerter aussehen lässt. Ihr erster und ihr letzter Mann: der erste, der ihr den BH aufgehakt hatte (im Kino, durch den Stoff – *schnapp!*, und sie war befreit), der letzte, der sie auf den Mund geküsst hatte. Und seither? Eine Art Lähmung. Nie wieder würde es einen solchen Kuss geben. Sie stellte es sich vor, wie es wäre: so fest in die Arme genommen zu werden, dass jeder Knochen in ihrem Rücken wieder an seinen Platz gerenkt würde.

Sie zog ihre Hand zurück, zog sie unter der seinen heraus. Das Lächeln ihres Mannes verblasste. Er sah verblüfft aus, als wäre er abgewiesen worden. Sonst war es immer umgekehrt gewesen, sonst war er es gewesen, der sich jedes Mal zurückgezogen hatte und in einer Art Zwielicht entschwunden war. Doch nun drehte sie den Spieß um und zog sich als Erste zurück. Und mit diesem Rückzug schloss sie ein Kapitel ihres Lebens ab.

Sie zwang sich, wach zu bleiben. Und sah, dass Tom sie anblickte.

»Mikroschlaf. Sehen Sie sich vor. Gehen Sie lieber nach Hause!«

»Nein. Sie gehen!«

»Gehen Sie nach Hause!«

»Gehen *Sie* nach Hause!«

Jess, Tom, der Schlaflose, der Autodieb, Walter, Mrs McClusky, Betsy und Matt gingen nirgendwohin.

Und dann kehrten die Ameisen zurück. Zuerst eine einzige, die ihren Zickzackkurs über die Motorhaube lief, eine zufällige Kundschafterin vielleicht, und andere hätten es dabei bewenden lassen, doch der Autodieb, methadonäugig, hatte schon den ganzen Tag immer wieder *Ameisen, Ameisen, Ameisen* gemurmelt, *die Ameisen fressen mich auf*, und es war offensichtlich, dass diese kleinen Kerlchen sich irgendwie in seinem Verstand eingenistet hatten. Der Autodieb verfolgte den Kurs des Insekts über die Haube, hielt die Einzelgängerin fest im Blick, bis eine weitere Ameise auftauchte, so dass sie nun zu zweit unterwegs waren, und beide direkt auf ihn zu. Dann eine dritte. Und eine vierte. Jetzt war es keine Frage mehr. Zwei konnten Zufall sein, drei waren noch erklärbar, aber vier, alle im Anmarsch auf ihn? – nein, das war eine Bedrohung, eine Rache, ein geplanter Gegenangriff. Die Ameisen schlugen zurück, wie er es schon seit über zwei Tagen hatte kommen sehen.

Bald wimmelten fünfzig Ameisen auf der Haube, gleich darauf hundert, mit jeder Sekunde wurden es mehr. In langen Kolonnen kamen sie über die Reifen und Kotflügel herauf, und der Dieb, immerhin ein waschechter Ganove, den so schnell nichts einschüchtern konnte, bekam Schweißausbrüche, verlor auch das letzte Quentchen Haltung und Selbstbeherrschung angesichts dessen, was sich da vor seinen Augen abspielte: Hunderte, wirklich Hunderte von Ameisen, die den Wagen von Stoßstange zu Stoßstange übernahmen, als hole das weltweite Ameisenimperium zum Gegenschlag aus, zur Rache für den Genozid des Vortages, ein Ruf zu den Waffen, der an alle Ameisenstämme des Planeten erging, zum Gefecht, das ein für alle Mal entscheiden würde, wem die Erde gehörte, den Menschen oder den Ameisen.

»Gott im Himmel!«, rief er. »Gott im Himmel!«

Der erste Ameisensoldat hatte zum Sturm auf den Kragen des Mannes angesetzt; jetzt machte er den Sprung in den Nacken.

Die anderen Teilnehmer sahen zu, wie der Autodieb auf Arme, Körper, Hals schlug, ja er schlug sich sogar ins Gesicht. Der arme Mann. Kein anderer konnte die Angreifer sehen. Kein Grund zur Beunruhigung.

Der Dieb hüpfte auf der Stelle – »Gott! Gott!« –, und alle

um ihn herum begriffen, dass der Erste aus ihrer Mitte die Nerven verlor, und das in einem erschreckenden Maß.

»Der ist erledigt«, schloss Tom und hob den freien Arm, rief die Schiedsrichter herbei und beobachtete dabei den Mann, wie er ohne erkennbaren Anlass wild um sich schlug. »Ich habe ja gleich gesagt, mit dem stimmt etwas nicht.«

»Macht sie weg! Macht sie weg!« Der Dieb schlug sich mit der einen Hand ins Gesicht, und als das nicht half, musste er einfach die zweite dazunehmen und das Auto loslassen.

Und damit war er aus dem Rennen.

Wieder einer weniger.

Sofort war Dan zur Stelle. Er packte den verstörten Mann, legte ihm die Arme um die Schultern, beschwichtigte die fuchtelnden Arme mit seinem Rettungsschwimmergriff, und als die schlimmste Hysterie vorüber war, erlangte der Dieb nach und nach genug von seiner Einsichtskraft zurück, um zu begreifen, dass die Alptraumgestalten – wenn sie nicht ohnehin Produkte seiner Phantasie gewesen waren – sich wieder zurückzogen und er in Sicherheit war, wenn auch aus dem Wettbewerb ausgeschieden.

»Es fängt mit dem Körper an«, erinnerte Tom sie, »doch am Ende ist alles eine Frage des Verstandes.«

»Sie machen einen Fehler«, redete Hatch auf den Mann ein. »So ein Angebot bekommen Sie sonst nirgendwo. Wissen Sie, was, Ed? Ich zeige Ihnen noch etwas anderes. Der Toyota gefällt Ihnen nicht? Schön. Dann eben nicht. Es muss ja kein Toyota sein. Ich zeige Ihnen etwas anderes. Danach lasse ich Sie gehen. Ich habe noch ein ganz besonderes Angebot für Sie. Heute ist Ihr Glückstag.«

Doch der Kunde, der sein Hirn bereits hermetisch gegen jedes weitere Verkaufsargument abgeschottet hatte, schüttelte nur den Kopf und sagte »tut mir leid« und »ich wünschte, es wäre möglich« und noch einmal »tut mir leid« und »wirklich, Mr. Back, ich muss jetzt wirklich gehen«.

»Fünf Minuten. Ed. Ed. Warten Sie. Bleiben Sie noch. Hier, setzen Sie sich.« Vergeudete Worte, das wusste Hatch, aber einen Verkäufer hielt das nicht davon ab, es zu versuchen – die rituellen Demütigungen seines Berufsstandes. »Geben Sie mir fünf Minuten. Was sind fünf Minuten? An einem Tag? In einem Leben? Ich will Ihnen etwas zeigen. Bitte, Ed. Okay? Ed, warten Sie, bis Sie sehen, was ich Ihnen zeigen will. Bitte.«

»Ich muss jetzt gehen. Ich melde mich wieder. Ich melde mich.«

Damit war der potentielle Käufer entschwunden, hatte sich aus Hatchs Klauen befreit, der Einzige, der während des gesamten Wettbewerbs auch nur die leisesten Anstalten gemacht hatte, ein Auto zu erwerben.

Ein Reinfall. Und das von solchen Ausmaßen, dass selbst Hatch mit all seinem Zahlensinn es nicht berechnen konnte.

Er versetzte seinem Schreibtisch einen Tritt und sah finster das Bild an der Wand an, seinen Vater: *Wie?* Wie musste man es anstellen? Was konnte man denn mehr tun, als sein Äußerstes zu geben? Doch das väterliche Bild hatte keinen Trost zu spenden, keine Weisheit, die alles wiedergutmachte.

Er drehte sich um und blickte auf den Hof. Was für Massen! Immer mehr Schaulustige waren gekommen – die Schar derer, die den Teilnehmern Mut machten, war angeschwollen, hatte sich verdoppelt – doch keiner schien sich für seine Wagen zu interessieren, kein Einziger.

Vince und Dan erschienen in der Tür. »Hatch? Wir müssen Ihnen etwas sagen. Wir gehen.«

Hatch drehte sich um. »Gehen?«

»Dan und ich.«

»Gehen? Wer? Wer geht? Was soll das heißen? Wohin? Unsinn.« Hatch schien ehrlich verwirrt.

»Heute helfen wir Ihnen noch, bis heute Abend bleiben wir, aber das war's dann.«

»Was … Was soll das?«

»Hatch. Wir gehen. Wir kündigen. Wir haben die Nase voll.«

Endlich fand Hatch seine Sprache wieder. »Kommt rein. Vince. Setz dich. Dan, nimm Platz. Ich muss mit euch über etwas reden. Bitte.«

»Wir wollen darüber nicht reden.«

»Setzen!« Seine Stimme war lauter geworden. Er verlor die Nerven. »Bitte.« Wieder leiser. »Es hat seinen Grund, dass ich euch nicht bezahlt habe. Macht die Tür zu. Ich habe euch nicht alles gesagt. Macht die Tür zu. Bitte.«

Schließlich gab Vince nach und schloss die Tür. Hatch setzte sich mit ernster Miene an seinen Schreibtisch und legte die flache Hand auf die lederne Auflage, als müsse er vor Gericht aussagen, einen Schwur leisten. »Ich stehe mit dem Rücken zur Wand, Jungs. Es gibt da etwas, was ihr nicht wisst. Aber jetzt sollt ihr es wissen. Ich stecke zwei Meter tief in der Scheiße, und ich bin nur eins achtzig groß. Versteht ihr? Ich habe es niemandem gesagt. Nicht einmal meiner Frau. Schon seit zwei Jahren stehe ich auf den Zehenspitzen. Ich bin pleite. Der Laden hier ist am Ende, wenn der Wettbewerb uns keine neuen Kunden bringt – und für den Wettbewerb brauche ich euch.«

»Pleite? Ehrlich?«

»Es liegt in euren Händen. *Euren* Händen.« Er zeigte zuerst auf Dan, dann auf Vince. »Ich hätte euch das sagen sollen. Deswegen habt ihr euren Lohn nicht bekommen. Es tut mir leid. Aber gebt mir noch zwei Monate. Denkt ihr, ich hätte euch nicht bezahlt, wenn ich es gekonnt hätte? Denkt ihr, ich hätte das Geld für mich behalten wollen? Ich habe keinen Penny für mich. Aber wir reißen das Steuer herum. Wir drei zusammen. Wir müssen nur die ganze Publicity, die wir jetzt bekommen, ausnützen, dann reißen wir das Steuer herum.«

Die Jungs starrten Hatch an. Dan antwortete zögernd: »Wir haben Familien –«

Aber bevor dieses Argument auch nur den, der es hervorbrachte, überzeugen konnte, schmetterte Hatch es auch schon zurück, mit doppelt so viel Leidenschaft, wie die beiden jüngeren Männer zusammen aufbrachten. »Ich brauche euch, Jungs. Und ihr helft euch selbst, wenn ihr mir helft. Ich bitte euch, ich flehe euch an. Lasst uns das gemeinsam durchstehen. Wir sind doch auch wie eine Familie. Da kann doch nicht einer den anderen im Stich lassen – nicht nach allem, was wir schon zusammen durchgestanden haben. Ihr habt meinem Vater die Treue gehalten« – mit dem Finger wies er auf das Porträt hinter Glas, das Bild des Mannes, der die beiden als Lehrburschen bei sich aufgenommen hatte –, »jetzt haltet ihr mir die Treue.«

Vince und Dan hatten mit Widerstand gerechnet, aber gegen Worte wie »bitte«, »flehe«, gegen die Überraschung von »pleite«, von »es tut mir leid«, gegen so machtvolle Worte wie »Familie«, »Treue« konnte ihre Verteidigung nichts ausrichten. Sie waren außerstande, diese Bitte um Aufschub abzuschlagen, die Bitte, ihm um der alten Zeiten willen noch eine Frist zu geben, gemeinsam mit ihm den Laden wieder in Schwung zu bringen, und das, obwohl sie noch zwei Minuten vorher fest entschlossen gewesen waren zu gehen.

Doch bevor sie etwas sagen konnten, öffnete sich die Tür hinter ihnen.

Die männliche Hälfte des McClusky-Teams – bleich, atemlos – rief: »Kommen Sie schnell!«

Walter.

Irgendetwas war mit Walter. Er war nicht mehr wachzubekommen. Es gab nur wenige Fakten. In der letzten Zweistundenperiode hatte er kaum noch gesprochen, und dann war er verschwunden. Jetzt, in der Pause, hatten sie ihn gefunden; er saß an den Landrover gelehnt und schlief, Kinn auf der Brust, und das rote Kissen hielt er im Schoß.

Hatch wurde geholt. Er bahnte sich einen Weg durch die Menge und fand Walter dort sitzen wie beschrieben, und seine Gesichtsfarbe sah gar nicht gut aus. Genauer gesagt *hatte* er keine Farbe. Er zeigte keinerlei Lebenszeichen. Tom Shrift kümmerte sich schon um ihn, rief nach einem Krankenwagen, und die Nachricht von Walters Kollaps machte bereits die Runde.

Zuerst wusste Hatch genauso wenig, was er tun sollte, wie alle anderen. Auf so etwas war er nicht vorbereitet. Bei dem aufgeregten Stimmengewirr konnte er keinen Gedanken fassen. Die Gesichtsfarbe des alten Mannes – ein gelblicher Marzipanton – sah tatsächlich besorgniserregend aus.

»Was ist? Was fehlt ihm?«

Tom sagte genau das, was ihm durch den Kopf ging. »Ich glaube, er ist tot.«

»Tot?!«

»Ich fühle keinen Puls mehr«, sagte Tom. »Nein ... nichts. Ich glaube, er ist ...«

Schreckenslaute. Viele wandten sich ab. Das Wort »tot«, die Farbe, die Reglosigkeit, damit schien die Sache entschieden. Einige streckten die Hand nach dem Erstbesten aus, der neben ihnen stand, sie brauchten einfach jemanden, den sie berühren konnten und der diese Berührung erwiderte.

»Er muss doch noch Puls haben!«, brüllte Hatch. »Versuchen Sie es noch einmal. Geben Sie nicht auf. Er ... Lieber Himmel! Was ist denn mit ihm?«

Tom blickte auf, rot im Gesicht, er atmete tief durch für die Mund-zu-Mund-Beatmung. »Ich habe doch gesagt, rufen Sie einen Krankenwagen!«

Jess hielt die Hand vor den Mund. Matt und Betsy standen dabei, den Blick gesenkt, und Matt hatte Betsy fest in den Arm genommen. Der Schlaflose und die übrigen Angehörigen und Zuschauer sahen schweigend zu.

Tom war der Einzige, der wusste, was zu tun war. Auf seiner Stirn waren vier Adern erschienen, geschwollen und ausgebreitet wie ein Fächer, Zeichen der Anspannung, die er während des ganzen Wettbewerbs noch nicht gezeigt hatte. Er legte Walter flach auf den Rücken, drückte den alten Kopf in den Nacken, streckte den Hals, und dann schob er ihm den Zeigefinger in den feuchten Mund und holte mit zwei Fingern die falschen Zähne heraus. Diese, warm und glitschig, reichte er weiter an Hatch, der sie daraufhin auf seinen beiden Handflächen balancierte.

Dan, der erst jetzt dazustieß, zog seine Jacke aus. »Ich übernehme. Ich mache das. Zurücktreten.« Der große Augenblick des Rettungsschwimmers war gekommen.

Vince blickte mittlerweile auf die Uhr. Und etwas fiel ihm wieder ein. »Oh. Zwanzig Sekunden für alle anderen! Bis der Wettbewerb weitergeht.«

»Zum Teufel mit dem Wettbewerb!«, murmelte Matt, nun endlich bleich geworden.

»Gott!«, sagte Betsy, kaute auf einem Fingernagel, und nicht einmal Matts Arme konnten ihr Zittern noch stoppen.

»Ich übernehme«, sagte Dan noch einmal. »Lasst mich durch! Ich mache das! Ich bin ausgebildeter Lebensretter. Lasst mich durch! Ich mache das!«

Aber Tom hatte schon mit der Beatmung begonnen, presste seinen Mund auf die weit offenstehenden, stoppelumstandenen Lippen, und Walters Brust hob und senkte sich dazu.

»Bitte. Ich mache das jetzt. Ich übernehme«, beharrte Dan, doch wiederum ignorierte Tom ihn, drückte nun mit dem Handballen auf Walters Brust und zählte laut die Stöße mit.

Vince trieb die übrigen Teilnehmer zur Eile an. »Ihr anderen zurück an den Wagen! Zurück an den Wagen!« Besorgt blickte er auf seine Uhr, dann wandte er sich an Hatch. »Wir vermasseln das noch.«

Damit hatte Hatch endlich eine Aufgabe. »Okay, Leute, ihr habt es gehört. Alles zurück an den Wagen! Auf geht's! Teilnehmer zurück an den Wagen!«

Vince kniete sich neben Tom, legte ihm die Hand auf die Schulter. »Sie auch, Tom. Der Krankenwagen ist unterwegs. Dan, du übernimmst.« Doch Dan, behäbig wie er war, machte noch immer keine Anstalten, Tom beiseite zu schieben. Der Juniorverkäufer nickte nur eifrig, so dass Vince seinen Kollegen anschnauzen musste: »Jetzt sofort! Und Tom – das ist doch Unsinn. Zehn Sekunden, Tom. Legen Sie wieder die Hand an den Wagen. Sieben. Dan? Auf geht's! Tom? Fünf. Vier. *Tom!* Drei ...«

Und als Dan ihn nun endlich beiseite schob, überließ Tom ihm die Herzmassage und fasste mit der einen Hand wieder den Landrover an.

Und so nahm, als sei nichts gewesen, der Wettbewerb wieder seinen Lauf. Während Dan die Brust des alten Mannes mit solchen Schlägen traktierte, dass die Umstehenden zusammenzuckten (was Tom veranlasste, ihnen zu erklären, dass es so sein müsse; dass sogar Rippen brächen, wenn man es richtig mache). Während Betsy an Matts Schulter schluchzte. Während Walter einfach nur dalag. Und während Dan versuchte, ihm das Leben zu retten.

Walter lebte. Sein Puls schlug. So viel hatten die Sanitäter immerhin festgestellt, bevor sie ihn auf eine Trage hoben, wo er entsetzlich hager und mit nach wie vor geschlossenen Augen lag, und ihn zu dem wartenden Krankenwagen trugen. Die gute Nachricht machte rasch die Runde. Walter würde wieder auf die Beine kommen. Der alte Knabe hatte ihnen allen einen tüchtigen Schrecken eingejagt. Aber jetzt mussten sie sich keine Sorgen mehr machen. Was für eine Erleichterung!

Hatch hingegen war sich da nicht so sicher. Er ging wieder in sein Büro. Er musste sehen, dass er die Lage in den Griff bekam. Er rief im Krankenhaus an. Er sei ein Verwandter, ein Vetter, erzählte er den Schwestern; ob sie ihn anrufen könnten, wenn sie etwas wüssten?

Eine halbe Stunde später rief St. Mary's zurück.

Walter war tot.

Scheiße. Ein Schlag in die Magengrube. Alles verschwamm ihm vor den Augen. Blut floss in die falsche Richtung. Systeme fielen aus. Geballte Fäuste. Hatch war allein in seinem Büro, keiner konnte ihn sehen. Keiner konnte ihn verraten. Draußen mühten sich sechs Leute in einem Wettbewerb, der seine Idee gewesen war. Scheiße. Was war passiert? Was hatte er getan?

Er dankte der Krankenschwester und legte auf. Er rief Vince herein und murmelte: »Er ist tot. Walter. Er ist gestorben.« Hatch erzählte ihm alles, was er erfahren hatte – dass das Herz des alten Mannes nicht mehr geschlagen hatte, als die Sanitäter ihn bei der Notaufnahme eingeliefert hatten. Wiederbelebungsversuche erfolglos. Todesursache noch unbekannt. Er bat Vince, Dan hereinzuholen, und wartete. Dabei starrte er das Telefon an und dachte: *Tot. Einer von meinen Teilnehmern.* Und dann: *Habe ich ihn umgebracht?* Nein, diesen Gedanken ließ er nicht hochkommen. Scheiße noch mal! Scheiße! Lieber Himmel, Walter. Es war schrecklich.

»So ein Mist!«, sagte Dan, als er es hörte. Vince kommentierte es mit einem leisen Seufzer. »Ja.« Dann klingelte das Telefon wieder. Jemand erkundigte sich nach einem Renault Laguna. Hatch war kurz angebunden und bat den Anrufer, sich am nächsten Tag noch einmal zu melden.

»Wir müssen abbrechen«, sagte Dan. »Den Wettbewerb. Oder nicht?«

Hatch nickte, dann zuckte er mit den Schultern. »Ich weiß es nicht. Aber wir müssen es irgendwie mit Fingerspitzengefühl machen.«

»Der arme Kerl«, war das Einzige, was Vince dazu einfiel. »Verrückt ist das. Im einen Moment steht man noch da …«

So wie Hatch die Situation einschätzte, konnten sie mit dem Wettbewerb nicht weitermachen, doch trotzdem schuldete er den Teilnehmern ein Auto. Vince und Dan stimmten ihm zu – auch wenn die Sache nicht so eindeutig war – und senkten dann spontan die Köpfe. Dan faltete sogar die Hände. »Friede seiner Seele.«

»Was zum Teufel machen wir?«, fragte Hatch, mehr an das Bild seines Vaters gewandt als an die beiden Juniorverkäufer.

Vince hob den Blick. »Oh-oh.«

Durch das Bürofenster hatte er den Streifenwagen gesehen, der eben in den Hof einbog.

Es waren dieselben beiden Beamten. Man hatte sie wegen Walter verständigt, und so wie sie nun in Hatchs Büro standen, wirkten sie nicht mehr so entspannt wie bei ihrem ersten Besuch. Egal was Hatch sagte, ihre Gesichter blieben steinern, unerbittlich, von seiner Schuld überzeugt.

»Im Licht der jüngsten Ereignisse ist die Genehmigung zu dieser Veranstaltung zurückgezogen worden«, verkündete der Ältere von beiden und hakte den gestrengen Daumen in einen Gürtel, der vor Waffen und präventivem Gerät nur so strotzte. Hatch fiel eine Pistole auf, kurz und gedrungen in ihrem Halfter. Waren die Beamten bei ihrem ersten Besuch auch schon bewaffnet gewesen? Der Wettbewerb wurde offenbar nun mit anderen Augen gesehen – inwischen war er mehr als nur ein Ärgernis. »Haben Sie etwas vorzubringen?«

Hatch schüttelte betreten den Kopf. »Ich übernehme die volle Verantwortung«, sagte er. Waren sie womöglich sogar gekommen, um ihn zu verhaften?

»Sie haben Zeit bis fünf Uhr.«

»Wofür?«

»Räumen Sie den Hof, Sir. Räumen Sie einfach nur den Hof.«

Hatchs ganzer Körper bebte innerlich, als er das Megaphon einschaltete. Als das Pfeifen der Rückkoppelung kam, schaltete er es wieder aus und ließ es aus. Stattdessen bat er mit unverstärkter Stimme alle Teilnehmer in den Ausstellungsraum.

Nach dem Pausenpfiff kamen sie im Gänsemarsch herein. Sechs klamme Hände bekamen einen Becher mit heißem Kaffee. Dann ergriff Hatch das Wort. Der schlimmste denkbare Fall sei eingetreten.

Jess japste, hielt sich die Hand vor den Mund, denn sie wusste, was kommen würde.

»Walter. Leider. Er ist tot.«

Betsy verlor alle Beherrschung und weinte hemmungslos. Matt tröstete sie, strich ihr blonde Haarsträhnen aus dem Gesicht. Tom drehte sich zu Jess um und hätte gern etwas Ähnliches versucht, aber sie hatte beide Arme um das rote Kissen geschlungen. Der Schlaflose und Mrs McClusky starrten nur beide Hatch an und nickten stumm.

Matt sprach als Erster. »Das können Sie nicht machen.«

Der Schlaflose: »Unmöglich.«

Matt: »Ich gehe jetzt nicht einfach weg. Nicht nach allem was war.«

Mrs McClusky schüttelte nur den Kopf. Erschöpft wie sie war, mit ihren Kräften am Ende, war dies vielleicht der Grund zum Aufgeben, den sie gebraucht hatte. »Das wär's dann wohl. Sie haben uns übers Ohr gehauen. Sie sind ein Betrüger.«

»Es tut mir leid. Ehrlich.«

Daraufhin ging Mrs McClusky geradewegs zur Tür hinaus. Die anderen beobachteten durch die doppelte Glastür, wie sie zu ihrem treuen Gatten zurückkehrte, der sie bei diesem Einsatz seit dem ersten Tag unterstützt hatte. Unter Tränen fielen sie sich in die Arme.

Diesmal sprach Tom als Erster: »Ich gehe nicht hier weg, bevor ich nicht ein nagelneues Auto bekomme. Ich weiß nicht, wie die anderen das sehen.«

Jess stimmte ein: »Ich brauche dieses Auto.«

»Also«, antwortete Hatch, »ich würde ja mit Freuden *jedem* von Ihnen ein neues Auto geben, glauben Sie mir, aber der Wettbewerb ist jetzt verboten worden.«

Der Schlaflose – angewidert, doch resigniert und in seiner Erschöpfung eher dem Vorbild von Mrs McClusky folgend: »Und das wär's dann? Sie b-b-bekommen alles, was Sie wollen, stimmt's? M-m-m-m-massenhaft Reklame. Und das Auto behalten Sie auch.«

Matt blieb hart. »Wir gehen hier nicht weg. Auf gar keinen Fall. Nicht ohne Schadenersatz.«

Auch Tom gab nicht nach: »Lassen Sie sich etwas einfallen!«

Doch Hatch öffnete nur die Fäuste und zeigte ihnen seine leeren Hände. »Aber wie? Sagen Sie mir, wie ich das machen soll? Was meinen Sie, wie peinlich mir das ist. Ich *will* ja weitermachen. Ich persönlich würde weitermachen. Aber …« Er hob eine Hand, dann legte er sie sich auf die Brust. »… aber die Polizei lässt mir keine Wahl. Ich kann doch nicht gegen das Gesetz verstoßen. Und sie würden uns zum Abbruch zwingen.«

Jess blieb stumm und drückte das Kinn nur umso fester auf Walters Kissen.

Matt schüttelte den Kopf. »Zum Teufel damit. Wir gehen hier nicht weg. Ich gehe nirgendwohin. Erst wenn Sie mir ein neues Auto geben.«

Und in diesem Punkt ließen Matt und Jess und Tom – und in geringerem Maße auch Betsy und der Schlaflose, die beide eher gewillt schienen, sich in das Unvermeidliche zu fügen – nicht mit sich reden. Sie starrten den Autohändler mit grimmiger Miene an, bis dieser den Blick abwandte. Eine verfahrene Situation. Tom fasste das Dilemma des Händlers mit einem Satz zusammen:

»Scheint, dass Sie da ein Problem haben.« Und ihm fiel ein: »Und nach meiner Uhr haben wir fünf noch … dreißig Sekunden, um unsere Hand wieder draußen an den Wagen zu bekommen.«

Zusätzlich zu all ihren anderen Beschwerden (Schmerzen im ganzen Körper, Gedächtnislücken, Schwierigkeiten mit der Koordination, Augen, die nicht mehr scharf stellten) merkte Jess nun, dass sie auch nur noch mit Mühe sprechen konnte. Das Hirn, schon nicht mehr ganz klar, ließ den müden Mund im Stich. Sie musste sich anstrengen, um die Worte über die Lippen zu bekommen. »Er hatte Medizin. Medikamente. Für sein. Für sein Herz. Die hat er nicht. Genommen. Weil die Pillen ihn sonst. Das hat er mir gesagt. Ich meine, dass er… dass er…« Sie seufzte – zu müde zum Weinen – und drückte mit dem einen Arm Walters rotes Kissen fest an sich, barg den Kopf in dem weichen Samt. »Das hat er mir gesagt.«

Tom sah auf seine Uhr. Die Polizei würde bald wieder da sein.

Betsy flüsterte Matt etwas zu, und er reagierte weniger überrascht, als man hätte denken können. »Bist du sicher?«

»Ja.« Betsy nickte, dann hob sie den Kopf und wandte sich an die anderen. »Ich kann das nicht mehr weitermachen. Ich finde, es ist nicht richtig. Und es hat doch sowieso keinen Zweck. Ich höre auf.«

Mit einem tiefen Seufzer wandte sie sich Matt zu und sagte lächelnd: »Dafür hab ich dich bekommen.« Und während sie den Kopf auf Matts Brust legte und vertrauensvoll die Augen schloss, wiederholte sie für jeden, der es hören wollte: »Ich habe ihn gewonnen.« Und immer noch mit geschlossenen Augen ließ sie den Wagen los.

Der Schlaflose sah sie mit müden Augen an, ein interessiertes Reptil. »Was wollen Sie – was wollen Sie machen?«

Einfach so.

Es war vollbracht.

Sie behielt ihre Hand in der Schwebe, zehn Zentimeter über dem grauen Metall.

Betsy war draußen.

»Frei, endlich frei!«, sagte sie.

Die anderen standen sprachlos da und starrten sie an, als ob eine so radikale Lösung ihnen niemals in den Sinn gekommen wäre. Selbst der böige Wind flaute ab.

Betsys Zaubertrick. Sie hatte sich befreit. Das Undenkbare getan. Sie hatte *absichtlich* losgelassen. Und jetzt, wo ihr Leiden mit einem Schlag zu Ende war, hob sie die Hände höher, bedeckte damit ihr Gesicht und stöhnte: »Gott!« Würde sie weinen? »Wie sich das *anfühlt*!«, sagte sie, mehr zu sich selbst. »Gott!« Doch als sie die Hände zurückzog, sahen die anderen ein strahlendes Gesicht, ein verzücktes Lächeln. »Was für ein tolles Gefühl!« In dem Augenblick, und vor den Augen aller, wurde Betsy zum perfekten Bild dafür, wie sich ein gemeinschaftlicher Rückzug von dem Wettbewerb anfühlen würde – wenn sie alle gemeinsam aufgäben. Alle starrten auf die zum Himmel gereckten Arme, das irrsinnige, wehmütige, entrückte Lächeln auf ihrem Gesicht, ein Gesicht, das sagte: *Frei!*, und sie alle konnten nur mit trüben Augen zusehen, wie ihr Traumbild vom Triumph sich in Luft auflöste.

Matt küsste sie auf die Stirn. »Geh nach Hause!«, sagte er sanft. »Und komm wieder, wenn du ausgeschlafen hast.« Betsy nickte selig über diese Verabredung zweier Liebender. Dann trat sie vom Wagen zurück und schlurfte auf die Zuschauer zu, die sich wie ein Mann erhoben und ihr lautstark applaudierten.

Doch als der Wettbewerb am Rande des Abgrunds hing und die **4** letzten Überlebenden ernsthaft überlegten, ob sie nicht Betsys Beispiel folgen sollten, und als alle sich bewusst wurden, dass ihre viertägige Strapaze um fünf Uhr zu Ende sein würde, ohne einen Preis für irgendeinen von ihnen, sprach keiner ein Wort.

Vielleicht war es passend, dass der Schlaflose als Erster einen Lösungsvorschlag machte. Mit ausdruckslosem Gesicht, in schleppendem Tonfall, aber fast ohne Stottern (als sei diese Sprachstörung die jüngste seiner Körperfunktionen, die den Dienst quittierte), unterbreitete er einen Plan. Er hob den Kopf. Schlug die Augen auf.

»Also. Eigentlich wollte ich das nicht sagen, weil ich allemal länger ausgehalten hätte als alle, aber … Die Bullen sind schon unterwegs. Das Spiel ist aus. Es sei denn, wir tun etwas.«

Matt, Jess und Tom hoben träge den Blick.

»Wir machen von uns aus Schluss. Bevor die Polizei kommt. Alle V-vier. Wir vier. Versteht ihr? Wir lassen alle zusammen los und teilen uns den Preis. Vier Teile. Wie findet ihr das?«

Tom starrte ihn an. Der Schlaflose war ein vollkommenes Wrack. Der schlaffe Schnurrbart war wie ein Nachhall des spärlichen Bewuchses, der ihm am Schädel klebte. Im Gesicht hatte sich ein Ausschlag gebildet. Der Mann atmete mittlerweile mit offenem Mund. Er stierte irrsinnig, die hervorgequollenen Augen weit aufgerissen. Der war so oder so am Ende. War er zu allem Überfluss auch noch Asthmatiker? Tom stellte sich einen Aschenbecher auf dem Nachttisch vor, voller Zigarettenstummel. Und auch mental in übler Verfassung. Das, kombinierte Tom, steckte hinter seinem Vorschlag. Nicht der großzügige Gedanke, mit den anderen zu teilen. Nein, das war der Vorschlag eines Verlierers. Tom sah den Mann aus dem Augenwinkel an, und das eine Auge blinzelte in Zeitlupe. »In dem Augenblick, in dem Sie das vorschlugen, hatten Sie schon verloren.«

»Wir gehen hier mit leeren Händen weg! Es sei denn, wir tun uns zusammen. 3-2-1 und losgelassen. Ich tue es. Ich bin bereit. Macht ihr mit?«

Tom schüttelte bereits den Kopf. »Sind Sie Kommunist oder was? Ich will diesen Wagen ganz.«

Jess stimmte schläfrig zu. »Ich auch. Ich brauche das ganze Auto.«

»Aber das kriegt ihr nicht. Seid doch vernünftig. Seid ver*nünftig*!« Nun blitzten die schlaflosen Augen, das Feuer eines Mannes, der eine Idee vorbringt, von der er zu hundert Prozent überzeugt ist. »Wenn wir weiter gegeneinander kämpfen, verlieren wir alle. Wir müssen klüger sein als diese Schweine.« Er grinste siegesgewiss. »Also los. Zeigen wir's diesen Gaunern. Ich zähle bis drei, und bei drei ziehe ich die Hand zurück. Wenn ihr mitmacht, gewinnen wir alle. Wenn ihr nicht mitmacht, *verlieren* wir alle. Die Polizei bläst die Sache ab, und alles ist erledigt. Also los!« Die irren Augen, die offenbar nur zu bereit waren, sich mit einem weit kleineren Gewinn abzufinden, blickten in die seiner Rivalen und warteten auf Bestätigung. »Ich mache es. Macht mit. Also …«

Aber Tom ließ ihn abblitzen. »Vergessen Sie's.« Er schüttelte den Kopf.

Auch Matt schüttelte den Kopf. »Ohne mich. Aber tun Sie, was Sie nicht lassen können.«

»Seid vernünftig!«, zischte der Schlaflose.

Doch Tom blieb hart. »Wenn Sie aufhören wollen … dann tun Sie das allein.«

Allein? Der Schlaflose starrte sie ungläubig an, fassungslos, dass sie seinen perfekten Vorschlag verwarfen. »Verlierer … ihr schneidet euch alle ins eigene Fleisch … unglaublich.

Jammerlappen. Dann macht eben weiter, schön. Macht weiter, bis die Bullen kommen. Dann habt ihr nichts, den vollen Anteil davon, jeder hat nichts ganz für sich allein. Zum Teufel mit euch. Ich sch-sch-sch-schäme mich, dass ich überhaupt je mitgemacht habe.« Doch statt dass er ein dramatisches Ausrufezeichen hinter diese eindrucksvolle Rede setzte, indem er angewidert der ganzen Veranstaltung den Rücken kehrte, blieb der Mann, wo er war, ließ wie die anderen seine Hand an der Motorhaube und führte damit die große Idee der Solidarität, die er eben noch so flammend verteidigt hatte, die Idee des alten Europa, sogleich selbst ad absurdum.

Eine Weile herrschte Schweigen auf dem Hof.

Dan kam zu ihnen heraus. Unter dem Arm hatte er ein gerahmtes Foto von Walter. Er hatte es in aller Eile auf dem Computer ausgedruckt. Es zeigte einen strahlenden Walter, eine Hand an dem Wagen – eine Aufnahme vom ersten Tag. Andächtig stellte der verhinderte Lebensretter das Bild auf das Dach des Discovery. Alle Anwesenden fanden es wunderbar. Damit war das Dach zum Altar geworden, wo Blumen und Karten zum Andenken an Walter abgelegt wurden, und die vier letzten Teilnehmer wirkten mehr und mehr wie Sargträger, jeder mit einer Hand am blumengeschmückten Sarg.

Und dann kam der Soldat, wie eine fünfte biblische Plage, zurück auf den Autohof gestapft.

Toll, dachte Tom. Der hat uns gerade noch gefehlt.

Und etwas stimmte mit diesem Burschen nicht. Der halbwegs stabile Zustand, in dem Corporal Roy Sewell in den ersten Tagen gewesen war, musste wohl ein Triumph der Medizin gewesen sein, denn jetzt sah er zum Fürchten aus. Jetzt, wo die Wirkung der Medikamente abgeklungen war, trug der Mann Kampfanzug und Springerstiefel, als ziehe er ins Feld, und seine Augen funkelten wild und entschlossen.

Er ging direkt auf den Discovery zu. Und es klang wie eine Maschinengewehrsalve, als er ihnen erklärte, sie hätten zehn Sekunden, das Fahrzeug loszulassen, sonst würden sie es bereuen.

Bereuen?

»Ihr habt gehört, was ich sage. Loslassen!«

Loslassen?

Tom schien als Einziger zu ahnen, was vorging. »Dahinter steckt Terry Back«, erklärte er. »Das ist ein Trick. He, Rambo! Willkommen zu Haus. Wo haben Sie denn Ihre Schrotflinte? Kommen Sie etwa ohne Schrotflinte?«

»Zehn–neun–acht–« Der Soldat brüllte, als stünde er auf dem Exerzierplatz. »Sieben–sechs–fünf–vier–drei–zwei–eins … Die Zeit ist um.«

Und dann ging er schnurstracks zum Discovery und knallte einen Nylonrucksack auf das Dach, gleich neben die Fotografie von Walter.

»IN DEM RUCKSACK IST EINE BOMBE. KEINER FASST DIESEN RUCKSACK AN. IHR HABT ZWEI MINUTEN, UM EUCH VON DEM WAGEN ZU ENTFERNEN, DANACH ZÜNDE ICH DEN SPRENGSATZ … ZWEI MINUTEN … AB JETZT.« Er hatte den Blick auf seine große Sportuhr geheftet.

Was hatte er gesagt? Hatten die anderen das auch so verstanden? Eine Bombe? Hatte er wirklich gesagt »eine Bombe«?

»Was soll das?«, fragte der Schlaflose, mit dem Unterton, dass es sich doch wohl nur um einen Scherz handeln könne.

»Er sagt, er hat eine Bombe in dem Rucksack da«, sagte Jess. »Hat er gesagt. Er will sie zünden. Das hat er gesagt.«

»Da steckt der Autoladen dahinter. Die wollen uns dazu bringen, dass wir aufgeben«, folgerte jetzt auch Matt.

»IN DEM RUCKSACK IST EINE BOMBE. KEINER FASST DIESEN RUCKSACK AN. IHR HABT NOCH ANDERTHALB MINUTEN, UM EUCH VON DEM WAGEN ZU ENTFERNEN, DANACH ZÜNDE ICH DEN SPRENGSATZ ... ANDERTHALB MINUTEN ... BRINGT EUCH IN SICHERHEIT!«

Alle Teilnehmer starrten den Soldaten an, und als ein Zuschauer einen Schritt auf ihn zumachte, hielt Roy ein Mobiltelefon in die Höhe und brüllte: »BLEIBEN SIE, WO SIE SIND, SONST ZÜNDE ICH DEN SPRENGSATZ.« Darauf kam der erste Schrei aus der Menge. Nun hielt es niemand mehr für einen Witz. Auch der irre Blick verriet, dass dieser Mann zu allem fähig war. Er hatte tatsächlich eine Bombe in dem Rucksack da auf dem Autodach. Sie standen alle neben einem Auto, das eine Bombe in einem Rucksack auf dem Dach hatte. Alle vier Teilnehmer starrten den Sack nun an, schwarz, Nylon, mit einem Reißverschluss, direkt neben dem Bild von Walter, neben Walters Blumen.

Doch selbst als Panik bei den Zuschauern ausbrach und sie aufgescheucht hin und her rannten, rührten Tom, Jess, Matt und der Schlaflose keinen Finger. Der Soldat war empört. »ICH WARNE EUCH NICHT NOCH EINMAL. TUT, WAS CORPORAL SEWELL EUCH BEFIEHLT.«

Die Stimme klang fast wie eine Computerstimme, so monoton war das Schnarren. »DAS IST EIN BEFEHL. NOCH EINE MINUTE. ZURÜCKTRETEN VON DEM FAHRZEUG, SONST ZÜNDE ICH DEN SPRENGSATZ.«

Eine Bombendrohung in einer Autohandlung in Olympia. Plötzlich war der Wettbewerb Mittelpunkt eines Alptraums, ein Ereignis von globaler Bedeutung, würdig für die Abendnachrichten. Ein Soldat, tief in seine eigenen Kampfphantasien verloren, erklärte, dass er bereit war, Menschen zu töten. Kalt, klinisch – wer konnte an seinem Wort zweifeln?

»WENN ICH DEN ANRUFKNOPF AUF DIESEM TELEFON DRÜCKE ... KLINGELT ES DREIMAL, UND DANN GEHT DER RUCKSACK IN DIE LUFT. IST DAS KLAR? ES SOLL NIEMAND ZU SCHADEN KOMMEN. ICH WIEDERHOLE, ES SOLL NIEMAND ZU SCHADEN KOMMEN, ABER ICH WERDE DEN ANRUFKNOPF AUF DIESEM TELEFON DRÜCKEN. TUN SIE ALSO, WAS ICH SAGE, LASSEN SIE DEN WAGEN LOS, UND TRETEN SIE ZURÜCK.«

Eine junge Frau mit einem Kind auf dem Arm schrie *»Bombe!«*, und so ungenau diese Aussage als solche auch sein mochte, war sie doch kristallklar, wenn es darum ging, Panik zu produzieren. Viele flohen, sie rannten, so schnell sie konnten, davon. Erinnerungen an Liverpool Street. Die Busbombe in der Oxford Street. Die IRA-Kampagnen der Siebziger. Urbaner Terrorismus in seiner neuesten Form. Was war bei den jüngsten Greueltaten anderes zu erwarten? Sie züchteten den Irrsinn ja geradezu. *Natürlich* war in diesem Rucksack eine Bombe, die gleich explodieren würde. Wieso denn nicht? Sie waren in London, London im 21. Jahrhundert. Und so rannten sie.

Doch Matt und Jess und Tom und der Schlaflose blieben, wo sie waren. Es war ein so surrealer Augenblick, so unvermittelt, so unverständlich für so hundemüde, so schwer geschundene Menschen wie sie, dass sie keinen Muskel rührten, sondern nur einander ansahen, fragend, stumm, verwirrt; mit kurzen Blicken und schierer Tatenlosigkeit gaben sie zu verstehen, dass diese Bedrohung … jetzt einfach zu viel war, es überforderte sie, und bis sie mehr als nur Geschwätz von einer Bombe hörten oder das Wort »Bombe« mehr fürchteten als die Folgen davon, dass sie das Auto losließen, würden sie einfach bleiben, wo sie waren.

Es war ein Patt.

Eine einzige große Befehlsverweigerung.

Und der Soldat, der weiter sein Telefon in die Höhe hielt, verblüfft, dass man ihm den Gehorsam verweigerte, starrte die vier an, und die vier starrten zurück, genauso verblüfft und reglos, und seine Stimme wurde schrill.

Dann kam Dan. Es dauerte mehrere wertvolle Sekunden, bis dieser Leutnant begriff, was auf dem Kasernenhof vorging. Kurz informiert – *»Eine Bombe! Er hat eine Bombe!«* –, machte er sich hektisch bereit, zu tun, wofür er ausgebildet war. Er würde Leben retten.

Dan: »Also, alle Mann verlassen jetzt diesen Hof! SOFORT!« Er mühte sich, Autorität in seine Stimme zu legen. »Alle Mann zurücktreten! Zurücktreten!«

Der Soldat, die Kampfmaschine, blickte auf seine Uhr und sah dann die vier Kandidaten an, die den Befehl verweigerten. »FÜNFUNDVIERZIG SEKUNDEN.« Er hatte beträchtlichen Aufwand getrieben, damit man ihn ernst nahm. »ICH MACHE KEINE WITZE. ICH BIN SPRENGSTOFFEXPERTE. SPRENGSTOFFEXPERTE, KLAR?« Daraufhin hielt er sein Handy in die Höhe und trat nun selbst fünfzehn Schritte zurück, so dass jeder eine lebhafte Vorstellung von dem Unheil bekommen konnte, das er anzurichten gedachte. Sein Kampfanzug, die Tarnfarben, die militärische Vorgeschichte machten es mehr als glaubwürdig, dass er tatsächlich in der Lage war, eine Bombe zu fabrizieren. Der Krieg hatte ihn zerrüttet, und er sah sehr angeschlagen aus – wer konnte daran zweifeln, dass so jemand bereit war, den Knopf an seinem Mobiltelefon zu drücken?

Der Schlaflose: »Wir m-müssen hier weg. Wir m-m-m-m-müssen tun, was er sagt.«

Jess *(unsicher)*: »Hat er nicht recht?« Sie blickte Tom fragend an, bekam jedoch keine Antwort.

Auch Matt packte die Panik. »Wir müssen tun, was er sagt. Wir können doch nicht einfach … wir können nicht einfach …«

»Was sollen wir machen?«, fragte Jess Tom, nun schon dringlicher, doch wieder bekam sie nur einen tiefen Seufzer zu hören.

»Der Mann ist ein Hochstapler«, bequemte er sich dann doch zu sagen, mit einer Miene, als verrate er ihnen ein Geheimnis. »Er versucht nur … die Sache hier zu sabotieren. Aber lassen Sie ruhig los. Soll mir recht sein. Ich bleibe.«

Für Matt und Jess hörte sich die Bedrohung nun plötzlich gar nicht mehr so bedrohlich an. Tom schien Bescheid zu wissen, und nun kam es ihnen vor, als hätte *er* sich diese Bombe ausgedacht, ein Test, um herauszufinden, wer von ihnen unter solch extremen Bedingungen die besten Nerven hatte.

Soldat: »DREISSIG SEKUNDEN.«

Der Schlaflose teilte Toms Auffassung nicht. Er zog es vor, einem Soldaten im Kampfanzug zu glauben. »Es ist eine B-Bombe. Das hat er g-gesagt. In seiner Tasche da. Wir... wir... müssen tun, was er sagt.«

Doch Tom zuckte nur mit den Schultern. »Dann lassen Sie los.«

Ja, es schien tatsächlich, als habe Tom sich diese kleine Zerstreuung ausgedacht, und in den Gesichtern von Matt und dem Schlaflosen war jetzt Ärger zu lesen.

»Nein. Wir machen das zusammen. Alle«, beharrte Matt. »Wir lassen im selben Augenblick los. Wenn überhaupt, dann machen wir es so. Wenn nicht...«

Jess betrachtete den Rucksack, der nur ein paar Zentimeter vor ihrer Nase stand. Das billige schwarze Nylon, der Reißverschluss, der Adidas-Schriftzug auf der Seite wirkten so harmlos, doch sie traute sich nicht, ihn anzufassen. »Wie machen wir das?«

Matt: »Sind wir uns einig?«

Soldat: »ZWANZIG SEKUNDEN.«

Der Schlaflose blickte wild um sich. Jetzt verlor er wirklich die Nerven. Nur noch zwanzig Sekunden zu leben. Der Mann sah aus, als könne er das Dynamit schon schmecken, als spüre er schon die Bleisplitter in seiner Milz, im Hinterkopf, spüre, wie sie Arme, Beine, Geschlecht zerfetzten. »Zwanzig Sekunden hat er gesagt. Zwanzig Sekunden.« Bis das heraus war, hatte er nur noch sechzehn Sekunden zu leben.

Matt hatte die Augen weit aufgerissen. »Also, ich zähle bis drei. Okay? Bei drei lassen wir los. Einverstanden? EINS!«

Die vier sahen sich an. Jeder suchte die Augen des anderen, versuchte die anderen an diese unklare Vereinbarung zu binden. Jess suchte in Toms Gesicht nach Anweisung, Matt in allen dreien nach Zeichen des Einverständnisses, bevor er die nächste Zahl sprach.

»FÜNFZEHN!«, kam ihm der Soldat zuvor.

Matt, gewichtiger: »ZWEI.«

Die Langsamkeit, mit der Matt zählte – die Folge seiner Befürchtung, dass jemand in letzter Sekunde nicht mitspielen könnte – war zu viel für den Schlaflosen. Der Mann brauchte überhaupt keine Bombe mehr, er war im Begriff, aus eigenen Kräften zu explodieren. »W-w-weg hier. J-jetzt k-k-k-kommt schon! Wir müssen dieses Auto loslassen!« Seine Nerven waren zum Zerreißen gespannt. Trotzdem sah er einen Funken Hoffnung für seinen alten Plan. »Wir teilen das Auto durch vier! Los!«

Zu viele Zahlen. Es wurde zu viel gezählt hier. Es wurde zu viel gezählt, zu viele Bomben tickten – der eine zählte zu schnell, der andere zu langsam, ganz entschieden zu langsam! Tod. Das war der Tod. »Schnell!«, rief er.

Und endlich sagte Matt es. »DREI!«

Doch wer zog die Hand zurück? Keiner. Nicht einmal Matt selbst. Selbst jetzt, in Lebensgefahr, blieben sie vor allem anderen Spieler.

»JETZT!«, schrie Matt.

»Nur zu«, sagte Tom mit gespenstischer Gelassenheit.

»So ein Mist!«, jammerte Jess, die endlich merkte, dass

sie in einem Gefängnis eingesperrt war, das sie sich selbst gebaut hatte.

Und so blieben sie, wo sie waren, gefangen, außerstande loszulassen, darauf programmiert, eine Hand an dem Auto zu lassen, egal was geschah, das innere Auge wie im Wahn auf eine imaginäre Ziellinie gerichtet.

Corporal Sewell zählte »FÜNF!«, noch bissiger. Er wartete jeweils mindestens drei Sekunden bis zur nächsten Zahl – kein chronometrischer Countdown, sondern einer, der auf maximale Spannung berechnet war, auf den Sinneswandel in letzter Sekunde. Man hatte das Gefühl, dass er tatsächlich den Leuten eine Chance geben wollte.

Das war der Punkt, an dem der Schlaflose nicht mehr konnte. Er hielt es nicht mehr aus. Bleich und panisch sah er sein Leben, seine Geschichte, ja die Atome seines Körpers zu lebhaft vor seinen Augen flirren. Alles in ihm gab auf. Er hatte noch nicht vollkommen den Verstand verloren, noch nicht, und so hob er die Hand, ließ los – schließlich war es nur ein Auto. Und dann drehte er sich um, und mit dem Ruf »Vier!« und dann »Drei!« rannte er, wild entschlossen, sein Leben zu retten, und so war er zehn, zwanzig, dreißig, vierzig, schließlich fünfzig Schritte von dem Landrover entfernt, bis der irrsinnige Soldat »ZWEI!« brüllte.

Tom spürte, dass Jess die Nächste sein würde, die die Nerven verlor, und so streckte er seine freie Hand aus und hielt Jess' Autohand damit fest. »Der Kerl ist nicht echt«, flüsterte er eindringlich. »Bleiben Sie, wo Sie sind. Hören Sie auf mich. Es passiert nichts.« Und er kam noch näher, damit Matt es nicht hören konnte. »Es gibt keine Bombe. Er blufft. Verstehen Sie?«

Jess starrte ihn an, die Stirn in Falten, und fragte, zu laut für Toms Geschmack, zurück: »Woher wollen Sie wissen, dass er blufft?«

Tom schüttelte verzweifelt den Kopf, und als er sich umdrehte, sah er, dass diese Worte genug gewesen waren, um dafür zu sorgen, dass Matt mit seinen blutunterlaufenen Augen auch in den letzten Sekunden dieses Wettbewerbs nicht aufgeben würde.

»Woher wollen Sie wissen, dass er blufft?«, fragte Jess noch einmal.

»EINS. EINS! Letzte Chance!«, brüllte der Soldat, noch lauter als zuvor.

»Vertrauen Sie mir!« Mehr kam nicht von Tom, nur das geflüsterte »Vertrauen Sie mir!«.

Und nun, wo Tom mit seiner freien Hand Jess' Autohand an Ort und Stelle hielt, blieb auch Jess, wo sie war. Sie tat, wie ihr geheißen, und in der mit Abstand längsten Sekunde ihres Lebens starrte sie Tom ins Gesicht, vertraute ihr Schicksal diesem nahezu Unbekannten an, diesem Verrückten, dessen schlafverquollene Augen ihr sagten, dass sie sich keine Sorgen machen müsse.

Und was kam dann? Das blutige Inferno? Körperteile, die durch die Luft flogen? Nein. Nur Stille. Selige Stille. Ob sich so die Ewigkeit anfühlte?, überlegte Jess. Wie dieses Warten mit angehaltenem Atem?

Keiner kam um. Keine Detonation riss sie in Stücke. Nur diese glückselige Stille, ekstatische Stille.

Jess und Tom ließen den Blick erst voneinander, als der Soldat auf sie zutrat und sagte: »Ihr seid wirklich verrückt.«

Er stand jetzt direkt neben den Teilnehmern, hielt immer

noch sein angsteinflößendes Telefon in die Höhe, doch er wunderte sich nicht mehr, dass kein anderer ihn zur Kenntnis nahm. Seine Abschiedsworte sprach er in einem Ton, in dem fast etwas wie Bewunderung mitschwang:

»Ich hoffe, es lohnt sich, ihr verrückten Hunde.«

Dann riss er seinen Nylonrucksack vom Dach, drehte sich um und rannte, warf am Ende des Grundstücks das Telefon in die Menge, und es fiel direkt vor die Füße von Vince, der noch immer die atemlosen Zuschauer zurückhielt, und jetzt kam auch Hatch gelaufen, der wissen wollte, was mit seinem Autohandel los war, seinem Wettbewerb, seinem Leben.

Der Schlaflose stand keuchend in sicherem Abstand und blickte den Soldaten an, als er an ihm vorbeigelaufen kam, nun nicht mehr gefährlich, sondern nur noch verängstigt. Nun, wo er ihn von nahem sah, begriff er, dass der Soldat ihn zum Narren gehalten hatte.

Vince bückte sich und hob das zerbrochene Mobiltelefon auf. Innen war es hohl.

»Ein Spielzeug«, stellte er fest. »Ein Spielzeugtelefon.« Und wiederholte es noch einmal laut, damit alle es hören konnten: »Es war nur ein Spielzeug!«

Hatch war in sein Büro zurückgekehrt und zog Bilanz. Zusammen mit Vince starrte er durchs Fenster die **3** an, die sich immer noch weigerten, das Auto aufzugeben, das er ihnen als Preis versprochen hatte. Wie lächerlich der Wettbewerb nun plötzlich aussah. »Ich habe mein Bestes getan.«

»Das haben Sie«, tröstete Vince seinen Boss. »Das haben Sie.«

»Ich habe es doch wirklich versucht.«

»Keiner hätte mehr tun können.«

»Und wenn das nicht passiert wäre und die Polizei nicht … uns nicht gezwungen hätte … wer weiß, was noch daraus …«

»Sicher. Keiner macht Ihnen einen Vorwurf. Kein Mensch.«

Hatch betrachtete seinen Angestellten voller Dankbarkeit. In einer Welt, in der jeder nur an sich dachte und in der er diesem Mann längst nicht das gegeben hatte, was er verdiente, zeigte er gegenüber Hatch Loyalität. Eine Antwort, mit der er nicht gerechnet hatte. »Danke, Vince.«

Der Autohändler und Vince blickten versonnen zum Bürofenster hinaus, da sahen sie Tom kommen. Tom hatte eine Idee.

Hatch: »Was für eine Idee?«

Tom musste sich anstrengen, damit er den Satz noch herausbekam. »Ich nehme an, Sie haben sich inzwischen selbst schon eine Lösung ausgedacht, aber ich möchte einen Vorschlag machen.« Die beiden Männer starrten ihn an. »Wir gehen mit der Show, dem Wettbewerb, auf die Straße.«

»Was soll das heißen, *auf die Straße*?«

»Wir laden den Landrover auf einen Abschleppwagen, und Sie fahren uns durch die Gegend. Wir behalten die Hand am Auto, Sie haben den Hof geräumt. Wir machen es im Fahren – wir gehen auf die Straße.«

Er wartete auf eine Reaktion. Hatch und Vince sahen sich an, und zumindest Vince zeigte Anzeichen von Interesse.

Vince: »Das könnte klappen. Warum nicht? Ja, warum nicht? Das ist keine schlechte Idee, Hatch.«

Hatch sah bereits Komplikationen voraus. »Wir müssen … wir müssen es nach den *Guinness*-Regeln machen.«

Tom: »DANN MACHEN SIE ES EBEN NACH DEN VERFLUCHTEN GUINNESS-REGELN!«

*Drei sind also noch da. Das berichten meine Spione. Trotz Bombenalarm – jawohl, Bombenalarm, ein Witz, der die letzten Teilnehmer abschrecken sollte – halten drei Unentwegte, dem Koma nahe, immer noch aus, an ihrem vierten Tag ohne auch nur eine Sekunde Schlaf. Ich habe mir vorrechnen lassen, dass es jetzt einhundertfünfzehn Stunden sind. Und ich habe meine Favoritin gewählt. Wie geht's Ihnen, Jess Podorowski? Ich setze mein Geld auf dich, mein Schatz. Und ich bin nicht der Einzige. Unsere Telefone stehen nicht mehr still. Jeder will uns versichern, dass selbstlose Liebe stärker ist als alles andere auf der Welt. Sie werden vielleicht sagen, ich bin ein Träumer…*

Als die Polizei um zwanzig vor fünf wieder bei dem Autoladen auftauchte, war Hatch einen Moment lang unsicher, ob sie wegen der Bombendrohung gekommen waren oder ob es einfach nur die angekündigte Rückkehr war. Doch so oder so war er bereit.

»Dann los«, sagte Vince zu Dan. »Schick die Leute weg, aber sag ihnen noch nicht, weshalb.«

Vince und Dan traten vor die Menge und forderten sie auf, den Hof zu räumen. Rufe wurden laut, doch sie gaben keine Erklärung ab. Zwei Vertreter der Presse waren eben eingetroffen und witterten schon die große Schlagzeile in dieser unerwarteten Wendung. Was machte die Polizei hier? Sie bedrängten Hatch, wollten wissen, was vorging. Würde der Wettbewerb abgebrochen?

Hatch verriet ihnen nichts. Stattdessen kehrte er zu den Polizisten zurück und fragte, ob die drei verbliebenen Kandidaten noch bis zur nächsten offiziellen Pause am Wagen bleiben könnten, bis sie das Gelände der Autohandlung verließen. »Es sind nur noch zehn Minuten. Tun Sie mir den Gefallen.«

Die beiden Beamten berieten sich, blickten auf ihre Uhren, dann gewährten sie ihm die Bitte. »Zehn Minuten.«

Hatch half Dan und Vince, den Ballon einzuholen. Doch kaum hatten sie die Klammern, mit denen das Stahlseil befestigt war, gelöst, da überraschte sie die Stärke des Winds und die Zugkraft des Ballons. Schon im nächsten Augenblick hatten sie die Gewalt darüber verloren. Das Tau wurde ihnen aus der Hand gerissen.

Höher und höher stieg der Ballon. Majestätisch himmelstrebend mit der Aufschrift IHR GEWINN: EIN NEUES AUTO, für die unten Stehenden schon bald ein Test ihrer Sehkraft, immer schwieriger zu entziffern, bis die Wolken schließlich den Ballon ganz und gar verschluckten. Die Teilnehmer, von Hatch und Dan und Vince gar nicht zu reden, sahen die Polizisten an, gespannt auf deren Reaktion.

Hatch sprach als Erster. »Er platzt, wenn er hoch genug kommt. Alles vorberechnet. Die Firma hat uns gesagt, wenn er sich losreißt, dann implodiert er in drei Kilometer Höhe. Ich habe die Papiere drinnen, ich kann sie Ihnen zeigen.«

Während die Polizisten mit der Wache telefonierten, um Rat wegen des entflogenen Ballons einzuholen, und die beiden Reporter warteten, was sich noch ergeben würde, schlossen Hatch und Dan und Vince den Laden ab, zogen Türen zu, spannten eine Kette über die Einfahrt, sicherten die Werkstatt mit einem Vorhängeschloss, holten das gelbe Spruchband – IHR GEWINN: EIN NEUES AUTO – herunter und schlangen es um einen vergitterten Anhänger.

Tom zog seine Ohrstöpsel heraus. Alles verschwamm ihm vor den Augen. Er fühlte sich wie unter Drogen, so als ob er jeden Moment das Bewusstsein verlieren würde. Seine Knie waren dick geschwollen. Plötzlich stieß jemand, einer der Zuschauer, einen Anfeuerungsruf aus … nicht für ihn natürlich.

*Nicht loslassen, Jess!*

Nein, für ihn gab es so etwas nicht. Er drehte sich um und sah, dass Jess ihn anstarrte.

»Da haben Sie mir also bewiesen, dass ich unrecht hatte«, sagte sie. »Was Sie betrifft. Das *war* wirklich etwas Besonderes.«

Tom zuckte mit den Schultern. »Es war nicht schwer. Bei der Army gibt es keine Schrotflinten. Der Kerl war ein Spinner. Der ist nie Soldat gewesen. Das habe ich auf den ersten Blick gesehen.«

»Nicht nur das«, fügte sie hinzu. »Auch dass Sie auf den Gedanken gekommen sind. Mit dem … mit dem ganzen Wettbewerb auf die Straße zu gehen.«

»Ist doch eine naheliegende Idee.«

*Nicht loslassen, Jess. Du schaffst das, Mädel!,* riefen zwei schwer geschminkte ältere Frauen mit hennaroten Haaren; sie standen mit ein paar Schulmädchen und einem kleinen Jungen zusammen, und alle lächelten und winkten und machten ihr Mut. Und da blies Dan auch schon das Signal zur nächsten Pause, und Vince mühte sich, die Leute vom Hof zu scheuchen.

»Das heißt, Sie sind ein ziemlich kluger Bursche, stimmt's?«, fragte Jess.

»Manche sagen das.« Tom konnte sich ein kleines Lächeln nicht verkneifen, bevor er wieder die Menge anblickte, und allmählich fokussierte sich sein Blick auf zwei Demonstrantinnen, die Schilder in die Höhe hielten: *Stoppt den Wettbewerb!* und *Menschen sind wichtiger als Autos.* Waren es die zwei, die ihn verteidigten? Aber warum sahen sie ihn dann ganz besonders wütend an? War er vielleicht kein Mensch?

Jess betrachtete Tom erneut. Er hatte das Rasieren aufgegeben. Auch das Hemd hatte er nicht mehr gewechselt, und das, das er jetzt trug, sah schmutzig aus. Irgendwie gefiel er ihr besser so. »Und mit dem, was Sie über mich gesagt haben, hatten Sie übrigens auch recht.«

Er zuckte mit den Schultern. »Reden wir nicht mehr drüber.«

Doch für sie war es der richtige Augenblick, und so plapperte sie weiter: »Die Leute sagen immer, ich soll etwas aus mir machen. Und ich weiß, dass sie recht haben. Ich würde es ja gern tun, aber ich kann nicht.« Sie spach mit schrundigen trockenen Lippen, aber es war gut, dass diese Worte nun endlich herauskamen. »Ich bin ein Wrack«, gestand sie. »Ich weiß es.«

»Also. Es geht mich ja nichts an, aber eigentlich sind Sie in Ordnung. Sie sind – Sie sind prima.«

»Sie, Sie wissen, was Sie wollen. Und machen keine halben Sachen. Ich bewundere das. Wenn man alles dransetzt, sein Ziel zu erreichen. Das ist großartig.« Plötzlich gab es so vieles, was sie sagen wollte. Eine ganze Flutwelle von Ungesagtem. »Da kann ich nicht mit.« Sie blickte ihm in die geröteten, von schwarzen Ringen umgebenen Augen und merkte, dass er jemand war, der einen wirklich ansah, wenn er einen ansah. *Ich muss schrecklich aussehen*, dachte sie verlegen. *Wie der leibhaftige Tod.*

*Jess ist die Beste!* kam der Ruf von der Straße.

Tom nickte in Richtung der Menge. »Die haben sich ihren Liebling ausgesucht.«

Sie musste doch lächeln. »Sagen Sie – haben Sie eigentlich zwei Köpfe? Weil ich Sie nämlich mit zwei Köpfen sehe.«

Er lächelte zurück. »Ja. Ich habe zwei Köpfe. Das sehen Sie ganz richtig.«

»Ich glaube, ich kann nicht mehr«, gestand sie und betrachtete Matt, der sich gesetzt hatte und aß und trank und immer noch vergleichsweise frisch aussah. »Ich bin am Ende. Ich kann nicht gewinnen.«

»Wirklich? Ich kann mir nicht vorstellen, dass die beiden da Ihrer Meinung sind.«

Tom hatte über ihre Schulter geblickt, und so sah sie sich um und entdeckte ihre Mutter, die den Rollstuhl mit ihrer Tochter auf den Hof schob. Auf Nats Knien eine große Kuchendose. Eine Geburtstagsparty auf Rädern.

Die Kerzen wurden ausgeblasen und fingen sogleich wie von Zauberhand neu zu brennen an. Die Flammen knisterten, klammerten sich ans Leben, und als Jess blies, wieder das Gleiche – die Flammen kehrten zurück, sie ließen nicht locker.

»Sie haben dein Bild in der Zeitung gesehen«, berichtete Valeria, während Natalie den Kuchen aufschnitt. »Dein Starfoto. Sie haben mich angerufen. Du bist entlassen.« Valeria hielt ihr einen Pappteller mit einem Stück Kuchen entgegen. »Du hast deine Arbeit verloren. Dafür bist du jetzt berühmt. So ist das. Eine berühmte Frau. Ohne Arbeit.«

*Los, Jess!* rief die Menge, und wohl deswegen zischte Val noch einmal, umso heftiger: »Berühmt!«

Jess wandte sich ab. »Ich kann nicht mehr. Ich verliere noch den Verstand. Ich gebe auf.«

»Dazu ist es jetzt zu spät. Jetzt musst du weitermachen. Du hast nichts andereres mehr.«

*»Zwei Minuten«,* knatterte Dans Stimme im Megaphon.

Jess ging in die Knie und packte Nats Rollstuhl an beiden Armlehnen. Sie küsste ihre Tochter. »Dann mache ich also weiter. Soll ich? Dann mache ich weiter.«

Das blasse, längliche Gesicht des Mädchens – ganz die polnische Großmutter. »Weißt du, das ist gar nicht so schlimm, wenn ich in der Schule wohne. Es kostet doch nichts, und da … könnte ich doch auch ganz dableiben. Dann brauchst du kein Auto, um mich hinzufahren.«

Jess spürte, wie ihr die Tränen kamen. »Du … du willst nicht mehr bei mir wohnen?«

»Nein, ich wollte nur – nein, ich meine …«

»Ist in Ordnung. Wenn du lieber anderswo – wenn du lieber ohne mich …« Jess rappelte sich auf, tief getroffen, streckte den schmerzenden Rücken und verbarg das Gesicht vor ihrer Tochter.

Aber Natalie war noch nicht fertig. Sie streckte die Hand nach ihr aus. »So habe ich das doch nicht gemeint. Ich wollte nur …« Doch die Zeit wurde knapp. Dan rief schon die Einminutenwarnung, und Jess sagte: »Schon gut. Geh du wieder nach Hause, Schatz.«

Tom schlurfte vorbei, auf dem Weg zum Wagen. »Zeit, dass Sie zurückkommen«, sagte er. »Wenn Sie noch mitmachen.«

»Wir gehen auf die Straße«, sagte Jess zu Nat. »Mit dem Wettbewerb.«

»Auf die Straße?«

»Sie hat ihre Arbeit verloren«, redete Valeria dazwischen und fasste Tom am Arm. »Jessie. Sie hat ihre Arbeit verloren, wegen dem Wettbewerb hier, und wenn sie nicht gewinnt, dann hat sie überhaupt nichts mehr. Überhaupt nichts.«

Was konnte Tom darauf antworten? »Ich – ähm – ich –« Er blickte Jess an, hoffte auf Erklärung oder Anweisung, doch er sah nur, wie beschämt sie war. Dann sah er die Tochter an, mit ihren kindlichen Zügen, dann wieder die Matriarchin mit ihren Falten und den hellen Augen, den Altersflecken auf den Schläfen – eigentlich waren es drei Generationen desselben Gesichts; aber was wollte diese siebzigjährige Version von Jess ihm jetzt sagen? Dass er – ein Ungeheuer war, wenn er Jess nicht das Auto überließ? Er beschloss, dass er der alten Dame nur rasch die Hand drücken und dann sehen würde, dass er weiterkam. »Das tut mir leid. Das ist hart. Tom Shrift. Freut mich, Sie kennenzulernen.« Dann streckte er auch der Tochter die Hand hin.

»Lass Mum nicht verlieren«, sagte das Mädchen ihm ins Gesicht.

»Bitte?«

Das Mädchen wiederholte es. »Lass Mum nicht verlieren.«

»Nat!«, schnauzte Jess sie an. Aber es ließ sich nicht mehr rückgängig machen. Tom war entsetzt. Und Jess ebenso. »Natalie!«

Hatte das Mädchen das wirklich zu ihm gesagt? *Lass Mum nicht verlieren*? Tom zog die ungeschüttelte Hand zurück und blickte in rascher Folge alle drei Versionen von Jess an. »Ich … ich … ~~(Verdammt! Was fiel dem Mädchen ein! Jess 1 bringt mich in die Bredouille, Jess 2, die verrückte alte Dame, appelliert an meine Gefühle, und Jess 3, das kleine Mädchen, versetzt mir mit seiner Bitte den Todesstoß!)~~«, stammelte er. Doch da er nichts Passendes zu sagen wusste, nichts, was auch nur den leisesten Tadel überstanden hätte, drehte er sich einfach um und ging.

»Alle ins Führerhaus des Tiefladers bitte! Sofort!«

Jess und Tom und Matt befolgten die Befehle wie hypnotisiert und schritten, so gut sie konnten, zu dem überdimensionalen Fahrzeug, das rückwärts in den Hof gesetzt hatte. Dan hatte zwei Metallrampen hinten an die niedrige Ladefläche angesetzt, und Vince steuerte vorsichtig den Discovery hinauf und dann mit einem kurzen Druck aufs Gaspedal an seinen neuen Platz auf diesem Vehikel.

Unter den gespannten und misstrauischen Augen der Polizei gab Dan das Megaphon an Hatch weiter, und dieser wandte sich an die Massen, die sich nun auf dem Bürgersteig vor dem Hof drängten.

»Meine Damen und Herren! Wir haben etwas bekanntzugeben. Die Polizei hat uns die Genehmigung zur Durchführung dieses Wettbewerbs auf einem Privatgrundstück entzogen. Ich danke Ihnen allen, dass Sie der Aufforderung zum Verlassen des Geländes so bereitwillig nachgekommen sind. Weitere Erklärungen werden Sie in Kürze erhalten. Danke.« Er ließ das Megaphon sinken und ging zu den Beamten. »In Ordnung?«

»In Ordnung«, bestätigte der Ältere von beiden.

Daraufhin stieg Hatch hinauf zu dem Landrover, setzte sich auf den Fahrersitz und schloss die Tür, während Vince am Steuer des gewaltigen Tiefladers den qualmenden Diesel dröhnen ließ und zum Entsetzen der ahnungslosen Menge Anstalten machte, mit dem, was vom Wettbewerb noch übrig war, einfach davonzufahren.

Einen Häuserblock weiter, unter den Augen des Burger-Verkäufers, der verdutzt in der Tür zu seinem Laden stand, und während die letzten wertvollen Sekunden der aktuellen Pause verstrichen, kletterten Jess und Tom und Matt aus dem Führerhaus des Lasters und hoch auf das Hinterende der Ladefläche, wo sie stehen und eine Hand auf das Glas des Rückfensters legen sollten.

Vince blies seine Trillerpfeife. Der Wettbewerb ging weiter.

»Genau so. Ihr haltet schön eure Hand da oben, klar?« Vince gab jedem von den dreien einen Klaps auf den Rücken. »Immer an der Heckscheibe, damit wir euch von innen aus dem Discovery im Auge behalten können. Klar? Ihr seid großartig, Leute. Ihr seid Helden. Und macht euch keine Sorgen, wir fahren ganz langsam, bis wir irgendwo einen Platz finden, wo wir bleiben können, klar? Macht euch keine Sorgen.«

Als Vince von dem Tieflader stieg, stieß er mit Hatch zusammen, der eben zurückkehrte, um zu sehen, wie weit sie waren. Die beiden umarmten sich. Das hatten sie noch nie getan und würden es vielleicht nie wieder tun.

Aus dem dichten Verkehr von Olympia zog der Landrover auf seiner Pritsche weiter nach Hammersmith, und Hatch hielt von innen per Handy den Radiosender auf dem Laufenden, damit die Zuhörer wussten, wo sie sich gerade befanden und wohin sie unterwegs waren.

Hinter ihnen hatte sich ein kleiner Konvoi gebildet. Wenn Tom sich umdrehte, blies der Wind ihm das Haar ins Gesicht, aber ein paar Autos konnte er erkennen. Neben dem Pressewagen – die beiden Reporter hatten sofort die Verfolgung aufgenommen – kamen Schaulustige in ihren Fahrzeugen. Insgesamt vielleicht acht oder zehn Wagen, die ab und zu ihre Hupen erschallen ließen und zusammen eine kleine Parade ergaben, die nun in ein Wohnviertel mit Reihenhäusern einbog, dann ging es vorbei an hässlichen Lagerhallen, an Einkaufsmärkten, einem Gefängnis, an billigen Hotels, geschmückt mit den Flaggen aller Länder, an Auffahrten zu nie gebauten Großprojekten, viktorianischen Fabrikhallen, die nun zu teuren Fitnessstudios hergerichtet waren – Tom wusste, dass man hier 700 Pfund im Jahr für das Recht zahlte, seinen Körper zu schinden –, an Ladenzeilen mit Wohnungen darüber, hinter deren stets zugezogenen schmutzigen Spitzengardinen grässliche Lebensgeschichten lauerten, dann durch ein neues Büroviertel – Gewächshäuser aus Stahl und Glas, wo die Angestellten im Angesicht des vorbeirauschenden Verkehrs auf ihren Computertastaturen tackerten, und während alldem pressten Tom und seine letzten beiden Konkurrenten wie Schwachsinnige die Hand an das kalte Glas und machten dabei eine Art Open-Air-Rundfahrt durch die Stadt, deren Gefangene sie waren.

Toms trübe Augen nahmen dies alles wahr. Der Hexenkessel London, was für eine Stadt! – Züge und Flugzeuge und Busse brachten Stunde um Stunde neue Menschen aus allen Winkeln des Königreichs und aus ganz Europa herein; das war keine Hauptstadt mehr, sondern selbst schon ein ganzes Land, und das Geschäftsleben seiner fast fünfzehn Millionen Einwohner exportierte seine gnadenlosen Gesetze in das sanfte und freundliche Land, das es umgab und sich nicht wehren konnte. Was hatte Samuel Johnson gesagt – ja, manche Zitate fielen ihm auch jetzt noch ein –: Wer genug von London hat, der hat genug vom Leben. *Na*, dachte Tom auf seiner Dieselbarke, *Scheiß auf Johnson. Ich habe die Nase voll davon, ein für alle Mal. Und was lernt man daraus? Dass mir dieses Irrenhaus bis hier oben steht!*

Passanten, von dem Gehupe aus ihren eigenen Sorgen gerissen, hielten inne und starrten den im Schneckentempo dahinkriechenden Tieflader an und fragten sich vielleicht, wer die Stars sein mochten, die mit diesem merkwürdigen Korso gefeiert wurden. Gehörte es zu einer dieser Reality-Shows, die jetzt im Fernsehen kamen? Sie suchten nach bekannten Gesichtern, doch sie fanden keins.

Hatch saß auf dem Vordersitz und filmte von Zeit zu Zeit die drei Hände am Rückfenster für seine offizielle Dokumentation. Jetzt war er wieder obenauf. Er hatte der Polizei ein Schnippchen geschlagen, und ein Anruf bei *Guinness* hatte bestätigt, dass sie weiter im Rennen waren. Der Weltrekord war in greifbare Nähe gerückt, er war auf dem besten Wege, und niemand musste ihn ihm zeigen.

»Unglaublich«, murmelte er, als er seine Digicam sinken ließ. Er konnte nur staunen über das Maß an menschlicher Willenskraft. »Ihr seid unglaublich, Leute.«

Er hantierte am Autoradio und bekam eine bessere Frequenz für London Live, und schon ertönte Lee Lerners vertraute Stimme. *Der irische Dichter Yeats sagt, ähm, den Besten fehlt alle Überzeugung. Aber was wusste der schon? Wenn Sie zufällig in der Nähe der High Street sind, dann halten Sie Ausschau nach einem dunkelblauen Landrover Discovery...* Das ließ sein Herz höher schlagen! Hatch drehte das Radio leiser und rückte den Rückspiegel zurecht, damit er seine drei Stars besser sehen konnte, die Hände von Jess und Tom und Matt. Wie hielt sich der Publikumsliebling? Jawohl, Jess drückte ihre Hand genauso fest an die Scheibe wie die beiden anderen. Sie gab nicht auf. Längst liebte er diese drei. Was für ein Kampfgeist! Sie übertrafen seine kühnsten Vorstellungen davon, was ein Mensch leisten konnte.

»Unglaublich«, brummte er vor sich hin. »Ihr alle.«

Mit verquollenen Augen betrachtete Jess das Getriebe der Großstadt von ihrem Platz zwischen den beiden Männern – betrachtete die Schönen, die Unglücklichen, die Jungen und die Alten, alle zielstrebig, mit konzentrierten Gesichtern, alle in Eile. Der Betkreis ihrer Kirche kam ihr in den Sinn, ein Wort von Bischof Fulton Sheen über die religiöse Erfahrung ... *Wir trinken alle aus...* Was war es gewesen? Kein Glas. Nein, ein Becher ... *alle aus dem Becher der endlichen Freuden ...* das war es, jeder trank aus dem Becher der endlichen Freuden ... *doch in Wirklichkeit dürstet die Seele nach dem Ozean der unendlichen Liebe.* Halb tot vor Müdigkeit rollte die Expolitesse auf ihrem Tieflader durch West Kensington und dachte plötzlich an den unstillbaren Durst der Seele.

Sie war mit ihren Kräften am Ende, und wieder fragte sie sich, ob sie tatsächlich gewinnen konnte. Doch selbst dafür, diese Frage weiter zu verfolgen, fehlte ihr die Kraft. Der Kopf tat ihr weh. Ihre Knie und Füße pochten. Der gepeinigte Rücken sandte Schmerzen wie Messerstiche in ihren Unterleib. Die verkrampften Magenmuskeln würden Wochen brauchen, bis sich die Anspannung löste, und jedes Zehnsekundenintervall war inzwischen eine Krise im Miniaturformat. Wie lange noch? Lieber Himmel, wie lange noch?

Sie stöhnte, und im Geiste sprach sie mit sich selbst: *... heilige Muttergottes ... die du gebenedeit bist unter den ... gestorben für unsere Sünden ...* Als Kind hatte sie überhaupt kein Durchhaltevermögen gehabt. Mit sechs hatte ihre Mutter sie am Stuhl festgebunden, damit sie bei den Mahlzeiten am Tisch blieb. Gefesselt. So machte man das in Lodz. Aber was waren das für Fesseln, die sie heute hielten? Weswegen blieb sie hier?

Sie wusste es nicht. Ihr fiel nur ein, dass sie ein Handy in der Tasche trug und noch keinen einzigen Anruf gemacht hatte. Als der Konvoi an der nächsten Ampel hielt, holte sie es hervor. Wie ging das doch gleich? Sie starrte das Handy an. Wieso hatte sie es überhaupt mitgenommen? Damit sie mit ihrer Familie in Verbindung blieb, das war es. Und sie brauchte ihre Familie jetzt. Ein Sterbender weiß das – am Ende will er seine Familie um sich haben. Sie drückte die Kurzwahltaste. Es zirpte im Lautsprecher, dann klickte es. Eine Stimme. Und wessen Stimme? Ihre eigene. Dünn, metallisch begrüßte sie den Anrufer, gab Anweisungen. Jess mochte die quengelnde Frauenstimme am anderen Ende der Leitung nicht. Angewidert schaltete sie ab. Wäre es doch nur möglich, diese Frau mit der Quengelstimme ein für alle Mal abzuschalten.

Sie steckte das Handy wieder ein. Ihre Mutter und Tochter waren nicht zu sprechen. Vielleicht würde Valeria ihr jetzt sogar Schwierigkeiten machen, würde sagen, sie sei als Mutter unzumutbar geworden – jetzt nach diesem Wettbewerb. Das war schon möglich. Ihre Mutter konnte gehässig sein. Und der Wettbewerb *war* Irrsinn. Liebte Nat ihre Großmutter mehr als ihre Mutter? Keine Frage, dass die beiden vertrauter miteinander umgingen. Als Nat zum ersten Mal ihre Monatsblutung bekam, hatte Valeria längst alles erledigt, bevor Jess überhaupt davon erfuhr. Auch wenn Nat über Jungen redete, übersprang sie die mittlere Generation und ließ Jess außen vor. Und wen nahm Nat sich zum Vorbild, wenn sie erwachsen klingen wollte? *Babcia sagt, dafür bin ich jetzt selbst verantwortlich … Babcia sagt, ich bin groß und kann jetzt länger aufbleiben … Babcia sagt, ich darf einen eigenen Fernseher in meinem Zimmer haben … Babcia sagt, für heute habe ich genug Hausaufgaben gemacht.* Jess betrachtete das Leben ihrer eigenen Tochter wie eine Zuschauerin. All das ging ihr plötzlich auf – auf der Ladefläche eines Abschleppwagens, mit der Hand an einem Landrover der neuesten Generation.

Ihr Gesicht – wie würde ihr Gesicht aussehen, neben ihm im Bett, vom Feuer der Leidenschaft gerötet? Er schloss die Augen, damit dieses Bild verschwand, verscheuchte den Gedanken: es war zu viel für ihn, wenn er auf verschiedenen Ebenen gleichzeitig dachte …

Aber Toms Gedanken wollten sich nicht fügen. Seine Augenlider flatterten, und neue, halb verschwommene Bilder tauchten auf. Wie wäre das, wenn man mit einer Frau wie Jess zusammenlebte? Er ließ den Gedanken durchschlüpfen. Er hatte nie mit einer Frau zusammengelebt, jedenfalls nie länger als ein paar Wochen. In ihrem Medizinschränkchen würde es Creme gegen Fußpilz geben. (Viel zu lange in zu warmen Schuhen unterwegs.) Schmerzmittel in allen Varianten. Ein halbes Dutzend Sorten. Warum fiel ihm ausgerechnet das ein? Ihr Medizinschränkchen? Er verlor den Verstand. Die vernunftbegabte Hälfte seines Hirns – nein, das stimmte nicht, die vernunftbegabte Hälfte von einem *Zehntel* seines Hirns (wozu waren die unbeschäftigten neuneinhalb Zehntel gut, auf welche Aufgaben warteten sie?) – sagte ihm: *Ich weiß überhaupt nicht, was Liebe ist.* Die Fakten? *Bestenfalls habe ich einmal etwas wie Kameradschaft gespürt.* Stimmte das? Nichts weiter als Kameradschaft? Was für ein Witz! Sein Verstand raste. Er durfte diese Gedanken nicht weiterverfolgen. Mit der freien Hand fasste er in die Tasche, suchte einen Sender auf seinem Radio und hörte einen Journalisten sagen: »*... von Hubschraubern gefeuerte Geschosse trafen eine Koranschule, die nach alliierter Darstellung ein Stützpunkt der Islamisten war. Die Bevölkerung lief auf die Straße, und unter Wehklagen wurden die 80 Toten auf dem Marktplatz aufgebahrt, darunter die Leichen von 25 Kindern. Ein Militärsprecher erklärte heute, die Maßnahme sei ›notwendig‹ gewesen, ein entscheidender Schlag gegen den Gegner...*« Er schaltete das Radio ab. Er musste an den Nachbarn in der Wohnung unter ihm denken. Wo der Mann mit dem Rasenmäher jetzt wohl steckte? Beweinte er seinen toten Rasen? War Toms Schlag wirklich notwendig gewesen? Aber auch darüber durfte er nicht nachdenken. Sein Verstand kehrte zur vorherigen Frage zurück, der Kameradschaft. Jess hatte recht. Er *war* ein Versager, zumindest in puncto Romantik eine lächerliche Figur. Kameradschaft, nicht mehr als das – was für ein Jammerlappen! Aber Liebe hatte nie zu seinen großen Zielen gehört, was konnte er da anderes erwarten? Ein neues Detail kam ihm in den Sinn, eine Statistik: *Menschen, die nach Beliebtheit und materiellem Wohlstand streben, schätzen ihren Erfolg im Leben durchschnittlich niedriger ein als solche, die ihr eigenes Ich akzeptieren und daran arbeiten.* Er lächelte. Nickte. Das lag auf der Hand. Anders ausgedrückt: Erhoffe dir nicht von neuen Dingen Heilung für einen alten Schmerz.

Doch solche Platitüden hatten ihn nie geschert. Er war ein Mann, der zu Großem berufen war. Er wollte Geld auf der Bank, er wollte Karriere machen. Letzten Endes hatte Tom sich – und er sagte sich gern, dass er darin war wie viele andere – für Schmerz und Stress entschieden, für Termindruck und Überforderung. Und erst wenn er dem Hühnerhof den Rücken kehren konnte, war es Zeit, an »Lebensqualität« zu denken. Vorerst – das war die Logik dieser Einstellung – nahm man die Unannehmlichkeiten hin. Er dachte wieder an die Worte von Jess Podorowskis Tochter. *Lass Mum nicht verlieren.* So eine Frechheit! Eine Unverschämtheit, so etwas zu einem Fremden zu sagen, der selbst um sein Leben kämpfte. Mit dem Kind stimmte etwas nicht, und damit meinte er nicht den Rollstuhl. ~~(»Dass du im Rollstuhl sitzt, heißt noch lange nicht, dass du alles sagen kannst, was du willst!«)~~ Und wieso hatte Jess nicht eingegriffen, wieso hatte sie sie nicht zurechtgewiesen? Und die Großmutter, wieso war sie so scheinheilig gewesen, hatte ihm Hilfe angeboten, wo er doch der Gegner war, der dem Erfolg ihrer Tochter im Wege stand? Es gab nur eine einzige logische Antwort darauf. Sie arbeiteten alle drei zusammen – alle drei Inkarnationen von Jess, Vergangenheit, Gegenwart und Zukunft, legten es darauf an, ihn zu demoralisieren; sie entwaffneten ihn mit Freundlichkeit, redeten ihm Schuldgefühle ein, wollten ihn dazu bringen, dass er ihr Leid höher wertete als sein eigenes.

Er drehte sich um zu Jess, die neben ihm auf dem Rücksitz saß, und betrachtete sie im Profil, diese fromme Dienerin des Herrn, die gerade ihre Arbeit verloren hatte und die, wie man hörte, in arge Schwierigkeiten kommen würde, wenn sie dieses Auto nicht gewann. Doch statt Mitleid zu spüren, fand er sie plötzlich attraktiv, und derselbe Gedanke stellte sich von neuem ein: Wie sie wohl aussähe, auf dem Kissen neben ihm? Selbst wenn er sie nur so von der Seite ansah, stieg ihm die Röte ins Gesicht, sein Puls beschleunigte sich. Ein Kribbeln. Er empfand etwas für sie. Und irgendwie akzeptierte er sie, obwohl sie eine geborene Verliererin war. Unter alldem steckte ein ganz besonderer Mensch. Sie arbeitete hart, sie hatte Charakter, und sie legte eine Zähigkeit an den Tag, die ihn wirklich verblüffte. Eine Arbeiterin, eine von denen, die die Gesellschaft in Gang hielten. Ein bizarres Bild kam ihm in den Sinn: Sie war der Mörtel, der strahlende Mosaiksteine wie Tom Shrift an Ort und Stelle hielt! Nein. Das war ein hässlicher Vergleich. Sie war so viel mehr, viel mehr als Mörtel – und er, wie er sich abrackerte, mit seinem ganzen Leben in Verzug geraten, wem wollte er etwas vormachen? – sein Strahlen war längst verblasst. Wieso urteilte er dann so hart über andere? Was war er doch für ein eingebildeter Mensch geworden. Der wahre Verlierer, das war *er*. Jess dagegen – ja, Jess war jemand, von dem er wirklich etwas lernen konnte. Ein Vorbild. Sie stand dafür, dass eine Persönlichkeit wachsen konnte. Vielleicht fühlte er sich deswegen zu ihr hingezogen. Vielleicht war das der Grund, weshalb Menschen überhaupt auf der Jagd nach Liebe waren – nicht weil man daraus Freude bezog, sondern weil es eine Möglichkeit war, aus sich selbst etwas Besseres zu machen. *Bomben fielen.* Sicher. *Aber die Bevölkerung lief auf die Straße. Bahrte ihre Toten auf. Unter Wehklagen.* Das war die Wahrheit, die hinter dieser Meldung steckte, die ewige Wahrheit hinter den täglichen Nachrichten. Und es war diese Zärtlichkeit, mit der an einem fernen Ort die Toten geborgen wurden, aufgebahrt von denen, die sie geliebt hatten, die Tom, hier und jetzt, Lichtjahre entfernt, den Wunsch eingab, Jessies Gesicht zu berühren. Ihr eine Hand aufs Knie zu legen.

Sie war ein viel besserer Mensch als er. Und warum? Weil sie gebraucht wurde. Wer brauchte denn ihn? Wer würde leiden, wenn er starb, wer würde trauern, ihn aufbahren? Sein Vater? Nein, der lag wahrscheinlich längst selbst im Grab. Seine Mutter würde vielleicht eine Todesanzeige aufgeben, aber er konnte sich nicht vorstellen, dass sie – dieser eine Mensch auf der Welt, dem er etwas hätte bedeuten sollen – etwas tun würde, um anderen zu zeigen, dass das Leben ihres Sohnes einen Sinn gehabt hatte. Bei dem Gedanken stockte ihm das Herz. Keiner, der trauerte! Kein Einziger! Was für eine Vorstellung! Kein Mensch. Hier auf der Stelle konnte man das Leichentuch über ihn breiten, ihm eine Blume auf die Brust legen, und kein Mensch würde kommen.

Wieder in Hammersmith, beim Halt an einer weiteren Ampel, entdeckte Jess eine Politesse, die sie noch nie gesehen hatte. Konnte das schon ihre Nachfolgerin sein? So schnell? Undenkbar war es nicht. Wie leicht doch alle Spuren eines Menschen ausgelöscht wurden! Sie versuchte, in die Ferne zu sehen, auch wenn die Augen brannten. Verschwommene Objekte nahmen Konturen an und verwandelten sich dann wieder zurück in Gespenster. Und sie war ja selbst ein Gespenst, das den Lebenden von diesem verrückten Aussichtspunkt aus bei ihren täglichen Verrichtungen zusah. So also war der Tod: Die Lebenden zum Greifen nah, doch sie bemerkten einen nicht, wenn man heranschwebte, unberührbar, ganz mit dem eigenen Kummer beschäftigt. Die neue Politesse hatte eine Ordnungswidrigkeit entdeckt. Zwei Räder auf dem Bordstein. Codenummer 64. Oder war es 38? Jess hatte es schon vergessen.

Dann winkte ein kleines Mädchen vom Bürgersteig aus. Winkte Jess zu. Ein süßes kleines Ding. Bommelmütze und Schal. Die Eltern nirgends zu sehen. Vielleicht zehn Jahre alt. Das riss Jess aus ihren Tagträumen, brachte sie zurück in die Welt. Dieser kleine Engel schaute Jess tatsächlich an, und er lächelte. Und Jess, überrascht von dieser unerwarteten Geste, beflügelt von der Bestätigung, dass sie doch noch am Leben war, tat, was in so einem Falle die natürlichste Sache der Welt war.

Sie winkte zurück.

Jess winkte zurück. Dem kleinen Mädchen.

Ganz selbstverständlich. Nur dass sie die falsche Hand dazu nahm.

Im Landrover ließ Hatch die Digicam sinken. Statt auf den Schirm blickte er mit seinen eigenen Augen. Nur zwei Hände auf der Scheibe. Zwei Hände. Zwei Männerhände.

Tom. Er hatte bis zu diesem Punkt starr vor sich hin geblickt, tief in seinen Tagtraum versunken. Das grüne Sonnenschutzglas hatte ihm sein eigenes Spiegelbild gezeigt, und er hatte es angestarrt. Doch als Jess winkte, zog ihre Hand seine Aufmerksamkeit auf sich, ein blauer Fleck im Augenwinkel. Er wandte sich nach links und sah …

Jess, wie sie winkte. Winkte. Mit der linken Hand. Auf dem Glas. Seine Hand. Matts Hand. Keine dritte. Er konnte es nicht glauben. Sein Herz setzte aus. Worte hüpften auf seine Zunge. Jess war draußen – sie war draußen – sie war draußen. Wem winkte sie? Er drehte sich nach rechts. Ein kleines Mädchen, das zurückwinkte. Tatsächlich, ein kleines Mädchen. Wieder drehte er sich nach links, sah, dass Matt in die andere Richtung blickte und nichts bemerkt hatte. Nur Tom hatte es gesehen. Gesehen, wie Jess die Hand vom Wagen nahm. Worte meldeten sich, doch sie blieben ihm in der Kehle stecken. ~~(»Sie ist raus!«)~~

Als der Wagen plötzlich anfuhr, sorgte der Ruck dafür, dass Jess die Hand wieder auf die Scheibe drückte. Der Tieflader rückte ein paar Plätze in der Schlange vor, dann kam er wieder zum Stehen.

Tom überlegte genau, was er sagte, und er richtete sich nur an sie. »Sie … Sie haben losgelassen.« Als sie ihn im Motorlärm nicht hören konnte, sprach er lauter. »Sie haben losgelassen.«

Sie sah ihn an. »Was?«

»Sie haben die Hand vom Wagen genommen. Gerade eben.«

»Was?«

»Als Sie gewinkt haben. Sie haben gewinkt. Und da haben Sie die Hand vom Wagen genommen.«

»Was soll das heißen?«

Tom wurde noch lauter. Sie würde es doch nicht abstreiten? »Das kleine Mädchen. Sie haben gewinkt, gerade eben. Ich habe Sie gesehen. Ich habe gesehen, wie Sie beim Winken die Hand vom Wagen genommen haben.«

»Ich habe es auch gesehen.« Matt Brocklebank starrte nun Tom an, die Augen noch weiter aufgerissen als Tom.

Tom sprach wieder leiser. Das war eine Privatsache zwischem ihm und Jess. Er hatte einfach nur den Tatbestand feststellen wollen. Er hatte noch nicht entschieden, wie er sich nach dieser Achtlosigkeit verhalten sollte. Für seine Begriffe war es kein echter Regelverstoß. Er war vielleicht sogar bereit, einfach darüber hinwegzusehen. »Sie haben gewinkt, das wollte ich nur sagen. Zu dem …« Ja, jetzt war er entschlossen, dass er und sie es für sich behalten würden. Er wollte nur, dass sie Bescheid wusste. »… dem kleinen Mädchen, mit Ihrer linken …« Er sprach nicht einmal den Satz zu Ende. Er würde es auf sich beruhen lassen. »Schon gut.«

Aber es ließ sich nicht mehr rückgängig machen. Und Matt hatte Blut geleckt. »Stimmt. Ich hab's auch gesehen. Bleiben noch zwei. Jess – du hast die Hand vom Auto gehabt. Du bist draußen.« Matt rief bereits nach dem Schiedsrichter, und Jess wirkte nun verängstigt, und Tom wollte sie irgendwie trösten. Doch wie?

Jess blickte Tom fest in die Augen. Was für ein Blick! Nein, sie war nicht verängstigt. Tom hatte es falsch gedeutet.

Das war Wut, das war Hass. Vielleicht sogar mit einer Spur Mitleid. Tom sprach nun noch leiser, er war entsetzt über das, was er angerichtet hatte, Panik packte ihn. »Also … vielleicht habe ich mich ja auch vertan. Das ist schon in Ordnung. Wahrscheinlich habe ich einfach nur …«

Aber er war schon zu weit gegangen, und Matt, nun hellwach, war nicht bereit, es durchgehen zu lassen. »Was reden Sie denn da? Ich hab's doch auch gesehen, genau wie Sie. Jess, das war's für dich. Du bist draußen. Tut mir leid.« Tom murmelte nur noch hilflos vor sich hin, doch Matt hob weiter die Stimme, triumphierend, unnachgiebig. »Jess, gib's zu! Du weißt, dass du losgelassen hast. Du kannst es nicht leugnen.«

Mit einem Ruck drehte Tom sich um. »Sie haben überhaupt nichts gesehen, also halten Sie den Mund! Halten Sie den Mund! Sie haben in die andere Richtung geblickt, das habe ich gesehen! Ich habe Sie gesehen, also halten Sie den Mund!«

Doch Matt rief bereits nach Dan, der den Begleitwagen steuerte, und dann hämmerte er an die Scheibe, um Hatch drinnen im Wagen zu alarmieren. »Sie ist draußen! Sie ist DRAUSSEN!«, und: »Wir haben es beide gesehen! Fahren Sie rechts ran! Sie ist draußen!«, und: »Sie hat losgelassen!«

Tom musste jetzt selbst brüllen, und über Jess' Kopf hinweg stritten sich die beiden Männer: »Sie haben überhaupt nichts gesehen! Hier ist alles in Ordnung. Lassen Sie sie in Ruhe. Kümmern Sie sich um Ihren eigenen Kram.«

»Was soll das? Was haben Sie vor?« Und zu Jess: »Du hast doch gewinkt, stimmt's? Du hast losgelassen, oder nicht? Gib's doch zu!«

Der Tieflader fuhr an den Straßenrand, und gleich darauf waren die drei letzten Kandidaten umringt. »Was ist hier los?«

Matts Stimme war messerscharf. »Sie ist draußen. Sie hat losgelassen. Das haben wir beide gesehen. Zuerst hat Tom es gesehen, dann ich auch. Sie ist aus dem Rennen.«

Hatch zögerte. Er schien nicht zu wissen, wie er darauf reagieren sollte, oder wollte kein Urteil fällen. Schließlich fragte er: »Tom, haben Sie etwas gesehen?«

Tom sah erneut Jess an – und fand noch immer denselben intensiven, forschenden, verächtlichen Blick, mit dem sie ihn unverwandt anstarrte. Wieder einmal hatte er sein großes Maul aufgerissen, und wieder hasste sie ihn dafür. Ein Reflex, die typische Reaktion eines Informanten, hatte ihm einen Streich gespielt; ein angeborener Jagdinstinkt hatte ihn überrumpelt. »Nein«, sagte er. »Ich habe nichts gesehen.«

Matt war außer sich. »Das ist gelogen! Der Scheißkerl lügt!« Er zeigte mit dem Finger auf Tom. »Sie haben sie gesehen. Sie können es sich jetzt nicht mehr anders überlegen. Versuchen Sie nicht, sie zu schützen.«

»Ich habe nur gesehen –«

»Sie haben es gesehen, und jetzt haben Sie es sich anders überlegt – nur weil ihr zwei euch plötzlich – ja was denn? Weil ihr – Scheiße, Mann.«

»Halten Sie den Mund! Ich sage das nicht noch einmal!«

»Sagen Sie die Wahrheit! Sagen Sie die Wahrheit! Sagen Sie die –«

*»Schnauze!«*

»Sagen Sie die Wahrheit. Einfach nur die –«

Tom war kurz davor, auf Matt loszugehen, doch Hatch

stellte sich zwischen sie und hob beschwichtigend die Hände. »Immer mit der Ruhe. Alle zusammen … immer mit der Ruhe!« Aber es war zu spät. Nicht lange, und alle drei Männer brüllten sich an, und Ruhe kehrte erst wieder ein, als Jess die Sache mit einem »AUFHÖREN!« entschied.

In dem Schweigen, das nun folgte, nahm Jess die Hände von den Ohren, *beide*, und sagte sehr gefasst: »Könnten Sie mich nach Hause fahren, bitte? Ich will einfach nur noch nach Hause.«

Bevor sie Jess, wie sie es erbeten hatte, nach Hause fuhren, legte der Konvoi fünf Minuten Pause auf dem Parkplatz eines Supermarkts ein. Hatch bekam einen Anruf vom Radiosender und berichtete, dass nun nur noch zwei Kandidaten im Rennen waren. Wer ausgeschieden sei? Er senkte die Stimme, als er den Namen nannte.

Tom nützte die Gelegenheit und setzte sich zu Jess auf den Rücksitz des Landrovers. Er zog die Tür hinter sich zu. Auf dem weichen Alpacaleder saßen sie nebeneinander.

»Darf ich das erklären?«

Doch sie schnitt ihm das Wort ab, mit ihrer Stimme wie mit den gekränkten Augen, den blutunterlaufenen Augen, die nun nicht mehr schön waren, doch umso lebendiger mit ihren kleinen roten Blitzen. Ihre Augen waren nur noch Schlitze, als sie sagte: »So, jetzt weiß ich also, was man braucht. Was man braucht, um zu gewinnen. Man darf vor nichts zurückschrecken, vor absolut nichts. Na, ich hoffe, Sie bekommen, was Sie wollen. Das hoffe ich wirklich für Sie. Aber sagen Sie mir eins. Wie halten *Sie* ihn aus?«

»Aushalten? Wen?«

Jetzt drehte sie sich ganz zu ihm hin, sah ihn an mit ihrem bleichen Gesicht. »Den Hass. Den Hass, den Sie dafür ernten?«

Volltreffer. Sie hatte mitten ins Schwarze getroffen. Seine rechte Hand zitterte, und nicht nur weil sie von dem Auto kalt geworden war. Es stimmte. Er hatte fast genauso viel Hass auszuhalten wie sie auf ihren täglichen Politessenrunden, und zu alldem kam nun auch noch *ihr* Hass, denn das gab sie ihm ja zu verstehen – dass *sie* ihn nun ebenfalls hasste.

»Wie ertragen Sie diesen Hass?« Sie schüttelte den Kopf. »Na, ich hoffe, Sie bekommen dafür wenigstens, was Sie wollen.«

Dieses *was Sie wollen* tanzte vor Toms Augen, zu grotesker Größe angeschwollen, während der Konvoi, immer noch sechs oder acht Wagen, nun langsam wie ein Trauerzug zu Jess' altem Viertel White City fuhr und schließlich bei ihr zu Hause hielt, an der armseligen Kellerwohnung, hinter deren krummer Jalousie, wo ein oder zwei Lamellen fehlten, bereits alle Lichter erloschen waren. Nichts regte sich mehr dort.

Hatch half Jess über die Straße und ließ sie dann allein weitergehen. Sie wankte zur Tür. Sie sah angeschlagen aus. So, als ob sie jeden Moment fallen würde. Aber sie fiel nicht. Sie ging weiter bis an die Stufen, die hinauf zur schwarz lackierten Haustür mit den Messingbeschlägen führten, und dort bog sie nach rechts ab und glitt hinab in die Tiefe, bis sie im Dunkel verschwand.

Als der Abschleppwagen mit dem Discovery und Tom und Matt wieder anfuhr, ging in der Wohnung ein Licht an.

Matt neigte sich zu Tom hinüber, blickte ihn an und sagte munter: »Nur noch Sie und ich.«

**2** waren also noch übrig, als die vierte Nacht anbrach. Tom und Matt, die in endlosen kleinen Runden durch London kutschiert wurden, von Hammersmith zum Hyde Park, von da nach Chelsea, von Ladbroke Grove nordwärts nach Gott weiß wohin. Und Tom ging durch den Kopf, dass die Menge an Schlaf, die er inzwischen seinem Körper schuldete, nicht nur sein eigenes Vorstellungsvermögen, sondern das beinahe der ganzen Menschheit überstieg. Wenn man sich das überlegte – dermaßen lange wach zu bleiben –, wer war je so weit in das Territorium vorgedrungen, in das er und Matt jetzt gelangten? Randy Gardner, ja, der Weltrekordhalter, aber wer sonst? *Unglaublich. Wer hätte je gedacht, dass so etwas einmal mein Weg zum Ruhm sein würde?*

Tom war also zum Versuchsobjekt geworden, und er sah sich nun auch mit den Augen eines Wissenschaftlers. So wie die NASA Menschen ins Weltall schoss und sie im Zustand der Schwerelosigkeit beobachtete, würde Tom in Sphären vordringen, die nicht minder fremd waren als der luftleere Raum: sein traumatisierter Körper, seine Gliedmaßen, die wie unter kleinen Stromstößen zuckten, Muskelkrämpfe, eine beängstigende Taubheit, die sich in seinen geschwollenen Beinen breitmachte, Anzeichen von Erkältung, immer größere Reizbarkeit, eine Entzündung im Mund, eine offene Stelle an der Unterlippe, ein ständiger Kopfschmerz, Sehstörungen, immer größere Mühe zu sprechen, dazu noch die Gedächtnislücken, eine allgemeine Verwirrtheit und Anfälle von Übelkeit (Leiden, die für fünfzehn Menschen gereicht hätten, und alle in einen einzigen Körper gestopft) – wie würde es enden? Mit einem Nervenzusammenbruch wie bei dem Autodieb, mit einer Panik wie bei dem Schlaflosen, oder würde er am Ende tot sein wie Walter? Was er jetzt an Symptomen spürte, waren nur die Warnzeichen des Tages. Jetzt wo die vierte Nacht voranschritt, konnte er auf die Liste noch zunehmende Halluzinationen setzen (die Vorstellung, er habe bereits gewonnen, bei der er sich allein als Sieger auf der Rückbank sitzen sah), Psychose (der Wunsch, Matt Brocklebank zu erdrosseln und seine Leiche dann zu verstecken) sowie Herzbeschwerden (so dass er sich nun ernsthaft Sorgen machen musste, dass seine Gesundheit dauerhaften Schaden nahm). Auch die Gedanken an Jess gingen ihm nicht aus dem Kopf und bedrückten ihn schwer. Diese Frau hatte ihn wirklich in seinem Innersten aufgewühlt. Gerade mit ihren letzten Worten, über den Hass. Ja, gehasst zu werden, das war der Preis, den er dafür zahlen musste, dass er das ganze Leben als einzigen Kampf sah. Lebhaft kehrten die Erinnerungen zurück, eine Haarsträhne, die ihr ins Gesicht fiel, ihre Wangen, die vor Schreck über etwas erröteten, was er gesagt hatte, diese Augen, die jeden eingefleischten Junggesellen weich werden ließen … ja, sie kehrte zu ihm zurück, immer wieder. Und wieder wünschte er, er hätte ihr sagen können, dass er es nicht böse gemeint hatte. Hinter allem, was er zu ihr gesagt hatte, hatte ja die Absicht gestanden, ihr klarzumachen, dass Wut (manchmal!) eine sehr nützliche Sache sein konnte, dass man Vergeltung üben, Gewalt gebrauchen musste, dass man keine Furcht davor haben durfte, sich Feinde zu machen. Ja lieber Himmel, das musste ihr doch einfach mal jemand sagen, und zwar dringend! Er hatte alles getan, um ihr zu zeigen, dass man in unseren heutigen Zeiten manchmal einfach die Stimme heben musste, dass man andere übertönen musste – sonst blieb man nämlich sein

Leben lang eine graue Maus, ein Fleck, den jeder übersieht, kaum wert, dass man ihm einen Namen gibt, ein menschliches Huhn, das zurück in den Käfig gescheucht wird. Das hatte er ihr sagen wollen. Was er wirklich gewollt hatte, das war, sie zu schützen.

*Ja, jetzt verstehe ich. Danke. Ich hab's verstanden.* Ihre letzten Worte. Vielleicht hatte sie ihm am Ende doch noch sagen wollen, dass sie etwas gelernt hatte, aus dieser härtesten aller Botschaften, selbst wenn sie den Inhalt der Botschaft selbst nach wie vor verachtete. Und eines Tages würde diese Frau vielleicht begreifen, dass ihr ein Mann begegnet war, der ihr die Wahrheit gesagt hatte, die ungeschminkte Wahrheit, einer, der sagte, was er sah, und damit ihr langfristiges Wohl weit höher geschätzt hatte als die eigenen Aussichten, sie unter romantischeren Umständen noch einmal wiederzusehen.

Hatch hielt an einer Tankstelle, zur nächsten Pause für die Überlebenden. Matt ging in den Laden, um Proviant zu kaufen, Tom kletterte mit seinem Rucksack hinten vom Wagen und wäre Hatch beinahe in die Arme gestolpert.

»Alles in Ordnung?«

»Meine Beine. Eines ist taub geworden. Das macht mir Sorgen.«

»Was … was wollen Sie machen? Was wollen Sie mir sagen? Tom?«

»Ich weiß es noch nicht. Ich glaube, ich kann nicht mehr.«

»Ehrlich?«

Doch ohne eine weitere Antwort stolperte Tom davon zur nächsten in jener langen Reihe von öffentlichen Toiletten, die den Teilnehmern während des ganzen Wettbewerbs zur Zuflucht geworden waren.

Im Inneren, allein zwischen den hallenden Kachelwänden, blickte Tom sich um nach etwas, worauf er sich setzen konnte. Kein Glück. Nur die vier Kabinen. Und diese Toilette zeigte zwar die Spuren eines langen Tages, aber sie war doch ein Palast im Vergleich zur Hölle der Dixi-Klos.

Am Urinal erleichterte er seine Blase, und ein kleines Maß an Wohlbefinden kehrte zurück. Er wusch sich am Waschbecken die Hände. Ströme von Schmutz – Londoner Pollen – spülte er in das Becken, ein schwarzer Strudel. Er spritzte sich kaltes Wasser ins Gesicht und musterte sich im Spiegel. Rote Augen mit schwarzen Ringen, stierer Blick; ein Blick, der ihm Angst einjagte. Seine Haut hatte eine gelbliche Tönung angenommen. Offenbar gelangte bereits Galle in die Blutbahn. Gab sein Herz auf? Ihm schien, es schlug ungleichmäßig. Seine Beine trugen ihre Last nicht mehr, und er hatte sich an dem Becken abstützen müssen. Bisher hatte sein Glaube an sich selbst dafür gesorgt, dass er in puncto Schlaf immer weiter auf Kredit lebte, doch nun forderte sein Körper die Zahlungen zurück. Er sank in die Knie, legte das Kinn auf den Porzellanrand. Es sah aus, als ob er betete. Er war am Ende, er hatte nichts mehr auf dem Konto. Und hier dieser Waschraum war der einzige Ort, an dem er es zeigen durfte. *So sieht also das Ende aus?* All seine Energien, seine Hoffnungen, sein Einfallsreichtum, sein Verstand (ein Mensa-Verstand!) und natürlich sein berühmter Kampfgeist – all das zusammengenommen, und trotzdem hatte es nicht gereicht. Am Ende hatte ihn ein Junge geschlagen, der alles auf seiner Seite gehabt hatte, einer, der, als er eine Freundin fand, offenbar auch das Mittel gefunden hatte, das er dazu brauchte, sämtliche Kräfte zu mobilisieren. Und was gab es in Toms Leben schon Aufregendes? Er stellte sich Jess Podorowskis Gesicht vor, doch er sah darin nur Verachtung. Nein, da war keine Energie mehr zu holen. Das war nur noch ein weiteres Minus auf dem Konto.

Er legte das unrasierte Kinn auf den Beckenrand und ließ zu, dass ihm die Augen zufielen. Er kämpfte nicht mehr dagegen an. Er musste eingeschlafen sein – doch für wie lange? Erst eine Hand an der Schulter weckte ihn wieder auf.

Er fuhr zusammen, blickte auf und sah einen verschwommenen Matt. Als er das Bild des Jüngeren scharf gestellt hatte, sah er einen Matt, der noch genauso frisch und tatkräftig wirkte wie vier Tage zuvor, und der blickte auf Tom herunter mit – war es Mitleid? Die entsetzliche Energie in seinen Zügen verspottete Toms letzte Zuckungen. Wer war dieser Junge? Ein Engel des Jüngsten Gerichts, der strahlend über dem letzten Sünder der Hölle stand und fragte: »Geht's noch?«

Tom gestand es ihm ein. Die ungeschminkte Wahrheit. »Ich kann nicht mehr.«

»Echt?«

Tom antwortete nicht, und gleich darauf hörte er, wie die Toilettentür zufiel. Er war wieder allein.

Er rappelte sich auf, fand wieder die Kraft, wenigstens stehen zu bleiben. Er durfte hier nicht einschlafen. Noch einmal prüfte er sein Bild im Spiegel. Hatte er wirklich das Handtuch geworfen? Konnte er sich denn dann noch selbst in die Augen sehen? Gab es denn tatsächlich keinen einzigen Gedanken mehr, der ihm Kraft zum Durchhalten geben konnte? Keine letzte Ecke von Verstand, Herz oder Seele, in der sich doch noch ein Krümel fand? Gab es nichts mehr, was ihn doch noch wieder auf die Beine bringen konnte?

Dickflüssiges Diesel, der letzte Seufzer von Wäldern, die vor fünfzig Millionen Jahren existiert hatten, strömte in den Tank eines Tiefladers, dessen acht perfekt geschliffene Zylinder, wenn es überhaupt noch Gerechtigkeit auf Erden gab, dafür sorgen würden, dass die Hoffnungen eines Händlers auch weiter auf der Straße blieben.

An der hell erleuchteten Tankstelle hielt Hatch die vibrierende Zapfpistole in die Tanköffnung, und er wusste, dass das auch seine letzte Runde war.

»Glauben Sie mir. Er hat aufgegeben«, versicherte ihm Matt, Schweißperlen auf der Stirn.

Diesel schwappte hoch. Die Zapfsäule schaltete ab. Hatch steckte die Pistole wieder in die Halterung, die Säule druckte eine Quittung, und Hatch nahm sie entgegen. »Wenn es Ihnen nichts ausmacht, möchte ich das gern von ihm persönlich hören. Und eine Minute bleibt ihm immer noch.«

»Er hat es gesagt, glauben Sie mir. Er ist am Ende. Das hat er mir eben gesagt. Er kommt nicht mehr zurück.«

»Und wer ist das da?«

Hatch zeigte auf die Toilettentür, wo ein Gespenst im frischen weißen Hemd erschien. Tom kam auf sie zu, kämmte im Gehen noch das angefeuchtete Haar, steckte das Hemd in die Hose, von neuem bereit zum Gefecht, und selbst das Hinken mit dem abgestorbenen linken Bein war nicht mehr so auffällig wie zuvor.

Matt traute seinen Augen nicht. Das war doch unmöglich.

»Beeilung! Sie schaffen es noch!«, rief Hatch.

»Aber er hat aufgegeben«, beharrte Matt. »Er hat aufgegeben!«

»Sind Sie noch dabei?«, fragte Hatch, als Tom herankam.

»Natürlich bin ich dabei. Auf geht's.«

Und damit kletterte Tom wieder zurück auf den Tieflader, zurück an seinen alten Platz.

Hatch gab Vince im Führerhaus ein Zeichen. »Alles klar? Dann weiter!« Er wandte sich wieder an Matt: »So, er hat aufgegeben, was?« Darauf wusste der junge Mann nichts zu sagen und kehrte ebenfalls an seinen Platz zurück. »Na, egal. Nur noch zweiundzwanzig Stunden, und ihr seid beide berühmt. Vergesst das nicht. Beide. Dann habt ihr den Weltrekord.«

Matt, sichtlich verwirrt, starrte Tom an, als der Konvoi die Tankstelle verließ; anscheinend wartete er darauf, dass der jämmerliche, am Waschbecken zusammengesunkene Tom zurückkehrte, der gesagt hatte »Ich kann nicht mehr«, und hatte sichtlich Mühe, das mit dem Mann in Einklang zu bringen, der neben ihm mit unerwarteter Frische und Geschicklichkeit gerade den vorletzten Knopf seines sauberen Hemdes schloss.

»Was ist nun mit dem Nervenkrieg?« Tom gab keine Antwort. »Ein Mann in Ihrem Alter...« Matt schüttelte den Kopf, Anerkennung wider Willen. »Was ist Ihr Geheimnis? Kommen Sie, erzählen Sie es mir. Was ist Ihr Geheimnis?«

»Reden Sie nur weiter, junger Freund. Ich bleibe als Letzter hier.«

»Und ein neues Hemd haben Sie auch«, staunte Matt. »Teufel noch mal. Und jetzt haben Sie's bequemer so?«

»Sie sollten es sich auch ein bisschen bequemer machen. Wie wär's mit einem Koma?«

Quälende Stunde folgte auf quälende Stunde, und als die drei Männer sich dem Ende ihrer vierten Nacht näherten, unterwegs unter den Lampionlichtern der Parks und Sträßchen von Westlondon, hielt Matt es schließlich nicht mehr aus: »Sie sind verrückt. Vollkommen verrückt. Glauben Sie mir, es hat keinen Zweck. Ich kann noch tagelang so weitermachen. *Tagelang.* Sie können mich nicht schlagen. Sie bringen sich um wegen nichts.«

»Warten wir ab, was der Bluttest ergibt«, antwortete Tom.

Der Morgen kam. Die sanfte Erregung des Sonnenaufgangs. Dunst am Horizont über dem Westway. London unterwegs zur Arbeit. Matt, der über Tom staunte, und umgekehrt. Hatch, der… eigentlich ganz damit beschäftigt war, seine Augen offen zu halten. Vince, inzwischen ebenfalls vollkommen erschöpft, machte noch ab und zu Aufnahmen, ansonsten folgte er schläfrig dem Discovery, der… ja, wohin eigentlich gebracht wurde?

Mit der Frage war Hatch nach wie vor beschäftigt. Sie konnten nicht ewig auf der Straße bleiben, sie mussten wieder eine Bleibe finden. Ein neues Lager aufschlagen, damit die Reporter wussten, wohin sie zu kommen hatten. Er hatte telefoniert. Eine Anfrage von ITV News. Er hatte eine Idee. Ein Fototermin und ein Ort, an dem die Kameras bereitstehen konnten, wenn der große Augenblick kam.

Tom hörte ein Biepen. Blickte zur Seite. Matt hatte eine SMS bekommen. Matt las und lächelte. »Tja, nicht leicht, jemanden zu schlagen, der verliebt ist.«

Was für ein Lügner dieser Kerl war! Und ein guter dazu. Man hätte ihm nicht angesehen, dass er kein bisschen verliebt war.

Matt schüttelte den Kopf. »Schon erstaunlich. Als ich Sie da in dem Waschraum gesehen habe, da hätte ich geschworen, Sie sind am Ende. Mann! Für einen Psychologen wären Sie 'ne harte Nuss! Sie können nicht gewinnen, das wissen Sie. Ich bin zwanzig Jahre jünger als Sie. Was ist Ihr Geheimnis? Ich kriege das schon noch heraus. Früher oder später kriege ich's heraus.«

So müde er auch war, zweigte Tom doch noch ein wenig Atem für ihn ab:

»Das ist ein Geheimnis.«

# 5

Er schlief. Nein, er war noch wach. Mit knapper Not. Den nächsten Moment zumindest noch. Toms Augen brannten von der Anstrengung, sie offen zu halten. Doch dann setzte der Schlaf zum nächsten Angriff an und musste von neuem abgeschmettert werden. Welle um Welle. Wie lange würde er sich wohl noch wehren können?

Und während Tom kämpfte, kroch der Tieflader wie ein Krankenwagen durch den qualmenden, hupenden, röhrenden Großstadtmorgen, bis Hatch schließlich einen Ort fand, der sie aufnahm, und das sogar mit offenen Armen.

»Brent Cross. Ein Einkaufszentrum«, eröffnete er ihnen an der nächsten Ampel.

*Ein Einkaufszentrum?*

Bald langten sie an dem weitläufigen Nordlondoner Ladenkomplex an, der sich bereit erklärt hatte, den Wettbewerb zu beherbergen, bis er entweder vorüber war oder die Polizei wieder auftauchte, je nachdem, was früher kam. Der Landrover wurde abgeladen, der Luxuswagen rollte auf den gepflasterten Parkplatz. Tom und Matt folgten ihm mit schlurfenden Schritten. Angestellte winkten sie in das Gebäude hinein, und der Wagen glitt über den schimmernden Marmor, bis er an einem Springbrunnen in der Mitte des Einkaufszentrums zum Stehen kam.

Schon bald war der Discovery umringt von Einkäufern. Familien groß und klein. Was ging hier vor? Was wurde geboten? Passanten, Männer in Geschäftsanzügen, junge Tagediebe, die ihre Chance witterten, ein Auto zu gewinnen, Rentner in ihren Elektrokarren, alle strömten herbei, wollten ins Innere des Wagens spähen, drängten sich so dicht, dass man durch die Scheibe nichts mehr sehen konnte, umringten Tom und Matt, bombardierten sie mit Fragen. Vince schob sie zurück, forderte eine Absperrung. Es dauerte nicht lange, und verchromte Pfosten und Taue wurden gebracht. Um den Wagen wurde eine Absperrung gezogen.

Hatch erzählte es jedem, der es hören wollte. Hier würde schon bald ein Weltrekord gebrochen. Ein Weltrekord. Und als Tom und Matt schließlich in ihre nächste Fünfminutenpause entlassen wurden, ertönte Applaus. Donnernder Applaus. Tom war verblüfft. Wildfremde! Applaudierten ihm! Matt mit seinem Filmstarlächeln winkte der Menge zu, genoss die Aufmerksamkeit, doch Tom hatte Mühe damit, wandte sich verlegen ab, senkte den Blick. Nein, sagte er sich, er durfte sich davon nicht verführen lassen. Auf lange Sicht war Lob gefährlicher als jede Gehässigkeit.

*... das Experiment ist vorüber. Meine Informanten haben mir soeben mitgeteilt, dass Jess Podorowski gestern Abend um 9 Uhr 30 die Hand gehoben hat und damit ausgeschieden ist. Die schlechte Nachricht lautet demnach: Die Egoisten gewinnen. Die Habgierigen halten am längsten durch. Für mich beweist das endgültig, dass die Welt im Grunde schlecht ist, dass es da in unserer Natur etwas gibt, was nicht zu unseren Vorstellungen von Gerechtigkeit passt, etwas Abstoßendes,*

*Perverses. Und so will ich denn wie Nero mein Haupt neigen und verkünden:* Qualis artifex pereo – *der Künstler in mir ist tot. Vielleicht wird es Zeit, dass ich erwachsen werde. Und genau das will ich jetzt: erwachsen werden. Damit wären wir am Ende meiner letzten Sendung angekommen… nie wieder will ich das Wort an Sie richten. Ich bin weg. Wie alles andere. Wie unsere Unschuld. Weg wie Jessie Podorowski, das Dunkel der Erde hat sie verschluckt. Wir Menschen – wir sind Bazillen mit Schuhen. Und was sollen wir als Musik dazu spielen? Ja, was außer – hier ist es… Mozarts ›Requiem‹.*

Die Menschenmenge war nun kaum mehr als ein verschwommener Fleck. Tom nahm die Welt wie ein Neugeborener wahr: ein Nebel und diffuse Geräusche. Er saß auf dem Mäuerchen am plätschernden Springbrunnen und versuchte seine Gedanken zu sammeln – und spürte dabei eine neue Entschlossenheit. Vielleicht war es das fließende Wasser: hieß es nicht immer, dass negative Ionen belebten? Er dachte an Randy Gardner, den Jungen, der elf Tage durchgehalten hatte. War Matt Brocklebank ein Randy Gardner? Na, selbst wenn er einer war, würde Tom jetzt nicht aufgeben. Im Schach legte man seinen König um, wenn man geschlagen war, und Tom hatte dort im Waschraum der Tankstelle mit dem Gedanken gespielt, seinen König niederzulegen. Doch dann war ihm ein neuer Gedanke gekommen, eine Inspiration: Er würde weitermachen bis zum Umfallen. Jawohl, *bis zum Umfallen.* Sollten sie ihn doch hinterher ins Krankenhaus bringen – er musste einfach wissen, wo die Grenze lag. Was hatte er zu verlieren? Seine Gesundheit? Seinen Verstand? Wenn er diesen Wettbewerb nicht gewann, was waren die beiden denn dann wert? Das war es, was ihm im Waschraum aufgegangen war. Er würde ausziehen zum letzten Gefecht. Und wenn er dabei fiel, wenn Matt sich als ein neuer Randy Gardner erwies, dann war es für ihn, Tom, keine Niederlage. Dann war er kein Versager. Er würde sagen können, dass er gekämpft hatte bis zum Äußersten. Damit konnte er leben. Und das war ein Ausgangspunkt, von dem aus er wieder auf die Beine kommen konnte.

Er rief sich eine Reihe von Daten ins Gedächtnis, die ihm wichtig waren, und selbst jetzt, in diesem Zustand, stellten sie sich ohne weiteres ein: verlor seine Arbeit 1832; verlor Wahl zum Lokalparlament 1832; Bankrott 1833; gewählt 1834, Wahl zum Speaker verloren im selben Jahr. Verlobte stirbt 1835, Nervenzusammenbruch 1836; Niederlage bei Kongresswahlen 1838, in den Kongress gewählt 1846; nicht neu nominiert 1848; Bewerbung um Offizierspatent abgelehnt 1849; verliert Senatswahlen 1854; verliert Senatswahlen 1858; aber im Jahr 1860 wählte man Abraham Lincoln zum Präsidenten der Vereinigten Staaten. Diese Lebensgeschichte war für Thomas Shrift wie ein Gebet, und er betete es jetzt in einem Nordlondoner Shoppingparadies.

Das Wort Weltrekord wirkte bei den Zuschauern Wunder. Von überall her strömten sie zusammen. Immer lauter wurden die aufgeregten Stimmen, als der große Augenblick sich näherte. Viele Jahre hatte Hatch auf die Erfüllung dieses Jugendtraums gewartet. Und wenn jetzt nicht noch ein Unglück geschah, dann sah es ganz so aus, als ob der große Moment gekommen war: der Moment, in dem auf einem übervollen Planeten ein Einzelner sich über die Masse erhebt – und nicht über fünfzig andere, nicht über ein paar hundert, sondern über Milliarden von anderen! Und so selten wurden neue Weltrekorde aufgestellt, dass es nicht viele gab, die bei einem solchen Moment des Triumphes tatsächlich *dabei* gewesen waren. Kein Wunder, dass die Leute aufgeregt waren. Seit es überhaupt Aufzeichnungen gab, wie viele waren denn da einem echten *Guinness*-Moment so nahe gekommen wie die Einkäufer von Brent Cross, die nun Tom und Matt und den Discovery umringten? Kein Wunder, dass sie so drängelten, dass sie dabei sein wollten, wenn Geschichte geschrieben wurde, denn eine solche Chance, die Chance, zu spüren, dass auch *ihr* Leben nicht vollkommen sinnlos war, würden sie nicht noch einmal bekommen. Kein Wunder auch, dass Vince und Dan machtlos gegen den Ansturm waren, dass die Leute ihre Aufforderung, zurückzubleiben, überhaupt nicht mehr hörten, dass sie sich vordrängten und manche sogar das Auto berührten, dass sie sich fühlen wollten, als seien sie selbst diejenigen, die Grenzen überschritten hatten. »Hände weg vom Wagen!« Hatch schaltete sich persönlich ein. »Sie sollen gerne dabei sein – aber Hände weg vom Wagen!« Doch auch sein Ruf verhallte ungehört, als ein Zuschauer nach dem anderen das Blech berührte – zwei, fünf, zehn, fünfzehn, in jeder Sekunde wurden es mehr, sie pressten ihre Hände auf das Metall, als würde der Wettbewerb noch einmal von vorn losgehen.

Eine in der Menge, die es nicht nötig hatte, zu drängeln, die gern einfach nur zusah, war Betsy Richards.

Sie hatte sich ausgeruht, sich frisch geschminkt, ein Kleid angezogen, und nun war sie zurückgekehrt, um ihren neuen Mann zu unterstützen. Wieder einmal sah sie hinreißend aus, im Minirock, mit hohen Absätzen, einem strahlenden Lächeln, und sie gab Matt Zeichen, eine Botschaft, die jeder verstand – dass sie auf ihn wartete, dass sie alles tun würde, was er von ihr wollte, dass sie jetzt sein Mädchen war.

*Das arme Ding macht sich etwas vor,* dachte Tom. *Das wird ein böses Erwachen geben. Ich habe deinen Grabstein gesehen, Schätzchen, und es steht nicht Brocklebank drauf. Nirgends.* Mit all ihren schönen Träumen würde sie am Ende ... Aber er durfte diesen Gedanken nicht weiterverfolgen. Die Augen fielen ihm zu. Ihm wurde schwindlig. Gleich würde alles vorbei sein – doch voller Panik riss er die Augen wieder auf.

Er wandte den Blick von dem Mädchen ab, das ihn nur unnötig Energie kostete, und hustete. Das Brennen im Hals war zurückgekehrt.

Er krümmte sich, bis der Anfall vorüber war, dann richtete er sich wieder auf. Als er wieder etwas erkennen konnte, sah er Hatch, der unmittelbar vor ihm stand. »Geht's noch?«

Tom nickte. Zu mehr war er nicht mehr fähig. »Geht. Gut.«

»Allzu gut sehen Sie nicht aus. Ein Arzt ist schon unterwegs.«

»Arzt? Wozu?«

»Nur zur Sicherheit. Kleine Untersuchung in der nächsten Pause. Wenn wir den Rekord gebrochen haben. Keine große Sache.«

»Ich brauche keinen. Arzt.«

»Keine Sorge. Alles nur Routine. Also, sagen Sie es mir. Wie fühlt man sich, wenn man im Begriff ist, einen Weltrekord zu brechen?«

Zwei weitere Worte brachte Tom noch heraus. »Wie. Scheiße.«

Hatch kicherte. Das sei gut, sagte er zu Tom, das solle er sich merken für die Reporter, wenn sie es geschafft hatten.

Vince erschien mit einer Nachricht für Hatch. »Der *Guinness*-Mann.«

Nur ein paar wenige unbedeutende Rekorde waren je in Gegenwart von Wally Koresh, dem *Guinness*-Mann, aufgestellt worden, aber er war bei einer Unzahl von Versuchen dabei gewesen. Heutzutage einen weltweiten Rekord zu brechen, das war nichts, was man so ohne weiteres tat. Man machte es nicht mehr am Samstagmorgen nach dem Spaziergang mit dem Hund. Man brauchte dazu übermenschliche Verwegenheit, eine enorme Ausdauer und, oft genug, eine gehörige Portion Dummheit. Er hatte Menschen gesehen, die sich von Dächern fallen ließen, Leute, die die Luft anhielten, bis man sie auf Tragbahren davontrug, Rennfahrer, von denen nur noch ein Blechknäuel übrigblieb. Er hatte mit angesehen, wie Leute tauchten, auswendig lernten, hoben, hungerten, überwanden, aushielten, aufbauten, buken, zerrten, froren, sich verrenkten, schluckten, hielten, balancierten, wie sie strebten, siegten, sich zerstörten, ihren Körper so behandelten, als würden sie morgen einen neuen bekommen, nur um die Nase ein Stückchen höher zu tragen als alle anderen. War das ein schöner Beruf? Ja, verriet der Ausdruck auf seinem Gesicht, es war der schönste Beruf auf der Welt.

»Wie lange haben wir noch?«, fragte er Hatch.

Hatch seufzte erleichtert. »Ich dachte schon, Sie schaffen es nicht mehr. Willkommen.«

»Der Verkehr, der Verkehr. Mörderisch. Na, jetzt schreiben wir Geschichte, was?«

Fünfzehn – vierzehn – dreizehn – zwölf –

Vince zählte den Countdown, doch da das Publikum mitzählte, machte es einen solchen Lärm, dass er nicht mehr zu hören war. Ein tausendstimmiger Chor unter der gewaltigen Kuppel. Tom kniff die Augen zusammen, nicht sonderlich beeindruckt vom Überborden der Gefühle, als die letzten (und für ihn seltsam bedeutungslosen) Sekunden abgezählt wurden, bis unter gewaltigem Jubel er und Matthew Brocklebank die Rekordmarke überschritten.

Sie hatten einen Weltrekord gebrochen!

Und was nun?

Ruhm und Ehre? War Tom nun, auf eine kleine, bescheidene Weise, prominent, konnte er sich als Berühmtheit verstehen, als solche benehmen? War das Geräusch, das da aufbrauste, anders als andere, die er vorher vernommen hatte? Sicher, es war Applaus, und für Tom war das schon etwas Neues. Doch abgesehen von diesem Lärm – Hände, die aneinandergeschlagen wurden, und jetzt auch knallende Champagnerkorken – war da nichts. Auch dieser Augenblick war eine Enttäuschung.

Matt hob triumphierend den Arm und nahm das Glas, das man ihm reichte. Das Publikum johlte lauter, schriller denn je, als er das Champagnerglas ansetzte und in einem Zug leerte.

Doch Tom, der mit seiner freien Hand ebenfalls ein Glas nahm, wollte nichts trinken und stellte es auf dem Fußboden ab. Als er sich aufrichtete, traf ihn das Blitzlicht eines Fotografen, und er sah nichts mehr, nur noch schwarze Flecken vor den Augen. *So fühlt es sich also an, wenn man berühmt ist*, dachte Tom, *das ist also der Lohn für all die Mühe. So ist das, wenn man auserwählt ist.* Dann nahmen ihn der *Guinness*-Mann und Matt, der eine Runde um das Auto gemacht hatte, um auf die andere Seite zu kommen, in die Mitte für die offiziellen Rekordfotos. Weitere Blitzlichter. Tom kniff die Augen zu. Er versuchte gar nicht erst zu lächeln. Dass er ein Idiot gewesen war, der über fünf Tage lang herumgestanden und die Hand an ein Auto gehalten hatte, war jetzt offiziell dokumentiert. Er hatte die Tür des Hühnerstalls fester zugezogen denn je.

Tom schob sich, die Hand am Blech, auf die Rückseite des Wagens. Für die Presse stand längst fest, dass Tom nur lästiges Beiwerk war und dass Matt bei weitem die bessere Story lieferte – der geläuterte Aristokrat auf dem Weg zum sicheren Sieg, immer noch unglaublich frisch, gutaussehend, wohlhabend, höflich … ja, der Inbegriff dessen, was die Nation als Bild von sich hatte, ein Mann, dessen Tonfall allein schon die schönen Traditionen eines gänzlich anderen Englands heraufbeschwor als dessen, das Tom kannte und für das er stand. *Klick klick klick* machten die idiotischen Kameras. Tom beobachtete Matt über das Autodach hinweg und sah, wie der Kerl sich in die Brust warf und galant den Arm um Betsy legte, was ein neues Blitzlichtgewitter entfachte.

Als Tom den Blick hob, entdeckte er Tayshawn in der Menge. Er schloss die müden Augen und öffnete sie wieder, um sich zu vergewissern. Ja, der Junge war da; er starrte ihn sogar an. Aber warum so feindselig? Und dann zeigte Tayshawn ihm den erhobenen Mittelfinger: den Stinkefinger. Tom schloss noch einmal die Augen. Was ging vor? Womit hatte er das verdient? Die einzige Erklärung war, dass es mit Walter zu tun hatte. Vielleicht hatte der Junge gerade erst von dem tragischen Tod gehört und machte ihn irgendwie dafür verantwortlich; er wusste nicht, dass Tom sich neben Walter gekniet und mit Mund-zu-Mund-Beatmung sein Bestes getan hatte, um das Leben des alten Burschen zu retten.

Vince blies das Trillerpfeifensignal zur Pause.

Halb betrunken stolperte Matt zur Toilette, während Tom sich einem unbekannten Arzt gegenübersah. Der Mann mit einer Nase wie General de Gaulle kam sofort zur Sache und forderte ihn auf: »Können Sie mir bitte nachsprechen: *Ich sammle gern Muscheln am Meer. Im Sand ist das Kuscheln nicht schwer.*«

Tom öffnete ein Auge. »Kann ich. *Scheiß auf Sie.* Reicht das?«

Aber der Arzt ließ nicht locker und zwang Tom dazu, sich mit ihm in den Landrover zu setzen. »Es dauert nur einen Augenblick. Ich danke Ihnen. Wir müssen uns Gewissheit über Ihren Gesundheitszustand verschaffen. Sie wagen sich hier auf unbekanntes Terrain vor.«

Was sagte der Medizinmann da? War Tom in Gefahr? Vielleicht würde es doch nicht schaden, wenn er ihn ein paar Tests machen ließ. Also tat er wie ihm geheißen. Der Arzt holte etwas aus seiner Instrumententasche, Tom knöpfte sein Hemd auf und ließ es zu, dass der Mann ihm ein kaltes Stethoskop auf die Brust setzte. Und exakt in dem Moment wurde die Autotür aufgerissen, und ein Fotograf machte – *Pop!* – eine Aufnahme von Tom, wie er dalag mit offenem Hemd, dem Tode nah, ein Wrack, das die Aufmerksamkeit eines Arztes brauchte. »Danke«, sagte der Leichenfledderer, denn er hatte genau das Bild im Kasten, das er gewollt hatte. *Da werden sie jubeln*, dachte Tom. Sie konnten das Bild neben dem von Matt bringen: dem Jungen, der sein Glas erhob, den Arm um eine Blondine gelegt, die Krone der ganzen verfluchten Schöpfung!

Toms Herzschlag musste wohl sehr schwach sein, denn der Doktor setzte sein Stethoskop auf der Suche danach immer wieder an neuen Stellen an, schob es hin und her wie eine Schachfigur. »*Ich sammle gern Muscheln am Meer. Im Sand ist das Kuscheln nicht schwer*«, intonierte Tom.

»Gut«, sagte der Arzt, immer noch auf der Suche nach dem Herzschlag, und klopfte auf den Schalltrichter des Stethoskops, um zu hören, ob es in Ordnung war.

*Muscheln am Meer.* Das lockte eine Erinnerung hervor – eine neue Halluzination –, Tom mit siebzehn Jahren. Kommt aus dem kalten Wasser zurück. Läuft über den Strand, einem … ja, seiner ersten Freundin entgegen. Jetzt sah er sie wieder, auch wenn ihr Name ihm nicht einfiel – Zinksalbe auf der Unterlippe, auf der Nasenspitze –, sie breitet das Handtuch, das sie um die Schultern gelegt hat, aus und lässt ihn darunter schlüpfen, er spürt den sonnenwarmen Badeanzug auf seiner Haut, schmeckt im Kuss das Salz der See auf seinen Lippen, sieht den Zeh, an dessen rotem Nagellack Sandkörnchen kleben. Und neben ihr im Sand wartet eine Überraschung auf ihn – ein Herz. Aus Muscheln in den Sand gedrückt. Muscheln am Meer.

Er war selig gewesen. Hatte er je einen schöneren Moment erlebt? Das Mädchen hatte ihn geliebt. Hatte es mit einer Muschelbotschaft gesagt. Und was hatte er ihr gegeben? Eine erste Ahnung seiner *Kameradschaft*. Ein halb vergessener

Augenblick, so schnell vorüber, und jetzt war er ihm wieder erschienen, zum Zeichen für sein … Für was?

»Ich hab's«, sagte der Doktor. »Da ist es.«

Sein Herz.

Ja, schloss Tom, Augenblicke wie damals am Strand, die waren das Gold, aus dem die Münzen des ganzen Lebens geschlagen wurden. Und dieses Mädchen – und war es nicht schrecklich, dass er ihren Namen nicht mehr wusste? –, sie hätte sein pochendes Herz auf Anhieb gefunden, mit einer Muschel.

Der Doktor rollte sein Stethoskop zusammen. »In Ordnung. So weit funktioniert noch alles.«

Tatsächlich? Na, wenn der Arzt das sagte.

Aber sofort fügte der Quacksalber hinzu: »Noch.«

*Noch.* Er hatte sich längst an solche Gemeinheiten gewöhnt. *Ha!*, dachte, Tom Shrift. *Noch! Ha!*

Tayshawn folgte Matt Brocklebank zur Toilette. Es war eine anstrengende Nacht gewesen, denn als Mitglied einer Bande von Drogenhändlern, die sich großsprecherisch Apostel der Apokalypse nannten, war Tayshawn die ganze Zeit über unterwegs gewesen. Dass er sich diesen Dealern, die bisweilen auch üble Gewalttaten begingen und deren Hauptquartier in einer heruntergekommenen Westlondoner Sozialsiedlung lag, angeschlossen hatte, hatte seine Logik. *Ich hab die Nase voll von Idioten, die mich dauernd rumkommandieren.* Was war die Alternative gewesen? Er war dieser Geheimgesellschaft beigetreten, und nun kommandierten ihn noch größere Idioten herum.

Unzufriedenheit mit der vorgezeichneten Karriere – vom

»Lockvogel« zum »Läufer« und von da eines Tages vielleicht der Aufstieg zum »Direktorium«, wo man (wenn man ehrgeizig war) »Präsident« werden konnte, bis einen dann Ihre Majestät in einem ihrer Gefängnisse wegschloss – war sein Motiv gewesen, sich an dem Wettstreit um den Landrover zu beteiligen. Doch als sich dann auch dieser Traum zerschlagen hatte, da hatte er rasch handeln müssen. Sich schnell entscheiden.

Er hatte seinen Kumpeln Walters goldene Seiko gezeigt und ihnen erklärt, er mache nicht mehr mit. Er sei draußen. Mache die Fliege. Es ging nicht mehr anders. Er musste weiter. Irgendwie hatte er das Gefühl, dass seine Zukunft eher in der Sozialarbeit lag. Die Leute im Gemeindezentrum hatten ihm gesagt, er solle es beim Prince's Trust versuchen. Wer konnte schon wissen, was sich daraus noch ergab? Weit hergeholt, aber unmöglich war es nicht.

Leute, die er seit seiner Kindheit gekannt hatte, starrten ihn an. Einige sagten: »Scheiße, Mann, was redest du denn da?« Aber Tayshawn würde nirgendwohin gehen. Das Erste, was sie ihm abknöpften, war die Uhr. Musste sein. Er war mit seinen »Zahlungen« im Rückstand. Tayshawn wollte nicht aufgeben. Sagte, er wolle einfach nur raus. Aber das war nicht so leicht. Entweder zahlte er seine Schulden, und das waren – *hmmm*, Demetrius, der Schatzmeister, rechnete es kurz durch – ungefähr 350 Pfund. Entweder zahlte Tayshawn also diesen »Kredit« zurück, oder sie würden sein »Konto auflösen«, und Tayshawn wusste genau, dass er die Zeche dann mit seinem afrokaribischen Arsch zahlen würde.

Und so war also Tayshawn, der Diener der Delinquenten, der Fußabtreter des Fußabtreters des Fußabtreters, die ganze Nacht durch die Straßen gezogen, um denen, die Crack wollten, Crack zu verkaufen, an den geheimen Treffpunkten in ganz Westlondon. Als es Morgen wurde, hatte er 125 Pfund in zerkrumpelten Banknoten eingenommen. Das waren Bruttoeinnahmen. Als Nettogewinn, nachdem die »Unkosten« abgezogen waren, blieben ihm ungefähr fünfzehn Pfund.

Für fünfzehn Pfund war er die ganze Nacht auf den Beinen gewesen! Mann, wenn er doch nur das Auto gewonnen hätte! Wer wohl der Gewinner war? Oder waren die immer noch dran? Nein, das konnte nicht sein. Inzwischen mussten sie einen Gewinner haben. Er hätte auch gern gewusst, was aus Walter Haines geworden war (das war ein Mann, der einem womöglich sogar 350 Pfund borgen würde!), aber er hatte nicht mehr die Kraft, sich noch einmal bis ganz nach Olympia zu schleppen, und so hatte er eine Morgenzeitung gekauft, in der Hoffnung, dass etwas über den Wettbewerb drinstand. Und tatsächlich etwas gefunden. Leute, die er persönlich gekannt hatte, von denen er selbst einer gewesen war, standen jetzt in der Zeitung! Mit einem bisschen Glück hätte er selbst das sein können! Das Bild zeigte die drei Kandidaten, die noch übrig waren: Jess Podorowski, Tom Shrift und Matt Brocklebank. Zwei von denen waren in Ordnung, die waren ganz okay, aber den Dritten hasste er. Und als er weiterlas, erfuhr er, dass der Wettbewerb »vom Tod eines Rentners überschattet« war. Scheiße! Und da stand auch der Name: Walter Haines. In der Zeitung. Walter Haines. Im ersten Morgenlicht hatte Tayshawn die Zeitung zusammengeknüllt und in einen Papierkorb gestopft.

Jetzt drückte er die Schwingtür der öffentlichen Toilette

auf und stellte fest, dass niemand dort war. Wohin war Matt Brocklebank verschwunden? Von allen Kabinen war nur bei einer, der hintersten, die Tür geschlossen. Als Tayshawn näher kam, hörte er Geräusche dort drinnen. Oh-oh. Er wusste Bescheid. Er war ja kein Dummkopf…

Matt war nicht allein dort drin. Tayshawn hörte sie flüstern. Matt vögelte da drin seine Freundin, keine Frage. Der ließ nichts anbrennen. Kleine Wiedersehensfeier mit Betsy. Der Kerl hatte gerade einen Weltrekord gebrochen und immer noch Kraft genug für einen kleinen Fick auf dem Klo. Stahlhart, der Mann. Tayshawn hatte Respekt. Er schüttelte den Kopf. Er ging noch ein Stück näher und sah das Fensterchen am Schloss: BESETZT, und er musste noch einmal lächeln: Alle Achtung.

Dann kam Tayshawn mit einem eigenen kleinen Trick. Er schlich sich in eine der anderen Kabinen und ließ die Tür einen Spaltbreit offen, so dass er über den Spiegel die Tür von Matt und Betsy im Auge behalten konnte. Er wollte sehen, wie sie herauskamen. Wollte sehen, wie das Mädchen aussah. Das musste er einfach sehen. Ein toller Kerl, dachte Tayshawn. Toller Kerl.

Eine Minute verging, noch immer leises Flüstern. Aber bevor die nächste um war, öffnete sich die Tür, und Tayshawn bekam etwas für sein Geld. Er bekam sogar eine Menge für sein Geld. Weit mehr, als er erwartet hatte.

Matt – der König der Hengste – kam herausstolziert, strich sich die Kleidung glatt und verließ in aller Eile den Waschraum. Aber Betsy folgte nicht, jedenfalls noch nicht. Stattdessen hörte Tayshawn langes Rascheln – Mann, die musste wirklich alles ausgezogen haben! –, und dann endlich öffnete sich die Tür. Doch … das war nicht Betsy. Ja, was –?

Stattdessen kam ein Mann, ungefähr von Matts Statur, heraus. Ein Mann? Hatte der's mit einem *Kerl* getrieben? Der Bursche trug eine Kappe. Sonnenbrille. Das Haar unter der Kappe war blond. Matt war da in der Kabine gewesen mit –? Das konnte doch nicht sein! Der und ein anderer Kerl? Oder hatten die etwas anderes zu bereden gehabt? Mehr als einmal hatte Tayshawn seinen Stoff auf dem Klo verkauft. Das war die Erklärung. Es konnte doch gar nicht anders sein.

Aber dann ging der Bursche ans Waschbecken, wusch sich die Hände, und als er sich aufrichtete, betrachtete er seine Züge im Spiegel und spritzte sich ein wenig Wasser ins Gesicht, und Tayshawn sah dieses Gesicht genau …

Scheiße noch mal, das Haar war nicht echt. Das sah man sofort. Der hatte sich nicht mal die Mühe gemacht, die Perücke gerade aufzusetzen.

Und dann nahm der Bursche seine Sonnenbrille ab.

Das ist er!, dachte Tayshawn, als er endlich das ganze Gesicht sehen konnte. Keine Frage.

Matt musste laufen, damit er wieder rechtzeitig am Discovery ankam. Er schüttelte den Kopf, hauchte ein *Puh!* und grinste die Zuschauer an: »Das war knapp!«

Selbst die Veranstalter lächelten, waren froh, dass ihr Sieger nicht zu spät gekommen war. »Zu viel Champagner«, erklärte Matt, laut genug, dass alle es hören konnten.

Auch Tom war an den Wagen zurückgekehrt, doch er lag in den letzten Zügen und hätte nicht mehr sagen können, ob er noch wach war oder schon schlief. Er existierte in einem Zwischenreich. Wenn er wirklich noch wach war, dann war das reines Glück. Wenn er schlief, dann sah er im Traum, wie Matt sich in seiner Siegerpose sonnte, wie er den Publikumsliebling gab. Und das Publikum lachte pflichtschuldig über die Scherze des jungen Mannes. Tom lachte nicht. Er war der Einzige, der nicht lachte.

Ein Reporter der *Times* hatte Hatch beiseite genommen und wollte ihm ein paar Fragen stellen. Wie war er auf die Idee mit dem Wettbewerb gekommen? Hatte er sich träumen lassen, dass er den Weltrekord brechen würde? Was *bedeutete* dieser Rekord? Wie wurde er mit dem Tod von einem der Teilnehmer fertig? War der Wettbewerb schuld daran? Hatte er selbst in den letzten fünf Tagen viel geschlafen? (Hatch versuchte diesen Fragen aus dem Weg zu gehen, als sie zusehends negativer wurden. Doch die Fragen kamen immer weiter.) Wie weit konnten diese beiden Männer noch gehen? Und wenn Hatch vermeiden wollte, dass es noch eine zweite Tragödie gab, würde es da einen Punkt geben, an dem Hatch eingriff? Er könne ihnen doch zum Beispiel *zwei Discoveries* anbieten? Für jeden einen?

Behutsam suchte Hatch sich einen Weg zwischen all diesen tödlichen Fragen – Fragen mit Stacheldraht, die ihn verletzen würden, wenn er sich nicht vorsah –, da erblickte er Vince, der sehr aufgeregt aussah und ihn zu sich heranwinkte. Erleichtert entschuldigte er sich, versprach aber, er werde gleich wieder da sein.

Vince stand neben dem fetten jungen Herumtreiber, der an der ersten Hälfte des Wettbewerbs teilgenommen hatte.

»Was ist passiert?«

»Das müssen Sie sich anhören. Das müssen Sie.« Vince legte dem Straßenjungen die Hand auf die Schulter. »Sie erinnern sich doch noch an Tayshawn hier, oder? Er war bis zum dritten Tag dabei.«

»Ich habe da gerade ein wichtiges Gespräch. Wenn –«

»Nein, Sie müssen sich das anhören. Tayshawn hier hat mir gerade etwas erzählt, was … was … Also ich denke, das müssen Sie von ihm selbst hören, sonst … Also ich weiß nicht, wie … ich …«

Hatch ließ seinen Juniorverkäufer, der dem Schlaganfall nahe schien, einfach stehen und blickte den Jungen durchdringend an. »Also, was ist los?«

Nach und nach enthüllte Tayshawn, was er gesehen hatte, aber er war aufgeregt, und die Sätze kamen so unsicher, dass er jeden davon mit einem »na, Sie verstehen schon?« abschließen musste. Zwar entwickelte sich bei Hatch zumindest eine gewisse Vorstellung davon, was er meinte, aber die Geschichte war einfach zu abwegig, zu unmöglich. So etwas gab es nicht.

»Was erzählst du da?«, fragte Hatch schließlich. »Nimmst du Drogen?« Was er da gerade vernommen hatte, war Irrsinn. Für solches Geschwätz hatte Hatch keine Zeit. Er sagte dem Jungen, das habe er wohl geträumt. Er sagte Tayshawn – der so sehr nach Hasch und Halbwelt und Gaunerei aussah, dass ihm keiner geglaubt hätte –, die Geschichte solle er einem anderen erzählen. Ja, er war nun dermaßen ungehalten, dass er Tayshawn beiseite schubste. Ein kleiner Stoß nur, doch eindeutig genug. »Geh jetzt, sonst rufe ich die Polizei. Was *willst* du überhaupt hier?«

Und dann sagte Tayshawn, er könne ihnen den Mann zeigen, den zweiten, den er gesehen habe, er wisse, wo er sei. Hatch könne ja mitkommen und sich »den anderen« selbst ansehen.

»Kommen Sie, sehen Sie es sich an. Er ist gleich da drüben. Dahinten. Ich bin ihm nämlich nachgegangen, wissen Sie? Da drüben im Burgerladen, da sitzt er. Aber Sie müssen jetzt gleich kommen, Sie verstehen schon? Wenn Sie mir nicht glauben, dann kommen Sie mit. Sehen Sie sich's selbst an, wenn Sie mir nicht glauben.«

Hilflos folgten Hatch und Vince und Dan dem Jungen zum Burgerladen. Und als sie sahen, wer da in einer der Nischen ganz hinten saß, stockte ihnen der Atem.

Der Bursche, den Tayshawn im Waschraum gesehen hatte, saß dort über einen dreifachen Hamburger gebeugt und stopfte sich Fritten in den Mund. Er trug immer noch seine alberne Kappe und die lange Perücke, doch er aß so gierig, dass ihm die Sonnenbrille vorn auf die Nasenspitze gerutscht war, und die Augen waren deutlich zu sehen. Und als diese Augen schließlich über den Rand der Brille aufblickten, da sahen sie vier Leute, die wie angewurzelt dastanden und ihn anstarrten.

Was Hatch und Vince und Dan und Tayshawn verblüfft bestaunten, war ein zweiter Matt, ein Doppelgänger, ein Spiegelbild: die gleiche Statur, das gleiche Gesicht, der gleiche *Mensch* wie der Matt, den sie gerade am Wagen zurückgelassen hatten.

Burger und Fritten hingen diesem zweiten Matt noch aus dem Mund, als die vier sich nun langsam näherten, ihn in die Ecke trieben, ihm jeden Fluchtweg abschnitten. Er saß in der Falle. Aufgeflogen. Das Spiel war aus.

»Mist«, murmelte der junge Mann und wurde rot.

Sie machten es so, wie Hatch es sich wünschte – wie er es tun musste, damit es kein Aufsehen gab.

Auf dem Gang vor den Toiletten des Burgerladens, wo seichte Musik in den Ohren dudelte und die Leute sich drängten, knöpfte Hatch sich den Hochstapler vor, der nun zusammengesunken vor ihm stand. »Von wo kommen Sie in Wirklichkeit? Bermondsey? Shoreditch? Von wo? Und der reiche Daddy, der ist auch gelogen, oder? Keine Eliteschule.«

»Ehrlich gesagt doch.«

»Und als Erstes lassen Sie diesen aufgesetzten Akzent sein.«

»Aber ich –«

»Sie sollen das *sein lassen*!«

Matt zuckte mit den Schultern. »Wir sind auf der Universität. Wir wohnen in … in Surrey.«

Hatch sah dem Jungen ins Gesicht. Musste sich eingestehen, dass so etwas durchaus denkbar war – schließlich waren die Reichen genauso pervers wie alle anderen. »Wenn das so ist, dann dreht es mir noch mehr den Magen um. Am liebsten würde ich Ihnen eins in die Fresse geben. Ich nehme an, Sie und Ihr Bruder verdienen sich mit solchen Tricks ein hübsches Sümmchen dazu, nicht wahr? Spielen den armen kleinen reichen Jungen. Heißen Sie wenigstens Matt?«

Der Zwillingsbruder stammelte etwas, was wohl eine Entschuldigung sein sollte. »Wir … wir wollten nichts Böses tun. Es war nur ein Spaß.« Hatch schüttelte fassungslos den

Kopf, und der junge Mann fügte noch hinzu: »Sie könnten … Sie könnten uns doch einfach gewinnen lassen. Kein Mensch würde was merken.« Als Hatch schwieg, nahm der Betrüger das als Ermunterung. Er lächelte. Ja, das war doch eine Lösung.

»Hoch mit Ihnen«, kommandierte Hatch. »Stehen Sie gerade.« Und als Matt gehorchte, packte Hatch ihn am Jackett und knallte ihn an die Wand. »Ein Spaß? Wie viele Leute sehen Sie denn hier lachen? Meinen Sie, der Mann da draußen, der lacht?«

»Wir … wir haben ihm zu einem Weltrekord verholfen.«

»Halten Sie den Mund, und hören Sie zu! Ich sage Ihnen jetzt, was wir machen. Sie und Ihr Bruder sind aus dem Rennen. Aber die Presse darf nichts mitbekommen. Ich kann mir keine schlechte Publicity leisten. Also, spitzen Sie die Ohren. Sie lassen sich etwas einfallen, wie Sie ausscheiden, ohne dass es Verdacht erregt. Und zwar schnell. Bringen Sie das fertig? Haben Sie gehört, was ich sage?«

Der junge Mann nickte. Hatte keine andere Wahl. Die Augen blickten ängstlich. »Einverstanden«, sagte er, und nach wie vor im feinsten Tonfall.

Gefangen im Nebel seiner Leiden verfolgte Tom eine Reihe von Ereignissen, die ihm schier unbegreiflich blieben. Vor seinen trüben Augen ereignete sich ein Wunder – eines, das ihm am Ende auf seine Weise genauso schal und enttäuschend vorkam wie das alljährliche Mitternachtsfeuerwerk an Silvester.

Es geschah wie folgt: Tom sah Hatch zum Discovery kommen, wo Matt mit der Hand am Wagen stand. Hatch flüsterte dem Jungen etwas ins Ohr. Tom konnte nicht hören, was er sagte, doch selbst in seinem benommenen Zustand fand Tom das seltsam, denn bisher hatte Hatch so etwas noch nie getan, und es sah sehr nach Verschwörung aus. Hatte Hatch sich jetzt auf Matts Seite geschlagen, so wie alle anderen?

Das Zweite, was Tom seltsam vorkam, war Matts Reaktion auf diese Einflüsterung. Matt hatte erschrocken dreingeblickt, und nun ging er aufgeregt auf und ab, ließ seine Autohand von der Haube zum Dach und zurück zur Haube gleiten, rot im Gesicht, und murmelte, laut genug, dass Tom es hören konnte: »Mist, Mist, Mist, Mist, Mist.«

Was sollte Tom von alldem halten? Etwas ging da vor, aber er hatte keine Ahnung, was. Dann geschah etwas noch Bizarreres. Und wie sich herausstellte, war es der entscheidende Augenblick. Matt nieste.

Er nieste laut. Und die Menge japste. Aus diesen ersten Schreckenslauten erhoben sich Stimmen, daraus wurde ein Stimmengewirr, und dann war die Hölle los. Plötzlich ertönten überall Rufe:

»O nein!«

»Gott!«

»Er hat losgelassen!«

»Tatsächlich?«

»Ich hab's gesehen!«

»Als er nieste, hat er losgelassen!«

Tom betrachtete seine eigene Hand. Die war nach wie vor am Wagen. *Losgelassen?* Er blickte hinüber zu Matt, der noch immer dastand, Hand ebenfalls an dem Landrover, doch nun riefen die Leute, zeigten mit Fingern auf ihn.

Tom entdeckte Betsy in der Menge. Stellte seine Augen scharf. Er sah Schmerz, Enttäuschung auf ihren Zügen, als sie von jenseits der Absperrung ihren neuen Mann ansah. Und als Tayshawn (ausgerechnet) sich zu ihr vorarbeitete und ihr etwas ins Ohr flüsterte, schlug sie die Hand vor den Mund. *Da wird plötzlich verdammt viel geflüstert*, dachte Tom. *Was soll diese Flüsterei?*

Und je mehr Tayshawn flüsterte, desto mehr verwandelte sich Betsys Ausdruck von Enttäuschung in Entsetzen. Was immer der Knabe ihr da erzählte, es waren keine Beileidsworte.

»Er ist draußen!«, riefen immer mehr Leute.

»Er hat losgelassen!«

»Was ist passiert?«

»Er hat geniest! Und dabei hat er losgelassen!«

Der Lärm der Zuschauer wurde immer größer, und Hatch ging noch einmal zu Matt und sprach leise mit ihm, und dann nickte Matt. Er sah traurig aus, verloren. Und dann geschah etwas Unglaubliches. Der junge Mann nahm die Hand von dem Wagen. Vor aller Augen.

Applaus brandete auf. Ungläubiges Gemurmel. Matt war ausgeschieden. Kurz drehten sich Köpfe zu Tom, der damit automatisch zum Sieger wurde, doch gleich darauf wandten sie sich wieder Matt zu, dem tragischen Helden, dem unglücklichen Verlierer. Sie umringten den jungen Mann, der einen Moment lang nicht aufgepasst hatte, den Sieg schon vor Augen. Tom sah dem allen zu und verstand noch nicht recht, welche Folgen es für ihn hatte, und nun sah er, wie Betsy über das Absperrseil kletterte, auf Matt zurannte – und ihn dann mit Fäusten bearbeitete, auf seine Brust einhämmerte, bis er einen Schritt zurück machte und versuchte, sich vor den Schlägen zu schützen. Mit Tränen in den Augen rief sie »Wie konntet ihr mir das antun!« und »Welcher von euch? Sag schon! Welcher von euch war's?!« Matt musste sie an den Handgelenken festhalten, doch sie brüllte so laut, dass alle es hören konnten: »Du Dreckskerl! Ihr *Dreckskerle*!« Immer wieder brüllte sie »Wie konntet ihr!«, aber die Leute stellten sich vor, dass sie einfach nur hysterisch war, aus Enttäuschung darüber, dass Matt den Wagen nicht gewonnen hatte.

Tom schloss einfach die Augen. Es war alles zu viel. Er verstand überhaupt nichts mehr. Also versuchte er es gar nicht erst, sondern hüllte sich ganz in Dunkelheit. Verzerrte Stimmen brandeten auf, verebbten, brandeten wieder auf: man kam leichter damit zurecht, wenn es dunkel war. Und als er nach einer Weile die Augen wieder öffnete – nur um sich zu vergewissern, dass er nicht eingeschlafen oder aus dem Wettbewerb ausgeschieden war –, begriff er weniger denn je, was er sah. Die Welt war ein einziges Chaos. Alle wollten sich Gehör verschaffen. Alle brüllten durcheinander. Die beiden Demonstrantinnen mit ihren Spruchtafeln riefen »Lass sie los!« und »Rühr sie nicht an!«. Doch damit sorgten sie anscheinend nur für noch mehr Verwirrung. Aus irgendwelchen Gründen wollten diese beiden Frauen, dass Matt Betsys Handgelenke losließ. *Aber warum? Warum?* Tom schloss die Augen vor diesem Ansturm, und eine Art Frieden kehrte wieder ein. Und er wäre vielleicht einfach so stehen geblieben, mit geschlossenen Augen, hätte die Wirklichkeit ausgeblendet, wenn nicht jemand an seiner freien Hand gezerrt hätte.

Mit äußerster Anstrengung hob er die Lider. Blickte nach unten. Ein kleines Mädchen. Süße Unschuld blickte zu ihm auf. Lutschte an etwas. Einer Lakritzstange. Jetzt hielt die andere Hand etwas vors Gesicht – ein rosa Mobiltelefon. *Klick*, sagte das Telefon. Stimmt, damit konnte man ja jetzt auch Fotos machen. Sie ließ das Telefon wieder sinken. »Du hast gewonnen«, informierte die Kleine ihn, dann biss sie die Spitze von ihrer Lakritzstange ab und kaute, und dabei betrachtete sie ihn wie ein Tier im Zoo. Brauner Saft kam zwischen ihren Zähnen hervor.

Tom wandte sich wieder zu Matt um. Aber er sah seinen letzten Rivalen nirgendwo mehr in der Nähe des Wagens. Wo war er geblieben? Er stellte seine Augen auf mittlere Entfernung ein. Das lautstarke Grüppchen war ein wenig auf Abstand gegangen, und Matt versuchte verzweifelt, die heulende Betsy und die beiden Demonstrantinnen abzuschütteln, gar nicht zu reden von der Presse, deren Kameras keinen Moment stillstanden, und nun, nach und nach, sickerte es in Toms Bewusstsein, dass er der Einzige war, der noch die Hand an dem Auto hatte. Er musste also der Gewinner sein. Er konnte es nicht glauben. Aber es war die einzige Erklärung.

Hatch bestätigte es. Er trat auf Tom zu und legte ihm eine Hand auf die Schulter. »Glückwunsch.«

Tom nickte. Der Sieg. Unglaublich. Er hatte es geschafft.

Wieder betrachtete er seine linke Hand, die noch immer auf dem Metall ruhte, die letzte Hand von … wie viele waren sie zu Anfang gewesen? … von vierzig. »Es ist vorbei«, sagte er, als müsse er sich selbst davon überzeugen.

Hatch drückte ihm die Schulter. »Sie haben's geschafft, Kumpel.«

Tom nickte. Doch er spürte keine Freude. Stattdessen hätte er am liebsten geweint, und zu seiner Überraschung kamen ihm tatsächlich die Tränen.

»Sie können das Auto jetzt loslassen«, sagte Hatch sanft.

Da. So einfach ging das.

Sie standen mitten in der Öffentlichkeit, doch es war ein ausgesprochen privater Moment für Thomas H. Shrift, ein Moment voller Geheimnisse. Jemand applaudierte. Tom blickte auf und sah, dass der Autohändler immer noch neben ihm stand und lächelte. Gerührt blickten sie sich in die Augen; sie spürten, dass sie zusammen hier etwas Großes geleistet hatten, auch wenn sie beide nicht recht wussten, was es war.

Tom zwang seine widerspenstigen Beine, ihn noch das kleine Stück bis zur anderen Seite des Brunnens zu tragen. Dort fand er ein Stück Marmorboden, auf dem niemand stand, weit und kühl, und mit einem tiefen Seufzer sank er nieder, legte sich flach auf den polierten Stein, die Fußknöchel aneinandergelegt, Arme an die Seiten gedrückt. Was für eine unbeschreibliche Wonne, sich endlich schlafen zu legen – die entsetzliche Bürde des Wachseins abzulegen! Der Marmor unter ihm war kalt und hart, und er lag dort wie eine Leiche im Schauhaus. Doch dann blickten seine Augen, noch immer offen, hinauf zu der großen gläsernen Kuppel, endlos weit über ihm. Für ihn hätte es die Himmelskuppel sein können, die dort oben funkelte mit all ihren Verlockungen, jenseits aller Vernunft, ganz aus Hoffnung gebaut – und war das denn nicht auch genug als Grundlage für ein Leben?

Und damit schloss er die Augen. Er schlief.

## 6

Tom erwachte. Alles tat ihm weh. Wo war er? Er lag zusammengekrümmt auf dem Rücksitz des gewonnenen Autos, und das stand vor seiner Wohnung in der Barlby Road. Sein Nacken war steif. Sein Rücken brannte. Er fühlte sich kein bisschen erquickt, dabei hätte er es so bitter nötig gehabt. Er wusste nicht mehr, wie man schläft. Aus Phasen tiefer Bewusstlosigkeit fuhr er plötzlich auf, von Lichtblitzen geweckt, die sein Gehirn produzierte – das war kein Ersatz für Schlaf. Wieder war er hochgeschreckt, und nun saß er kerzengerade im Morgenlicht, blinzelte, und dann sah er die drei Strafmandate, die unter dem Scheibenwischer steckten.

Es hörte niemals auf. Einen Angriff wehrte man ab, schon war der nächste da.

Er hatte überhaupt nicht daran gedacht, dass der Landrover keine Parkerlaubnis für dieses Viertel hatte. Er stieg aus und holte die drei Zettel. Jess' Kolleginnen hatten wieder zugeschlagen, Vampire vom Amt, die ihn ausgesaugt hatten, während er schlief. Wer reich sein wollte, brauchte nicht nur das Startkapital; für diesen Status musste immer und immer wieder nachgezahlt werden – es war teuer, reich zu sein.

Tom konnte sich den Unterhalt für dieses Auto nicht leisten, konnte seinen Besitz keinen einzigen Tag lang bezahlen, aber das machte nichts. Er hatte nicht vor, es zu behalten. Sosehr er sich auch gequält hatte, er war immer noch ein armer Schlucker, ein preisgekrönter Trottel, ein Weltrekordhalter, der seine Rechnungen nicht bezahlen konnte. Er galt als glücklicher Gewinner, doch seine Taschen waren leer. Eine Berühmtheit, die in der Versenkung verschwand.

War es das wert gewesen? Ja und nein. Die eine Hand verlor, was die andere gewann. Er mochte einen Wagen gewonnen haben, doch als Vince ihn am Vorabend in dem Landrover nach Hause gefahren hatte, war bei seiner Ankunft schon beim ersten Blick aus dem Fenster alle Siegesfreude verpufft.

Eine ausgebrannte Ruine. Seine Wohnung vom Feuer verwüstet, beide Etagen. Der rote Backstein schwarz von Rauch und Ruß. Jedes Fenster zerbrochen, von der Hitze oder von den Feuerwehrleuten. Die Haustür eingeschlagen. Und all seine Besitztümer, das wusste er, verkohlt.

Sein Nachbar hatte zugeschlagen. Da hatte er keinen Zweifel. Das war kein Zufall. Es war ein Racheakt. Jetzt, wo er genauer hinsah, entdeckte er, dass beide Wohnungen ausgebrannt waren. Sein Nachbar hatte tatsächlich die eigene Wohnung geopfert, um es ihm heimzuzahlen! Der Bursche hatte es tatsächlich getan, hatte mit Benzin getan, was Tom mit Unkraut-Ex getan hatte: Auge um Auge, Zahn um Zahn, bis zum bitteren Ende, dem Triumph der gemeinsamen Asche.

Nicht gerade die passende Begrüßung für einen heimkehrenden Sieger.

»Ist das Ihre Wohnung?«, fragte Vince.

Tom hatte überlegt. Es war einfach zu viel, die ganze Geschichte noch einmal zu erzählen. Er hatte gelogen. »Das?

Nein. Ich … ähm … ich bin zwei Häuser weiter drüben. Keine Ahnung, wer hier wohnt.«

»Mann! Muss ein ganz schönes Feuer gewesen sein. Da kann nicht mehr viel übrig sein, da drin. Kennen Sie die Leute? Von der Wohnung da?«

»Nein. Nie gesehen.«

Und das war nicht einmal gelogen. Denn der Rasenvergifter, sein altes Ich, kam ihm nun wie ein vollkommen Fremder vor. Wer war dieser Irrsinnige gewesen, der sich nachts in fremde Gärten schlich und sie meuchelte?

»Na, egal«, sagte Vince und reichte Tom die Schlüssel und die Papiere des Discovery. »Sie haben's geschafft«, sagte er, »viel Glück!«, dann stieg er aus und winkte eilig Dan heran, der ihnen mit einem zweiten Wagen gefolgt war. Tom blieb allein zurück.

Dann hatte er vor seiner abgefackelten Wohnung gesessen und sich seltsam beschwingt gefühlt. Die Müdigkeit wirkte wie eine Droge. Und in diesem Zustand hatte sich eine Idee in ihm breitgemacht, hatte von ihm Besitz ergreifen können – die Idee von der Sinnlosigkeit des Sieges, von der schieren Vergeblichkeit. Das Fundament von allem, was er bisher im Leben versucht hatte, war eine einzige Überzeugung gewesen: dass es besser war, wenn man sich hasste und dabei triumphierte, als wenn man sich liebte und dabei verlor. Aber stimmte das denn? Nun überlegte er, ob nicht alle denselben Kampf kämpften, den Kampf darum, ganz nach oben zu kommen, die anderen zu überwinden und hinter sich zurückzulassen, so dass sie eines Tages sagen konnten: *Ich hab's geschafft! Ich bin ganz oben! Ich bin der Größte!* … doch schon während man all diese Sätze mit Ich hinausposaunte, gerade wenn man – so wie Tom es jetzt versuchte – sich als Sieger fühlen sollte, zufrieden, dass der Nachglanz dieses Sieges nun für ein ganzes Leben reichen würde, fand man nur … was? Nur das hier. Dass man schon Feuerwehrmann sein musste, wenn man noch seine eigene Wohnung betreten wollte.

*Ich habe einen Weltrekord!,* wollte sein altes Ich immer noch rufen.

*Ja und?* kam ihm sein neues Ich dazwischen.

*Ich bin berühmt!*

*Ha! Tolle Sache. Wach auf, Blödmann. Schau dir doch an, was übrigbleibt,* sagte er zu sich selbst. *Schau dir die verkohlten Überreste an.*

Und da musste er lächeln. Und nicht lange, da saß er in seinem gewonnenen Auto und lachte laut. Der Schmerz, die Anspannung in seinen Gesichtsmuskeln ließen nach. Er konnte gar nicht mehr aufhören zu lachen.

Tom schüttelte den Kopf; für einen Mann mit einem Verstand von Mensa-Qualitäten hatte er sich wirklich wie ein Dummkopf aufgeführt. Ein wirklich intelligenter Mensch geht immer davon aus, dass er auch unrecht haben kann. Unrecht! Wer klug ist, weiß um seine Fehlbarkeit und verbirgt sie nicht – das stand fest. Doch wenn man das als Maßstab nahm, wie wenige weise Menschen gab es dann auf der Welt? Ein halbes Dutzend pro Jahrhundert, das waren die, die Schlagzeilen machten. Und was den Rest anging, die Millionen, die *nicht* weise waren, die konnten sich nur selbst belügen, weil sie die Kraft zum Leben aus dieser Lüge bezogen. *Und damit nicht genug, verteidigen sie diese Lüge auch noch, dabei ist diese Selbsttäuschung nichts weiter als die Maxime, mit der wir am besten durchs Leben kommen.* Tom erkannte seine eigene Einfalt ebenso wie die Einfalt von Millionen, in kohlschwarzen Lettern stand sie für ihn an den grauen Londoner Himmel geschrieben. Am Ende richten nicht die Lügen, die wir anderen erzählen, den größten Schaden an, sondern die Bären, die wir uns selbst aufbinden.

Tom sah Mr Bombaum, den Rentner aus dem übernächsten Haus, wie er am Tor stehenblieb.

»Mr Bombaum! Hallo!« rief Tom und kletterte mit steifen Beinen zur hinteren Wagentür hinaus.

Der alte Mann drehte sich um. Blickte erschrocken, dann erkannte er Tom wieder. »Ach Sie sind das. Kein Mensch wusste, wo Sie waren.«

»Ich war nicht da.«

»Die Leute wussten nicht, ob Sie da drin waren. Bei dem Brand. War eine Riesenaufregung.«

»Wissen Sie etwas? Wie es dazu kam?«

»Haben Sie es denn nicht gehört? Es war doch sogar im Radio.«

»Was ist geschehen, Mr Bombaum? Ich komme eben erst zurück. Ich weiß von nichts.«

»Scheint, dass keiner zu Hause war. Ihr Nachbar unter Ihnen, meine ich. Der war auch weg. Und hatte seinen Staubsauger angelassen. Und ich frage Sie, wer lässt denn einen Staubsauger an, wenn er aus dem Haus geht, bei dem Krach? Na, jedenfalls kein Wunder, wenn so was dann heiß wird. Feuer gefangen, heißt es. Und jetzt sehen Sie sich das an.«

*Aha,* dachte Tom. *Ein Racheakt, keine Frage.* Sein Nachbar musste gewusst haben, dass Staubsauger heißlaufen und in Brand geraten. Raffiniert, diese Brandstiftung. Kluger Hund. Auf so etwas hätte Tom selbst kommen können.

»Versteh nicht, wie Sie da lächeln können«, sagte Bombaum und stapfte davon. »Ich fände das bestimmt nicht komisch.«

Tom sah ihm nach, dann betrachtete er wieder seine Wohnung. Er würde nicht hineingehen. Die Türen waren mit gelbem Markierungsband abgesperrt. Vielleicht war es gefährlich, wenn man zu nahe herankam. Sein Zuhause. Vollgestopft mit den Sachen, die er gesammelt hatte, die ihm lieb gewesen waren, die er gern um sich gehabt hatte, an denen er bis zu einem gewissen Grade seinen Wert gemessen hatte. Aber im Grunde war er nicht wütend, spürte nicht den Wunsch, zurückzuschlagen oder sich zu rächen, nicht mehr den Impuls, seinem Nachbarn einen Schlauch in den Hals zu stecken und ihm sein eigenes Rasenmäherbenzin hineinzuschütten. (Wie hatte er zulassen können, dass er in seinem Irrsinn so tief sank!) Er spürte nur Erleichterung, dass die Fehde vorüber war. Er konnte es gar nicht abwarten, aufzugeben. So schlimm war die Niederlage doch gar nicht – nicht halb so schlimm, wie er gedacht hatte. Er hatte seine Freiheit zurück – das war der Trostpreis, den er unvermutet bekam. Er war die alte Bosheit los und konnte wieder durchatmen. Was für eine Erleichterung! Eine ungekannte Entspannung.

Am liebsten hätte er in Lee Lerners Sendung angerufen und ihm von seiner inneren Wandlung erzählt. Lee Lerner hätte diese Geschichte zu schätzen gewusst. Er hätte gelacht über die Beschreibung, die Tom von der Fehde geben konnte, vom Rasen (das Stück Land, wo das anstößige Wort gestanden hatte, war nun umgegraben), von dem wahren Ergebnis des Wettbewerbs, und er hätte auch zu schätzen gewusst, was Tom jetzt als erste Tat seines neuen Lebens tun wollte. Seine

Wut war verflogen. Davon wollte er nichts mehr hören. Und Tom spürte eine ganz eigentümliche Ruhe und Leichtigkeit in sich, als er die rußgeschwärzten Ruinen seines Zuhauses betrachtete.

Müde geht man zu Bett und wacht erfrischt wieder auf, wiedergeboren geradezu, sieht die Wirklichkeit im klaren Licht des Tages, und mit einem Male *weiß* man, was man zu tun hat. Magisch, so etwas. Wirklich magisch. Manchmal denkt man, dass es einfach das Beste am Leben ist, das Allerbeste.

Jess erwachte.

Nat gehörte ins Internat – das war ihr jetzt sonnenklar. Für die nächsten Jahre würde sie die Versorgung Natalies in die Hände einer staatlichen Einrichtung legen. Es war lächerlich, wenn Jess und Valeria sich weiter so abplagten, Jahr um Jahr, und die Hand, die ihnen zur Hilfe gereicht wurde, ausschlugen. Und schließlich war ja die größte Fürsprecherin für das Heim Natalie selbst. Wer hatte die Website gefunden, hatte den Prospekt bestellt, mit Bildern von Garten und Bäumen, einem See mit Ruderbooten, von glücklichen Schülern, die lachend im Gras in der Sonne saßen. Wer hatte zu Jess gesagt: »Ich möchte gern unter Leuten sein, die das ganz normal finden, wenn man sich plötzlich in die Hose macht.«

Jess hatte ihre Tochter nie ernst genommen. Sie hatte nur gedacht: *Typisch Nat, opfert sich, damit andere ein leichteres Leben haben.* Zwei Jahre Unentschlossenheit, das war die Folge davon gewesen. Doch mit dem heutigen Tag war diese Diskussion zu Ende. Nat war besser dran, wenn sie unter ihresgleichen war, in einem Internat, das die nötigen Ressourcen hatte, das von freundlichen Menschen betrieben wurde, die besser als sie in der Lage sein würden, die herzzerreißenden Fragen zu beantworten, die Nat bisweilen stellte, Fragen wie: *Wo soll ich denn je einen Jungen herkriegen, der mit mir schlafen will, wenn er mir vorher aufs Klo helfen muss, mir mein Plastikhöschen runterziehen muss, warten, bis ich gepinkelt habe, und mich hinterher abwischen? Solche Jungen gibt es nicht, Mummy! Keinen einzigen!* Im Florence-Treloar-Internat in Hampshire würde man wissen, wie man darauf antworten konnte. Und wenn Nat fragte: »Mummy, kann ich denn nie einen Orgasmus kriegen?«, würden die Pfleger des Florence-Treloar-Internats in Hampshire nicht ins Nebenzimmer gehen müssen, um sich mit einem Papiertaschentuch die Tränen abzutupfen. Nein, von heute an würde Jess alles anders machen. Würde härter werden, Entscheidungen fällen. Würde wissen, was sie wollte, und dafür sorgen, dass sie es bekam. Nat brauchte professionelle Pflege, und als Jess aufgewacht war, war ihr mit einem Male klar, dass sie ihrer Tochter diese Pflege zu Hause nicht bieten konnte. Sie griff zum Telefon und wählte die Nummer, die ihre Finger auswendig kannten.

»Mama? Ich bin's. Mir geht's gut. Nein, nur ein bisschen länger geschlafen. Hör mal, ich weiß jetzt, was ich mache. Mit Nat.«

Jess führte alle Punkte an, die dafür sprachen – das Sozialamt hatte bestätigt, dass es sämtliche Kosten übernahm; sie mussten das wenige, was sie an Behindertenrente bekamen, nicht für kostspielige Taxifahrten ausgeben; zum ersten Mal überhaupt würden sie Geld genug haben, um auszukommen.

Als sie hörte, was sie von Valeria als Antwort bekam,

legte sie schockiert den Hörer auf: »Wie kannst du nur so selbstsüchtig sein?«

Jess starrte das Telefon an. Was für eine Unverschämtheit! Von ihrer eigenen Mutter. Was bildete die sich ein? Selbstsüchtig! Was bildete die sich eigentlich ein!

Auf dem Tisch lag der Schulprospekt, den Nat besorgt hatte. Jess goss sich eine Tasse Kaffee ein und ging die ganze Broschüre noch einmal durch, versuchte das Loch zu stopfen, das die Antwort ihrer Mutter gerissen hatte. Noch einmal las sie den rührenden Kommentar einer ehemaligen Schülerin. Das Bild zeigte das Mädchen im Rollstuhl. *»Wir haben uns verstanden. Erst dort habe ich gelernt, wie stark Frauen sind, gerade wenn wir kämpfen müssen, um etwas zu überwinden – in diesem Falle unsere Behinderung. Und was haben wir gekämpft!…«* Ja, darum ging es! *Was haben wir gekämpft!* Alles kam darauf an, dass man kämpfte; das hatte Nat noch nicht gelernt, weil sie all die Jahre darin kein Vorbild gehabt hatte, doch nun musste sie diese entscheidende Lektion nachholen, so schnell sie konnte. Nat musste lernen, wie man stark war, wie man sich wehrte, wie man die Wirklichkeit aushielt – und zu den Fakten des Lebens gehörte für Nat, dass sie nie würde laufen können, dass sie immer schlaffe Brüste, einen fetten Bauch, wabbelige Beine haben würde, einen Körper, den sie nie fit halten konnte. Das Leben würde, gerade wo andere Frauen ins Spiel kamen, ein ewiger Wettbewerb sein, den sie nur in den seltensten Fällen gewinnen würde. Nat musste lernen, diese Wettbewerbe zu bestehen. Musste härter werden, damit sie die Welt aushielt. Und das war es, was Jess beim Erwachen mit einem Male klar gewesen war. Bildung, Glück, finanzielle Unabhängigkeit, ein Mann, eine gute

Arbeit, Freiheit – um all das musste man kämpfen, und man musste mit harten Bandagen kämpfen, wenn man gewinnen wollte. Jess hatte verloren. Sie war zu weich – war es immer gewesen, und das sah sie jetzt. Aber Natalie konnte es lernen, und noch dazu an einem schönen Ort. Zur Schule gehörte ein See, und auf dem See gab es Boote, die auch Behinderte fahren konnten.

Es klopfte an der Tür. Jess hatte gerade vier Zigaretten geraucht, jede neue mit dem Ende der anderen angesteckt, und ihr war schwindelig, als sie aufmachen ging. Sie schloss mehrere Schlösser auf. Sperre, Bolzen, Kette. Die Befestigungsanlage einer Wohnung in White City.

Und vor der Tür stand Tom Shrift. Stand da und sah sie an.

Was für ein Anblick! Er sah schrecklich aus – kein frisches weißes Hemd mehr; heute war dieses Hemd, sein Markenzeichen, schon beinahe grau und arg zerknittert, die obersten drei Knöpfe standen offen, als sei er noch gar nicht ganz angezogen, und zeigten schwarzes Brusthaar. Die Stoppeln an seinem Kinn waren nun beinahe ein Bart. Auch die entzündeten Augen, die roten Lider wirkten nicht, als ob er geschlafen hätte. Im Gegenteil. Ein Landstreicher, ein aus dem Irrenhaus Entflohener, so sah er nun aus – so stand er vor ihrer Haustür.

Und irrsinnig war auch, was er ihr sagte:

»Ich habe gewonnen.«

Sie schlug ihm die Tür vor der Nase zu. Ein Impuls, die schiere Wut. Und sie hatte nicht das kleinste schlechte Gewissen deswegen. Wie konnte er nur! Wie konnte er es wagen, zu ihr herzukommen und damit zu prahlen!

Aber das Türchen zum Garten war nicht verschlossen. Verflucht. Als sie in die Küche auf der Hinterseite der Wohnung zurückkehrte und sich Kaffee eingoss ... klopfte es an der Terrassentür hinter ihr. Da war er wieder, das Haar stand ihm zu Berge, und sie sah ihn reden, Worte, die sie durch das Doppelglas nicht hören konnte.

Wie um alles in der Welt hatte er sie gefunden? Doch dann fiel es ihr wieder ein – Tom hatte im Discovery gesessen, als sie sie nach Hause gebracht hatten, und hatte sich die Route gemerkt. Draußen vor dem Fenster war dieser Verrückte plötzlich zum Pantomimen geworden, ganz Geste, Mund in Bewegung, immer wieder neuer Ausdruck ... Er versuchte, ihr etwas zu sagen. Er brüllte. »Ich muss mit Ihnen reden. Sie hatten das Törchen offen gelassen! In einem Viertel wie diesem, da schließt man das besser ab.«

Selbst jetzt noch seine ewigen Belehrungen. Sie zog den Vorhang vor, und Marcel Marceau verschwand.

Eilig ging sie ins Schlafzimmer mit dem Fenster zur Straße. Von diesem Raum halb unter Straßenhöhe konnte sie ihn sehen ... da stand er. Es war nicht gelogen. Der blaue Landrover. Aber wenn sie es sich jetzt überlegte – er hatte ja nie gelogen. Er hatte also tatsächlich gewonnen. Aber wie? Wie hatte ein Mann wie er Matt besiegen können? Unglaublich. Die Kraft der Selbstsucht, die alles bezwang, was sich ihr in den Weg stellte. Na, das lernte sie ja jetzt auch. Sie betrachtete den blauen Wagen von ihrem tiefen Blickpunkt aus. Sie schüttelte den Kopf. Matt hatte recht gehabt: Tom Shrift war verrückt. Vollkommen verrückt. Dieser Mann hätte weitergemacht, bis er tot umgefallen wäre, so wild entschlossen war er, zu bekommen, was er sich in den Kopf gesetzt hatte.

Sie schloss den Vorhang.

Schlaf. Davon hatte sie noch lange nicht genug. Sie fühlte sich schon wieder schläfrig. Und der Mann hinter dem Haus, der würde schon irgendwann aufgeben und verschwinden. Also legte sie sich wieder ins Bett, zog sich die Decke über die Ohren, und Tom Shrift sollte sehen, wo er blieb. Sie atmete tief, damit ihre Gedanken zur Ruhe kamen. Und sie kamen zur Ruhe. Es war richtig gewesen, ihm die Tür vor der Nase zuzuschlagen. Sie war stolz darauf. Schon kam der Schlaf. So plötzlich wie ein Unfall. *Peng.* Und dann nichts mehr.

Nein, das stimmte nicht ganz. Sie träumte von Tom Shrift. Sie waren auf einem Rummelplatz, und sie war auf der Flucht vor ihm. Sie floh zum Autoscooter, doch sofort entdeckte er sie. Sie versuchte bei dem kleinen Wagen aufs Gas zu drücken, aber er fuhr immer mit derselben Geschwindigkeit. Und seiner war einfach schneller. Immer wieder erwischte er sie, immer wieder bekam er sie zu fassen und versetzte ihr einen Stoß, so heftig, dass sie gegen andere Wagen oder gegen die Umrandung flog. Schließlich stieg sie aus ihrem Scooter aus, ging zu dem seinen hin, holte einen Dolch hervor und stieß ihm den kurzerhand in die Brust. Einfach so. Blut quoll hervor, doch er fuhr davon, Messer in der Brust, und rammte nun andere Wagen, wumm, wumm, wumm, immer weiter, obwohl das Blut in hohem Bogen spritzte …

Sie erwachte. Sie fühlte sich ruhig. Wie wohltuend doch so ein Nickerchen war. Sie stand auf. Kämmte ihr Haar. Ging in die Küche, um Kaffee zu machen. Wunderte sich, dass es so dunkel war. Zog die Vorhänge zurück, und da war er. Immer noch.

Der Verrückte. Da saß er nach wie vor auf ihrer Gartentreppe, mit dem Rücken zu ihr, betrachtete den Blick, den sie nach hinten hinaus hatte, die vierstöckigen Blocks mit Sozialwohnungen hinter dem Zaun. Ein Verrückter.

Tom drehte sich um, als sie hinaus auf die Betonterrasse trat.

»Sie sind …«, begrüßte sie ihn, »Sie sind wahrscheinlich der sturköpfigste Mensch auf der ganzen Welt.«

Ein kurzes Lächeln. Schulterzucken. »Weltmeister.«

Da sie keine andere einfache Möglichkeit sah, ihn loszuwerden, bat sie ihn ins Haus. Machte Kaffee.

Tom sah sich um. Er kombinierte blitzschnell: eine ärmliche Wohnung, zahlreiche Stücke schadhaft, doch instand gesetzt – ein Stuhlbein mit Drähten geflickt, eine Teekanne mit einem großen Riss, ein Lampenschirm mit Tesaband fixiert: Gebrauch über die Lebensspanne hinaus verlängert, nichts wurde weggeworfen. Doch alles war sauber und ordentlich und verriet ihm eine ganze Menge über sie. Er sah Selbstachtung, sogar einen Anflug von gutem Geschmack in dem gestärkten weißen Tischtuch, dem billigen Kunstdruck, den zwei hohen Kerzenhaltern. Auf den Fensterbänken wuchsen in alten Joghurtbechern Kakteen mit enormen purpurroten Blüten. Der Duft von Kaffee erreichte ihn. Eine frische Kanne auf der Anrichte wartete nur auf die Tassen. Er setzte sich auf einen Hocker daneben. Ihr ergebener Diener.

»Nur eines möchte ich Sie noch fragen«, sagte sie. »Eine einzige Frage. Und ich will eine kurze Antwort. Und danach will ich, dass Sie Ihren Kaffee trinken und verschwinden. Abgemacht?«

Er nickte.

»Ihr großes Geheimnis. Was war es?«

»Mein Geheimnis? Das war einfach. Rede den Leuten ein, dass du ein Geheimnis hast.«

»Sie – *hatten* gar keins?«

Er zuckte mit den Schultern. »Eigentlich nicht. Höchstens dass ich ... die Energie gespart habe, die andere darauf verwenden, nett zu sein.«

»Auf diese Weise müssen Sie Unmengen Energie sparen.«

»Tue ich tatsächlich. Schließlich habe ich gewonnen, oder?«

»Gut. Jetzt können Sie gehen.«

»Kann ich nicht. Ich habe noch nicht gesagt, weswegen ich hier bin.«

Schweigen. »Und?«, fragte sie schließlich.

Er hielt die Schlüssel des Discovery in die Höhe. »Hier. Er gehört Ihnen. Nehmen Sie! Er gehört Ihnen. Sie haben ihn gewonnen.«

Sie starrte zuerst ihn an, dann die Schlüssel, dann wieder ihn. »Was reden Sie da?«

»Ich lasse Ihnen den Wagen. Hier, nehmen Sie die Schlüssel. Ich habe nur durchgehalten, weil ich an Sie und Ihre Tochter gedacht habe, und deshalb gehört er im Grunde Ihnen. Anders hätte ich es nie geschafft.«

Jetzt riss ihr der Geduldsfaden, schlagartig und spektakulär. »Raus jetzt! Raus hier! RAUS!«

»Aber ... aber was ist? Nehmen Sie ihn. Ich schenke ihn Ihnen.«

»Was für ein Arschloch!«

»Was?!«

»Sehe ich aus wie jemand, den man *kaufen* kann? Das wird Sie vielleicht überraschen, aber ich stehe nicht zum Verkauf.«

»Ich – das habe ich doch überhaupt nicht gesagt. Es ist für Sie. Und für Ihre Tochter.«

»Raus hier. Sonst rufe ich die Polizei.«

»Würden Sie mir vielleicht einen Augenblick lang zuhören?« Es hatte ihr die Sprache verschlagen, und das war seine Chance. »Es gab da einen Punkt … gegen Ende des Wettbewerbs, da konnte ich einfach nicht mehr. Ich wusste, dass ich nicht gewinnen konnte – ich war am Ende. Und dann stand ich da, im Waschraum von einer Tankstelle, und die Idee kam mir, diese verrückte – einfach so aus dem Nichts –, dass ich das Auto für Sie gewinnen wollte. Und ich weiß nicht … es war seltsam … plötzlich floss das Adrenalin wieder. Ich erwachte wieder zum Leben. Ich war aufgeregt. So müde ich war, so benommen ich war, habe ich mir ausgemalt … wie das wohl wäre … wenn ich zu Ihnen käme … wenn ich vor Ihnen stünde, und dann würde ich einfach nur sagen *Hier«* – er hielt ihr die Schlüssel noch einmal hin –, *»der ist für Sie.«*

Sie schwieg. Das bleiche, längliche Gesicht, hinter dem sich so viel Kummer angesammelt hatte, starrte ihn an.

»… so dass ich also doch noch ein Geheimnis gehabt hätte. Zum Schluss. Die Kraft zum Weitermachen.«

Schweigen.

»Als ich den Wagen dann tatsächlich gewonnen hatte, habe ich natürlich überlegt, ob ich ihn nicht doch für mich behalten soll, aber mir ist da etwas Verrücktes passiert. Jetzt sagen Sie schon was.«

Nun endlich röteten sich ihre Wangen. »Sex!«, brüllte sie. »*Das* war Ihr Motiv, Ihre Kraft zum Weitermachen!«

»Nein!«

»Jemand verschenkt doch nicht einfach ein Auto.«

»Meine Güte, Sie sind aber auch kompliziert.«

»*Ich* bin kompliziert? Hören Sie, Sie haben sich da verrechnet. Ich würde Sie nicht anrühren, und wenn Sie mir alle T-Shirts in China dafür gäben!«

Jetzt war er verblüfft – einfach verblüfft von ihr. Er war genauso laut geworden wie sie. Die beiden schrien sich an. »Das darf doch nicht wahr sein! Nach allem, was ich für Sie – soll das heißen, Sie *wollen* das Auto nicht?«

»Ich will *über*haupt nichts von Ihnen.«

Damit hatte er nicht gerechnet. Sie hätte ... sie hätte doch überglücklich sein sollen. Die ganze Zeit über hatte er ihr strahlendes Gesicht vor sich gesehen, die ganze endlose vierte Nacht und den fünften Tag hindurch. Das war ein Gefühl gewesen, eine Erregung, wie er sie noch nie im Leben gespürt hatte. Und jetzt hatte sie ihm gesagt, was sie wirklich von ihm wollte. Nämlich nichts.

Er trat einen Schritt zurück, drehte sich um und sah einen dunklen Flur, an dessen anderem Ende die Tür zu einem erleuchteten Badezimmer offenstand. Ohne sie um Erlaubnis zu fragen, stolperte er auf steifen Beinen dorthin. Schloss die Tür hinter sich. Ließ das kalte Wasser laufen. Benetzte damit sein Gesicht. An dem Spiegel über dem Waschbecken sah er, wie Tröpfchen daran hinunterliefen. Sah man ihm die Schmerzen in seiner Brust an? Nein. Er sah, dass die tiefen Schnitte und Stiche, die er gerade bekommen hatte, keine äußeren Spuren hinterlassen hatten. Und der Grund dieses Schmerzes? Nicht nur die Ohrfeige der Abfuhr, sondern die Erkenntnis, dass sie vermutlich recht hatte. Er hatte ihr dieses Auto nicht uneigennützig geben wollen: Er hatte etwas dafür gewollt, Zuneigung, Küsse, vielleicht auch eine Belohnung im Bett – all das war eine einzige große Illusion. Jawohl, er hatte dieses Auto gewonnen, weil er unterschwellig auf einen Lohn von ihr gehofft hatte. Was war er doch für ein erbärmlicher Wicht – selbst in seinen besten Augenblicken hatte er noch Hintergedanken. Er trocknete sich das Gesicht ab und kehrte ins Wohnzimmer zurück.

»Also Sie … Sie … Das geht einfach nicht anders, Sie müssen es nehmen.« Seine Stimme hatte ihre alte Entschlossenheit verloren. Diesmal gab es keine Bedingungen. Ja, auch keine verborgenen mehr. »Machen … machen Sie doch wenigstens mal eine Probefahrt, und dann entscheiden Sie.« Er legte die Schlüssel auf die Anrichte mit den zerbrochenen Kacheln und schickte sich zum Gehen an.

»Lieber falle ich tot um.« Die Arme hatte sie jetzt fest vor der Brust verschränkt. »Sie würden mich nicht mal dazu bringen, dass ich das Ding jetzt noch anfasse.«

Sie packte die Schlüssel und schleuderte sie ihm hin. Hätte er sie nicht aufgefangen, wären sie ihm ins Auge geflogen.

»Jetzt seien Sie doch nicht dumm. Sie wissen, dass Sie das Auto brauchen.« Er blickte auf. Sah sie an. Hoffte, dass seine Augen ihr sagen würden, dass er keine Gegenleistung wollte. »Warum … nehmen Sie es nicht einfach? Bitte.« Sanft legte er die Schlüssel wieder zurück. Die Schlüssel lagen auf dem Tisch. »Ich … ich … ich habe es doch nur … Es ist für Sie. Es gehört Ihnen.«

Zum ersten Mal sah sie bei diesem Mann, dass er nicht weiterwusste. Auch sie senkte ihre Stimme, fand es geschickter so, sah vielleicht sogar die Möglichkeit zu einem rhetorischen Triumph. »Nein. Suchen Sie Tayshawn. Schenken Sie es ihm. Oder sonst jemandem. Oder verkaufen Sie es. Mit den fünfundzwanzigtausend leisten Sie sich einen Therapeuten.« Ein letzter Stich – der Gnadenstoß.

Nun floh er mit fliegenden Fahnen, doch an der Terrassentür blieb er noch einmal stehen. »Ich sollte Ihnen das nicht sagen, aber … Also, es …« Nur mit Mühe brachte er die Worte heraus. »Na ja, also es … es ist keine fünfundzwanzigtausend wert.«

»Na dann fünfzehn, was auch immer.«

»Nicht mal das. Es ist … es …«

»Aber das muss doch mindestens –«

»Nein … es … es ist nicht neu.«

»Nicht neu?«

»Der … der Landrover. Es ist ein Gebrauchtwagen.«

»Ein – nein, das stimmt nicht. Er ist neu.«

»Ein Vorbesitzer. Hatte einen Unfall damit. Sie haben ihn wieder hergerichtet. Chassis verzogen. Das Ding ist wahrscheinlich höchstens noch sechstausend wert. Na, egal.«

Zum zweiten Mal versuchte er nach draußen zu kommen.

»Aber … aber wir … Da hat doch EIN NEUES AUTO auf dem Ballon gestanden! Und in der Reklame, da haben sie …«

»Als ich mir heute Morgen die Papiere ansah, habe ich in dem Laden angerufen. Mit Mister Großmaul persönlich gesprochen. Er hat mir erklärt, sie hätten nie behauptet, dass es *fabrikneu* sei. *Neu*, das heiße *unser* neues Auto. So wie ›meine neue Freundin‹, hat er mir erklärt. Das heiße ja auch nicht, dass sie nicht vorher jemand anderes Freundin gewesen sei.«

Und noch einmal hielt ihre Stimme ihn davon ab, hinaus auf die Terrasse zu treten.

Jetzt war sie stinkwütend – sie kochte vor Wut. »Das können die nicht mit uns –«

»Doch, sie können. Und wir können nichts machen. Wir haben uns reinlegen lassen.«

»Sie wollen ... Sie wollen die einfach so damit durchkommen lassen?!«

Er zuckte mit den Schultern. Er sah sie an. Er war mutlos geworden. »Und es war nicht gelogen. Ich habe durchgehalten, weil ich das Auto für Sie haben wollte. Ich werde versuchen, nicht mehr im Parkverbot zu parken, dann müssen Sie mich nie wieder sehen.«

Zu spät begriff sie, dass er fort war. Dass sie ihn nie wiedersehen würde, wenn sie nicht jetzt auf der Stelle *Bleiben Sie!* riefe. Sie hatte es schon auf der Zunge.

»Was?«, fragte Jennifer Back und blickte von ihrer Zeitschrift auf.

»Nichts.« Hatch kam zur Hintertür herein. »Alles bestens. Ich ... habe einfach nur letzte Nacht nicht viel geschlafen. Wie geht es den Jungs? Wie geht es Ronny?«

Da hatte sie Neuigkeiten. Ronny hatte die ganze Nacht nicht geschlafen. Panik. Angstzustände. Denkbar, dass es ein posttraumatischer Schock war. Wer konnte schon sagen, wie sich dieser Pistolenschuss wieder bemerkbar machen würde?

Je mehr Hatch davon hörte, desto mehr fühlte er sich in der Falle. Weil ihm nichts anderes einfiel, was er seiner Frau sagen konnte, sagte er, er werde sich ein wenig hinlegen.

Ihre linke Augenbraue hob sich. »Seit zehn Jahren hast du dich nicht mehr mittags hingelegt!«

»Und am siebten Tage ruhte er.«

Eine halbe Stunde später öffnete Jennifer Back die Schlafzimmertür und fand ihn am Fußende des Bettes sitzen, vor ihm am Boden ein offener Koffer. Anscheinend hatte er das Packen aufgegeben. »Terry?«

Er hatte etwas in der Hand und musterte es. Er öffnete die Hand, damit seine Frau es sehen konnte. Sie trat nächer: es sah aus wie ein Stückchen verbogenes Metall. »Wohin gehst du?«, fragte sie. »Was hast du vor?«

»Es ist vorbei.«

»Was ist vorbei?«

Er brauchte eine ganze Weile, bis er antwortete. »Das Geschäft ist am Ende. Wir sind bankrott. Ich habe dir das nicht gesagt. Ich habe Schulden. Zehntausende. Und da ist noch etwas. Ich habe –«

»Terry – hör auf –«

»Ich bin ein Schwein gewesen. Ich habe dich belogen und betrogen. Es gibt eine Menge, was du nicht weißt.«

»Ich bin doch nicht dumm, Terry. Ich weiß es. Ich weiß mehr, als du denkst.« Die Art, wie sie *ich weiß es* sagte. »Alles«, fügte sie hinzu.

Er starrte sie an. Sie wusste es. Da konnte es überhaupt keinen Zweifel geben. Sie wusste es. Unglaublich. Seine Untreue war ebenso ihr Geheimnis gewesen wie seines. »All die Zeit hast du nichts gesagt? Und du hast es gewusst, Jenny? Du hast es ge*wusst*? Ich verstehe das nicht. Wie hast du …? Wie kann ein Mensch …? Ich meine … *warum* hast du das gemacht? Nichts gesagt?«

Sie zuckte mit den Schultern. Keine Träne im Auge. »Damit es weitergeht. Weil wir vier Kinder haben.«

Zu demselben Schluss war auch Hatch eben gekommen, wenn auch auf vollkommen anderen Wegen. Er schloss wieder die Finger seiner linken Hand um die Kugel und blickte seine Frau an. Gerade war ihm wieder eingefallen, wie das war, wenn er sie liebte. Aber liebte sie ihn auch? Nein. Undenkbar. »Ich will es noch mal versuchen.« Wenigstens das brachte er über die Lippen. *Ich will es noch mal versuchen.*

Dann ließ er den Kopf sinken. Tränen kamen, stiegen aus seinem Innersten auf, und mitten in dieser Orgie des Selbstmitleids, als die Schluchzer ihn nur so schüttelten, ein Wunder: Er spürte, wie eine Hand ihn oben auf dem Schädel berührte, an der Stelle, an der er kahl zu werden begann, so wie seit Generationen alle männlichen Backs dort kahl geworden waren; und er fühlte sich durch diese Geste gesegnet, er spürte, dass sie beide eine Entscheidung bekräftigt hatten, ohne dass sie ein einziges Wort darüber gesagt hatten, ein alter Kontrakt, der erneuert worden war, ohne Schlupflöcher, ohne Kleingedrucktes, mit bedingungsloser Garantie, ein Kontrakt, in dem stand: *Ich werde für dich da sein. Solange ich lebe.* Und dieser Bund war nicht auf das Jugendamt übertragbar, auf einen Stiefvater, einen Freund, einen Geliebten. Nein, in dem Text stand klar und deutlich »*Ich* werde«, und dieses Versprechen musste gehalten werden, dieses *Ich* durfte auf keinen anderen übergehen, solange auch nur ein Tröpfchen Blut in den Adern floss – da musste man durchhalten, bis man mit seiner Kraft am Ende war. Das war die Haltung, mit der Hatch groß geworden war. Er war ein altmodischer Junge. Jetzt endlich war ihm klar, dass es keine begrenzte Garantie geben konnte, weil jede begrenzte Garantie das Papier nicht wert war, auf dem sie geschrieben war.

Da stand er. Der große Preis, der blaue Landrover Discovery. Was zum Teufel machte er hier, immer noch draußen vor ihrer Wohnung geparkt?

Tom stellte ihr weiter nach. Sie sah sich um, halb ärgerlich, aber sie sah nur einen Paketboten, ein Kind auf einem Fahrrad, ganz in der Ferne eine Politesse. Wo steckte er, was spielte er für ein Spiel? Und dann: *So ein Arschloch!* Das Auto einfach so stehenzulassen. Was hatte er vor? Sie hatte deutlich genug gesagt, dass sie es nicht wollte. Und er hatte es einfach stehenlassen. Eine Beleidigung war das.

Sie näherte sich dem Discovery – vorsichtig, als stecke eine Bombe darin – und schüttelte ärgerlich den Kopf: Was sollte sie jetzt damit machen? Vielleicht einfach nichts. Sich überhaupt nicht darum kümmern. Früher oder später würde ihn jemand wegholen.

Sie umkreiste den fremden Wagen, so wie sie im Laufe der Jahre so viele umkreist hatte, wenn zu entscheiden war, ob sie im Parkverbot standen. Sie fuhr mit der Hand über die von der Sonne gewärmte Karosserie. Und musste an all die anderen Hände denken, die sie in den letzten sieben Tagen berührt hatten: an Tayshawn, ganz besonders an den armen Walter (Friede seiner Seele), an Matt und Betsy, an den Autodieb, den Schlaflosen, den Soldaten, der gar kein Soldat gewesen war, an das »Team McClusky«, den Lastwagenfahrer, den Gentleman aus Zaire – allesamt Verlierer, genau wie sie. Und sie war die Oberverliererin.

Das Auto sah wirklich wie neu aus. Kaum zu glauben, dass das ein Unfallwagen sein sollte. Hatte Tom sie womöglich belogen? Nein, er log nie. Dieser glattrasierte Mann mit den gebügelten weißen Hemden, die Manschetten makellos wie die eines Bankkassierers, mit seinem grenzenlosen Selbstvertrauen, seinem Glauben an sich – auch wenn es ja nun manches gab, was gegen ihn sprach –, der war kein Lügner. Da war sie sich sicher.

Sie blickte durchs Heckfenster ins Innere des Wagens und sah noch einmal, wie geräumig er war. Nats Rollstuhl würde da ohne weiteres hineinpassen. Sie hatte sogar von Lifts gehört, die den Rollstuhl auf Wagenhöhe hoben, so dass der Behinderte direkt hineinrollen konnte; er fuhr dann in dem Auto, ohne dass er seinen Stuhl verließ.

Sie ging zur Fahrertür und sah, dass sie nicht verschlossen war. Der Zündschlüssel steckte allerdings nicht im Schloss.

Sollte sie? Sollte sie es wagen?

Tom war nach wie vor nirgends zu sehen, und so öffnete sie die Tür und tat, was während des Wettbewerbs verboten gewesen war – sie setzte sich ans Steuer.

Sie schloss die Tür und ließ sich in die Lederpolster sinken; echtes Alpacaleder, hatte der Autodieb gesagt. (Sie versuchte, sich ein Alpaca auszumalen – stellte sich eine große Ziege vor.) Sie befühlte das weiche Leder, ließ die Hände über die Holzverzierungen des Armaturenbretts gleiten, dann fasste sie mit beiden Händen das Lederlenkrad. Ein tolles Gefühl. Ein tolles Auto. Armlehnen sogar für den Fahrer. Becherhalter. Navigationssystem. Luxus und Lexus überall. Luxus verblasste nicht; er verzauberte immer wieder neu. *Na, dann verzaubere mich*, betete sie.

Und dann hörte sie ein Murmeln hinter sich. Sie schrie auf, schreckte hoch, fuhr herum. Auf dem Rücksitz regte sich etwas, etwas, was dort unter den Mänteln lag. Ein Kopf erschien. Das inzwischen vertraute Gesicht. Er sah sie an. Haare verfilzt, unrasiert, weißes Hemd.

Das Herz schlug ihr bis zum Halse. »Was«, japste sie, »was machen Sie hier?«

»Ich hatte mir nicht überlegt, was ich tue, wenn ich … wenn ich Ihnen den Wagen gebracht habe.«

Er richtete sich auf. Sah ihre Hände am Lenkrad, so fest, dass die Fingerknöchel weiß waren. Ein triumphierendes Lächeln.

»*Lieber falle ich tot um. Bevor ich das anfasse.* Wo ist Ihre Leiche?«

Sie wurde rot. O ja. Er hatte schon recht, dieser unverschämte Mann.

Gemeinsam fuhren sie zu Back-to-Back, durch den mörderischen Mittagsverkehr. Überall Autos. Tom klagte, sprach von der metallenen Sintflut. »Wenn erst einmal jeder Inder und Chinese sein Auto hat, dann ist es aus mit uns«, sagte er. Wenn die Menschheit nicht binnen zwei Jahrzehnten einen funktionsfähigen Antrieb mit Wasserstoffzellen entwickelte, war ihr Schicksal besiegelt. »Dann können wir nur noch auf Gliese 581c umziehen, den nächsten bewohnbaren Planeten.«

Jess lauschte. Lächelte. Der Mann war unverwüstlich, und er hatte einfach zu allem eine Meinung – doch plötzlich waren ihr diese Meinungen ein Trost. Sie hörte ihm gerne zu. Tom war wieder groß in Form, erhob Anklage, spulte Fakten ab, brachte Theorien vor, hatte für die komplexesten Fragen Lösungen, die sich so einfach anhörten und die unmittelbar logisch und naheliegend klangen. Der Mann war glücklich, fand sie, weil er im siebten Himmel schwebte, wenn er auch nur einen einzigen Zuhörer hatte. Dieser Mann lebte tatsächlich nach seinen eigenen Regeln. Was hatte er gesagt: *Der Faden hält nur solange, wie man ihn spannt.* Na, der Bursche war mit dem Spannschlüssel in der Hand zur Welt gekommen, das stand fest.

Als sie beim Autoladen ankamen, wirkte er verlassen. Schlaff hingen die Ketten und blockierten die Einfahrten. Sie parkten an der Straße. Legten das letzte Stück zu Fuß zurück.

Anfangs waren sie beide überzeugt, dass sie nichts ausrichten würden, doch dann sahen sie Dan zwischen den Wagen herumtrotten. Jess rief zuerst. Tom war nur das Echo ihrer wütenden Stimme. Die ungewohnte Schärfe in ihrem Ton war ihm nicht verborgen geblieben.

Dan lächelte. Schön, sie wiederzusehen, und schon wieder mit ein wenig Farbe im Gesicht. Er habe schöne Aufnahmen von ihnen, erzählte er, und fügte mit geradezu mormonenmäßiger Freundlichkeit hinzu, dass Hatch in etwa einer Stunde kommen würde, das habe er telefonisch angekündigt. Dan nickte. Ein einfältiger Mann. Er wusste nichts von dieser Sache. Als Dan Jess fragte, ob er in der Zwischenzeit etwas für sie tun könne, antwortete sie mit »Nein«, ihre Wut gemildert durch seine von keinerlei Bildung getrübte Einfalt. Sie müssten mit Mr Back persönlich sprechen, sagte sie.

»Gut. Also. Er wird bestimmt gleich hier sein. Und wenn Sie warten wollen. Also. Wie läuft denn der Wagen heute Morgen?«

»Oh, der läuft großartig«, versicherte ihm Tom. »Ganz wunderbar.«

»Das freut mich zu hören. Freut mich wirklich. Und dann würden Sie sicher gern drin in der Ausstellung warten, oder?«

Tom und Jess gingen hinein, setzten sich Seite an Seite auf eine Bank in einer kleinen Nische des Ausstellungsraums.

»Wir vertun nur unsere Zeit«, befand Tom, kaum dass sie Platz genommen hatten.

»Tut mir leid, wenn ich Sie von Ihrer Rückkehr an die Front abhalte«, sagte sie, »aber das hier ist wichtig.«

Zehn Minuten später steckte Dan den Kopf herein. Fragte, ob sie weiterwarten wollten. Vielleicht wollten sie lieber eine Nachricht bei ihm hinterlassen, und Mr. Back könne dann anrufen?

Nein. Sie würden warten. »Wir gehen hier erst weg, wenn wir bekommen haben, was uns zusteht.«

»Oh«, sagte Dan, nervös geworden durch den aggressiven Tonfall der Frau.

Es dauerte noch eine ganze Stunde, bis Hatchs Wagen draußen an der Straße hielt. Dan kam ihm vom Hof entgegengelaufen. »Was ist?« Aber bevor Dan antworten konnte, hatte Hatch den geparkten Landrover schon selbst entdeckt. »Was macht *der* denn hier?«

»Ähm … es sind … der Sieger und Jess. Sie warten auf Sie drinnen.«

»Ach je.«

»Sie … ähm … sie sind anscheinend ziemlich verärgert wegen irgendwas. Sie sagen, sie gehen erst weg, wenn sie bekommen haben, was ihnen zusteht.«

Hatch nickte, seufzte. »Das wünschen wir uns doch alle, stimmt's?«

Geduckt ging er in Richtung Laden, als wollte er nicht gesehen werden, und betrat klammheimlich sein Büro durch die Werkstatttür. Drinnen ging Hatch mucksmäuschenstill an die Jalousie, drückte zwei Lamellen zusammen und blickte durch den erweiterten Schlitz in den Ausstellungsraum, wo seine beiden Besucher saßen und warteten.

»Scheiße«, brummte Hatch. Er ließ die Lamellen los, schlängelte sich an seinen Schreibtisch zurück und öffnete die Pappschachtel, die er mitgebracht hatte. Solange diese beiden Sturköpfe dort draußen saßen, konnte er den Aktenvernichter nicht anschalten. Darum stellte er ihn nur vor sich auf den Tisch, saß einfach nur da und sah ihn an. Minuten vergingen. Tom und Jess dort draußen blockierten die Auflösung seines Familienbetriebs, und allmählich wurden sie zu einem ziemlichen Ärgernis. Hatch schaukelte in seinem ledernen Chefsessel und wartete. Schon morgen früh würde der Konkursverwalter auf der Matte stehen, und er musste dringend noch eine Unmenge Papiere vernichten. Er konnte nichts tun außer warten.

Die Uhr an der Wand tickte. Anfangs war er gelassen gewesen, fest überzeugt, dass er warten konnte, bis die beiden dort draußen aufgaben, aber bald kamen ihm Zweifel, ob er das Zeug dazu hatte, einen Durchhaltewettbewerb mit zwei so extremen Gegnern durchzustehen. Bald waren diese Zweifel zur Gewissheit geworden; er war einfach nicht bereit, sich zu schinden wie ein Tier, und den beiden machte es ja offenbar Vergnügen. Es durfte kein Duell um die Frage werden, wer am längsten warten konnte, denn ein solches Duell würde er mit Sicherheit verlieren, aber er hatte keine Ahnung, wie er verhindern sollte, dass es genau so kam.

Draußen im Ausstellungsraum saßen die beiden mit in langer Übung erworbener Geduld, und Tom beschloss, etwas zu riskieren. Er blickte hinunter zu Jess' linker Hand, die auf dem Sitz zwischen ihnen beiden ruhte, und setzte alles auf eine Karte. Er legte seine rechte Hand auf ihre und wartete darauf, dass sie ihn zurückstieß …

Doch das tat sie nicht. Stattdessen, Wunder aller Wunder, spreizte sie nach einer Weile – und ohne ihn anzusehen – ihre Finger ein klein wenig weiter, so dass seine, dicker als ihre, in die weichen Zwischenräume passten. Es war unglaublich.

Danach saßen sie beide schweigend da, ein beredtes Schweigen, und hielten einander einfach bei den Händen; Jess spürte alles, was zwei Leute spüren, wenn sie sich zum ersten Mal bei der Hand halten, und Tom versuchte sich derweil ins Gedächtnis zu rufen, was zwei Leute spüren sollten, wenn sie sich zum ersten Mal bei der Hand halten. *Tick, tack, tick, tack, tick.* Zwei grundverschiedene Menschen Seite an Seite, beides gescheiterte Existenzen, und doch genossen sie den kleinen gemeinsamen Frieden, den nichts störte außer dem unerbittlich weitertosenden Verkehr. Und Jess, die ihr ganzes Leben lang immer zu langsam gewesen war, vielleicht weil sie, schon vom Augenblick ihrer Geburt an, nie genug Lärm gemacht hatte, und Tom, sein ganzes Leben lang zu schnell, vielleicht weil er immer verzweifelt versucht hatte, jemand zu sein, der etwas bedeutete – keiner von beiden spürte das geringste Bedürfnis, in nächster Zeit irgendwo anders hinzugehen. Keiner wollte anderswo sein, keiner wollte, dass sich überhaupt etwas änderte, und stattdessen fügten sie sich beide stillschweigend in eine Welt, die war, wie sie nun einmal war, und die sie nun endlich nehmen mussten, wie sie war. Man war in diese Welt geboren, und es blieb einem nichts anderes übrig, als sich den täglichen Heimsuchungen zu stellen, wenn sie kamen, und Rekorde aufzustellen, wenn das Leben sie von einem forderte. Meist waren es nur kleine, alltägliche Rekorde, doch dann und wann forderte das Leben auch etwas Außerordentliches: Dann musste man ohne eine Minute Schlaf fünf Tage, elf Stunden und zweiundzwanzig Minuten lang die Hand an ein Auto halten oder musste 53,5 Hotdogs (mit Brötchen) in zwölf Minuten essen oder Pi bis zu einer unmöglich hohen Zahl hinter dem Komma im Kopf behalten oder 122 Jahre und 164 Tage alt werden oder lernen zu lieben, auch wenn es weh tat. Ja. All diese Dinge waren nicht leicht. Aber, wie sich in den Rekordbüchern nachlesen ließ, nicht unmöglich.

*Das Diogenes Hörbuch zum Buch*

Anthony McCarten
*Hand aufs Herz*

Gekürzte, autorisierte Lesefassung

Gelesen von Rufus Beck

5 CD, Spieldauer 379 Min.

## *Anthony McCarten im Diogenes Verlag*

### *Superhero*

Roman
Aus dem Englischen von
Manfred Allié und Gabriele Kempf-Allié

Eigentlich ist Donald ein ganz normaler einsamer, unglücklicher Teenager. Vor allem quält ihn die Frage: »Wie geht Liebe?« Aber er hat wenig Zeit – er ist krank. Was ihm bleibt, ist ein Leben im schnellen Vorlauf. Das schafft aber nur ein Superheld. Darum hat Donald einen erfunden – MiracleMan. Aber kann MiracleMan ihm helfen, oder braucht Donald ganz andere Helden?

»Donald ist eine der ungewöhnlichsten und liebenswürdigsten literarischen Gestalten, die ich seit langer Zeit kennengelernt habe. McCarten kann tiefen Ernst und Komik auf einzigartige Weise miteinander vernetzen.«
*Annemarie Stoltenberg / Hamburger Abendblatt*

»*Superhero* ist ein toller Roman, der sich traut, noch einmal Herz auf Schmerz zu reimen. Der in die Vollen geht und auf Risiko spielt.« *Spiegel Online, Hamburg*

»Es gibt sie noch, die Schicksalsfragen. Anthony McCartens Roman *Superhero* ist ein radikales Buch über den Hunger nach Liebe und das Sterben im Pop-Zeitalter. Nach Lektüre dieses Buches traut man sich zu, das Leben, die Liebe neu zu definieren, wie der jugendliche Überheld es vormacht.«
*Evelyn Finger / Die Zeit, Hamburg*

»Nehmen Sie sich Urlaub oder kündigen Sie Ihren Job – auf jeden Fall: Nehmen Sie sich sofort Zeit, diesen Roman zu lesen.« *Rheinische Post, Düsseldorf*

Auch als Diogenes Hörbuch erschienen,
gelesen von Rufus Beck

## *Englischer Harem*

Roman
Deutsch von Manfred Allié
und Gabriele Kempf-Allié

Ihr Hang zu Tagträumen hat die junge Tracy Pringle um ihren Job gebracht. Doch wie im Traum wenden sich die Dinge zum Guten: ein neuer Job, eine neue Liebe, eine neue, fremde Welt – verkörpert von Saaman Sahar, genannt Sam, Sohn einer Metzgerdynastie aus Teheran, vornehmer Besitzer eines vegetarischen Restaurants, Oxford-Absolvent, Muslim und Mitglied eines anglikanischen Kirchenchors. Ach ja – und er hat bereits zwei Frauen.
Tracys und Sams eigentlich unmögliche Liebe ist eine Provokation: für sie selber, für die jeweiligen Eltern… und für Tracys eifersüchtigen rassistischen Ex-Freund! Die Gegensätze prallen vehement aufeinander: Ost und West, Reich und Arm, Gemüse und Fleisch, Poly- und Monogamie, Alt und Jung, tolerante Menschlichkeit und blinde Gewalt…
»Sind wir noch Herren im eigenen Land?«, jammern Tracys Eltern, während Tracy und Sam schon längst die Frage stellen, was das bedeutet: Heimat, Treue, Religion, eine Familie – und Glück.

»*Englischer Harem* pendelt zwischen empörter Satire und mitreißender Gesellschaftskomödie und begehrt gegen unsere bigotte und intolerante Gesellschaft auf.«
*The Sunday Times, London*

# *Joey Goebel im Diogenes Verlag*

## *Vincent*

Roman. Aus dem Amerikanischen von
Hans M. Herzog und Matthias Jendis

Wussten Sie, dass große Popsongs und Filme von einem unglücklichen, aber genialen Künstler stammen? Und damit einem solchen die Ideen nicht ausgehen, sorgen in diesem Roman ›Beschützer‹ dafür, dass ihm ständig neues Leid widerfährt. Denn das ist der Rohstoff, aus dem wahre Kunst entsteht. Bringt das Genie das Kunststück fertig, trotzdem ein glücklicher Künstler zu werden?
*Vincent* – ein Chamäleon von einem Roman, der als Satire beginnt, sich in einen bizarren Alptraum verwandelt und am Ende zu Tränen rührt.

»Joey Goebel erweist sich als scharfsinniger Beobachter der gegenwärtigen Unterhaltungsindustrie, doch geht sein Buch über die Kulturkritik weit hinaus. Die Geschichte, geschrieben mit der entwaffnenden Hemmungslosigkeit der Jugend, ist mitreißend und bewegend.« *Angela Gatterburg / Der Spiegel, Hamburg*

»Ein furioses Debüt. Goebel zerlegt unsere Medienwirklichkeit mit ätzender Ironie in ihre unappetitlichsten Bestandteile.« *SonntagsZeitung, Zürich*

## *Freaks*

Roman. Deutsch von Hans M. Herzog

In einer kleinen Stadt in Kentucky haben sich fünf Außenseiter gefunden: eine 80-Jährige, die in einem Sex-Pistols-T-Shirt und in Cowboystiefeln herumläuft; eine wunderschöne Frau im Rollstuhl; ein junger Iraker auf der Suche nach dem Amerikaner, den er im 1. Golfkrieg verwundet hat; ein frühreifes kleines Mädchen und ein extrem wortgewandter Afroameri-

kaner, der ständig auf Drogen zu sein scheint, tatsächlich aber völlig nüchtern durchs Leben geht.
Wo immer die fünf auftauchen, werden sie ausgelacht. Doch Musik ist ihre Leidenschaft, und zusammen gründen sie eine Band – The Freaks.

»Joey Goebel rockt das gleichgeschaltete Amerika. Gegen diese Art des Erzählens wirken die zeitgenössischen Stars des amerikanischen Realismus – von Philip Roth bis Jonathan Franzen –, aber auch die erprobten Postmodernisten – von Donald Barthelme bis zu Paul Auster – arg verschmockt. Momentan wird Joey Goebel nur durch sich selbst übertroffen.«
*Evelyn Finger / Die Zeit, Hamburg*

»Sie träumen, genau wie alle anderen, den amerikanischen Traum von Ruhm, Erfolg und Freiheit – und sind doch so unamerikanisch-subversiv, dass die braven Bürger Kentuckys sie am liebsten hinter Schloss und Riegel sähen. Joey Goebel ist ein rasanter, grotesker und tieftrauriger Roman gelungen.«
*Christine Lötscher / Tages-Anzeiger, Zürich*

Auch als Diogenes Hörbuch erschienen,
gelesen von Cosma Shiva Hagen, Jan Josef Liefers,
Charlotte Roche, Cordula Trantow
und Feridun Zaimoglu

## *Heartland*

Roman. Deutsch von Hans M. Herzog

Es war einmal ein kleines Kaff in der amerikanischen Provinz… Bashford. Ob in Wirtschaft, Politik oder Gesellschaft, die Familie Mapother ist überall; und zwar ebenso ganz oben wie ganz unten.
Ganz oben sind der Patriarch Henry Mapother, elftreichster Amerikaner, CEO eines Zigarettenkonzerns, und sein ältester Sohn John, der sich nach diversen privaten Fehltritten um einen Sitz im Kongress bewirbt. Ganz unten und überall beliebt ist der zweite

Sohn, Blue Gene, CEO eines Flohmarktstandes, an dem er das Spielzeug aus seiner Kindheit verkauft. Blue Gene ist das schwarze Schaf der Familie, mit dem Henry und John nichts zu tun haben wollen. Eigentlich. Denn jetzt ist Wahlkampf, und die Mapothers müssen heile Familie spielen; außerdem haben sie keine Ahnung, wie sie die Wählerstimmen der einfachen Leute gewinnen sollen. Für beides brauchen sie Blue Gene, und der lässt sich als Wahlhelfer einspannen. Aber ganz so einfach sind die einfachen Leute nicht, angefangen bei dem arbeitslosen Sohn eines im Irakkrieg gefallenen Soldaten bis zu der rebellischen Punkrockerin, in die sich Blue Gene verliebt… Und nicht nur der Wahlkampf verläuft anders als erwartet, auch in der Familie wird das Unterste zuoberst gekehrt.

»Joey Goebel wird als literarische Entdeckung vom Schlag eines John Irving oder T. C. Boyle gefeiert.«
*Stefan Maelk / Norddeutscher Rundfunk, Hamburg*

# *Adam Davies im Diogenes Verlag*

## *Froschkönig*

Roman. Aus dem Amerikanischen
von Hans M. Herzog

Harry Driscoll, 26, tut alles, um ein klischeefreies Leben zu führen, beruflich wie privat. Das größte Klischee von allen ist für ihn die Liebe. Bis Evie auftaucht und er merkt, dass Liebe neu erfunden werden kann, wenn sich dafür nur die richtigen Verrückten finden. Ein tragikomischer Liebesroman für alle, die Liebesromane hassen.

»*Froschkönig* erzählt auf unterhaltsame Weise vom Dilemma junger Männer, denen der Erfolgswind der Gegenwart unangenehm ins Gesicht bläst. Die Geschichte zwischen Harry Driscoll und Evie Goddard ist eine intelligente und originelle Liebesgeschichte mit betörenden Details. Neben den komödiantischen Szenen aus der New Yorker Kulturschickeria überzeugt der Roman vor allem durch die Verve, mit der er seine Hauptfiguren in Szene setzt.«
*Meike Fessmann / Süddeutsche Zeitung, München*

»Adam Davies erzählt mit beiläufiger Raffinesse, witzig, elegant und unaufgeregt zugleich.«
*Stefanie Hentschel / Brigitte, Hamburg*

»Ein märchenhaftes Debüt.«
*Kerstin Holzer / Focus, München*

## *Goodbye Lemon*

Roman. Deutsch von
Hans M. Herzog

Hätte Jack Tennants Familie einen Schlachtruf, es wäre gemeinsames jahrelanges Schweigen … über ein tragisches Familiengeheimnis. Aber jetzt droht Jacks neue

Liebe Hahva, ihn zu verlassen, wenn er sie nicht einweiht. Und sein verhasster, seit einem Schlaganfall stummer und gelähmter Vater droht das Geheimnis mit ins Grab zu nehmen; er ist der Einzige, der weiß, was damals wirklich geschehen ist. Jack muss handeln – und zwar schnell.
Ein berührender, urkomischer und mit schwarzem Humor gespickter Roman über Trauer, Erinnern und Vergebung.

»Ein bewegender Roman über die Sprachlosigkeit zwischen Kindern und Erwachsenen, über Vorurteile und Missverständnisse, über Kraft und Mut.«
*Christine Westermann / WDR, Köln*

## *Dein oder mein*

Roman. Deutsch von
Hans M. Herzog

**Der Superheld:** Otto Starks, ein hochspezialisierter Sicherheitsbeauftragter mit einer fast übernatürlichen Wahrnehmungsfähigkeit, der Diebe von teuren Kunstgegenständen fernhalten soll. Aber jetzt ist ihm schon dreimal nacheinander ein wertvolles Kunstwerk direkt unter der Nase weggestohlen worden, und zwar von der sogenannten »Ratte«.
**Der Superschurke:** Aus der Sicht der »Ratte« sieht alles ganz anders aus. Er entwendet nur zuvor gestohlene Kunstwerke, um sie ihren rechtmäßigen Besitzern zurückzubringen.
**Die Story:** Ein durchgeknallter romantischer Thriller über Verrat, Betrug und Besitzansprüche in der Kunst und in der Liebe, grell und laut.

»Adam Davies kann von Tragödien so grandios erzählen, dass man ordentlich was zu lachen hat.«
*Christine Westermann / WDR, Köln*

# *Meir Shalev im Diogenes Verlag*

## *Ein Russischer Roman*

Aus dem Hebräischen von Ruth Achlama

Der Waisenjunge Baruch, der bei seinem Großvater aufwuchs, erinnert sich an seine Kindheit im Israel der Gründerjahre und an die ihm überlieferte Familiengeschichte. Die russischen Einwanderer der Zeit zwischen 1904 und 1914, der sogenannten zweiten Alija, versuchten ihre utopisch-sozialistischen Ideale in den Kibbuzim Wirklichkeit werden zu lassen. Selbstironisch und phantasievoll beschreibt Shalev das Zusammenleben und die Geschichte dreier Generationen in einem kleinen Dorf in der Jesreel-Ebene.

»Eine wunderbare, witzige und sehnsüchtige Commedia dell'arte der Gründerjahre von Erez Israel.«
*Peter Mosler / Die Zeit, Hamburg*

## *Esaus Kuß*

Eine Familiensaga
Deutsch von Ruth Achlama

Shalevs zweite packende Familiensaga ist die Geschichte einer sephardischen Bäckersfamilie, die in einem kleinen Dorf östlich von Jerusalem eine Bäckerei gründet. Hier, rund um den Ofen, der das legendäre Brot herstellt, leben drei Generationen, die sich streiten und versöhnen – und am Ende doch auseinanderbrechen.

»Shalev breitet nicht nur sein lokalgeschichtliches Wissen in farbenprächtigen Mosaiksteinchen aus, sondern präsentiert auch seinen hintergründigen Witz. Ein furios erzähltes Riesenmärchen, eine brillante Familiengeschichte, ein bewegender wie gleichermaßen wunderbar unterhaltender Roman.«
*Ilse Leitenberger / Die Presse, Wien*

## *Der Sündenfall – ein Glücksfall?*

Alte Geschichten aus der Bibel neu erzählt
Deutsch von Ruth Melcer

Meir Shalevs Art, die Bibel nachzuerzählen und neu zu deuten, ist hochinteressant und vor allem: ein Lesevergnügen! Seine humorvolle Art, mit dem Stoff umzugehen, bringt an den Tag, dass sich die Bibel ebenso gut liest wie Shakespeares Werke, es gilt sie nur zu entdecken – und dieser Autor ist ein brillanter Expeditionsleiter.

»Ob der Sündenfall ein Glücksfall war – wer weiß. Ein Glücksfall allerdings sind Shalevs neue Deutungen der Bibelgeschichte. Sie sind amüsant und heiter und immer mit einem kleinen Augenzwinkern geschrieben.«
*Walter Flemmer / Bayerisches Fernsehen, München*

## *Judiths Liebe*

Roman. Deutsch von Ruth Achlama

Manche Kinder haben eine Mutter und keinen Vater. Der zwölfjährige Sejde, der mit seiner Mutter in einem kleinen Dorf in der Jesreel-Ebene lebt, aber hat drei Väter. *Judiths Liebe* ist Shalevs dritte Familiensaga, in der es um die wahre Liebe geht und um eine wunderbare, eigenwillige Frau.

»*Judiths Liebe* ist eine Liebesgeschichte voll von jüdischem Humor, jiddischen Legenden, Anekdoten und Weisheiten und deftigem Witz.«
*Vrij Nederland, Amsterdam*

»Dieses Buch ist voller Rätsel, voller Liebe und Trauer, voller Melancholie und Witz, federleicht und gedankenschwer.«
*Elmar Krekeler / Die Welt, Berlin*

»Ein Liebesroman voller hinreißender, sinnlicher Anekdoten und Geschichten, reine Poesie.«
*Eva-Elisabeth Fischer / Süddeutsche Zeitung, München*

»Aus vielen wunderbar erzählten Geschichten entsteht eine große Liebeserklärung: humorvoll, witzig, weise und stets mit einem Augenzwinkern.«
*Christiane Schwalbe / Radio Bremen*

Auch als Diogenes Hörbuch erschienen,
gelesen von Edgar M. Böhlke

## *Fontanelle*

Roman. Deutsch von Ruth Achlama

Die bizarre Familiengeschichte des Joffe-Clans, erzählt aus der Sicht eines Mannes, dessen Fontanelle auch im Erwachsenenalter noch nicht geschlossen ist und der dadurch mehr wahrnimmt, als ihm manchmal lieb ist.

»Ein wuchtiger und furioser Roman. Meir Shalev kann von der Liebe, vom Glück und vom Schmerz erzählen wie kein anderer, denn er hat eine grandiose Sprache für gewaltige Gefühle. Er hat den langen Atem für ein Buch, das ein Jahrhundert umspannt, und genug Phantasie, um einen Familienclan zu erfinden, der gleichzeitig märchenhaft und ganz real ist. Meir Shalev hat schon etliche wunderbare Romane geschrieben. *Fontanelle* ist noch ein bisschen wunderbarer.« *Barbara Dobrick / Radio Bremen*

## *Der Junge und die Taube*

Roman. Deutsch von Ruth Achlama

Die Geschichte eines Jungen, der mitten im Krieg auf ungewöhnliche Weise gezeugt wurde, der seinen Vater nie kennenlernte und später alles über Vogelkunde und Taubenzucht wissen wollte.

»Ein Vogel fliegt in Kriegszeiten zwischen zwei Liebenden hin und her… Meir Shalevs Roman berührt tief. Ein wunderschöner Roman, 496 Seiten Glück.«
*Peter Pisa / Kurier, Wien*

»Meir Shalev ist ein großartiger Erzähler. Kein einziger Misston findet sich in diesem Roman, der schwere

Lasten auf leichten Schwingen transportiert. Er nimmt den Leser mit durch Glück und Unglück. Grandios erzählt.« *Julia Bähr / Abendzeitung, München*

## *Aller Anfang*

Die erste Liebe, das erste Lachen, der erste Traum
und andere erste Male in der Bibel
Deutsch von Ruth Achlama

Der erste Kuss, der erste Betrug, der erste Traum – Meir Shalev hat in der Bibel den »ersten Malen« nachgespürt. Die können überraschend ausfallen. Das erste Mal zum Beispiel, dass das Wort »lieben« in der Bibel vorkommt, geht es nicht um Adam und Eva – denn ist Liebe überhaupt vonnöten, wenn es auf der Welt nur einen einzigen Mann und eine einzige Frau gibt?
Mit Witz, psychologischem Gespür und großem Respekt vor dem Text (aber ohne Ehrfurcht vor selbsternannten Autoritäten) porträtiert Meir Shalev die Menschen, die das Glück oder das Pech hatten, die ersten Male zu erleben. Die biblischen Geschichten, die wir zu kennen glauben, lesen sich in seinen gedankensprühenden und originellen Deutungen wie neu – als handelten sie auch von uns.

»Immer wieder demonstriert Shalev auf kluge wie originelle Weise die Aktualität dieser ›ewigen‹ Geschichten.« *SonntagsZeitung, Zürich*

## *Meine russische Großmutter und ihr amerikanischer Staubsauger*

Roman. Deutsch von Ruth Achlama

Tonia, in den zwanziger Jahren aus Russland nach Israel eingewandert, ist eine starke, eigensinnige Frau, und sie hat einen großen Feind: den Schmutz. Ihm hat sie den Kampf angesagt. Kein leichtes Unterfangen in der ländlichen Jesreel-Ebene. Denn im jungen jüdischen Staat sind Chaos, Staub und Schlamm allgegenwärtig, und ihre weitverzweigte Familie tut ihr Übri-

ges, das Durcheinander zu vermehren. Da schickt Tonias Schwager ihr aus dem fernen Amerika eine Wunderwaffe...
Meir Shalev zeichnet mit Zärtlichkeit und Humor ein sehr persönliches Porträt seiner Großmutter und erzählt zugleich die Saga seiner Familie: einer Sippe von Pionieren und Dichtern, Lehrerinnen und Exzentrikern – allesamt begnadete Geschichtenerzähler, deren sich lustvoll widersprechende Stimmen eine wahre Geschichte heraufbeschwören, neben der so manche Erfindung der Phantasie verblasst.

»Ein bezauberndes Erinnerungsbuch. Eine Geschichte von Liebe ohne Finsternis.«
*Saguy Green/Haaretz, Tel Aviv*

# *Ian McEwan im Diogenes Verlag*

»Ian McEwan hat sich endgültig in die englische Literaturgeschichte eingeschrieben.«
*Martin Ebel / Tages-Anzeiger, Zürich*

»McEwan ist unbestritten der bedeutendste Autor Englands.« *The Independent, London*

*Der Zementgarten*
Roman. Aus dem Englischen von Christian Enzensberger

*Erste Liebe – letzte Riten*
Erzählungen. Deutsch von Harry Rowohlt

*Zwischen den Laken*
Erzählungen. Deutsch von Michael Walter und Bernhard Robben
Daraus die Erzählung *Psychopolis* auch als Diogenes Hörbuch erschienen, gelesen von Christian Ulmen

*Der Trost von Fremden*
Roman. Deutsch von Michael Walter

*Ein Kind zur Zeit*
Roman. Deutsch von Otto Bayer

*Unschuldige*
Eine Berliner Liebesgeschichte. Roman. Deutsch von Hans-Christian Oeser

*Schwarze Hunde*
Roman. Deutsch von Hans-Christian Oeser

*Der Tagträumer*
Erzählung. Deutsch von Hans-Christian Oeser
Auch als Diogenes Hörbuch erschienen, gelesen von Anna König

*Liebeswahn*
Roman. Deutsch von Hans-Christian Oeser

*Amsterdam*
Roman. Deutsch von Hans-Christian Oeser

*Abbitte*
Roman. Deutsch von Bernhard Robben

*Saturday*
Roman. Deutsch von Bernhard Robben
Auch als Diogenes Hörbuch erschienen, gelesen von Jan Josef Liefers

*Letzter Sommertag*
Stories. Deutsch von Bernhard Robben, Harry Rowohlt und Michael Walter

*Am Strand*
Roman. Deutsch von Bernhard Robben
Auch als Diogenes Hörbuch erschienen, gelesen von Jan Josef Liefers

*For You*
Libretto für eine Oper von Michael Berkeley. Zweisprachige Ausgabe. Deutsch von Manfred Allié

*Solar*
Roman. Deutsch von Werner Schmitz
Auch als Diogenes Hörbuch erschienen, gelesen von Burghart Klaußner

# *Arnon Grünberg im Diogenes Verlag*

»Alle seine Helden geben trotz aller Vergeblichkeit nie auf, der Obsession nachzuspüren: Der eine kreist um die Vorstellung, das Geschlecht eines Zwerges zu haben und wird darüber von Tag zu Tag kahler. In *Phantomschmerz* erliegt ein Schriftsteller den schönen Lügen, in *Monogam* sucht ein zur Liebe wild Entschlossener das absolute Begehren im Sex mit den unterschiedlichsten Frauen. In *Statisten* versuchen drei Freunde mit aller Wucht, Marlon Brando zu werden, und im Erstling *Blauer Montag* gondelt ein Nichtsnutz aus verquerem jüdischen Hause durch ein Dasein voller Huren, koscherer Küsse und Versuche, betrunken zu werden. Arnon Grünbergs Figuren wollen aber immer mehr als den reinen Rausch. Sie versuchen nebenbei auch noch, Menschen zu werden. Meistens bleibt es beim Versuch. Das macht aber nichts, wenigstens dem Leser nicht; dem ist es ein Vergnügen, den Irrläufern bei ihren Irrläufen zuzusehen.« *Anuschka Roshani / Tages-Anzeiger, Zürich*

*Blauer Montag*
Roman. Aus dem Niederländischen von Rainer Kersten

*Statisten*
Roman. Deutsch von Rainer Kersten

*Phantomschmerz*
Roman. Deutsch von Rainer Kersten

*Der Vogel ist krank*
Roman. Deutsch von Rainer Kersten

*Gnadenfrist*
Deutsch von Rainer Kersten

*Tirza*
Roman. Deutsch von Rainer Kersten

*Mitgenommen*
Roman. Deutsch von Rainer Kersten

Unter dem Pseudonym
*Marek van der Jagt*

*Monogam*
Deutsch von Rainer Kersten